Rainer Maria Rilke
Duineser Elegien

訳と解釈

三木正之

南窓社

始めに

　本書は「『ドゥイノの悲歌』訳と解釈」と題されているが、初めからそう考えて書かれたものではない。以下の各篇はそれぞれ別の機会に、各々異なる紀要や論集、同人誌や私家版冊子等に寄稿または掲載されたものである。一番早く書かれた「『ドゥイノの悲歌』第十」は 30 年以上も前の1984 年の作である。そうした諸篇をあとになってから集めてみると、『悲歌』全曲にわたっていることに気付き、それならば一書にまとめて編んでみようと考えた次第である。そんなわけで、以下を通読される方は、そこに多くの重複や異和、表現形式の不一致や不調和を見出されることであろう。先ずお断りしておきたいのが、「第八及び第九」についてである。これは前著『ドイツ詩再考』に収録されているものと全く同じであり、これをただ横書きに改めたまでであるが、だからと言ってこの部分を省くのも如何かと思い、ここに再録したわけである。また「第七について」は、この、重大性ということでは作品中最右翼に数えられてよい詩篇に関して、これまで私はそれを正面に据えて書いたことがない。少なくとも旧稿のなかにそれと覚しき作を見つけることができない。そこで、これまた既に発表済みの「最終講義『詩と時間』」から、該当する部分を採って、これに若干手を加えたわけである。それやこれやで、本書は読みづらいものとなっているであろうが、そこは諒とされたい。全体、冗長とは言いたくないので悠長としておきたいが、ともかく息の長い「詩の話」なのである。哲学者ガーダマーも謂う通り「詩は暇のかかるもの」である。それでもリルケを愛する人ならば、随所に、この詩人の魂の肉声を聴かれるでもあろう。私自身、今回原稿を整理していて、そこからあれこれ学ぶところがあった。今の自分が教えられるようならば、これを一括上梓することは無意味であ

るまい。そう考えて本書を出すことにしたのである。

　その「長い話」が一応終わったところで、私は「『オルフォイスに寄せるソネット』より」と「リルケ後期の詩境及び補遺」この2篇を加えることにした。前者が「悲歌」に関わる以上、欠かし難いものであることは言うを俟たないであろうが、後者に関しては、やはり一言お断りしておかなければならない。実はこの稿も前著『ロゴス的随想』中に収められているのである。ただその場合どういう手違いからか「補遺」の部分が欠落していたのである。この作は同人誌『棧』第22号に「補遺」とともに掲載されている。それを再現したいと私は考えた。それとともに『棧』のこの号表紙絵を、挿絵として頂戴したいと思い、それを本書に採らせてもらった。リルケの「世界内部空間」それともハイデッガーの「存在の真理の歴史」、その星の軌道 Konstellation を思わせる絵図ではないか。同誌主幹だったわが畏友鵜崎博さんとの、70年にわたる友情の日々を記念するためである。鵜崎さんは4年前88歳で他界されたが、詩や文、書画彫刻に到る、およそ芸術上のすべての領域で「制作」を、休むことなく続けられた方であった。お葬式の日、鈴鹿の山々を圧してすさまじい雷鳴が轟きわたり、電光が空中を走った。いかにも詩人の野辺の送りにふさわしいと私は思った。その「詩人の詩人」(Heidegger) たるヘルダーリンの讃歌「さながら祭の日に...」から、次の詩句を引いて、ここは結んでおこう——

　　だがわれらには、詩人らよ、神が雷雨のもと
　　頭べも覆わずして立ち
　　父の光線そのものを、己が手で把え、それをば歌に包みなし
　　この天の賜物を国たみに手渡すことがふさわしいのだ

(2016. 9. 12)

リルケ『ドゥイノの悲歌』目次

始めに……………………………………………………………… 1

『ドゥイノの悲歌』第一及び第二 …………………………… 7

『ドゥイノの悲歌』第三及び第四 …………………………… 69

『ドゥイノの悲歌』第五及び第六 …………………………… 103

『ドゥイノの悲歌』第七 ……………………………………… 136

『ドゥイノの悲歌』第八及び第九 …………………………… 151

『ドゥイノの悲歌』第十 ……………………………………… 205

*

『オルフォイスに寄せるソネット』より ………………… 259

リルケ後期の詩境 —— その新しい意味を考える ………… 307

終わりに ……………………………………………………… 333

ドゥイノの悲歌

『ドゥイノの悲歌』第一及び第二

　主として近代ドイツ文学に携わる人でリルケの『ドゥイノの悲歌』を取り上げたいと思わないひとはなかろう。ゲーテ関係の諸作はもとよりながら、ドイツ固有の小説形式である „Bildungsroman" の系譜を跡づけてみたいとか、或いはニーチェやヘルダーリンをもとに詩的実存の意味を考察したいということも、少なからぬ研究者が試みているところである。そうしたなかにあって、この「巨いなる歌」と詩人自らが謂う『ドゥイノの悲歌』に対して、ひとは格別な魅力を覚えしめられるのである。かく言う私も、及ばずながら総じて、古典性と実存性といった主軸となる概念をもとにして、「未来の語り」なる方向を探ってきたのであって、最終的には「詩と時間」という問題を永く追い続けているわけである。『ドゥイノの悲歌』そのものに関しても、これまで自分が辿ってきたあとを振り返ってみるならば、何作かにはなる。今回然し上の表題で書いてみようと考えたについては、実はもう数年以前に講義に使ったままで、そのままになっている原稿があり、それを手直ししながら、この作品を中心としたリルケ理解をもう一度自分なりに深めてみたいと思ったからに他ならない。この作品は単に無限に多様な解釈を生みうる秘密を宿しているというだけではない。解釈の方法そのものをも、極めて独特な仕方で要求しているのである。その一篇の悲歌だけを主題にしてそこへ作品全体の動きを含めて論じることにも意味はあろうし、例えば樹木だとか鳥だとか、特定のモティーフに限って全作を縫い取ろうとする場合もありうる。死や愛、運命や言葉、天使や人形、そうしたリルケ独特の詩人的思考の中心テーマに絞って解説されている例も少なしとはしない。作品成立の十数年にわたる事情を詳しく検討

してゆくならば、それだけで大きな著作ともなりうるのであって、その点さながらゲーテの『ファウスト』にも同ずると言えようし、よくあるように、第一の悲歌から順次、詩作品の所謂流れを汲み取りながら、散文化して解明してゆくもので、われわれの理解に資する著作も勿論結構である。そうした精神の遍歴を経ながら、読者また研究者は、次第に詩の言葉の水準に近づいてゆくのであって、かの H.-G. Gadamer が言った通り「詩は暇のかかるもの」なのであろう。ガーダマーはこの事を、1908 年に『新詩集』が出版された頃から見れば、その後数十年を経過して、確かに一般に理解が高まり深まりしているものだとして、そう語っているのである。時代のどこか深い奥底で、静かに働いている「言語時間」の成熟ということが、作者と読者との共同の営みなのであろう。その主体は到底、特定の人間という形で捉えられるものではなく、恐らく言語自体が主体であるとしか言えぬ態のものなのであろう。そしてそれはまた、通常の計量された時間では測りえない「永い暇」をかけて生ずるものであり、更に通念としての空間概念ではどこと定めえない領域において実ってゆくものなのであろう。それにもかかわらずテキストとしての『悲歌』は、1922 年早春に、スイスはミュゾットの古い館で、孤独の詩人を襲う嵐のうちに成就したままのもの、これでよしと詩人が見た形に収められたままのものなのである。私が上で触れた講義ノートは「『ドゥイノの悲歌』新解」と題されている。全体で四百枚位のものにはなるが、ここではその始めの部分を浄書するつもりで書き進めることとしたい。もしなお機会があり、なにがしかの心の促しが続くようならば、その先をいずれ上梓することもありえよう。尤も私は、このときの仕事の言わば仕上げのような作として他で「『ドゥイノの悲歌』第八及び第九」という論文を纏めているので（神戸大学『文化学年報』第 8 号所載）、適当なところで打ち切りにはしたいと考えている。少々乱暴なやり方だと難じられるやも知れないが、全体を私は広義の「詩の話」として語っているつもりであるから、その限りにおいて一回一回が或る程度のまとまりには到っているものと思う。ではその詩の話を始めることにし

よう。原稿では語り口調の口語体を用いていたが、ここではそれは冗長と
もなろうこと故、通常の文章形態に改めた。

*

　文学とりわけ詩の話をすることは、そもそも話し手自身が詩乃至文学全
体をどのように理解しているかを、かなり明瞭に人に覚らせるものであ
る。聞き手はごく早いうちに、その話を聞き続けようか、それとも数行の
うちに取り止めにしようか、大抵は而も的確に判断するわけである。ドイ
ツ浪漫派の指導的論客 Friedrich Schlegel の言う通り、詩は詩的にのみ解釈
されうるのであって、聞き手は、詩的でない詩の話をすぐに見破るのであ
る。私自身、今は話し手であるが、自分が聞き手の場合も当然多いわけで
あり、その際こうしたことの判断、つまりこれは聞き続けるべきか否かの
選択を、滅多に誤ることがないと思っている。よく心の琴線に触れてくる
という風に言うが、実際そのように響いて来るものがあるかないか、た
ちどころに明らか（evident）になるのである。後になってみるとあれは自
分の当時の不明であって実は大層優れた批評家だった、などということは
稀である。どうしてそういうことが起こるのであろうか？　平明に言うな
らば、文学作品であれ、そのまた解釈であれ、それへの好き嫌いをわれわ
れの心に惹き起こすもの、それは何によるのであろうか？　詩を語ると
は、恐らく先ず、魂の出来事なのである。聞く人の心を高める何物か、端
的には理想主義的な精神が伝わって来るのでなければならない。詩への尊
敬が、語り手自身の言葉に籠もっていなければならない。その意味で私が
すぐに想い起こすのがハイデッガーの『ヘルダーリンの詩の解明』である。
この哲人がそこで行っていることは、無論、決して所謂文芸学的解釈など
ではなくて、詩作と思索との対話なのであり、言わばこの思索家が、この
詩人の言葉を手掛かりにして、今日ただ今われわれの一人一人に直接関わ
るところのもの、つまりは人間存在そのものの根底を考えてゆこうとする
ものであるが、従って、これは余りにも哲学的に過ぎる、哲学の側からの

9　『ドゥイノの悲歌』第一及び第二

強引な解釈だ、といった批判はよくなされているところではあるが、然し、その序言のところでハイデッガーは、詩人自身の言葉を引いて、こんな事を語っているのである。野に立つ礼拝堂の鐘は、降りかかるささやかな雪つぶてによっても、その響きを狂わされてしまうものだ。自分がこれから行おうとする解明も、詩を詩的でない言葉によって語ってゆくのであるから、そんな雪つぶての如きものであろう、と。私はそんな謙虚な言葉が、詩を語る場合特に好ましいと思うのである。30歳少しで精神の暗黒に包まれた詩人、自らも謂う「アポロに打たれた」人、百年ほども殆ど真価を認められなかったヘルダーリンに対して、ハイデッガーは実に深い尊敬の念を示している。ハイデッガーは1976年5月26日、86歳で他界したが、その埋葬に際して遺言通りヘルダーリンの詩が教篇「淡々と緩徐に」、遺族によって読まれたということである。それよりも、ヘルダーリンの数ある詩のなかから、夕べの鐘の音を狂わせる雪つぶてを歌う断片をハイデッガーが取り出しているということ、これが既にしてこの思索家の並々ならぬ詩心を告げていると言えないであろうか？　彼はまた別のところで、それはニーチェに関してではあるが、一般に読書というものは、偉大な先人の思索の書を、何よりも先ず、承認する（anerkennen）ことから始めねばならぬ、と言っている。そして先人の偉大さを一層偉大ならしめることこそ、学ぶ者の姿勢であらねばならぬ、とも言っている。およそ詩を語る人には、その人自身のこうした作品への尊敬の態度が求められると私は思うのである。要は誠実である。語り方は幾分たどたどしかろうとも、語りの核心に、詩への愛と畏敬とが籠もっていなければならない。──ちょうどその正反対なのが、詩を語りながらまるで聞き手に教えようとする態度である。私は自分が聞き手の場合、この居丈高の調子を一番嫌うものである。自らも、いや自らこそ、求道者として、苦しみ悩みつつ語ってゆく、その一歩一歩の重い足取りが、聞き手の心を誘なうというものであろう。となると、もう一つ、誰に向かって語るのかということが重要となってくる。聞き手というものを全く度外視したような話は、困り物である。いくら識るに値す

る事柄ではあっても、無闇と羅列されるのでは、人は閉口するというものであろう。語り手と聞き手との間の言わば対話のなかで、肝心要の事柄、これがやはりよく整理されていなければ、徒らに退屈を招くだけであろう。私はこの、誰が聞き手かということで、いつも基準にしていることがある。ひとの話の場合にも、自分の話の場合にも、それを試金石（Kriterium）としているのである。それは、語り手がその人の親友を相手にしているかどうか、ということである。そういう心の友を持たない語り手は不幸というよりない。いかに深い孤独のなかから発言されているとしても、それこそハイデッガーがよく引き合いに出すサッフォーの、異郷の月を眺めつつ歌う寂しい響きのなかにも、燃えるような愛はかえって蔵されているのである。これが肝心なことなのであって、親しき友への語り、これさえあれば、それはいつか遥かな人の心に伝わる言葉となるであろう。Paul Celan という詩人は、自分の詩を „Flaschenpost" だと言っている。海に流された瓶に詰められた便りというわけである。それは漂流していつの日かいずことも知れぬ岸辺に届くことであろう、それが自分の詩だと言うのである。詩の語りもそのようなものではなかろうか？

　こういう前置きをした上で、リルケの『ドゥイノの悲歌』に入るとするならば、先ずその成立の事情である。よく知られた、アドリア海に臨む古城の庭で、冬の嵐のなかに聞こえて来たという、最初の二行の詩句に始まり、スイスはヴァリスの地ミュゾットの館で、早春の何日か、寝食を忘れて書き終えられるまで、そして詩人が外に出たとき、月明かりのなかで蔦に覆われた館の壁をさすっては、よくぞ自分を守ってくれたと涙したと伝えられるその完成の瞬間まで、実に 10 年の苦難の歳月を要しているのである。第一次世界大戦もその間にはあり、リルケも応召して軍隊生活を余儀なくされている。この間の詩人の内面をなにがしか纏まった話にするとなれば、勿論大層困難なことである。而もそれが余り細かしいものになり過ぎたならば、これはまた聞き辛いことであろう。そういうわけで、あとの解釈に関しても、あくまでこれは詩の話なのであるから、詩の

求めるところにのみ従うのがよいわけであって、語り手があれもこれもと
盛り沢山に持ち込むようなことは、厳に慎まるべきものであろう。だから
と言って手抜きをしてもならない。これまた詩そのものの要求に耳を傾け
つつ、たとい如何に込み入った事柄であろうと、恐れず立ち向かうことが
必要である。私は以前、ちょうどこの『悲歌』が書かれ始めた頃のリルケ
を詳しく見ていて、一つの問題に突き当たった際、これは余り深入りしす
ぎると、自分の胃を壊すのではないかと思ったことがある。繊細微妙な詩
人の心の襞は、まま錯乱と境を接するまでに複雑怪奇な様相を呈すること
があるのである。一例を挙げるならば「顔」というモティーフをリルケは
永く追っている。周知のように『マルテの手記』の、掌のなかに顔面が取
り残されてしまったかとも見える程、悲しみに沈んでいる婦人の姿もさる
ことながら、例えば1913年4月パリで書かれた詩「あり余る星々を鏤め
て...」„Überfließende Himmel Verschwendeter Sterne...“ に出て来る顔など
は、相当に難解である。

　あり余る星々を鏤めて、溢れ流れる天空が
　悲哀の上に華麗に浮かぶ。枕へではなく
　かの高みへと涙せよ。此処、この涙する顔から
　この終わる顔から、ただちに
　彼方へと引き攫う世界空間が
　広がりゆきつつ始まっているのだ
　顔を持たずに
　上方から深さが、お前の身に寄り添ってくる。そのはぐれた、
　夜を含んだ顔が、お前の顔に空間を与える

とある。視るとか感ずるとか、従って内と外、個と空間、瞬間と永遠といっ
た微妙な接点を歌っている、とりわけこの時期のリルケを読んでいると、
こちらの眼がくらくらして来るのである。と言うのも、かなたへとこなた

へとが入れ代わり、「こちらを」„her“とあっても、内部を進んで行った内なる形象にとっては、あちらとかこちらとかは最早区別し難いのであって、こちらとはむしろ外なる夜の顔が内からこちらを、つまりかなたへとではないのか、といった具合に混乱してしまうのである。そうした感受における方向の交錯、それが『悲歌』の世界を形成してゆく限りにおいて、確かな位置を得て定まって来なければならない。而もその経過を、数多い詩や草稿、手紙や散文などと共に見てゆくこととなるわけである。詩人と一緒にその苦渋に満ちた道を辿ることが、われわれ読者にとっての、詩を生きる過程となるのである。であるから、分かり易い話というわけには全くなり難いであろう。ただ、話すということ自体のなかに、なんらか選択し、判断し、熟考し、浄化し、といったつまり詩的結晶過程が含まれてはいるのである。話すとは、特に詩を話すとは、語る人自身の生き方なのである。詩人の作を、われわれ自身が生きるのである。詩と語りとがその場合、生き方そのものの対決となる。「歌は現存」„Gesang ist Dasein.“とはまことにいみじくも言えるように、ロゴスは在るを謂うのである。幸い、永く文学や詩に親しんでいると、語らるべきことが向こうから告げて来るということがある。詩の声と言おう、リルケの謂う「殆どあらゆるものから小止みなく告げて来るものがある、思念せよと」でもあろうか、それに呼応しながら、語らるべく凝結していると見られることをのみ話してゆきたいと私は考えている。

　ところで、実は私はここ数日前、或る程度纏まった仕事を一つし終えたところであって、そんな時、日頃から読みたいと思っていたものを、そして余り肩の凝らないものを手掛けるのが普通であろう。私にもその種のものが何点かあるのだが、今回はまるで偶然にハイデッガーの『根拠律』„Der Satz vom Grund“（Pfullingen, 1957）という書物に私は惹かれたのである。勿論これは肩の凝らない作などというものでは全くなく、本当はまさにその逆の筈である。ところが、この巨匠晩年の講義に多く認められるように、読み始めると、実に淡々として物静かな語りの書なのである。私はこの著

13　『ドゥイノの悲歌』第一及び第二

作をこれまで他の純粋に哲学的な部類に数え、ずっと先まで措いておいたことを、我ながら愚かとも幸いとも思うのである。例によってハイデッガーは、私の安閑とした在りようを、根底的に打ち砕き打ち崩してくれるのである。人は一つの仕事が終わると、つい一種の自己満足に陥りがちであって、仕上がったものをしげしげと見返したり、未練がましくいつまでもその許に留まりたがるものである。私のようにとかく自分を気に入り易い者は、余計にこの傾向を持っているところから、離れたいと願いつつも、字句を直したり注の番号を替えたり、どうもそこに執着してしまうのである。まさしくそのような時、ハイデッガー先生が鉄槌を下してくれるわけである。そんなで考えてみると、ここ何年も、私はむしろ自分本来の仕事の合間に、休閑の時にまさに、ハイデッガーを読んで来たような気がしてならない。そう言うと多少おこがましく聞こえるかも知れないが、それは本当なのである。まさか気休めに読むのでは無論ない。引き締めである。面白いのは、ハイデッガーは、確かに古き私を一瞬にして打破する働きをしてくれる。が、同時に全く新しい未来への指針も与えてくれるのである。そして、そこが面白いところなのであるが、その新しい未来のなかへと、実はハイデッガーは、否定された筈の、打ち捨てられた筈の、古き私を救いとってくれるのである。これこそまさに止揚（aufheben）ということでもあろうか、来歴（Herkunft）をば未来（Zukunft）へと作り変えてくれるわけである。より深く根源的に掘り下げる道を開示してくれる、と言ってもよかろう。この講義録『根拠律』は十三講時分のものであって、私は自分の研究室への行き帰りにバスのなかなどで読んで、毎日その一講時分位を勉強するのである。今日のところでは、「根拠律は何に基づいているのであろうか？　何処に根拠律自身はその根拠を持っているのであろうか？」というところが断然光っていたと思う。光ると言えば然し、いかにもこの思索家らしい、次の言葉も読まれた。——「何事かが光を射し入れ、事が明瞭となるためには、つまり輝くためには、なんらかの光が照らすのでなければならない。」そして私の好きな身近のものに関しても、こうあ

る。――「近きものへの道が、われわれ人間にとってはいつの場合にも、最も遠き道、それ故また最も困難なる道である。」然しとりわけ私がいつもながらこのDenkerにおいて驚嘆して熄まないのは、こういう文章である。ハイデッガーは、西洋の思考が始まって2300年もたった17世紀になって、初めてライプニッツによってこの原理中の原理がラテン語に纏められたことに注意を促しつつ、こう言っているのである。――「まことに奇妙ではないか、これほど身近で分かりよい命題、この、語られることなしに人間の表象及び振る舞いの一切を常住動かしている命題が、特に命題として上に掲げたような纏め方で表白されるまでに何百年もを要したということは。然しまだ更に奇妙なのは、次のことである。即ち、どれほど緩慢悠長にこの根拠律が現れて来るものか、まさしくそれをば、われわれが未だに依然として不思議とは感じていないということである。」私はこの文章を読みながら、身内がぞくぞくして来たものであった。われわれの周辺にあるサスペンスものとは根本的に異なる戦慄驚愕が伝わって来たからである。そんなわけで私は、これから語ってゆこうと思っているリルケの話を、この哲学書と並行して進めてゆくのがよいと考え始めたのである。それこそ奇妙なやり方だと不審に思われる向きも当然あろう。いや、あらゆる意味において、それは不都合だとも見えよう。私自身も、無理と分かれば、そこでその方法を中断することであろう。然し、これは少々冒険的ながら、面白い道であるかも知れない。例えばゲーテは、制作中にも、隣りのまた隣り位の部屋で、そこに招いてある室内楽団に静かな曲を演奏させていた由である。俗流のながら族の類では勿論ない。そんな低次元の事柄ではない。心を鎮める働きである。トーマス・マンが『ファウスト博士』を執筆していた頃、シュティフターの短篇作品を愛読したようなものである。ちょうど画家が幾つかの種類の違う制作を同時に進行させるように、私もこのところ再々、いろんな仕事を一緒に手掛けている。相互の照射ということが、制作を促進するのである。リルケを書くのに、それと並行してハイデッガーということは私も初めての試みではあるが、思いがけないものが出て

15　『ドゥイノの悲歌』第一及び第二

来ないとは限るまい。

*

『ドゥイノの悲歌』は、先に言ったように、1912年1月末ドゥイノの城で、吹き荒れる風のなかに聞こえて来た重く暗い響き „Wer, wenn ich schriee, hörte mich denn aus der Engel Ordnungen?" に始まると言われている。タクシス侯爵夫人の伝えている、この事自体には、なんら疑うべきところはないであろう。またこの詩人に向かって語って来た声、その神秘的な天来の響きに驚嘆することも、詩の精神からしてまさしく適したことだとは言えるであろう。然し、いかに霊感の詩人リルケといえども、この瞬間に突如として事が始まったとのみは見られ難いのである。そして遡って行くならば、詩人がカプリの島に滞在していた1906年暮れから、翌年3月へかけての時期が、むしろその萌芽であったと認められるのである。「カプリの冬の即興曲」„Improvisationen aus dem Capreser Winter" と題される詩が（I－IV）四篇の連作として残されているが、そこにわれわれは明らかに、後の『ドゥイノの悲歌』へ繋がる詩想を見出すのである。面白いのは、リルケがその時点で、かつての『時禱詩集』への接続を、この即興曲において覚えている事である。確かに、古き歌いぶりが立ち還っているとも見られえよう。だが、実はそれは新しき歌の始まりだったのである。詩人の根源への帰還であって、それ故に未来の開始となりうるのである。ただ、この即興曲は長い詩であるから、すべてをここに掲げるわけにはゆかない。特に重要な〈IV〉の箇所を訳してみることにしよう。〈I〉最初の詩句は少なくとも次のようである。

日毎おんみは、私の心の前に険しく立つ
山脈よ、岩石よ
荒地よ、道なき道よ、おんみ神よ、おんみの中を私は独り
登りゆき、落下しそして迷う ... 日毎、私の

昨日歩いた中へと再び
　　旋回して入りつつ

なるほど、これは『時禱詩集』の調子だと思われる向きがあろう。そちら
の方の有名な詩句が直ちに想起されることでもあろう。

　　私は神をめぐって旋回する、この太古の塔をめぐって
　　私は何千年も旋回している
　　だが私には今もって分からない、私が鷹であるのか、嵐なのか
　　それとも一つの巨いなる歌なのか

さながらニーチェが歩いたシールス・マリアの丘を偲ばせるような、日毎
の道なき道を歌う、上の僅かな詩句からだけでは、無論軽々には断定し難
いが、然し、自然の力と直接に対決している詩人の姿勢を、私は既に新し
い趣きであると思う。荒れた elementar な世界に立ち向かうということで
ある。またそれは『時禱詩集』でのような神に包まれ抱かれしている素
朴単純な合一（「おんみは余りにも偉大だ。私はおんみの近くに身を置くだけで、既
にして最早自分が存在していないほどだ」）とは、かなりの隔たりを示している
であろう。詩人は、自然の強大な力を前に自らの歌う基盤を求めて苦闘し
ているのである。さて〈Ⅳ〉の詩は「若き伯爵夫人 M. zu S. のために」捧
げられている。これは Gräfin Manon zu Solms-Laubach という 24 歳の人で、
カプリの別荘 Discopoli に当時滞在していたそうである。

　　今やお前の眼を閉じよ。そうすればわれらは今
　　このすべてをそのまま包み込むことができるのだ
　　われらの暗黒のうち、われらの休らいのうちに
　　（さながらこのすべてが所属するひとの為し給う如くに）
　　さまざまの願望、企図と共に

果たされなかったが、いつかわれらの果たすであろうものと共に
何処かわれらの中に、内奥の深みに
今やこのすべても在るのだ。さながらに
われらが包む手紙のように

眼を閉じたままにせよ。そこにはそれは在らず
そこには今、夜のほか何ひとつない
部屋の夜が、ささやかな光を取り巻いているだけだ
(そんな夜をお前はよく識っているだろう)
だが、お前の中に今やこのすべては在り、目覚めている ──
そしてお前の柔らかに閉ざされた視覚をそれは支えている
まるで潮のように...

そして今やお前を担う。するとお前の中のすべても担う
お前はまるで薔薇の苞のように
お前の立ち昇る魂の上に置かれている
視るということ、これは何故われらにとってかくも重大なのか?
一つの断崖の際に立つということ、それが何故に?
われらがかの、われらの前にあったものを喜び迎えたとき
われらは誰のことを考えていたのか?　一体それは何であったのか?

より一層心をこめて眼を閉じよ、そしておもむろに
もう一度認識せよ。海また海と重なって
それ自体の重みを増し、その中から青く
空虚に果てまで広がり、緑の下地を伴なうもの
(いかなる緑からであろう?　それは他の何処からも生じはしないのに...)
そして突如、息をひそめ、その中から高く
岩が聳え立つのだ、余りにも深い底から

18

その険しい吃立の故に、お前自身、己れの上昇が
どのように果てるかも知らぬほどだ。急にそれが
天空に当たって折れる。そこには余りに多くの
天空が蠢めいているのだ。そしてその上方に、見よ
またしても天空が在り、遥か彼方の
あの過剰の中に及んでいる。何処に天空のないところがあろう？
この二つの絶壁も、天を放射してはいないか？
その光が最も遠い白を、雪を、描いてはいないか？
雪は動くと見えて、遥かの方へ
われらの眼差しを導いてゆく。それでも天空は天たることを
熄めぬのだ、われらがそれを呼吸せぬ限り

閉じよ、固く眼を閉じよ
あのすべてはこのようであったろうか？
お前はそれを殆ど知らぬ。お前はそれを既にもう
お前の内部から切り離すことができぬ
内面にある天空は
認識され難い
心は進みに進むが、こちらを見てはくれぬのだ

だが、お前には分かっている、さればこそわれらも
夕べにはアネモネの花のように、閉じてゆくことがあるのだと
或る日の出来事を自らのうちに閉ざしつつ
いささか大きくなって、朝にまた花開くものなのだ
そうすることがわれらには許されているばかりではない
まさしくそれがわれらの為すべきことなのだ。閉じてゆくことを学ぶ
無限なるものの故に、これがわれらの為すべきことなのだ

（お前は今日あの牧人を見たか？　彼は閉じてはゆかぬ
彼にその必要があろうか？　彼にとっては
一日の日が流れ入り、また彼から流れ出る
仮面を離れるようにだ。その背後には漆黒があるのだ...）

われらはしかし身を包み閉ざしてよい。固く
密閉するのだ。そしてかの暗黒の物たち
既にとうにわれらの中に在る物たちに加えてそこに
別の捉え難く残っているものを納め宿してよいのだ
さながらに、そのすべてが所属する、かのひとのように

　詩人はその日、壮大な海と空、屹立する断崖に驚嘆したのであったろう。今、そのすべてを「部屋の夜」の中で想い描こうとするとき、心は内へ内へと進み、形象をなさぬまま、暗黒の中に籠もってゆくばかりなのであろう。「過剰」と「無限」がありながら、いやまさにその故に、認識し難い捉え難いものとなってゆく。すべてはそれが所属する神の心に委ねるよりないのであろう。リルケは「果たす」„leisten“ということを、自らの詩人的使命と見たのであるが、この果たしきれないとき、ますます内奥へと自らを閉ざしていってよいのだ、そう自分にも言い聞かせているのである。「内面にある天空は／認識され難い」— 結局は、この句に時の想念は結集していると言われてよかろう。実際、後の『悲歌』において、この言葉はそのまま、生きて立ち現れても来るわけである。第四の悲歌に謂う「われらは感受の輪郭を持たぬのだ」が、それでもあろう。だが、そうした幾度もの変容を経た言葉へは、その無数の集積の一つとして、カプリの海と巌とがあらねばならぬのだ。今、上の即興曲においては、その一日に経験された全容が、歌の中に浮かび上がってきて初めて、言葉は、詩想となり、定まった位置を保持することとなる。あくまで然しささやかな素描として記されるのみである。言わるべき事はなお多々あるであろう。例え

ば「... それでも天空は天たることを／熄めぬのだ、われらがそれを呼吸せぬ限り」という句にしても、秘密に満ちている。これまた変容と繋がってのみ理解されうるところであろう。第一の悲歌にある言葉「腕の中よりして空虚さを／われらが呼吸する諸々の空間へと投げ入れ加えるがよい」或いはまた『オルフォイスに寄せるソネット』2-Ⅰに歌われる「息をする、それは眼に見えぬ詩だ」へと続いてゆく想念であることは否定できまい。それはそれとして、もう一つ、上の即興曲にあったアネモネの花、それはこの時期以後よく使われるモティーフであるから、最小限、ルー・アンドレアス゠サロメ宛て 1914 年 6 月 26 日付けの手紙から、次の一節だけは挙げておきたいと思う。リルケはこう書いている。「ふと気のつく事ですが、世界を精神的に習得すると言っても、私の場合のように、余りにも充全に眼を使いましたのはよくなくて、それはむしろ造形芸術家にとっての方が危険が少なかったのではないでしょうか？ 何故なら、彼らにあっては、そうした習得がもっと把握され易く、肉体的な成果を得て充足されるからです。私は、前に一度ローマの庭園で見たことのある小さなアネモネのようなものです。その花は一日中余りにも大きく開きすぎたために、夜になっても最早自分を閉ざすことができないのでした。暗い牧草地のなかで、大きく見開いたまま、いつまでも吸収しつつ、狂ったように開ききった萼の中へ取り込んでいる姿、そしていつ果てるともない多すぎる夜を頭上にしている、その様子は、見るも恐ろしいというものでした。しかもその傍らには沢山の賢い姉妹たちがいて、どの花も皆、ささやかな度合いの充溢に包まれて閉じてしまっているのです。私もそのように救いなく空へと向けられているのでしょう。だからすべてのものによって散漫にされ、何物をも拒まず、私の感覚はすべて、私に問うこともなく、すべての妨げとなるものへと移ってゆき、ちょっとした物音でもあれば、もう私は自分を捨てて、この物音になっているというわけです。そしておよそ刺激に向けて照準されているすべてのものは、実際刺激されることを要求しているのですから、私もやはり結局は妨げられることを望んでおり、終わる

ことなく妨害されたままなのでしょう。」― われわれは、上の1906-07年あたりに始まると見られてよい『ドゥイノの悲歌』の助走を、このあと十数年にわたって、詩を中心に辿って見ようというわけであるが、その場合勿論、特徴のあるものを主に、それも限られた範囲でしか取り扱うことができない。その上よく知られた作は他でも幾人もの解説者たちによって取り上げられているから、比較的目立たない作が適当であろう。私が他でも言っているように、『悲歌』成立までの過程を、三つの時期に区分することが妥当だとすれば、このあと1912年から大戦の終わる頃までのものから一二篇、そして完成期前後で若干の詩を考えてみたいと思う。この最後の段階では当然、『悲歌』に組み入れられえた作品、乃至は、少なくとも詩人が一時はそうしようと考えていた詩篇が扱われるわけである。つまり『悲歌』の周辺にある作としてその整理の上で問題となってくる諸篇である。極めて興味深いことは、リルケが『ドゥイノの悲歌』を現在の形で完成した直後に、その続篇を用意したことがあるという点である。その際に詩人は言わば在庫目録を作っているのであるが、その記録から見ても、これら周辺の作品群が如何に『悲歌』への近さを持っているか理解できるというものである。

　ところで、読みかけのハイデッガーはどうなっているのであろうか？『根拠律』の方はその間にどう動いたのであろうか？　私はますますこの書が、リルケの話に密着してくることを痛感し始めているのである。例えば先程のカプリの詩、そしてその後のアネモネの手紙のように、内面へと沈潜しつつ視ることを深めてゆく詩人の心、これは例の『マルテ』の言葉そのものであろう。「私は視ることを学んでいる。それが何によるのか私には分からない。一切のものが私の中へますます深く入ってゆくのだ。普段はいつもそこで終わる筈の場所で止まらないのだ。私の知らなかった内部を私は持っている。一切が今やそこへ入ってゆく。そこで何が生じているのか、私は知らない。」― まさにこの箇所を思わせるのが、ハイデッガーの、次の言葉である。「われわれは然し根拠律をそれ自身の言葉通り

に取り、こうして根拠の根拠へと向かって突き進む揚合、何処に陥ってゆくのであろうか？　根拠の根拠というものは、自らを立ち越えて、根拠の根拠の根拠へと迫りゆくのではあるまいか？　もし、われわれがこうして問いを続けてゆくとするならば、何処になおなんらかの停止があるのであろうか？　何処になおなんらか、根拠への見通しがあるのであろうか？　もし思考が根拠へのこの道を行くならば、止めどなく根拠なきものへと落ち込まざるをえないであろう。」—ハイデッガーはこの講義において、現代人の通念である何かというと理由や根拠を問い求めつつ実はこうした根拠なき深淵（Abgrund）に転落してゆく姿を抉り出して、そこに「公理的思考」„axiomatisches Denken“ を見ているのである。これは「計算的思考」„rechnendes Denken“ を一層突き詰めたものと呼んでよかろう。後に第八の悲歌のなかで重要となってくる、人間の対立存在（Gegenübersein）とも繋がる、ハイデッガーのもう一つの言葉は銘記されて然るべきであろう。—「対象的なるものが、更に別種の存立するものを前に後退せざるをえないような世界にあっては、かの principium grande（強大なる原理）即ち根拠律は、その力を決して損なうものではない。この、一切のものの存立と確保との故に、充足さるべく権能ある根拠の力はむしろ、今や一層究極のものへと展開され始めているのである。かかる時代において芸術が、対象なきものとなりつつあるということ、これはまさしく芸術の歴史的合法性を証言しているのである。対象なき芸術自身が、その作り出すものが、最早いかなる作品でもありえず、むしろそれに相応しい言葉すら欠けた何物かしか作り出せぬということを理解している場合、殊にその歴史的合法性は証されるというものである。」—

　やや込み入った引用が長過ぎたとは私も自覚しているのだが、この関わりで、ハイデッガーがリルケ及び特にヘルダーリンに関して、「これら『乏しき時代の詩人たち』の特徴は、彼らにとって、詩の本質が問わるべきものになっているという点にある。そしてそれはこれらの詩人が詩人として、彼らにとって言わるべきものへの痕跡を問い求めるが故である。聖な

るものの痕跡を求めつつ、リルケは本質的に歌う歌が、いつ在りうるのか
という詩の問いに到達する」と他で語っていることが想起されてよいであ
ろう。講義録『根拠律』では、その同じ事柄が、「根拠律の語っていると
ころのもの、それは言語の本質の根底なのである」として展開されてゆ
く。この講義のちょうど中心点、第六講時の終わりで、「根拠律は、存在
するものの存在について語っているのだということを、われわれはむしろ
洞察するのである。根拠律の謂うところはこれである。存在には根拠の如
きものが所属している。存在は根拠の様相あるもので在り、根拠性あるも
ので在る」と告げられ、その意が、「存在はそれ自身において根拠付ける
ものとして本質存在するもの」—— „Sein west in sich als gründendes.“ たるこ
とが述べられる時、われわれは既にこの講義の一つの頂点に達しているの
を知るのである。それだけに「歌は現存」のリルケへと、道を急がねばな
らない。私が『悲歌』成立のための第一段階だとして述べたカプリの頃か
ら、そこでの elementar な自然力との対決から、従って、「この風と共に運
命は来たる」(„Ein Frühlingswind“) と詩人の予感した時期から、第二の段階、
1912-16 年を含む創作期へはどのように動いてゆくのであろうか？　取り
上げられてよい作は勿論非常に多いのである。「スペイン三部曲」(ロンダ
にて 1913 年 1 月 6-14 日作) や、「冬の八行詩」(パリ、1913 年末)、「大いなる夜」
(パリ、1914 年 1 月) を始めとする夜に寄せる詩群、「森の池・転向・嘆き」
(1914 年 6 月 19-20 日及び 7 月始め) また「1914 年クリスマスの前に」(1914 年
12 月) などいずれも欠かし難い而も長大な詩篇である。ここでは黙し、私
は別の二篇を選び、そこへこれらの作との繋がりを若干示すことによって、
この時期全体の詩境を素描したいと思う。最初が „Perlen entronnen. . .“ と
始まる詩である。1912 年 7 月始めにヴェネツィアで書き起こされ、同年
末スペインで閉じられたとされているものである。もう一つがやはり有
名な詩 „Ausgesetzt auf den Bergen des Herzens. . .“ (Irschenhausen, 20. Sept. 1914)
である。

*

真珠玉がこぼれ散る。哀れ、紐が一つ切れたのか？
だが私がそれをまた繋いだとて何になろう。恋人よ、私には
玉を結び合わせる強い留め金、お前がいないのだ

時は熟さなかったのか？　未明のときが日の出を待つように
私はお前を待ち受けていた。夜通し果たした仕事のために青い顔で
満席の劇場のように、私は顔を一杯に開いて
お前のやおら登場する晴れの見せ場を
何ひとつ逃すまいと見守った。さながらに入江が打ち開いた大海を望み
すくと立った灯台から
輝く空間を投げるように、それとも荒野の河床を、雨が
純なる山なみから迸る勢いで、なお天の姿のまま襲うように ——
囚われの人が身を起こし、ただ一つの星の返答を
待望するように、そして彼の罪なき窓に射し入ることを求めるように
それとも或いは、誰か、暖かい支柱を
振り切って、それをしも祭壇に懸けよとばかり
膝まずき、奇跡の起こるまでは立とうともせず、額ずく人のように
見よ、そのように私は、お前の来ぬ限り、身を捨てて果てるを待つのだ

お前だけを私は欲する。舗石のあわいの裂け目ですらも
哀れにも芽生える草の命を悟るとき、その隙間が既に
春全体を欲せずにはいられぬではないか？　それは大地の春なのだ
月もやはり、それを映す姿が村の池に眺められるためには
かの異なる星辰の偉大な現出を要するではないか？
未来の充溢なくして如何にして、ささやかなることも生起しえようか
われらに向かい、動き来たるすべての充全の時なくしては？

25　『ドゥイノの悲歌』第一及び第二

お前はその時のなかに早、在るのではないのか、言い難き人よ？
なお暫し、そうすれば私は最早お前を耐え切れまい。私は老い
乃至は彼方へと子供らに押しやられてしまうのだ...

　難しい詩である。然しよく分かることが二三ある。一つは、リルケに
屢々出てくる「予め失われた恋人」の場合と同じく、ここでも恋人への希
求が即ち詩の Diktat（口述）の訪れを待ち望む詩人の心だということである。
この時点で既に『ドゥイノの悲歌』は第一と第二とが仕上がっており、第
十の始めの部分も出来ているのであるから、リルケがこの「巨いなる詩」
の接続を願っていたことは当然であろう。もう一つ、理解は容易ではない
までも、如何にささやかな事柄といえども未来の充足なしには生起しえぬ、
と語っている事、これは分かるところであろう。通常の観念とはまさに逆
であるが、時間というものを純粋に見据えた場合、「充全の時」よりして
一切は生ずるのであり、詩人はその出現を予感しつつ戦きを覚えているの
である。若き詩人カップスに宛ててリルケの書いた「未来は不動の太陽の
よう」であり、神はそのような未来なのだという言葉が想い起こされる。
もしそのような充てる時そのものが出来したならば、さながらに「美は恐
ろしきものの始まり」であって、「すべての天使は恐ろしい」のであるか
ら、詩人は心ずやその充溢に圧倒されてしまうことであろう。「お前を最
早耐ええまい」の語がそれを示している。そしてもう一つ、これは Ulrich
Fülleborn という人の解釈のなかで私は識ったことであるが、真珠の玉が
こぼれ散るというモティーフは、かなり早く 1901 年 1 月 24 日付けのパウ
ラ・ベッカー宛ての手紙に見られるところなのである。そこでも詩人は
「いつか、よき刻限に、大いなる装飾を仕上げる」ことを願うと語ってい
て、この Sujet（主題）を制作に結び付けて考えている。見失われた隠れた
一つの珠になぞらえて、詩の成就を願っているわけである。このように見
てゆくならば、『悲歌』成立の経過はまことに隠微な細かい無数の脈絡に

よって縫われていると知られるのであって、そのただ一つの視点が、上の詩からも窺えると言えるであろう。こうした呼吸に触れた人ならば、以下に私が引いてゆく幾つかの詩句をすべて、詩人の心の襞に映じた陰影として理解されることであろう。今、呼吸と私は言った。この真珠の詩と同じ頁に挙がっている断片の如き詩行からでさえ、それは伝わって来るのである。咲き満ちる巴旦杏の樹を眺めてすら、詩人はその「速やかに消えゆく装いを、永遠の意味のうちに担っている振る舞い」に驚嘆して、こう歌っている。──「ああ、そのように花咲くことを弁える者ならば、その心はすべての弱き危険を越え出て、大いなる危険のなかに慰めをえることもできように」──私はこれまでにも他で再々、リルケが実存の苦しみを脱却して充全の存在に越え出てゆく、つまりは私の謂う古典性に到達することを論じているが、その一つ一つの道程が、こうした微細までの着眼、凝集、内面化、沈潜による構築だというわけである。

　「何故に人ひとり牧人の如く立ち、流れ入る力の充溢にかくも曝されて、事象に満ちたこの空間に、かくも与からねばならぬのか、この風物のひともとの木に身を寄せて、己れの運命を持ち、最早行動することもなく。」（「スペイン三部曲」II）──「今やわれらは拒まれた日々を永く耐えねばならぬ。樹皮の抵抗のなかで。絶えず抗いつつ、吹き起こる風の深さを頬に感ずることなく。夜は強大だ。だがその歩みは余りに遠く、弱いランプがやさしく、夜を宥めるのみ。心安んぜよ、凍てた氷と雪とが既に、来たるべき感受の緊張を用意しているのだ。」（「冬の八行詩」）──「当時（幼時）といえども、私はお前祝祭を感じていたであろうか？　私が手にとるすべての物をめぐり、お前の輝きのまた輝きがあったのだ。だが突如として、この輝きと私の手とから、一つの新しい物が生じたのだった。物怖じし、殆ど卑俗なまでの物が。それが所有することを命じた。そして私は驚いた。おお、一切は、私がそれに触れえぬうちは、如何に純粋に軽やかに私の観照のなかに休らっていたことだろう。」（「1914年クリスマスの前に」）──

　こうしたすべては一体何を求めてのことなのであろうか？　何故に詩

27　『ドゥイノの悲歌』第一及び第二

人リルケは、これらの孤独と抵抗と緊張と驚愕とに打ち当たる、苦渋の瞬間を詩作せねばならなかったのか？　物といい、夜といい、風物といい、その一つ一つとの対応を呼び返しつつ、詩人は、「内なる男」（「転向」）は、あるべき純粋なる感受の姿勢を再確認し、それを自らに定立しようとしていたに違いない。かつて充全には感得してこなかった、今となっては過剰なばかりに押し寄せて来る、果たされていない事物たちを想えば想うだけ、「より深く視られた世界が、愛において生育することを欲している」のだと知れば知るだけ、詩人はあらゆる物に負い目を覚えたのであったろう。それが事物からの詩人へ向けての語らぬ委託だったのである。私は他で、その頃のリルケの詩境を、こう書いたことがある。―

　「ここには、私の謂う『内面の時』と、そして当然のことながら『充足の時』の予感が歌われていると見てよい。己れのうちへと消えてしまった物たちを、感じつくせるものなのか、或いは自然の迫り来るままに、それを内部で感受しうるのか否か、それを果たしえた時の、測り知れぬ喜びと共に、より多く不安がここにはある。何故ならば―は失われたものの広大さ、他はなお無限に生じうるものから来る促し、この両方の間に揺れ動く、束の間の心の充溢と、また重圧とがここにあるからである。」―ともあれ、内と外との均衡が保てない苦しみ、その不一致、これがこの時期何年にもわたってリルケを苛んだものである。われわれはそれを詩「心の山巓に曝されて」において充分に感じ取ることができるであろう。

　　心の山巓に曝されて、見よ、かしこになんと小さく
　　言葉の最後の村落があることだろう。だがその上に
　　さらに小さく、もうひとつ最後の
　　感情の農家が見える。お前にそれが分かるだろうか？
　　心の山巓に曝されて。手を置けば
　　岩地がある。ここにも恐らく
　　いささかのものは花咲こう。物言わぬ絶壁のなかから

何も知らぬ草花がひとつ、歌うように咲き出ている
だが、知る者は？　ああ知り始めた者
そして今沈黙する者は、心の山巓に曝されて
そこにはなお、無傷の意識を抱いて
幾多のものが経めぐっている。足取り確かな山の生き物たちが
交々に来ては佇む。そして巨いなる休らいに守られた鳥は
峰々の純粋な拒絶をめぐって旋回している。―だが
庇護もなく、此処、心の山巓に曝されて...

　こうした詩群を辿りながら、『新詩集』以後『ドゥイノの悲歌』に到る
リルケ十数年の内面の道を素描することはもとより、大変な難事であって、
私は他でも一度ならず試みはしたものの、到底把握しきれる筈はない。今
回も、上のような言わば抜き書き風の抽写で暗示するよりなかったわけで
ある。加えてこの間の手紙を考慮に入れるならば、そしてまた『マルテの
手記』は勿論のこと幾多の散文作品も引き合いに出すとすれば、それだけ
で行き暮れてしまうばかりであろう。そこで、私は特に詩人の内的苦渋を
語っている手紙を一通だけ紹介することで、それに代えたいと思う。1919
年1月14日付け、Adelheid von der Marwitz 宛てのものである。詩人は然
しこの時点でミュンヒェンにいて、やはり『悲歌』制作に適した土地と住
まいとを希求して苦しんではいるが、既に或る種の古典性とも言える精神
の境地に到達していることが、われわれには察知できるのである。その意
味で、とはつまりまさに苦悩のただ中から静かに湧き起こってくる、現存
の休けさという意味で、『根拠律』からの伏線を少しだけ挿入して後、こ
の手紙の文面を挙げることにしたいと思う。と言うのは、先程、巴旦杏の
花の身振りというところを引いているが、ハイデッガーの講義録のなかに
も、在ることのために根拠を求めずにはいられない人間とは異なり、薔薇
の花は例えば、咲くが故に咲くのであって、何故をそれは問い求めはしな
い、とある。この句は Angelus Silesius の詩句にある由であるが、ハイデッ

29　『ドゥイノの悲歌』第一及び第二

ガーはその説明に、メーリケの詩「ランプに寄せて」から「美しきものは
それ自身において浄福のうちに輝く」という言葉を援用している。リルケ
後期の詩句にも読まれる „Rose-sein“ がやはりこれであろう。このあたり
第七講時でのハイデッガーの纏め方など見事ではあるが、それは先に譲っ
て手紙を読むことにしよう

*

　敬愛するお嬢さま
　ここ何箇月もご無沙汰して参りましたお詫びには、病気と申すよりい
われはございません。確かに今も病んでおります。どんなお便りを致し
ますことも、私の力を越えていると思えるのでございます。とりわけ貴
女のように、是非ともお便りすべき気持ちが私にはあり、またその折で
もあると思われます方に対しましては、書き辛いのです。口で申します
場合には、私はそれでも、この恐ろしい何年間かの周章狼狽のなかで、
私の自分ではどうすることもできませぬ本性の上に落ち懸かって参りま
した障碍の数々を時折乗り越えて来ております。どなたかが実際私の前
におられます際には、その方のために（恐らくはまた多少その方自身のお力
にもよりまして）私は、自分の気持ちを整えることもできるのです。けれ
ども筆をとってどなたかに向かうとなりますと、もう疲れてしまいます。
まるで深い砂に埋もれたようにです。とは申せクリスマスも過ぎてまだ、
私の想いを告げるいささかの印も貴女のもとに届かぬとなりますと、そ
れはもうありえぬ事と思われたものでした。ですが、その頃にも言葉と
はならず、時のみ打ち過ぎ、外部からは苦しめられ、所用も多く、その
すべての陰に私は取り残されたのでした。けれどもこの何箇月か、ひと
もとのクリスマスツリーの在ることによって、昔からもたらされます堅
固でいくらか厳粛な思念の日々に、私の想いが貴方をかすめるだけでな
く、貴女のもとに留まったということ、私の心が貴女のもとで集中し、
貴女のもとで ── どうかそう正確に言わせて下さい ── 休ろうたのだとい

うこと、これは本当のところであります。そんな時、是非とも近く一度お目にかかり、じっくりとお話もし、心の通う機会に恵まれるように致したいと、そう決心した瞬間もございました。そうすれば私の沈黙の罪を償うこともできようかと思ったのでした。

　兄上様ご存命中に折角、私のためにご用意下さいました部屋、公園を広々と見渡しますあの部屋に、私は結局住まいませんでしたけれども、それでも私はフリーダースドルフ村のことを思い描くことはどうにかできたと思っております。その場所は、私を一度そこに招いて下さろうという親愛なる若き友のご希望によって、既になんらか私には親しいところとなっているからです。私は自分で思うのですが、推量に頼るというのではなく、自分の感情が、家というものに対して、誤ることのない正確さを持っているという気が致します。そうした家に対しまして、私は、美しいまた美しく選ばれた遺産の力を通して、一層よく証明できるほどの結び付きを覚えるのです。パリにありました私の所有物をすべて、私は失ったも同然と見なければなりますまい。けれども此処ミュンヒェンで幾つか自分の部屋を持つようになりまして以来、書物も少しずつ増えてきております。私がその蔵書の一番優れた基礎に数えておりますのが、（クローデルの）『頌歌集』であります。これを私は、無限に欠けているもの、然しまた同時に言い難いまでに失われえざるものへと向けて、独特の仕方で結び付けるのです。つまり、友とパリとへ繋いでくれるのが、この作品なのです。友はこの書のなかで私に繰り返し贈り来たされますし、パリは私の生活のなかへ深く織り合わされ変容されているわけです。

　ヴェルアーレンが、ベルンハルト・フォン・デ・マルヴィッツの特に称讃していた人の一人かどうか、また彼がフリーダースドルフの夕べに貴女の前で自作の書物から朗読したかどうか、伺いたいものです。戦争の最中ルーアン駅頭において無残にも殺された、この偉大な詩人は、私にとって驚くべく強大な友でありました。私は一度貴女に彼の話を致したいと思っています。如何に彼が、人間を神へと向けて投げつけるよ

31　『ドゥイノの悲歌』第一及び第二

うな力を傾け、人の心を捉えつつ、ますます人間へとその力と愛とを差し向けることができたか、そうした人間に対して彼が如何に信頼と期待を、また輝くばかりの喜びを、——まさしく一個の偉大にして強大なる信仰者のもつ信仰を、抱きえたか、及ぼしえたか、それをお話ししたいと思います。そしてまさにこの一途に輝き出て来る人間信頼の故に、彼は一人の凌駕されることのない友であったのです。——あらゆる人から、最も純粋なもの、壮麗なものを彼は予測し、賛嘆以外の何物に対しても浄福を覚えはせぬといった心ばえの人でした。私は彼という偉大な人間の死去において、私を最も切実に私自身の課題へと向かわせるべく勇気付けてくれていた人を、失ったのでした。——たとい彼が、私の仕事の一行すら読みえなかったにもせよ、彼は私の仕事を、嵐のような期待を以て信じてくれたのでした。そして私には分かるのですが、彼は私に他ならぬこのことが果たせるものと信頼してくれたのでした。もし私にそれをしも成就することができれば、それが最も内的な歓喜となるであろうところのもの、それを信じてくれたのでした。私がこうしたすべてのことを特に感動的な心情をこめて想いますのは、私が彼の最後の書『高貴の焔』„Les flammes haute“ を手にしたからです。三日前から私は殆どずっとそれを朗読しています。もし貴女が此処にいらっしゃれば、貴女にもこの偉大な詩篇の幸福を味わって頂けるのですが。貴女はきっとそのなかで、私たちが今や皆最も緊急に必要としているものの在ることに気付かれることでしょう。つまり、過ぎ行くことがなんら離別ではないのだということを。何故なら、私たちはこの過ぎ行くということ（Vergänglichkeit）を、自ら過ぎ行くものとして、私たちから過ぎ去った人々と共有しているのだからです。——そして私たちから過ぎ去った人々も私たちも同時に一つの存在（Sein）のなかに在るのです。そこにおいては離別などということは、過ぎ行くと同じく考えられないことなのです。さもなくして、もしもこれらの詩篇が、一人のやがて死者となる人の発言に過ぎなかったのだとしますならば、どうして私たちはこれらの

詩篇を理解できるでありましようか？　それらが私たちの心のなかに在る以上、それらは、この世のものの外で絶えず、制限されざるもの、認識されえざるものへと向かって語りかけ続けるのではないでしょうか？

　私はこう言ってよいと思います。精神というものは、如何なる箇所においても、ただ私たちの時間的なもの今的なものにのみ打ちあたるほどに自らを卑小にすることはありえないのだ、と。精神が私たちに向かって轟き打ち寄せて来るところ、そこにおいては私たちは、死者にして生者、その一なるものなのだと私は思います。

　今気付いたことなのですが。私がインゼル年報に寄稿すべく纏めましたものもすべて皆実はこの確信を強めるのに役立つものだったのです。それは、可能な限り克明に語られた散文作『体験』によっても私の心に固められた確信ですし、またグロテスクな詩『死』のなかでも暗示されているものです。散文作のなかの、樹にもたれている人間は、言わば生と死との二つの秤皿の間でただ告知するだけの秤の針になったわけでしょう。―こういう形象を用いますと、つい思い出さずにはいられないのですが、前に一度ロマン・ロランが私に、古代ギリシアの（そう彼は言っていましたが）音楽のごく僅かな断片を奏して聞かせてくれたことがあります。それはまさしく墓碑銘を楽譜にしたようなものでした。私はその時、この音楽が何を謂おうとするものか分からぬうちに、彼にこう言ったものでした。この音楽は自分には二つの微かに互いに均衡をとり合いつつ重さを計っている秤の皿の運動のような感じを与える、と申しました。そして殆ど喜びの余り驚いたのですが、と言うのも彼はこれは一種の碑銘だと打ち明けてくれたからでした。紀元前5世紀の墓碑で見つかったのだそうです。けれども、例の樹にもたれて樹と一体になった人間の、独特の説明し難い『体験』は、私にとって今なお―こうした秤の形象を最早要しない態の、更に深く更に不可視的に捉えられた調和の中へ自然に引き入れられた聖化だと申してもよいような意味をもっているのです。このように、一人の人間が生きたまま死の側に静かに

33　『ドゥイノの悲歌』第一及び第二

立っているということ、それはさながらあのギリシアの詩に現れます不可思議な魅力の如きでありましょう。そこでは二人の愛し合う者らが衣装を取り換え、どちらがどちらか区分できぬ様子で、それぞれが相手の衣と温もりの中で抱き合っているのです。こうして此処で、外面の微かな、愛をこめた交換が成し遂げられているのです。この変換の至福に包まれた当惑は、最も純粋な安全のひとつへと移行しようとする寸前の姿となっています。

　詩『死』においては然し、最後に、私にとって（私は夜トレドの見事な橋の上に立っていたのですが）長く尾を引いた弧をなして、世界空間を渡り落下する一つの星が、同時に（私はそれをどのように言えばよいのでしょうか？）私の内部空間（Innen-Raum）を横切って落ちて行った瞬間、これが呼び掛けられております。肉体という切り離す輪郭の如きはそこには最早在りえませんでした。この場合は眼によってですが、もっと以前に一度、その時には聴覚を通して、この同じ一致が私に告知されたことがあります。──カプリ島で或る時私は夜、庭に立って、オリーヴの樹の下にいたのですが、一羽の鳥の呼び声がしました。それを聴こうとして私が眼を閉じずにいられなかったところ、その時、私の中と外部とで同時にその呼び声がしたのでした。まるで、完全な延長と清澄さとを含みもつ、唯一の、区別なき空間の中でのようでした。

　こうしたことを皆貴女にお話し致しましたことではありますから、インゼル年報もお送りさせて頂いてよろしいでしょう。ここに収められたノワーユ伯爵夫人の美しい詩も貴女には今や、こうした諸々の関連からして、偶然のものとは思われないことでしょう。どうかこの先も書物のことを色々申し上げることを、私の喜びとしてお許し下さい。多分いずれ例えば私の好きなヴェルアーレンの『高貴の焔』も、入手し次第、送らせて頂くこととなりましょう。目下のところはまだフランスの書籍は暇も手間もかかるようですが。

敬具　リルケ

リルケの手紙を日本語に移すことは、勿論、なかなか気骨の折れること
ではあるが、それと共に非常な喜びでもある。長い夜に長い手紙を書き、
並木路を寂しく歩いた詩人の、一筆一筆をたどることが、いささかながら
彼の詩作の道のひとこまを共にする営みでもあるからである。部分的に引
用するのでは、その呼吸が伝わって来ない憾みがある。『ドゥイノの悲歌』
成立の十数年に関わる書簡のことでは、私が以前書いた「リルケにおける
詩と実存」という作を見て貰えるならば、もう少し詳しく味わって頂ける
とは思うが、今回は上の一通に限ることとし、このあと『悲歌』そのもの
の成立状況を最小限一瞥しなければならない。実はそれによって、『悲歌』
の構造、内的組み合わせ、従ってまたその意味関連というものが、多少と
も明らかになって来るのである。他方、奇妙ないきさつから、並行して読
み進めている『根拠律』は、その間に、第十講時を終わろうとしていると
ころであるが、カントをめぐる論議が続いていることではあり、その話は
まだもう少し先に延ばすのが適当というものであろう。

＊

　『ドゥイノの悲歌』の制作過程を見てゆくと、一つの特徴的な事柄に気
付かせられる。それは、なんらかの意味において「対」をなす形で二篇
ずつが出来てゆくという事である。„paarweise" と称してもよい、そういっ
た組み合わせが見られるのであって、第一と第二とは、1912 年 1 月から
2 月にかけて言わば一息で書かれ、それぞれその時点で完結している。第
三の悲歌と第四の悲歌とは、前者が 1913 年晩秋にパリで完成し、後者は
1915 年 11 月ミュンヒェンでの作であるから、その間に 2 年の隔たりがあ
りはするものの、この両者はそれ以外に、幾多共通の性格を持っている
ことが明らかなのである。各々、詩作の所謂契機となったものが、詩人
にとっての外的要因に刺激をえているということもある。第三の場合に
は、その直前にリルケが経験した「心理分析集会」をめぐる出来事が作用
しており、それは否定のしようのないところである。この集まりの座長は

因みにかの C.G. Jung であった。いずれこれに関してはもう少し立ち入った話をすることとはなろうが、「意識対無意識」といったテーマで論じられた、この時の印象が、「血の河神」を歌いつつ「来歴の潮」に深く入ってゆく第三の悲歌に生々しく反映していることは注目に値するものであろう。第四の悲歌の場合は、これまた一つの俗に謂う教養的素材が、従って詩人にとっての本来的には外部からの影響が色濃く働いているのである。リルケが 1914 年 2 月 1 日に書いた散文『人形。ロッテ・プリッツェルの臘人形に寄せて』が示すように、詩作の直前でこそないとはいえ、或る上演に居合わせたことが動機となっているのである。これには勿論、クライスト（Heinrich von Kleist）の有名な対話作『人形劇について』(1810) が関わってくる。リルケは第四の悲歌を「人形詩」と名付けていることが再々ある程である。尤もそれの該当するのは、この悲歌前半部分についてであって、それに心を奪われ過ぎるのは如何かと私は見ているが、むしろこの詩の重点は「世界空間」への眼の向け方にあると解するのが適切ではあろうが、それについてはあとで立ち入ることにしたい。ともあれそういうわけで、他の各篇に比べて、第三第四の両篇にはとりわけ外からの作用が顕著に認められるのである。そして両篇とも詩人の幼少年時代という重大なモティーフに直結している。加えて第四の悲歌を書き終えて間なしに、リルケは軍務に就くのであり、これから 6 年という不毛の時期を経験せねばならなかったのである。と言うことは、永く詩人にとって、第一と第二、そして第三と第四、こういう組み合わせが意識されていたことを、われわれも考慮すべきであろう、というわけである。現に除隊後のリルケが、1918 年 11 月 4 日付けでインゼル社宛てに送った目録から判断すると、確定しているテキストは、これら四篇のみである。この「悲歌の包み」„Elegienkonvolut" は、作が未完に終わった場合に備えて、最終意志による稿として整理されたものであった。無論そこには、リルケが最初からこれを以て作を閉じたいと考えていた、より正確に言えば、もしこの歌い始めをいつの日か可能にする歌が出来上がることあれば、それを以て終

36

えられはせぬかと、密かに期待していた、そして事実そのように完成され、『悲歌』の掉尾を飾ることとなった、今日の第十の悲歌、「いつの日か、この苦き洞察の果てに立ち、歓呼と称賛とを、賛同してくれる天使らに向かい歌い上げることあれば」に始まる四十数行も、この包みのなかに入っているのである。興味深いのは、そこに数えられている断片の多くと共に、「悲歌にはそぐわぬ」部類の一つとして、われわれが既に見てきた „Ausgesetzt auf den Bergen des Herzens...“ の詩も挙げられていることである。このことは、とはつまりこの詩だけでなく、『悲歌』周辺の多くの詩篇が、度々清書されたり、纏め合わされたりしているということは、記憶さるべきものと思われる。何故ならば、リルケは『ドゥイノの悲歌』完成後になお『断片的・第二部』を計画したからである。今日『後期詩集』に収められている多くの詩篇がそこに列記されているが、Gadamer も言うように、その計画のようにはならなかったことが、やはり幸いというものであろう。『ドゥイノの悲歌』は、その完成した十篇の形でしっくり「おさまっている」„sitzt“ と見た詩人の当初の考えが、あらゆる意味で正当だったのであろう。

　ところで、これまで触れてきた第一第二及び第三第四の悲歌、これら四篇以外の諸篇についてはどう見らるべきなのであろうか？　1922 年早春の、嵐のような制作期のなかで細かく区分するのも不適当ではあろうが、少なくとも第八の悲歌は、2 月 7-8 日へかけて、第六の悲歌はその翌日に完成している。後者の場合は、それ以前に幾度か試みられており、最初は 1913 年 1-2 月にロンダでその始めの 31 行が仕上がっていることは注記されてよいであろう。第七は 2 月 7 日に書かれ、その終わりの決定稿が 2 月 26 日、第九は、始まりが 1912 年 3 月、中心部が 1922 年 2 月 9 日、そして第十は、最終的には 2 月 11 日、そのあと詩人自身も思いがけず同 14 日に第五の悲歌が出来たのである。このように目白押しに出来ていった作を、而も私の謂うように「対」の形で（paarweise）組み合わせることは、無理だとも思われることであろう。だが然し、それぞれの悲歌の根本的内容の

上で、或る種の親近性がやはり二篇ずつ纏められるものを示しているのである。第七と第九、この最早天使を希求することなく、むしろ天使に向かって地上の壮麗を、而もつつましい単純な物たちを讃美することによって歌おうとする、詩人の使命に関わる二篇が、非常な類縁性を持っていることは、読者の誰もが異存なく認めるところであろう。第六と第八、この組み合わせも一見する以上に繋がりの濃いものなのである。前者が英雄の生涯、後者が昆虫の生態であるから、著しく相互に違っていると思われはしようけれども、却って両者は、通常の人間以外の世界を歌っていることにおいて共通していると考えられる。若くして死せる者たちの上昇（Aufgang）と、生き物たちの視ている開かれたもの（das Offene）と而もそのいずれにおいても、根源なる母の懐ろ（Schoß）が問われているのである。ここで然し『ドゥイノの悲歌』全曲の張り渡しと言うか、全篇を弧状に繋ぐ構成全体が考慮されねばならない。実は、私の述べてきた、「対」をなす仕組みは、単に個々の二篇同士の連関には留まらないのである。今、分かり易い形でそれを説明するならば、第六と第八とは、ただこの二篇だけで相互に連関性を持つのではなく、大きく跨いで、第三と第四、この二篇の組とも繋がっているのである。英雄と少年の性、開かれたものと世界空間、このように両方の組が『悲歌』前半と後半とを渡して対向（Entgegnung）し合うわけである。少なくとも第四と第八との本質的テーマの上での共通性については既に指摘している人もあり、Peter Szondi もその一人である。そればかりではない。第一第二の組が、第七第九の組と、これまたさながら天涯を駆ける星辰の軌道のように、照らし合うことも分かって来るというものである。両方の組がいずれも、詩と実存という『悲歌』自体の根本課題を歌うものたることは何方も疑いはされぬであろう。――「止まることはいずこにもない」 „Denn Bleiben ist nirgends.“（第一）、「感ずれば既にして在ると、誰が敢えて言えようか？」 „Doch wer wagte darum schon zu sein?“（第二）――この絶望と悲嘆との問いに対する肯定と確信との答えが、このように粗雑に取り出すことはまことに憚られるところではあるが、「この地上

に在ることは麗しい」„Hiersein ist herrlich.“（第七）であり、「此処にこそ言わるべきものの時は在る。此処こそ、その故郷だ」„Hier ist des *Säglichen* Zeit, *hier* seine Heimat.“（第九）に他ならない。こうして、もう一度現在の配列順に組み合わせを考えるとするならば、第一第二の組が第七第九の組と、第三第四の組が第六第八の組と、このように作品前半と後半とに跨がって張り渡されていると見られてよく、それぞれを特徴付ける概念を今仮に挙げよとなれば、詩と実存これが前者の「対」乃至は系、通常の人間を越えた領域或いはより深い根源とより広大な域これが後者の「対」乃至は系を支えている思念となるわけである。もとより前者の切実な詩人的姿勢あって初めて、後者の可能的詩領野は開かれ、後者の「自然」と呼ばれてよいであろう源泉の故に、前者の使命は基礎付けられる。両々相い結ぶところにリルケが到達しえた生死一如の全一的現存は展開される。詩人が作品後半部の組み合わせを、恐らくは意図的にであろう、交錯させているところに、私の謂う二様の系の、解読の困難さが秘められていると同時に、またその結合の妙が暗示されてもいるわけであろう。

　となると、残されている第五と第十については、もう大抵の読者が見当をつけておられることであろう。第五が作品『ドゥイノの悲歌』前半部を締め括るもの、第十がその後半を、従って全曲を閉じるエピローグと解されるのである。第五については、詩人自身がそれの出来る直前まで、今日「対－歌」„Gegen-Strophen“、と題して『後期詩集』に収められている詩篇を、この位置に見込んでいたこともあって、それはそれでなかなかの難問でもあり、そのことも手伝って、私の説は受け入れられ難いと思う向きはありえよう。それに関しては以下でじっくり考えてみたいと思う。ここでは然し、この現在の第五の悲歌がまさしく、人間の救いなき実存を真の芸術の、とは即ち詩の高き形姿へと引き上げる、その意味において、全曲の中心をなしえていること、更にまた「内なる荒廃」（第三）と「敵対」（第四）とを、「転じられた星座」（第六）及び「純なる空間」（第八）へと開いてゆく、その中間（Zwischenraum）を開示していることを言うに止めたいと思う。宇宙

のなかの失われた絨毯の上で跳躍する旅芸人の姿において、詩人はこの移行を、転換を、「空虚なる過剰」と「純粋なる過少」との間に揺れ動く微妙な均衡として歌い上げたのであった。そしてその場合、私が上で、詩の高き形姿と言った「われらの知らぬ広場」として希求されているところの場所、それはとりもなおさず「純なる過剰」の可能な場でなければならない。ところで私の上来の、成立と内容とを噛み合わせながら考察した、作品の内的構造に関する解釈は、既に拙稿「『ドゥイノの悲歌』第十」（神戸大学文学部紀要第 11 号、1984 年）で詳説したところであるから、ここでは論述の仕方を多少変えて紹介したに過ぎない。リルケがこういう読み取り方を許してくれるかどうかは、尋ねるも詮ない事ながら、『新詩集』や『マルテの手記』の二部構造を念頭に置く時、ここに試みられたような把握を、詩人が著しく嫌うわけはなかろうと、私は思うのである。

*

　この、少々煩わしい記述に一段落ついたところで、ハイデッガーの『根拠律』に関する事柄を挿入してよろしいであろう。私が目下携わっている第十講時の終わりには、ヘルダーリンが引かれている。リルケの『悲歌』第八に言う「対立存在」„Gegenübersein" と全く同じであって、ハイデッガーは、このような対立して在ることを、近代人の宿命だとして追求するのである。ヘルダーリンはその場合むしろギリシア的に語りえた人として、その讃歌「さすらい」が挙げられている。ドイツ語に謂う „überraschen"（驚かす）の意味をハイデッガーは、素早く（rasch）不意に、唐突に、人の上（über）彼方へと越えて襲いかかることだと言っている。『新詩集』第二部冒頭に立つ、あのアポロの古代風のトルソーとも関わる事を、この第十講義の終わり近くから引いておくならば──「ギリシアの立像は、立っている人の観ている姿（Anblick）なのである。この人の立っていることは、客体の意味の対象（Gegenstand）とはなんの関わりもない。ギリシア語のアンティケイメノン、即ち向かい合っていること、より正確には向かい合って

いることにおいて前に在るもの、これは客体の意味の対象とは全く別のものである。ギリシア人は、神々がこちらを視入りながら現前していることにおいて、最も休らいなく不気味なる、そしてまた最も魅力的な向かい合いを、経験したのであった。それがト・デイノン休らいなきものであった。」暫く前に „Rose-sein" の語をリルケから挙げておいたが、それが詩「野薔薇の茂み」„Wilder Rosenbusch"（Ⅱ．164）の中であることを追記しておきたい。この詩で「おお、我が立つを見よ」„Oh sieh mich stehn," と旅人に呼びかける薔薇の優しさには、上のハイデッガーの言葉に無縁ではないものが感じられ、思い出したからである。

　それはともかく、この解釈の始めで私はどう言っていたであろうか？ハイデッガーは確かに古き私を一瞬にして打破する働きをしてくれるが、同時に全く新しい未来への指針をも与えてくれるのであって、そしてまた、そこが面白いところなのであるが、その新しい未来のなかへと、実はハイデッガーは、否定され打ち捨てられた筈の古き我を救いとってくれるのだ、とも私は言っていた。来歴を未来へと止揚してくれる、つまり、より深く根源的に掘り下げる道を開示してくれるのだ、という風にも言っている。『根拠律』第八講時のところに、次のような文が読まれる。――「跳躍というものは、いつの場合にも離脱（Absprung）である。思考の跳躍が離脱してゆくところのものは、かかる跳躍において、放棄されるのではない。ではなくしてむしろ、この離脱によって離れる領域は、跳躍からして初めて、そして跳躍とは別の仕方において、それ以前のものとして見渡されうるものとなるのである。思考の跳躍は、それが離脱するものを後にするのではなく、それをなんらかより根源的な仕方で、自らのものとして習得するのである。この見方よりすれば、思考は跳躍において回想となるのである。それも、過ぎしものへの回想ではなく、合一在（das Gewesene）への回想である。この謂うところは、まさしく過ぎ行くのではなく、本質存在するもの、即ち存続するもの、つまりそれが回想に対して新しい洞察を保証することによって、存続するものを集約する（Versammlung）という

41　『ドゥイノの悲歌』第一及び第二

ことである。すべての合一存在（Gewesen）にはなんらかの、保証を与える（Gewähren）というこうことが蔵されている。その宝は、屢々永き時にわたって発掘されぬまま（ungehoben）であるが、然しその宝は回想を繰り返し再々、一つの汲めども尽きぬ泉の前に置くものなのである。」── 私は勿論、ハイデッガーのこうした独特の思考を、自分のささやかな思念へと故意に近寄せたり、まして、権威付けるために用いようなどとは決して思っていないけれども、この『根拠律』講義で幾度か語られている跳躍─離脱の考えを、私の話の繋がりのなかで記憶しておきたいとは考えているのである。このあと『ドゥイノの悲歌』を、その第一から第二へと順に試訳し、それぞれに既に述べた、詩の精神よりして語るに相応しいと思われる解釈を付していこうと考えているところから、この先はそう何度も『根拠律』の話に移るわけにはゆくまいと思われる。言わば偶然に私が二本立てで進めて来た方法にも、限度があろうということである。実際、講義録はあと、二講時分を残すのみとなっている。そこで、この場所で、この講義の結論風のところを紹介して、ひと先ずこれまでの記述方式から離れることとするのがよろしかろう。正直に言うと、私は話の途中でこんな事も予想しないではなかった。ハイデッガーはここで、何人もの詩人や芸術家、例えばゲーテやモーツァルトに言及している。先程の „Rose-sein“ すらあった。であるから、当初は私はそんなつもりは全くなかったものの、次第に何処かでリルケが名指されはせぬかと、期待するようにもなったのである。あと二講時であるから、それは無理かも知れない。まさか私は、密かに先の頁を繰るなどという、はしたない事をしたくない。それでも最小限、第二の悲歌のところでは『根拠律』への言及は避け難いであろう。この悲歌には、愛し合う者らに向かって詩人が問う「お前たちに証明はあるのか？」„Habt ihr Beweise?“ の句が出て来るからである。その他、生存の根底、根拠を問い求める本質的な場所が、必ずあるであろう。私はその意味でもこれまでは充分に注意していなかった詩の領域へ向けて、自分の思念を傾注してゆく上で、ハイデッガーを併わせ読んだことが作用するに違いないと思っ

42

ているところである。„Oft überraschet es einen, / Der eben kaum es gedacht hat.“「思いもかけずにいた者ほど、屢々驚愕に襲われるのだ」— この句がヘルダーリンから引かれていたものである。そんな心ばえを保持したいというのが私の真情である。

　さて、第十一講時に語られている次の言葉が、上で結論風と私の言ったところである。—「その間に西洋的思考の歴史は、われわれが跳躍より立ち出でて西洋的思考の全体を回顧し、それを存在の合一在的運命として、回想しつつ保持する場合に初めて、またその時にのみ、存在の歴史として現れるのだということが明らかとなった。同時にわれわれはこの跳躍を、われわれが、既に運命に相応しく経験された存在史よりして語ることによってのみ、用意しうるのである。この跳躍が先んじて思考しつつ跳び入る彼方というものは然しながら、決して既存のものといった踏み入ることのできる領域ではない。ではなくして、思考するに値するものとして初めて到来するところのものの領域なのである。この到来は然し合一在の諸特質によって特徴付けられており、そこにおいてのみ認識されうるのである。存在史のなかへとわれわれは、われわれが先に想起された五つの主要問題のうち始めの四つのものとして挙げたことをすべて、遡及し考えねばならない。（この五つの主要問題とは、第七講時終わりに纏められているものであって、1）根拠律の潜伏、2）根拠律の最高根本原則としての定立、3）根拠律が強大なる原理として語りかげ要求していると共にわれわれの時代を規定しているということ、4）『何故』及び『故に』としての根拠、5）根拠律における語調の変転、この五つである。これだけでは勿論、不充分であって、とりわけハイデッガーの場合常に潮のように渦のように、湧き出る波のように進み行く思考の勢いが肝心なのであるが、従って例えばその少し前で、『われわれが根拠律を然し、存在そのものとしての存在への跳躍を謂う命題（Satz）の意味において経験する時、そのとき別なる展望が生じて来るのである』と語られているあたりに籠もる、思考の熱情が大切なのであるが、それは措いて、上の引用を続けるならば）— この五番目の主要問題は、根拠律における語調の変転に打ち当たるのである。同じ命題の語調が変転するという事の背後に、存在するも

のについての根本原則としての、根拠の命題が、存在について語ることとしての根拠に関わる命題へと、移り入る跳躍が隠されているのである。この命題は、回想し‐先んじて思考するものとして、跳躍の意の〈Satz〉である。われわれが、この多義的な言葉〈Satz〉を充全に思考し、単に発言としてだけではなく、また単に語りとして、更にはまた単に跳躍としてだけでもなく、むしろ同時に更に音楽的な意味の楽章としても思考するならば、その場合われわれは初めて、根拠律への充足せる関連（den vollständigen Bezug）を獲得するのである。」— このあと Bettina v. Arnim の有名な書『ゲーテとの一少女の文通』から、興味ある引用が施されているが、それはもう省略したいと思う。要は「存在と根拠とは合して一である」、両者は共属し合うということなのである。その意味は「存在と根拠とは、同一のものの本質において『在る』のである」と語られている。先程の音楽に関する話を、私はハイデッガーにおいて珍しく思うと共に、この場合極めて首肯できるところだとも思ったことだった。と言うのも、この講義の中程で、ハイデッガーがそれまでの所論を纏め直して、語り出したとき、私はチャイコフスキーを思い浮かべたのであった。この人のとりわけ第五交響曲、より有名な第六の „Pathétique“ ではなく、むしろ一層暗く一層抒情的に、われわれの魂に滲みてくる第五の方であるが、その最終楽章を私は念頭に置いたものである。いかにも誠実な、丁寧な、この作曲家に相応しく、そこではこれまでの主要モティーフが皆、立ち還って来ているのである。ハイデッガーが講義でいつも行う「反復」„Wiederholung“ にも、これと似通うものがあると言えよう。リルケの言葉「おんみ、諸々の言葉の終わるところで語る言葉よ」„Du Sprache wo Sprachen enden.“（An die Musik）が想起される。

*

第一の悲歌

たとい私が叫ぼうとも、誰がそもそも私を聞いてくれようか
序列なす天使らのうちで？　よしや仮に私を突如心に抱いてくれる
天使があろうとも、その時には私の方が、彼の、より強大なる
現存故に、失せて果てよう。何故ならば美しきものは他でもない
恐ろしきものの始まりでありわれらはそれを辛くも耐えうるのみなのだ
われらが美をかくも讃嘆しうるのは、それが悠然として、われらを
破壊することをしも拒むが故だ。すべての天使は恐ろしい
されば私は己れを抑え、暗い歔り欷きの放つ
呼び声を嚥み下すほかはない。ああ誰をわれらは一体
求めることができるのか？　天使にもあらず、人間にもあらず
そして敏い動物たちは、既にして気付いているのだ
われらがさまで心休けく、この意味付けられた世界に
住もうてはいぬことを。われらにとって残るものといえば恐らくは
坂道のひともとの木でもあろうか。われらが日毎出会うべく
木は立っている。われらにとって残るのは、昨日の道
それとも何かの習慣が、いつまでも変わらず留まっているということか
そうした仕草はわれらの傍が気に入って、そのまま残り、去らぬのだ
おお思えば夜もある。世界空間を孕んだ風が、われらの顔を
抉るように吹き過ぎるあの夜、誰にとっても夜は残っていよう
憧れ求めた、淡い幻滅を呼ぶ夜、ひとりひとりの心の前に
苦渋に充ちて立つ夜。愛する者らには夜もより軽やかなのであろうか？
ああしかし、彼らもただ互いに自分たちの宿命を覆い合っているだけだ
お前はまだ分からぬのか？　腕のなかよりして空虚さを、われらの
呼吸する諸々の空間へと投げ入れ加えるがよい。恐らくは鳥たちが
その分だけ広がった大気をより内に籠もった羽搏きで感ずるでもあろう

45　『ドゥイノの悲歌』第一及び第二

そうだ、幾とせの春が多分お前を求めていたのだ。幾多の星々が或いは
お前に期待していたのかも知れぬ、お前の感づいてくれることを
過去のもののなかに一つの波が起こることもあり、或いはまた
お前が、開いた窓辺を通り過ぎたとき
無心に奏でていた提琴もあったろう。そのすべてが委託だったのだ
だがお前にそれをこなす力があったろうか？　お前は依然として
期待の故に散漫な心で、さながらすべてが、恋人の来ることを
予告するかの如くただ待っていただけではないのか？　（何処にお前は
彼女を匿うつもりだったのか？　大いなる未知の想いがお前の心を
出でては入り来たり、屢々夜もそこに留まっているのに）
憧れの心に駆られるならば、かの愛する女たちを歌うがよい。彼女らの
讃えられた感情は、決してまだ不滅の物になりきってはいないのだ
かの、捨てられた女たち、お前は羨望さえ覚えぬだろうか、彼女らが
愛の満足を知る者らよりも遥かに愛多きひとたちだったと悟るとき
始めよ、幾たびも新たに、到達し難きこの讃美をば
想えよ、例えば英雄が身を保つ、そのわけを。没落すらも
英雄にはまさに、在らんがための口実、彼の最後の誕生なのだ
だが、かの愛する女たちを、疲弊した自然は、己れのなかへ
とりおさめてしまう。さながらにかかる愛の業なす力を再びは
在らしめまいとするが如くに。お前はガスパラ・スタンパのことを
充全に考えたであろうか？　いつの日か、とある娘が
恋人に去られて、この愛の女を識ったとき
かかるひとにこそなりたいと思える程の高き範例を、お前は作れたか？
われらにとって、こうした最古の苦しみが今こそ更に実り多き
ものとならねばならぬのではないか？　今がその時ではあるまいか
われらが愛しつつ、愛された者から自由となり、震えつつ耐えるべき
時ではないか？　矢が弦に耐え、離脱のなかで全力を集中し、やがて

矢自身より以上のものとなって飛びゆく如く。滞留はいずこにもない故

声が来たる。諸々の声が。聴け我が心、かつてただ
聖者らのみが聴きえた如くに。かの巨大な呼び声は、聖者らの身を
地上から引き上げたという。だが彼らは膝まづきいつまでも
それに気付くこととてなかったという。この世ならぬ人ら
彼らはこれほども聴き入っていたのだ。お前に神の声を耐えうるわけは
もとよりない。だがこの吹き来たるものを聴け
静寂よりして作られる、間断なきこの音信を聴け
今や、かの若き死者たちからお前の許へざわめき来たる響きがあるのだ
お前が足を踏み入れた到る所、ローマのまたナポリの教会のなかで
若き死者らの運命が静かにお前に語りかけてはいなかったか？
それとも墓碑銘のひとつがお前に崇高な想いを託して来たこともあろう
先頃サンタ・マリア・フォルモサ寺院の碑がなした如くに
彼ら若き死者たちが私に求めるものは何か？　彼らの霊の純粋な運動を
時としていささか妨げる、生者らの加えた不正の外装を
ひそかに取り払うことを、私は願われているのであろう

勿論それは奇妙というものだ。この地上に最早住まず
習い覚えた慣習を最早営まず
薔薇の花或いはその他特に望み多い事物にも
人間の未来という意義を与えることすらないとすれば、それは奇妙だ
限りなく不安な手のうちにしたもの、それでさえ最早なく
己が固有の名前すらも
壊れた玩具さながらに捨て去るなら、それは奇妙なことだ
諸々の望みを抱き続けぬのも、奇妙だ
関連していたすべてを皆、こうしてほどいて、それが空間のなかに
翻るさまを視るのも奇妙なことだ。そして死して在ることは

47　『ドゥイノの悲歌』第一及び第二

苦労多く、幾多取り戻してこそ次第に、いささかの
永遠を感じ取れるというものだ。―だがしかし、生ある者らはすべて
過ちを犯している。彼らは余りに明瞭に区別しすぎるのだ
天使らは（とひとは言う）彼らが果たして生者らのあわいを行くものか
それとも死者らのなかを渡るものかを知りはせぬ。永遠の流れが
両方の域を貫いて疾過し、すべての年代を
常に引き攫って行き、いずれにおいても年を越えて鳴り響いているのだ

結局は、彼ら早くして遠く去った者らは、われらを最早要しはすまい
地上の習いを穏やかに離れ、さながら子供が
母の乳房をおとなしく離れてゆくが如きであろう。だが、われら
かくも大いなる秘密を要し、悲哀よりしてかくも屢々浄福の
進歩の生ずる身なるわれら、―われらこそ彼らなくして在りえようか？
かの伝説は益なきものであるまい。かつてリノスを失った嘆きのうちに
最初の試みの音楽が、乾いた凝固を貫いて鳴りわたったという
かくして初めて驚嘆の空間に、かの神にも紛う若者が、突如として
永久に立ち去った、その空間に、空虚がかの振動となり響いたのだった
その振動がわれらを今も引き攫い、慰めそして助けてくれるのだ

*

　詩全体が、流れ漂い動いている。風であり、大気であり、声であり、さながらに万物流転の趣きである。リルケは朗読が巧みであったと聞くが、詩人自身の声で流れるように読んで聞かせて欲しかったと私は思う。まことに「滞留はいずこにもない」である。然し、風そのものがそうであるように、時として、その吹き来たる勢いを引き留めるものがある。弦一杯に引き絞って「己れ自身以上のものとなるべく」矯められた矢の譬えがあったように、流れに抗して、留まるものを希求する心が切ないまでの叫びを発しているのである。それを考える時、一応、詩の順に、こういう事を見

48

てゆく必要があるであろう。詩人は「われら」と言い、そして「私」の語も使っている。われらとは、人間一般、お前及び私は、詩人自身であろう。この人間存在とは断絶しつつ、天使らが呼ばれている。天使らはより強大な現存のものであって、自在に、死者らと生者らの間を、二つの領域を、渡りゆくものである。人間一般にとって残されて在るものはと言えば、坂道の樹木であれ、習慣であれ、それ自体余りにも空しいものばかりである。われらの呼吸する、この空しさを、虚空に投げ入れても、敏い鳥たちが、いささか重くなった大気を感じてくれる態のものに過ぎない。それどころか、詩人自身が、これまですべてを充全にはこなして来なかったと悔いられるのである。愛する者ら、若くして死せる者ら、その音信をもっと心を籠めて聴き、実り多きものにしてゆかねばならぬ。となると、この第一の悲歌には、こういう張り渡しが読まれるのではなかろうか？ より強大な現存つまりは在り続ける滞留の故に、自在に流れ、動くことのできる天使らが一方にあり、他方、留まるものを持たぬわれら即ち人間一般があって、詩人はその中間に立っている、その詩人乃至は詩人たちに対して、遠き代の愛の女たちや、若くして死せる者らから、絶えず声が響いて来る、こういう構造である。なんらか概念化することは、詩の場合とりわけ相応しからぬことではあろうが、生と死とを区分するが故に却って留まるものに到りえぬ人間存在、或いはその逆であるかも知れないが、だから、留まるものを持ちえぬが故に生死を区別する人間存在、そのなかにあって習慣を放擲するのは奇妙なことながら、詩人はまさしく、愛の女たちの未だに充全には不滅となりえていない感情を我が身に引き取り、讃美し、同様に若くして死せる者らが永遠を感じ取ることができるように、その労苦に充ちた死して在ることを取り戻す道を助けねばならぬわけである。何故ならば、歌こそ流れにして形、而も凝固を破る振動だからである。留まることなき人間存在に、留まるものを打ち建てる、それと共に固定され限定されるもののなかに、流れ動く響きをもたらすこと、この矛盾すると見えて実は根幹において一なる在り方、それが、人間一般と天使との中間に位置す

49　『ドゥイノの悲歌』第一及び第二

る、詩人の道なのである。このように言うならば、幾分ヘルダーリンへ近づけ過ぎているとも思われようけれども、何故なら「留まるものを打ち建てるのが詩人らだ」とはヘルダーリンの詩「回想」の結句であり、神々と国民との中間に位置して、天の火を、その光線を歌に包みなして、国民に手渡すのが詩人の使命であるとは、やはりヘルダーリンの讃歌「さながら祭の日に ...」の精神なのであるから、上の私の見解は、リルケをこの「最もドイツ的な」詩人へ基づけるかのようなものだと解されるかも知れないが、第一の悲歌を素直に読む限り、留まるものをめぐる超越と限定、その間の流動、少なくともそれへの希求、この緊張がそこに歌われていることは、否定できぬところであろう。（細かい事のようではあるが、この悲歌第一を結ぶ語 „hilft" はまさに、ヘルダーリンの頌歌「詩人の使命」„Dichterberuf" の終わりの言葉と合致しているのである。）ただ、詩の美しさはもとよりそうした図式的な把握では消えてしまうのであって、ひともとの樹、窓辺でのヴァイオリン、佇む少女、異国の墓碑銘、その一つ一つに及ぶ詩人の愛が、読者の心を打つのである。リルケは眼に見えるものを見えぬ（unsichtbar）ものにすること、つまりは変容することを、詩人の務めと考えるわけで、それがこの悲歌において、内なる心象として呼び来たされているのである。Witold Hulewicz 宛ての 1925 年 11 月 13 日の消印をもつ手紙は、よく引かれるものだが、そのなかでリルケはこう語っている。――「悲歌の天使は、そこに、眼に見えるものを不可視のものに変容するという、われわれが果たすところのことが、既に成し遂げられたものとして現れている、そういう被造物なのです。悲歌の天使にとっては、すべての過去の塔も宮殿も、現に在る（existent）わけです。と言うのも、天使にとってはそれらがとうの昔に不可視となっているからです。そしてわれわれの現存のなかで現になお存立している塔や橋、これが（われわれにとってこそ）まだ有形のものとして（körperhaft）存続してはおりますが、天使には既に不可視となっているのです。悲歌の天使は、不可視のものにおいて、なんらかより高い段階の現実性（Realität）を認識することを保証する存在（Wesen）なのです。――だから

して、天使は『恐ろしい』のです。何故ならば、われわれ天使を愛し変容しつつある者らは、未だに眼に見えるものに拘泥しているからです。」

　こうした事を土台にして、悲歌第一を考えるとき、私には『オルフォイスに寄せるソネット』中の二篇の詩が、とりわけ理解され易いものとなるように思われるのである。いずれも勿論重大な作ながら、然し、留まることなき人間存在、而も区分し解明しては枯渇する、そして「不正の外装」を以て死者らの純粋な運動を妨げている、とはつまり寺院を訪れても徒にこの世の喧騒を持ち込むのみの、観光客の心なき仕業をそこに思ってもよいであろうが、そのような人間的世俗的現存に対して、真の意味で動にして静、静にして動なる詩人即ち「静かなる大地に対しては、我流る、と言い、速やかなる水に向かっては、我在り、と語る」（2-ⅩⅢ）ことのできる詩人を念頭に浮かべるとき、次の二篇を列記した場合、さまで困難を覚えることはないであろう。始めが2-Ⅰ後が1-Ⅲである。

　　息をする、それが眼に見えぬ詩だ
　　絶え間なく、自分の存在をめぐり
　　純粋に交換された世界空間が在るのだ。均衡のとれた
　　重み、そのなかで私は旋律となって生起する

　　息はただ一つの波、その
　　おもむろに広がる海が私なのだ
　　ありうる限りの海のうち、それは最もつましいもの ──
　　空間を得る働き

　　さまざまの空間のこうした場の、いかに多くがすでに
　　私の内部に在ったことだろう。あまたの風が
　　私の息子たちのように思えるのだ

大気よ、私が分かるか？　かつて私の場所たりしものを今も豊かに
含み持つ大気よ、お前はかつての滑らかな樹皮だ
私の言葉がまどかに作り上げた葉だ。それが分かるか？　　　　　（2-Ⅰ）

§

神ならば為し能う。だが、告げよ、いかにして
ひとりの男が、細い竪琴をよすがに、神につき従いうるのであろうか？
彼の心は二分されている。ふたすじの心の道が交差する
ところには、アポロのための神殿は建っていないのだ

歌よ、おんみが彼に教えるもの、それは欲望ではない
辛くもいつか到達されたものとなることを求める情愛でもない
歌は現存なのだ。神にとっては容易なること
われらは然し、いつ在るのか？　そしていつ彼、神は

われらの存在を、大地と星々とへ向けてくれるのか？
それは若者よ、お前が愛することとして在るのではない。たといその時
声がお前の口をついて溢れようとも。―学べよ

お前が歌い上げたことを忘れる道を。それは流れ去るのだ
真実において歌うとは、別なる呼気
無をめぐる呼気。神のなかを吹きゆく、一陣の風　　　　　　　（1-Ⅲ）

　周知のように『ドゥイノの悲歌』には、それこそ汗牛充棟もただなら
ぬばかりの注釈と解説があり、特に知られたものだけでも J. Steiner, R.
Guardini, K. Kippenberg, H. Cämmerer, F.J. Brecht, H. Kreuz, D. Bassermann な
どは直ちに挙げられる文献である。その殆どを私は勿論既に詳しく見てい
る。ただ、こうした多くの論者たちの所謂研究を余り考慮に入れ過ぎると

52

いうと、思い切った自分独自の解釈が打ち出しにくくなるのである。今回はそんなで、私はできる限りそれらを離れて、先ず一篇一篇の詩の訳をつけた上で、一応の解釈を施し、そのあとで心当たりのある諸家の見解を参照することにしたいと考えている。早速ながら第一の悲歌では、Steiner の解説から、若干の事柄を補っておきたい。そこには、意外に私の見るところと近いものも見受けられはするが、それは措いて、先ず一つ気の付いたことを挙げるならば墓碑銘に関する箇所で、私が「崇高な想いを託してきた」と訳した話 „erhaben" であるが、Steiner は、それが彫刻に謂う「浮き彫り」の意を含むものであるということを指摘している。これは確かに、そのようであろう。また、これは読者の多くがちょっとした躓きを覚えるところであろうが、愛する女たちの讃美のあとすぐに続いて、英雄の「没落といえども、それは在るための口実なのだ」という言葉が出ていた。この脈絡、詩的思念の繋がりはどう解したものであろうか？　総じて『悲歌』全体において、こういう箇所、つまり詩人の言葉の呼吸とでも言える跳躍、それが再々われわれを立ち止まらせるのである。ここでは、次のような Steiner の説明が有効だと思える。―「英雄の在り方というものは、死そのものにおいて真価を発揮し、そこにおいて持続する（身を保つ）のであるから、つまりそこで初めて本来的となるのであるから、死が英雄の誕生（とは即ち英雄としての在り方〈Heldensein〉のなかへと生まれ入る事）だと言われて当然であろう。このことが今やその前へと戻して反映されている点で、まさに本質的なのである。何故ならば、捨てられた愛の女たちは、愛を最早生きることはできず、それ故、この人生での目標を立ち越えて、彼女たちの愛を発揮しまた実証せざるをえないわけであり、その限りにおいて、英雄がその英雄性を、生を越えた彼方において証するのと同様である。同じように、対象を超越するということが、愛する女たちを歌うことに他ならない。」―愛する女たちというモティーフがリルケにおいて重大であることは、知られたところであろう。『マルテの手記』にもそれは現れているし、詩人自身が訳した『ポルトガル文』の Marianna Alcoforado

53　『ドゥイノの悲歌』第一及び第二

や、Louize Labé そしてこの詩の Gaspara Stampa といった女性たちのことは、物の本によく紹介されてもいる。この最後の人 (1523-1554) がミラノの貴族の出身で、詩人でもあったということさえ分かっていれば、ここでは充分であろう。愛する者の方が愛される者よりも、愛多きものであるという考え方は、リルケに特徴的なものであるが、対象を越えて、従って凌駕して、開かれたもののなかへと進み行く心の方向、これにはやはり『マルテの手記』から、「愛する者らのまわりには純粋な安定だけがあるのだ」„Um die Liebenden ist lauter Sicherheit." の句を含む一節が引かれてよいであろう。——「愛する女たちは、行方知れぬ男を求めて追い続ける。だが既に最初の数歩で、彼女らは彼を追い越しているのだ。彼女らの前にはただ、神が在るばかりだ。そうした伝説の一つが、ビュブリスの話だ。彼女は、カウノスのあとを追い、リュキアまで赴いた。彼女の心の激しい促しに駆られて、彼女は彼の足跡をたどりつつ幾つもの国を渡り、遂に力尽き果てたのだった。だが、彼女の心の動きは余りにも強かった。くずおれた彼女は、死の彼岸から再来したのだった。熄むことなく、滾々と湧き出でる泉となって。」

この他、神の声に聴き入って、自分の肉体が引き上げられることも気付かなかった聖者が、どういう伝説に基づくものかとか、終わりに出て来るリノスの譬えについてだとかは解説書の注解が幾つもあること故、私は省略したいと思う。リノスだけは然し、リルケがオヴィディウスを識っていたであろうことの指示が Steiner に見られ、延いてはホメロスの『イリアス』にも遡ることが告げられている。私は二様の意味で、この「神にも紛う若者」の伝説を注視したいと思う。一つは、あとでも述べてゆくことになるであろうが、古典性に関してである。拙稿「『ドゥイノの悲歌』第十」でも触れたように、リルケの詩人としての道が、実存の苦しみを脱却して、充全の存在 „vollzähliges Dasein" つまり古典性へと上昇してゆくこと、端的には生死一如の「肯定」の確信に到ることを、私は以下で次第に明らかにしてゆくつもりである。何もホメロスが出て来るから古典性を謂うわ

54

けではない。要は詩作の源泉ということなのである。源泉は、そこへと帰
還すると見えて実は不断にそこよりして開始する始源なのである。私の謂
う古典性とは、常なる未来を蔵しているものである。リルケ自身謂う、歌
在るところ常に在るオルフォイスが、先駆けて歌う歌 „Vor-Gesang" (1-Ⅶ)
それがわれらの前に在る歌、手本たる歌として、古典性を宿しているので
ある。もう一つ付加したいのは、リルケがトラークルを追悼して「リノス
の如き神話的な人」と呼んでいることである。トラークルの年長の友人で
あり雑誌『プレンネル』の編者集でもあった Ludwig Fricker に宛てリルケ
は 1915 年 2 月に、そう言っているのだが、トラークルの「ヘリアン」や「夢
のなかのセバスティアン」といった夢幻的回想的色彩の濃い詩篇に、リル
ケが強く惹かれるものを覚えたことは、充分理解できるところである。リ
ルケはまたこう書いている。「トラークルの体験は、さながら鏡の像のな
かを歩み行くようであります。それはこの鏡に映る空間のような、足を踏
み入れることの叶わぬ空間全体を満たすのであります」と。この他、私が
先に言った、風や大気、声や響きのように、漂い来たり、揺れ動く、振動
そして歌といった方向の事柄について Romano Guardini が Pneuma （精霊）
の語を以て解釈している例がありはするが、そうでなくてさえ第一の悲歌
にかなり長く携わったことではあり、それは今は措いて、第二の悲歌に移
ることにしたいと思う。

＊

<h2 align="center">第二の悲歌</h2>

天使はすべて恐ろしい。だがしかし、悲しいかな私は
おんみらに歌いかけずにはいられない、魂に死を呼びかねぬ鳥たちよ
おんみらを知りつつもなお。トビアスの日々は何処へ失せたのか？
その時、最も輝けるものらの一人が、簡素な家の門口に立ち

旅支度に身を変えてはいても、早、恐ろしき様はなく現れたという
（若者同士のようにトビアスは好奇の眼で眺めたものだった）
今もしも、かの大天使が、危険を孕む者が、星々の彼方から
一歩でも下り、近寄って来るならば、高く燃え－上がる
われらの心は、自らを打ち殺すでもあろう、おんみは何者なりやと

早くして成就せる者らよ、おんみら創造の甘やかされたる子らよ
天地創造の山脈、曙光に染まる
峰の背よ ── 花と咲く神性の花粉
光の関節、道筋、階梯、玉座
本質より成れる空間、歓喜のつくる楯
嵐のように陶酔する感情の騒擾、かと見れば突如、個々の姿とり
鏡となる。流れ出た己れ自身の美をば
自らの顔のなかへと再び汲み返し収めている

惟えばわれらは、われらの感ずる所で霧散する身だ。ああ、われらは
われら自身を、息と共に吐き捨ててしまう。燃える薪の入れ代わる如く
われらは弱まりゆく匂いを放つのみ。たまさかにわれらに言う人もある
お前は我が血のなかに入るとか、この部屋、この春が
お前で満たされるとかと。それが何になろう。われらを引き留める者は
ありえず、われらは人のなか、人の周りで消え行くのみ。美しき
かの人らを誰が留めおきえよう？　止めようもなくかの人らの顔の上に
外観は浮かぶが、やがて立ち去る。朝の草から立ち昇る露の如くに
われらのものが、われらから蒸発するのだ。熱い料理から熱が
離れてゆくように。おお、微笑は何処へ？　おお、見上げる瞳は
心の、新しい、暖かい、去り行く波は、何処へ消えるのか？
悲しいかな、われらはかかるもので在るのだ。われらが身を放つ
世界空間に、われらの味があろうか？　天使らは真実ただ、彼らの

56

ものだけを、彼らから流れ出たもののみを、捉えるに過ぎぬのか？
それとも時として見誤ったかのように、いささかでも
われらの本質が共に捉えられはせぬものか？　われらが天使らの
行進のなかに混じるのはただ、身重の婦人たちの顔に射す、漠たる影
以上ではありえないのか？　天使らは、渦の如くに自らのもとへと
帰還する動きの中で、それに気付くこともない（どうして気付きえよう）

愛する者らならば、もし彼らにしてそれを解するならば、夜風の中で
不可思議の語らいをなしえよう。だが、すべてがわれらを秘密の衣に
包み入れているとしか思えぬのだ。見よ、樹木は在る。われらの住まう
家々もなお存立している。われらだけが
すべての傍らを、入れ替わる大気のように過ぎて行くのだ
そしてすべてのものが、われらを黙ってやり過ごすことで一致している
半ばは多分言うも恥辱だと、半ばは言い難き希望とも見ているのだろう

愛する者らよ、互いの中で充ち足らう者らよ、おんみらに私はわれらの
ことを尋ねたい。おんみらは手を取り合う。おんみらに証明は在るのか？
見よ、私の両の手が互いのうちで感じ合うことは、起こりうる
或いはまた、私の使い古された顔が
手のなかでいたわられるということもある。それが私にいささか感受を
与えてくれる。だが、感ずれば既にして在ると誰が敢えて言えようか？
おんみら愛する者ら、おんみらは相手の男の歓喜のなかで
膨張し、やがて彼は圧倒されて、おんみらに懇願するではないか
これ以上は耐えられぬ──と。おんみらは抱き合う手のなかで
葡萄の幾年のように、ますます豊かとなりゆくのだ
おんみらが時として消え行くのはただ、相手の男が
優勢となるが故のみだ。おんみらに私はわれらのことを尋ねたい
おんみらがあれ程至福に満ちて触れ合うのは、愛撫が引き留めるからだ

おんみら優しき者らが覆う、あの箇所が消えはせぬ故だ。おんみらが
その箇所の下に純なる持続を密かに感じているからだ、私には
それが分かる。こうしておんみらは互いに永遠をすら
抱擁から約し合うのだ。だがしかし、おんみらが最初の眼差しの
驚きに耐え、窓辺の憧れを終えて
初めて共にする散策の道、庭園を一度歩んだとき
愛する者らよ、おんみらはその時になお愛するもので在るだろうか？
おんみらが互いに身を伸ばし、口を当てがうとき、飲みまた飲むとき
おお、その時に、飲む男はなんと奇妙にもその行為から離れ去ることか

おんみらはアッティカの墓碑に刻まれた、人間的振る舞いの
用心深さを見て驚嘆したことはないか？　そこには愛と別離とが
いとも軽やかに肩の上に置かれてはいなかったか？　さながらにそれは
われらとは別の素材から成ると見えなかったか？　あの手を想起せよ
何の重みもなく手と手が休らうていた。トルソーながら力が漲っていた
この自制を弁えた者らには分かっていた、われらの在るはそこまでだと
このように触れ合うこと、これがわれらのものだと。より強い力で神々は
われらに押し迫っては来る。だがそれは神々の為すことなのだ

もしもわれらにしてなんらか純粋な、抑制された、狭い
人間的なるもの、ひとすじのわれらが豊沃の地を、流れと
岩石とのあわいに見出すことができるならば。何故なら自らの心が
今なおわれらを越えて昇りゆく、かの古人らと同じく。だがわれらは
最早心を眺めやることができぬ。それを和らげてくれる像の中に。心を
より偉大に宥めてくれる、神々しい肉体のなかにもそれを見出せぬのだ

　第二の悲歌の主題はとなれば、それは感受する故に既にして在ると言え
るのか、ということであろう。感ずることと在ること、『新詩集』中の雄

篇「薔薇の水盤」に出て来る言葉で言うならば、「存在と傾愛との究極の姿」„Jenes Äußerste von Sein und Neigen" であって、第二の悲歌中心に立つ語、„Empfindung" を引き継ぐ „Doch wer wagte darum schon zu sein?" — これは、第一の悲歌やはり中心の句 „Denn Bleiben ist nirgends." と対応する重みのある発言であろう。そしてこのこと、詩作（蓋し詩人が感受するとは、詩作の根幹であろうから）と存在、これをめぐって『ドゥイノの悲歌』は、その発端からして、従ってあのカプリの「運命の風」以来、詩人の内的格闘として、続いているのである。われわれが上来見て来たところを顧みるならば、この主題が驚くばかり konsequent に一貫していることに気付かされるわけである。私自身は必ずしも意図的にそう書いてきたつもりはないし、リルケ十数年の詩業をわれわれはごく僅か垣間見たに過ぎないのだが、岩石と海洋であれ、真珠玉と恋人であれ、星と夜であれ、アネモネと薔薇であれ、引き合いに出された詩と手紙また散文の殆どすべての箇所において、この、感ずると在るとの関わりが告げられていたと思えるのである。両者は、矛盾或いは相克、軋轢乃至は断絶という対立では決してないのだが、むしろ、まさしく „innig" と謂うべく、内なる一をなす筈のものであろう。ヘルダーリンならば「調和的対立」„Harmonischentgegengesetztes" と呼ぶところのものであろう。ハイデッガーもこの „Innigkeit" に注目して、「万物は、それが対向し遍在するものの内なる一よりして出現することによってのみ在るのである。聖なるものとは、この内なる一自体であり、それが『心』として在るのである」と讃歌「さながら祭の日に ...」のための解明のなかで語っている。リルケにあっても「世界内部空間がもつ内向的なるもの、それがわれわれの制約を解き放ち、われわれに、開かれたものを開示するのである」(Heidegger: „Wozu Dichter?") と解されてよいわけである。然しながら詩人は、感ずると在るとの究極の一致を希求すればこそ、まさにそこに深淵の如くに打ち開かれた、橋架け難い、無限に遠い距離を覚えるのである。「この終わる顔から、ただちに／彼方へと引き攫う世界空間が／広がりゆきつつ始まっているのだ」の句を、われわれはこの話のごく

59 『ドゥイノの悲歌』第一及び第二

最初のところで読んでいる。

　第二の悲歌には、この中心テーマを挟んで、二つの巨大な領域が対置されていると見られてよい。一つが天使たちの在り方であり、今一つが「人間的なるもの」である。後者は第一の悲歌でのように留まるものなき人間存在ではむしろなく、抱擁し合う恋人たちでもなく、そうした恋人たちが悦楽のなかで、密かに感じてはいても、見失っているであろう「純なる持続」を、詩人はギリシアの墓碑を以て暗示しようとしているのである。それ故此処第二の悲歌においても、詩人自身の苦しみであるところの、感ずると在るのと問題、それの置かれている天使と人間的なるものとのあわい、そしてまたこの人間的なるもの自体が「流れと岩石とのあわい」に遠望されているのだが、第一の悲歌と共通する中間領域（Zwischenbereich）が歌われているわけである。第二の悲歌冒頭の天使を讃美する歌は、難しいと思われる読者が多いであろうが、その壮麗清澄の姿はそのままで感じ取れるものである。ヘルダーリンの讃歌「帰郷」„Heimkunft“ の出だしを知る人ならば、さまで難解とは見られぬことであろう。その「晴朗」„die Heitere“ をハイデッガーは clarits, serenitas, hilaritas（清澄、高雅、明朗）と名付けているが、リルケにあっても天使はかかる域に住もうていると考えられてよかろう。この讃歌調の盛り上がりは、のちの第七の悲歌始めの箇所に通ずる趣きであると私には思える。大切なのは、天使が「鏡」だと言われているところである。天使は、われわれ人間のように呼吸と共に自分を吐き捨ててしまうのではなく、「流れ出た己れ自身の美をば、自らの顔のなかへと再び汲み返し収めている」のである。而もこの帰還が「渦の如く」激しくまた素早い動きなのである。これは即ち、感ずると在るとの一致した姿だと言えよう。天使は従って、第一の悲歌で歌われたように生と死との間を自在に渡るもの、そして不可視のものにおいて、より高い現実性を得ているばかりでなく、同じ根拠からして感ずると在るとの一致をも既にして成し遂げている、「本質より成れる空間」に住もうているもの、というわけである。因みに、注釈者の一人 Kreutz が引いているが、Thomas v.

60

Aquin の『神学大全』に、「天使の本性は或る種の意味で一個の鏡である。それは神の鏡像を反射するのである」と書かれている由である。これはそれとして参考になる指摘であろう。

ところでわれわれにとって少々難しいのはむしろ、この悲歌終わりにかけての「人間的なるもの」のところであろう。然しこの理解には、私が親しくしている同学の人で歌人でもある、小松原千里氏が『リルケ — 変容の詩人』（クヴェレ・ドイツ文学叢書第3巻、1977年刊）のなかで書いておられる「『愛する者たち』・死者たち』へのれくいえむ — 『ドゥイノの悲歌』をめぐって — 」という論文が、私の知る限り最も優れた解釈を示しているから、それを読まれるよう私は勧めたいと思う。尤もただそう言うだけでは愛想がないので、以下若干そこから引いてみるとしよう。「1912年1月23日といえば、『ドゥイノの悲歌』のなかの第一の悲歌が、アドリア海をのぞむドゥイノの館から、その持主のマリー・タクシス侯爵夫人に送られた日の二日後の日付であるが、リルケはこの日、ある親しい女友達に宛てた手紙のなかで次のように書いている。『[...] 私は人間へ向かう窓を持っておりません。最終的に持っておりません。人間たちが私に親しい存在になるのは、彼らが私の内部で語りだすときにかぎられています。ここ数年彼らはほとんどただ二つの姿をとって語りかけてまいります。そのために私はたいていこの二つの姿から逆に人間たちのあり方に想いをいたすようになりました。人間的なものの側から私に語りかけてくるものとは — その語り方は力強く一種の権威ある落着きのようなものをそなえていて私は深く耳をすまさざるを得ないのですが、それは、若くして死んだ人たちの霊と、そしてさらに絶対的、さらに純粋、さらに無限の創造性をそなえたもの、すなわち愛の女であります。この二つの姿をとって人間的なものは好むと好まざるとにかかわらず私の心のなかに入ってまいります。』（アンネッテ・コルプ宛）... リルケはこの手紙のなかでこのような死者たち、愛の女たちのことを、人間とはいわず、『人間的なもの』(Menschliches)といっている。つまりここでリルケの問題としているものは、もはや固

体としての人間の直接的な存在ではなくて、人間の魂のありようなのである」―このあとも欠かし難いところではあるが、割愛して、「他者と自らの間に、生と死との境界を越えて、一つの連関を、一つの共同の内部を、即ち詩の世界をつくること。その営みのことをまた、『人間的』といっている。それは人間の心と心とをつなぐ魂の業である」の箇所を挙げるだけにするが、小松原氏は、続いて第二の悲歌最後の句を引いてこう語っておられる。―「古代ギリシアの墓碑にはよく別離の図が刻まれているといわれる。死にゆく者に対し生前親しかった者が別れの挨拶を送る図である。リルケはかつてナポリで古代ギリシアの墓碑の上にうら若い男女の別れゆく同様の図を見て深く感動したことがあった。この句の書かれる数日前、1912年1月10日にルー・サロメに手紙を書き、この身振りのなかに自分とサロメとの関係のあるべき姿を暗に見てとろうとしているが、この詩句で彼はこの身振りを歴史的な関連のもとに置き、さらに墓碑として刻まれたものであることから、実はこれは死者への別れの身振りであり、そしてその身振りが、そっくりそのままで愛の表現になっていることを示しているのである。しかも、互いが互いのたくましい体躯を見つめ合いながら、互いの肩にふれ合いながらである。リルケはここに、自らの実現すべき『人間的なもの』の一つの範例を見出したのである。しかし、この『人間的な』身振りを実現する人々は別の大いなるもの『神々』に支配されている人々だという。『われわれはここまでだ』ということを知る人々、それは『私たち』のところにあるものとは別の『素材』の人々であるという。

　私たちもまた純粋な抑制されたつましい人間的なものを、河の流れと
　巌とのあわいに一条の私たちの沃野を見つけることができるなら
　なぜなら己の心情の高まりはかの人たちと同じくいまなお
　私たちを越えてゆく

　しかし『私たち』は『かの人たち』とは違って、もはや何ものにも支配

されざる存在である。私たちは一方では河の流れのようにはかなくとめど
なく流れてゆく。たとえかたへに悠久の時のなかに『巌』が立っていよう
とも。リルケは前年エジプトを旅したときに、リビア山脈を背景にこの『沃
野』を見たのである。そのもようを妻クララに 1911 年 1 月 18 日の手紙で
伝えているが、こんな文章がある。『私たちは今日王たちの永眠する巨大
な谷を馬車で行った。どの王も一つの山全体の重量の下に眠っているの
だ。』こういう風景を想い出しながらリルケは、永遠の死者たちの国と流
れゆく無常の時とのあわいに、あるべき『人間的な』地帯を夢想していた
のである。しかし、『私たち』は自らの心情の高まりを例えば寺院に、ま
た墓廟に、また例えば神々の肉体に変容させて、そのあわいを実現するこ
とができずにいる。『私たち』は愛するとき、ただもう相手に永遠を約束
しあいながらそのじつ高まる感情は己を残して虚無のなかに消えてゆくか
に思われる。」── 随分と長い引用にはなったが、実によく分かる説明だと
私は思い、敢えて引かせてもらったわけである。こういう文章は特別に心
の籠もった、つまり „innig" な趣きを持っているから、訳文或いは言葉遣
いや句読点は多少、私の流儀とは当然違っているけれども、出来る限りそ
のまま挿入したのである。

　われわれは上のところで、第二の悲歌が「在る」ことの根底的な証明を
問いただすものだから、ハイデッガーの『根拠律』に関わらざるをえない
であろう、と言っている。直接にリルケに即した発言はこの書には結局見
られなかったが、詩の終わりでギリシアの墓碑に刻まれた愛と別離の姿、
とりわけなんの重みもなく休ろうていた手が歌われていたことではあるか
ら、最終講時のところから、次の一文だけは引かれてよろしいであろう。
今日のわれわれにとって、詩人の語るところをわれわれなりに考えてゆく
道が、ハイデッガーの語りのなかに読み取られると思うからである。
──「存在と理性（ratio）とがどの程度まで帰属し合うのかという問いは、た
だ存在史的にのみ問われうるのであり、存在の運命のなかに立ち還り思考
することによってのみ答えられうるのである。ところで然し、われわれは

63　『ドゥイノの悲歌』第一及び第二

存在の贈り来たす運命を、さしあたりただ西洋的思考の歴史を経由することにおいてのみ経験するのである。この思考はギリシア人たちの思考と共に始まっている。存在の運命の開始は、その運命に適した合致と保管とを、アナクシマンドロスからアリストテレスに到るギリシア精神の思考において見出すのである。存在と ratio との帰属性を求める問いをわれわれが存在史的且つ原初的に問いうるのは、われわれがこの問いを、またそこに問われているものを、ギリシア的に思考する場合のみであり、またその時に初めてなしうるのである。」ハイデッガーがこの思考をギリシア的なロゴスへ向けてゆくことは必然の道であり、Sein は Grund であり且つ Abgrund であると語られ、存在の離去（Entzug）が論じられるのであるが、その際こういう言葉も聴かれること故、挙げておきたいと思う。——「われわれは死の近くに住まうことによってのみ、われわれで在るのである。死こそ現存の究極の可能性として、存在とその真理との最高のものを果たすところのものである。」

*

　以上のように悲歌第一と第二とを見て来たわれわれは、この段階で、どういう理解を、これらの詩に即して一応纏めてみることができるのであろうか？　拙ない訳ではあるが、それをもう一度虚心に読み返してみると、第一の悲歌は端的に言って、死して在ることを歌っている。生きた身のままで、死者らと交流することは確かに「奇妙な」ことではある。然し、若くして死せる人らからの「静寂よりして作られる、間断なき音信」に聴き入るということ、これが詩人の為すべき業である。それが未だに「不滅のもの」とはなりきれていない愛の女たちへの償いであるばかりでなく、今日のように「意味付けられた世界」のなかで心休けく住もうてはいない人間存在において、一層強く求められる所以のものなのである。「今がその時ではあるまいか」と詩人が訴えるのは、矢が弦に耐えるような緊張であり、つまりは「死して在れ」という要請である。天使らのように「生者ら

のあわいを行くものか／それとも死者らのなかを渡るものかを知らぬ」身ではなく、従って天使らに同ずることは勿論許されず、叫んだとて天使らに聞いてはもらえぬにもせよ、死者らの声を聴き、死者らと心通わせるということ、それが生死「両方の域を貫いて疾過する」「永遠の流れ」に合一すること、即ち詩の道だというわけであろう。第二の悲歌は、これに対して朝の露のように消え失せるもので「在る」人間存在一般の果敢なさを歌っている。「花咲く神性の花粉」たる天使らの領域とは劃然と隔てられた人間世界にあって、「われらはわれら自身を息と共に吐き捨ててしまう」のであって、「われらが身を放つ／世界空間に、われらの味があろうか？」と詩人は歌うのである。その場合、呼吸と言い、世界空間と言われている。また「われらは、われらの感ずる所で霧散する身だ」と嘆じられてもいる。これは単純に人間存在それ自身の無常性をのみ謂うものではないであろう。つまり、リルケは人間存在一般の果敢なさはもとよりながら、詩に、果たして意味がありえようか、と自問しているのである。「すべてのものが、黙ってわれらをやりすごすことで一致している」とあるように、言葉がそこで問われているのである。詩の為すべきことが、死して在ることであった第一の悲歌とは違い、第二の悲歌では詩そのものの意義が問われているのである。「微笑はいずこへ？」の語もこのことを語っている。その限りでは第一の悲歌よりも第二の悲歌の方が、詩人存在に関しては、一層痛切な悲嘆を告げているとされてよかろう。ただ、そこが『ドゥイノの悲歌』全曲にわたって重要なところなのであるが、悲痛な叫びと深い慰めとが、到る所で交錯しているのである。この場合にも「死して在る」ことを求める第一の悲歌は、深刻ではあるが、また詩人的確信の高潔純粋を打ち出している限りにおいては、優美とも愛深きとも言える極点に到達している。逆に「感ずれば、既にして在る」とは言えぬとする第二の悲歌は、詩人的疑問の厳しさを語っておりながら、他面において、えも言えぬ優しさを残している。「純粋な、抑制された、狭い人間的なるもの、ひとすじのわれらが豊沃の地を、流れと岩石とのあわいに見出すこと

ができるなら」という悲願を希求している。ここでは「われら」の語も、
『悲歌』全体では珍しく、詩人と人間存在一般との相接する姿において観
じられているのである。こうした厳しさと優しさ、苛酷なまでの追求と他
方打ち開いた透明さと、この組み合わせがここ第一及び第二の悲歌におい
ても、まさしく詩と実存とをめぐって認められるのである。ヘルダーリン
の謂う „heroisch-idyllisch-idealisch" でもあろうか？　と言うのも、ヘルダー
リンは詩論『詩精神の取り扱い方について』のなかで、「詩の根拠と意義」
について、こう書いているのである。――「それは形式の対立を通して進む
のではない。そのような場合、根拠と意義とは内容的にはむしろ類似して
いるのである。ではなくして両者は内容における対立を通して進むのであ
り、その際には根拠は意義に対して形式上は同じなのである。その結果、
素朴、英雄的、理想的の諸傾向は、そうした傾向の対象においては相互に
矛盾しはするが、然しこうした相剋志向の形式においては比較されうるも
のであり、従って活動性の法則により一に合しているわけである。つまり
最も普遍的なるもの、生において合一しているのである。」勿論、リルケ
にこのような、それも極めて難解な詩論を直ちに当て嵌めることは如何か
と思いはするが、少なくとも素朴、英雄的、理想的に近い、深刻さと優美
さとが『ドゥイノの悲歌』全曲を縫うていることは強調されてよいであろ
う。

　ところで「死して在る」ということ、この言葉はなかなかに理解困難な
ところではあるから、もう少し補って書いておきたいと私は思うのである。
第七の悲歌に「おお、いつの日か死して、かのすべてを、窮みなく知りえ
ぬものか／すべての星々を」という句が出て来る。„einst tot sein" である。
通常の観念では、死して在ることと、窮みなく知るということ（unendlich
wissen）は、結び付きにくいものであろう。私自身も実は永らくこの死と
知との結合を、疑問としてきたものである。だが、上に見たように、この
死して在るとは単純な現実の死ではないのであろう。むしろ詩作の精神な
のであろう。若くして死せる者らへの共感を通して、通常の生死二つの領

域を充全のものとする、言わば、天使の世界へと、この地上の者たる詩人は参入しようとするのであろう。そうなると分かって来ることが二三ある。かなり以前に引用した Adelheid von der Marwitz 宛ての手紙でリルケは自分の詩「死」を、こう説明していた。トレドの橋に立っていた時、「長く尾を引いた弧をなして、世界空間を渡り落下する一つの星が ... 私の内部空間を横切って落ちて行った瞬間」に呼びかけられたものがある、と彼はそこで語っていた。そこには「肉体の切り離す輪郭の如きは最早在りえませんでした」とも書いている。つまり詩人は、この瞬間にも、詩作の根底的な秘密に触れたと識ったのであろう。「完全な延長と清澄さとを含みもつ、唯一の区別なき空間のなかに」立ち出でたと悟ったのであったろう。「おお、星の落下よ、かつて一度或る橋に立って洞察されたその姿よ、お前を忘れることはない。立っていること」——これが詩「死」の結句である。立っていることとは、この洞察の瞬時において立ち出でる詩の空間に留まること、の意であろう。「死して在る」ことが、詩において立つことなのである。天涯を一瞬燦めいて星は美しく落下して行った。この天と地とを結ぶ星と、生死の境に佇む我と、この、外なるものと内なるものとが、同時に生起した。世界内部空間であった。この合一のひとときの想いが、詩ではないのか？　『鎮魂歌』の一つの結句 „Überstehn ist alles.“ もこれに繋がっていたわけである。となるともう一つ『オルフォイスに寄せるソネット』2-XIII に言われている次の詩句が想起されてよいであろう。「すべての別離に先立って在れ」と始まる有名な詩である。その第一節終わりに「さればこそ、冬を越えつつお前の心は辛くも耐えきることができるのだ」 „daß, überwinternd, dein Herz überhaupt übersteht“ とあってのち、„Sei immer tot in Eurydike...“ と歌われるのである。それを以て小論を閉じておきたいと思う。

　　常にオイリュディーケの内に死して在ることだ。—— 歌いつつ昇りゆき
　　讃えつつ戻り下るがよい、純なる関連のなかへと

67　『ドゥイノの悲歌』第一及び第二

此処、消えゆくものらのなかにあって、凋落の国にあって
鳴り響く杯で在れ、響きのうちに早、壊れ果てる杯で在れ

『ドゥイノの悲歌』 第三及び第四

前に関西外国語大学研究論集第56号に「『ドゥイノの悲歌』第一及び第二について」を寄稿したとき以来、既に二年半ばかりの歳月を閲しており、そして本稿は、言わばその続篇というわけであるから、最小限、若干の繋がりを前置きしておく必要があろう。——リルケ最高の詩境をなす『ドゥイノの悲歌』、その成立の経過や、作品全体の構造については、前稿において、私の理解する限りのところを述べたつもりである。それは従って今繰り返すことを要しない。この、詩人十年の苦闘を経て完成に到った、十歌より成る巨篇、恐らくは20世紀ドイツ詩壇の最も輝ける記念碑たる作品のうち、その第三と第四の悲歌を取り上げるということが惹き起こすであろう、なんらか奇異な感じを、防ぐことができれば、足りるわけである。一つには、『ドゥイノの悲歌』が、その内部で、第一と第二、第三と第四、という具合に、対をなす形で（paarweise）成立しているという事情がある。そうした事も、私は先に説明していること故、ここでは省かせて頂いてよかろう。もう一つ然し、この対の形は、そのままの順で第五の悲歌以下へも直ちに継続されるわけではないのであって、この第五はむしろ、作品の前半部を締め括る様相を帯びつつ、全篇のエピローグとも解さるべき第十の悲歌と組み合わされる、そういう意味の対となっているのである。また第六の悲歌は第八と繋がり、第七の悲歌は第九と結び付いている。詩人は従って、成立した段階においては、作品後半部の構成を、その内部で、鎹のように交錯させ、意識的に対向的に組み合わせているものと見られるのである。そればかりか、第三と第四の悲歌は、さながら弧を懸けたように、第六と第八の悲歌の組に繋がって系をなし、第一と第二

の悲歌は、第七と第九の組に接続してゆく、そういう系が考えられるわけである。その辺りについても、私は前稿で既に説明しているから、ここではもう立ち入りたくない。ただこのような内的構造に関わる解釈が、一方で詩と実存の問題、他方で「開かれたもの」乃至は世界空間、端的には「自然」と呼ばれてよかろう可能的言語領域、この両面にわたるものを開示することとなり、従って『ドゥイノの悲歌』全体を支える二本の柱がより鮮明に現れうるとともに、その両者が合して生死一如の全一的現存を展開する、という意味で、適当ではなかろうかと、私は思うのである。

　以上のような事で、今回、第三の悲歌と第四の悲歌とをだけ主として一篇に纏めることの、私なりの意義は一応述べえたかと思うわけであるが、以前、私はこんな風に書いているのである。──「もしなお機会があり、なにがしかの心の促しが続くようならば、その先をいずれ上梓することもありえよう」と。実は、前回もまた今回も、私の依っている原稿は、今からではもう七八年以前にもなろうか、「『ドゥイノの悲歌』新解」と題する、講義ノートであり、それは大方 400 枚くらいのものである。無論、その都度、全面的に書き改めはするのだが、要はそれでは何が、今回なにがしかの心の促しとなったのか、という事である。一つには、先頃から私は、リルケが自らの幼年時代の内包していた問題を、このように理解したであろうこと、それが悲歌第三と第四との中心であったに違いないと思い始めたのである。つまりそれは、不安に脅える子供を、愛で以て包みこもうとする母に逆らって、辿って行かざるをえなかった、性の根源、これが第三の悲歌であり、大人たちが無をしか見ていないなかで、世界空間の広がりを予感していた、これが第四の悲歌に謂うところではないのか、そういう事である。そうした事も勿論、私は以前の解釈において触れてはいるのであるが、その実感というべきか、共感というべきか、それがつのって来たというわけである。もう一つある。それは、ここしばらく私は一方でゲーテ、他方でハイデッガーに携わりつつも、自分の内心の動きにおいては、漱石──カフカ──鷗外という風におもむろにずらしながら、自分の仕事を運ん

で来たのである。その延長線上で、少し前からプラトンを勉強するように
なった。まだ無論極めて初歩的段階であることは言うまでもない。「羽が
生えかけている」(『パイドロス』)状況である。だが、私はこのプラトン事
始めを、本格的なものにしたいとは切望しているのである。実際、それを
俟って初めて、ゲーテもハイデッガーも、いやヘルダーリンもニーチェも、
かくなりしかと改めて分かりだした次第である。プラトンは、自分の晩年
に読みたい、それはずっと以前から考えていた。だが人間誰しも、今が自
分の晩年だとは、なかなか思い定めにくいところであろう。そんなで先延
ばしにしていたのが、さまで抗う気持ちなしに、ごく最近以来、親しみだ
したのである。さて、そうなると、リルケはプラトンと、どのような関わ
りがあったであろうか、ということになる。手近な書物による限り、必ず
しもその結びつきは深くないように見える。だがリルケ究極の詩境たる
「世界内部空間」、それはまさしくイデアの世界ではなかろうか? リルケ
はプラトン的真実在を、内部へ取りおろしたのではなかったか? 超越を
内在へと転じたのではなかったか? ニーチェ流に「逆転されたプラト
ン主義」とは言いたくないものの、「内部のほかにはいずこにも、恋人よ、
世界は在りえまい」と歌ったのがリルケである。—„Nirgends, Geliebte,
wird Welt sein, als innen." そしてそれは第七の悲歌の、まさに中心の箇所で
ある。そこまではまだ急ぎたくないものの、これで一つの指針は立ったと
私は思った。

　そこで本稿のあと、それでは続篇はいつどのようになってゆくのか、そ
こは然し、当分不問のままにしておきたい。これまでに自分がまだ訳詩の
形で公けにしたことのない第六の悲歌は、折があれば取り上げたいと考え
ている。多分、然るべき機会は自ずから生じて来ることであろう。以下、
それぞれ詩の拙訳を掲げたあと、解釈を添えて、終わりに要約を付すこと
としよう。

*

71　『ドゥイノの悲歌』第三及び第四

第三の悲歌

愛された女を歌うのもよい。だが悲しいかな、かの隠れたる
罪深き、血の河－神を歌うのは、また別の事柄なのだ
乙女は遠くから識る、彼女の若者を。だが彼自身はどうして知りえよう
かの快楽の主を。この主が、孤独の若者のなかから屢々
乙女がまだ鎮めてはくれぬうちに、時には彼女が存在せぬかのように
ああ、いかなる者とも知りえぬものより滴りつつ、その神の頭べを
もたげていたのだ。夜を無限の騒擾へと呼び出しながら
おお、血の海神ネプトゥーンよ、その恐るべき三叉の矛よ
おお、その貝殻を巻きつけた胸よりして来たる暗鬱の風よ
聴けよかし、夜の掘れ窪み空洞なす音を。おんみら星々よ
愛する男がその恋人の顔貌を見つめる喜びは、おんみら星々に
由来するのではないのか？　彼が彼女の純なる顔に注ぐ
心こめた眼差し、それは純なる星辰から得られたものではないのか？

お前少女のせいではなく、また哀れ彼の母親のせいでもない
彼の眉がかくも期待にみなぎって張りつめたのは
彼を感ずる乙女よ、彼の唇が果実のような表情を湛えて
反った時にも、それはお前に引き寄せられてのことではなかったのだ
お前の軽やかな出現が彼をあれほども揺すぶったのだと、お前は真実
思うだろうか？　お前、朝風のように歩むものよ
確かにお前が、彼の心を驚かせはしたのだった。だが更に古い驚愕が
彼の中へと躍り入っていたのだ、あの接触の襲撃の際に、彼を
呼んでみるがよい...お前は彼を暗い付き合いから充全には呼び出せぬ
もとより彼が欲情し、彼が湧き出るのだ。心軽くなって、彼は普段通り
お前の休けき心に馴染み、自分を取り戻し、自分を始める

だがそもそも彼が自分を始めたことはあったであろうか？
母よおんみが彼を小さくしたのだ。彼を開始したのはおんみだったのだ
おんみにとって、彼は新しかった。おんみはこの新しい眼の上へと
親愛の世界を傾け、疎遠の世界を防いだのだった。
ああ、あの年月はいずこへと去ったのか？　おんみ母親が簡単に
ほっそりとした姿を以て、彼の波立つ混沌を踏み散らしえた日々は？
幾多の物をおんみはこうして、彼の前に覆い隠した。夜の不審の部屋も
おんみは無害になしえたし、おんみの避難所に満ちた心よりして
おんみはより人間的な空間を、彼の夜の空間へと混じ加える事もできた
闇の中へとではなく、否、おんみのより近い現存の中へと、おんみは
夜の明かりを置いたのだった。それはまるで友愛のように輝いた
おんみが微笑を浮かべて説明できぬ、きしむ物音など何処にもなく、いつ
床が身動きするのかすら、おんみにはとうに分かっている風情だった...
そんな時彼は耳を澄まし、そして宥められるのだった。おんみが優しく
身を起こすだけでおんみはあれ程多くを果たせたのだ。戸棚の陰に高く
外套にくるまったのが、彼の運命だったし、カーテンの襞の間にひそみ
心もちはみ出しているのが、彼の不安な未来というわけだった

そうすると彼はおのずと、横になり、今や安心して
おんみの安らかな形の、眠りを誘う瞼のもとで
甘い喜びを、眠りの前の味わいの中へ溶け入らせたものだった―
守られた者、そう見えたのだった...だが内部には何びとが防ぎえよう
彼の中の、あの来歴の潮を、誰が妨げえようか？
ああ、この眠る子の中にはどんな用心も存在しなかったのだ。眠りつつ
夢みつつ、更には熱に浮かされつつ、彼は身を許し‐入れたのだった
彼、この新しき者、怖じる者、彼は巻き込まれていたのだ
内なる出来事の、先へと伸びてゆく蔓に絡まれ、既にして
さまざまの模様に呑み込まれ、むせるばかりの成長へ、獣のように

駆り立てる諸形式の中へ引き入れられていた。彼は身を委ねた —
それが、彼の愛だったのだ。自らの内奥を愛した。彼の内部の荒廃を
この彼の内なる原生林を愛したのだった。その言葉とならぬ墜落の上に
淡緑色して彼の心は立っていた。それが彼の愛だったのだ。そこを離れ
心は己れの根をも立ち越えて、強大な根源へと進むのだった
そこには、彼のささやかな生誕の彼方の命が、既に生きられていた
愛しつつ、彼はより古い血の中に下って行ったのだ。峡谷の中へと。そこには
恐るべきものが横たわっていた。まだ父祖たちに充満して。そして
どの恐ろしいものも皆彼を識っており、まばたきし、了解し合う
風だった。驚愕すべきものが微笑するのだった ... 母よおんみといえど
かくも情愛こめて微笑することは滅多になかろう。どうして彼が
それを愛さずにいられたろう、それが微笑した時に。おんみより以前に
彼はそれをしも愛したのだ。何故ならば、おんみが彼を身籠った時既に
かの驚愕すべきものは、胎児を動き易くする羊水の中に溶けていたのだ

見よ、われらは花々のようにただ一年の命よりして愛するのではない
われらが愛するところ、そこでは、考えられぬほど遠い以前の
波が立ち起こり、われらの腕の中に入って来るのだ。おお、乙女よ
この事、われらがわれらの中へと愛したのだという事、一なるもの
未来のものではなく、無数に沸き立つものを愛したという事、個々の
子ではなく、父たちを愛したという事、かの山脈の廃墟のように
われらの根底に休ろうている父祖たち、そればかりかかつての母たちの
乾いた河床 — いや更に、あの雲懸かる或いは純潔の、宿命のもとの
すべての音なき風景を愛していたのだという事 — この事が
乙女よ、お前に先んじて生じていたのだ

そしてお前自身、お前には分かっているであろうか? — お前が
愛する男において招き引き上げたものは前代だったのだ。どれ程の感情が

通り去ったものたちから沸き起こって来たことであろう。いかに多くの
女たちが、そこではお前を嫌っていたことだろう。なんという陰鬱な
男たちを、お前は、若者の血脈の中に、かきたてたことだろう。死せる
子供たちまで、お前のところへ来ようとしていたのだ...　おお、静かに
静かに、彼の前で一つの愛の、心休める日々の仕事をなすがよい
——彼を庭の傍らに、導き寄せるがよい。彼に夜々の
充溢する重みを与えるがよい...

彼を抑制するがよい......

*

　この詩の謂わんとするところを、その中軸を、言えとなれば、少年の愛
が、母親よりもまた少女よりも以前に、その根源を持っていたのだ、とい
うことになろう。彼は、かの父祖たちに充満した「彼の内なる原生林を愛
していた」のだった。「夜の明かりを置いて」不安を宥めてくれた母親の
愛より以前に、また「朝風のように歩む」乙女に先んじて、少年の愛は発
していたのだ。端的には、遥かに遠い、混沌として荒廃せる、恐るべき性
の深淵に根ざしており、そこに生じていたもの、それが、彼の愛であった
のだ。そういうことになろう。——このテーマを詩人はだから最初に語っ
ているのである。「愛された女を歌うのもよい。だが悲しいかな、かの隠
れたる／罪深き、血の河-神を歌うのは、また別の事柄なのだ」と。この
出だしはなんら唐突ではない。第一第二と経てきた『悲歌』の読者にとっ
て、愛された女を歌う句のなかに、それまでの主題が率直に凝縮されて
いるからである。第一の悲歌の根本的内容とはまさに、一切のものからわれ
らに、語るべく歌うべく委託されているものがある、とりわけ若くして
死せる者ら、そして愛の女たち、その未だに成就されてはいないもの「不
滅のものになりきってはいない」感情を、われらは引き取り、讃えてゆか
ねばならぬ、それ故にわれらは「静寂よりして作られたる間断なき音信を」
聴かねばならぬ、とするところにあったであろう。リルケの詩業全体の根

幹をなすとされてよい「あらゆるものから小休みなく感受へと合図してくるものがある...」と始まる詩、あの「世界内部空間」の語を含む詩（1914年8-9月作）と基本的には同じ想念たる「すべてが委託だったのだ」という事、これがつまり第一の悲歌の主眼であった。もう少し補っておくならば、第一の悲歌最初の詩節に「お前はまだ分からぬのか？」という言葉が読まれた。詩人にはだからもう分かっていたのだ。それが、「委託だったのだ」と過去形で自らに言い聞かせているところに現れている。そして第二の悲歌の根本はとなれば、人間的振る舞いの在りようとは「愛と別離とが／いとも軽やかに肩の上に置かれている」という事、とはつまり生と死とを余りに明瞭に区別しすぎてはならぬという事であって、そこに人間存在の節度を見る、これであったとされてよかろう。そしてこの抑制が、われわれの今見た第三の悲歌を閉じる言葉でもある。„ein reines, verhaltenes, schmales/Menschliches"（II. El.）と „Verhalt ihn..."（III. El.）とを対置してみれば、その事は自ずからにして明らかであろう。リルケは『ドゥイノの悲歌』全体の接合を、微細な点に到るまで、慎重に精密に構築しているのである。その上で、第一第二の両悲歌を、最も簡潔に要約するならば、それは愛の女を歌うの語に帰する。今やそれとは別の事柄が歌われることとなる。従って、第三の悲歌の大きな特色は、詩人が自らの生存の根底へと目を向け、そこを掘り下げてゆくところにある。深淵を開示するところにある。愛の女の運命や英雄の死もさることながら、今や、詩人自らの我が、大きく抉られるのだ。歌わるべき新たな方向が、打ち開かれるわけである。覆いを剥がすということ、それがドイツ語に謂う „entdecken" である。つまりは発見である。驚愕すべきものに詩人は立ち向かう。かのヘルダーリンが頌歌「詩人の使命」に歌うところの「されど恐るることなくて、詩人は神に／独り向かいて立つべかり」でもあろうか？　或いはそのヘルダーリンの詩の解明でハイデッガーが謂う「聖なるものは一切の経験を、その慣習から引き離し、経験からその依って立つ場所を奪い去る。かく引き離し開き置くとして、聖なるものとは、驚愕すべきものそれ自体である」（M.

76

Heidegger: Erläuterungen zu Hölderlins Dichtung, S. 61 f.) ということでもあろうか？

　実際リルケは、この第三の悲歌を通して、「不正の外装を取り払う」（第一の悲歌）果敢の試みをなしたのだと解されてよい。それを詩的に実践したのだとされてもよい。リルケがここで歌っているものが、聖なるものと直ちに同じではないまでも、„Entsetzliches“ の語は、ただの恐怖を呼び起こすだけのものではなかろう。それは微笑するのである。ともあれこのような詩的実践の故に、この詩人の言葉を「誠実の福音」（H.-G. Gadamer）と称することは至当であろう。

　以上を言わば概説とした上で、なおもう少し詳しく第三の悲歌について見てゆく必要がある。この詩は、1912 年始めにドゥイノの城で書き起こされたと言われる。拡大され完成するのは、1913 年晩秋パリにおいてであって、これは周知の事ながら、この際にはその直前に、リルケが経験した心理分析集会というのがあるので、フロイトやユングの精神分析からの影響がここに作用しているのは、当然理解できるところである。然しながら、この悲歌のなかに、所謂 „Libido“ といった形のものを置き入れ過ぎることはまた、適当でありえまい。詩作最初の段階で、どの程度まで書き進められていたかは不明であり、ましてリルケほどの詩人が、特定の心理学説に跳びつき、それをそのまま受け入れるとは考えられないからである。それ以上にむしろ、詩人は幼時を歌うということ、母親の宥める姿をその深い意味において考えるということ、つまり単に優しい母の手というだけでなく、却って母親こそ、友愛の世界によって、疎遠の世界を立て塞いでしまうものたること、つまり別の悲歌断片「幼時が存在したことを ...」„Laß dir, daß Kindheit war...“ に謂う「いたわり守る庇護の手こそ、危険をもたらすのだ」であって。このようなリルケ特有の鋭い批判という主題が既に、性欲衝動そのものとは全く別個の考えを示しているのである。心理分析集会といった、外部からの刺激そのものは確かに、否定し難いところであろうが、もと詩人には幼時を歌うという根本的使命が『悲歌』発端からしてあったのである。『マルテの手記』がその大きな試みであるこ

77　『ドゥイノの悲歌』第三及び第四

とは、誰しも認めるところであろう。この散文作品中最もよく知られた「手」の話の箇所に、「戦慄の現存」に続いて、例えばこう書かれている。

「私はなんとも言い難いほど、自分の心を引き絞ったのだった。だが、ひとに分かってもらえるように表現できることではなかった。こういう出来事を言い表す言葉があったとしても、私はまだ小さすぎて、なにがしかの言葉を見つけることはできなかった。すると突然、不安が私を捉えた。そういう言葉はきっと、私の年を越えて、いつか不意に現れるのではあるまいか。すると、そんな言葉をいずれ言わねばならないということの方が、何より恐ろしいことのように私には思われたのであった。」

或いはまた、マルテが、その父の死後、父の街を「異邦人」となって歩いてゆきながら考えている所に、こうも読まれるのである。

「識っている街のこうした影響や関連のどの一つも、実際にはまだ充分にこなされていないのではないか。そういう疑念が私の心に高まってきた。人はそういうものを、いつの日か密かに見捨ててしまっていたのだ。だがそれらは仕上がってはいなかった（unfertig）のだ。幼年時代にしてからが、なんらかまだ、果たされる必要があるのではなかろうか。さもなければ、人はそれを永久に失われたものとしてしまうだけではないか。そして私がそれをいかにして失ったかを理解したとき、私は同時に、自分をそこに基づける以外に何ひとつ持ちはしないであろうと感じたのであった。」

ここに引用したマルテの言葉は、今回私が取り上げている第三第四の悲歌いずれにも、決定的に重要な関わりをもつことが、理解されるであろう。であるから、外からのものは、なるほどリルケに深い印象を残しはしたけれども、それはむしろこの悲歌完成の契機となっただけである。いや、本来自分の幼年時代にどのような根本的な意味があったのかと問い続けていたが故に、リルケはそうした「内なる出来事」の根源現象、その原風景に、繋がるものを覚えたのであったろう。

次に、この悲歌第三の読者が誰しも感じるに違いない、乙女に向かっての、詩人の思いやり深い語りかけが重要であって、これは『ドゥイノ

の悲歌』全体にとって特徴的な構造である詩作の場、つまり中間領域（Zwischenbereich）というものを、ここにも認めるとするならば、少年を挟んで乙女と母親、或いはまた未来と前代、こうした張り渡しを示しているとされてよかろう。乙女に関しては、もう一つ私がより本質的な事柄だと見ている、時間の問題に繋がる説明が必要であるから、とはつまり、血の河－神の底に在る恐ろしきものというだけでなく、むしろひとときの愛のなかに潮のように蘇るすべての過去、これがもっと重大なテーマだと私は見ているので、それに立ち入る前に、先の母親のことをもう少し述べておきたいと思う。これは而も、第三の悲歌をめぐる二篇の詩、完成作『ドゥイノの悲歌』には収められなかった作に共通に関係する事柄であるから、若干これまた手間取ることではあるが、先にそれを検討しておこうというわけである。その一篇「幼時が存在したことを認めよ ...」と始まる方は、1920 年 11 月、スイスはイルヒェル河畔ベルクで書かれたものであり、そこに先程少しく触れた「庇護の手こそ危険をもたらす」の句が読まれるのである。そしてこの悲歌は、『ドゥイノの悲歌』完成の言わば直前に書かれていながら、そこには収録されなかったものだが、従ってその辺の事情は、考察に値するところであろう。少なくとも、どうして母親の庇護の手が、却って危険をもたらすのか、というわけである。婦人が感じる、大地と自己との「産みの一致」「母たちの寛大」それがまさしく危険であると、この詩でリルケは言うのだ。これはどういう事なのであろうか？

　　世界を全面的に危険に陥れるのだ ── 世界は庇護へと変転する
　　母なるおんみの充全に感じ取るままに。だが、子供の内なる存在は
　　世界の中心となり、世界を恐怖の外へ逐い出し、恐怖を忘失するのだ

　　これらの詩句が、第三の悲歌にあった「おんみはより人間的な空間を、彼の夜の空間へと混じ加える」以下に続く言葉へ直結することは、見易いところであろう。母親は、彼女のより近い現存の中へと、夜の明かりを

置いたのだった。少年は「甘い喜び」に包まれて、安らかな眠りに落ちようとする。とはつまり、第一の悲歌に謂う、解き明かされ「意味付けられた世界」に安住することではないのか？　そのように「小さくされた」運命ではなくして、少年の内なる「来歴の潮」こそ、彼の内部の荒廃こそ、彼の真実でなければならない。それをまさに覆い隠すのが、母親の愛だったというわけである。同様の思念が、第四及び第八の悲歌で、いずれも大人たちによる強制として、本来は世界空間或いは開かれたものへと注がれていた筈の、純粋な子供の眼を、向け変えてしまい、「子供が後ろ向きに形姿を見るように／仕向けてしまう」（第八）危険という形で、歌われることとなる。この「幼時の存在したことを...」の詩と、次に見る「対－歌」„Gegen-Strophen“ と後に題される詩と、この両悲歌が、詩としての仕上がり具合は申し分ないものでありながら、完成作から外された所以は、やはりそれらに通う詩念が、第三第四また第六第八の悲歌と、余りに共通するところを持っていたためであったのだろう。だがまたリルケは、われわれが今日読む姿で配列し、取捨選択をしたことによって、子供と大人との対立だけでなく、また男と女との対応だけでもなく、むしろ「われわれ人間全体に割り当てられたもの、われわれ全体に対して按分されたもの」へと、完成作『ドゥイノの悲歌』の位相を引き上げることが出来たのであった。ではその「対－歌」とは、どのような詩であろうか？

　この悲歌は、それの出来た時点（1922年2月9日）においては、第五の位置に置かれるべく、予定されたのであった。この事は然し、二重にも三重にも驚嘆さるべきものであろう。一つにはこの悲歌「対－歌」は、1912年にその最初の節が出来ていたものの、完成したのは『ドゥイノの悲歌』全曲の仕上がる直前だったということがある。つまり詩人自身がこれを第五の悲歌としてよい、と見ていたことである。次にこれは、女性の側からの愛の形を歌うものであって、その点、上でも少し触れたように、人間共通のテーマと言うよりも、男と女の対比を打ち出している作である。更に第三に驚嘆さるべきは、その僅か五日のち、2月14日に、旅芸人（Saltimbanques）の悲歌が出来たということである。これが現在の第五の悲歌となる。リルケという詩人の生涯にあって、凡俗の人間を驚かせる事柄は幾多あるとはいえ、奇跡のなかの奇跡とされてもよかろうもの、それがこの旅芸人の悲歌の成就であった。リルケはこの詩を、ガーダマーも謂うように「第十一番目の悲歌として連作の中に置くことなど、一瞬たりとも考えず、それを『対‐歌』と入れ替えたのであった」。さてその「対‐歌」の意は、いろいろ論議されてはいるが、やはり第三の悲歌への対歌と考えるのが至当であろう。何故ならば、ここには女性の側からの愛の問題が歌われているからである。第三の悲歌にあっては、少年乃至は若者のうちに潜む「罪深き、血の河‐神」を前に戸惑う乙女或いは母親が置かれていたのに反して、「対‐歌」では、おみならの「壮麗なる心の空間に気付くとき驚嘆する」男たち、と言われていて、極めて対照的だからである。そのおみならに対して「いずこから／おんみらは、恋人の現れるとき／未来をば取り来たすのか」と問われており、これは第三の悲歌の、少年の内部に荒れ狂う「来歴の潮」と対応しているであろう。未来と来歴、これはドイツ語にした場合、一層その対比が明らかになる言葉である。Zukunft-Herkunft である。そして「対‐歌」は、婦人の側には「およそ在りうる以上の」未来が「充分に蓄え」られている、とも歌う。オイリュディーケの姉妹たる女性たちは「常に聖なる転換に充ちて」いるとも讃えられている。そうした事情を弁えた上で、第三の悲歌に話を戻すとすれば、私はこの、時間の深さということを、とりわけ重視したい気がするのである。そこで、例の深層心理学に謂う所の、意識下のものへの掘り下げよりも、「われらの根底に休らうている父祖たち」を、実は少年は愛していたのだと歌われるとき、ひとときの愛にこもる、遠き血の過去すべて、そしてその深み全体が立ち還っているということ、これがこの悲歌の根幹なのではなかろうか？　われわれが前稿で第一第二のそれぞれの悲歌中心部に、言わば基本語を見て来たように〔「滞留はいずこにもない故」„Denn Bleiben ist nirgends.“（第一）―「感ずれば既にして在ると、誰が敢えて言えようか？」„Doch wer wagte darum schon zu *sein?*"〔第二〕〕第三の悲歌でもそれを取り出すとなれば、この箇所がそれであろう。「だが内部には、何びとが防ぎえよう、彼の中の、あの来歴の潮を誰が妨げえようか？」„Aber innen: wer wehrte, hinderte *innen* in ihm die Fluten der Herkunft?" —— 少年の生誕の彼方なる命が、驚愕すべきものが、微笑するのであるから、グロテスクな印象は避け難く、それは強烈に、読む者の心に伝わって来る。然しリルケが真に歌おうとしたことは、単にそうした心理分析的な具象ではむしろなくて、内なる「すべての音なき風景」つまりは時間だったのではなかろうか？　そして第十の悲歌での、「嘆きの遠き国」„die weite Landschaft der Klagen" を遍歴してゆく魂の姿を考え合わせるならば、とりわけその「音なき定め」„aus dem tonlosen Los" をこの第三の悲歌の句 „die ganze/lautlose Landschaft" と繋ぎ会わせるならば、その「下降」（Liebend/stieg er hinab in das ältere Blut,）も、時の中の行旅（Wanderschaft）として解するのが、詩の精神ではないかと、私は思う。因みに、この第三の悲歌と、弧を懸けて結ぶと私の謂う、第六の悲歌では、「上昇」が歌われるのである。「永続は／英雄の心を惹かぬ。その上昇が現存なのだ」„Dauern/ficht ihn nicht an. Sein Aufgang ist Dasein;" とそこには読まれる。

　前稿と同様に、今回も私は自分なりの一応の解釈を試みたあとで、諸家の注釈なり解説なりを参照する方式をとったわけであるが、Jacob Steiner の解釈から、最小限、次の二つの事柄は取り出しておきたいと思う。その一つ『ロダン論』からの引用は、Kreutz の書にも欄外注として挙がってはいるが、この第三の悲歌冒頭の箇所を理解する上で、大層有効であると見られる。この論の始まって間もなく、新たな表現を求める時代が動きつつあった、と語られ、「その言葉が肉体であったのだ」とあって後、こう読まれるのである。——「肉体も変わって来ていた。今もし人が肉体を赤裸々に開いて見せるならば、恐らくそれは、その間に生じていた一切の名付け難き新たなるものを謂う千の表現を含んでいたであろう。無意識のなかから立ち上がり、さながら異郷の河神たちのように、その滴る顔を、血のざわめきのなかから起こして来る、あの古き、さまざまの秘密を指す

表現となっていたであろう。そしてこの肉体は、古代ギリシアの肉体に比して美しくない筈がなかった。いや、それ以上に大いなる美を持っているに違いなかったのだ。」──もう一つ、Steiner が取り上げている「淡緑色」のところは、第三の悲歌で誰しも忘れ難い、あの原生林の崩れ落ちたなかに、淡緑色して置かれていた、若者の心に触れているのである。論者 Steiner は巧みにこう書いている。「緑は植物の成長の色である。因みに、この色彩は『悲歌』のなかで最も再々現れてくる色である。第五の旅芸人では『緑の金箔のついた絹の衣裳』が、娘の膨らんだ胸の上に広がっているとあり、第九の悲歌の始めでは、緑は植物の生存それ自体の色として捉えられ、その陰影が、多様な意味の深さを指し示しているのである。また第十の悲歌では、苦しみが『われらの濃緑の、にちにち草（Sinngrün）』と言われている。特にこの最後の例証から、死の次元が、緑という色の、象徴領域に入って来るわけである。死と苦痛とは然し、後に見られるように、全体を指示している。これらの深みを内蔵しているのが、他ならぬ緑という色の暗い色調なのである。だからして『淡緑色』はただ生をのみ告げている。乃至はせいぜい間接に、別のもの、より深きものを指しているに過ぎない。と言うのはこの緑の淡い明るさは、われわれがこの他の原生林、特に崩れ落ちた巨木に帰せざるをえない、濃い暗さと、際立った対照をなしているからである。」もう一つシュタイナーの指摘で私は知ったのだが、この人がその解釈のなかで屢々挙げている詩の一つに „Du hast mir, Sommer...“ と始まる、1915 年晩秋の作があり、全集版では他の六篇と合わせて、>SIEBEN GEDICHTE< という題名のもとに草稿の部に収められているのがある（Ⅱ, 435 ff.）。確かに字句の理解に資するところがあり、第三の悲歌でも用いられているかなり際どい表現を解釈する上では興味深いものがありはするが、これがどういう折に書かれた作か、目下のところでは不明なため、私は立ち入ることが出来ない。ルー・アンドレアス＝サロメを念頭においたものではないか、という感触がするのであるが、確実なことが摑めないのである。総じて、リルケの詩に深く関わってゆくことのな

かには、この種のかなり面倒な道筋は避け難いのであって、私もその必要を覚えぬではないが、ここでは措くこととしたい。他に、第三の悲歌終わりのところで「庭」が語られていることもあって、これまたなかなか難解の箇所として、幾つかの指摘が注釈者たちのものに認められはするのだが、私は以前「第十の悲歌・旧稿」について言及した際に、そうしたことに関わる発言をしているので（神戸大学文学部研究紀要第 11 号所載の「『ドゥイノの悲歌』第十」特に 117 頁以下参照）、これも今は割愛して、このあとは第四の悲歌に移るとしよう。

*

第四の悲歌

おお生の樹木よ、いつ冬となるのか？
われらには一致はない。渡り－
鳥のようには了解していないのだ。追い越され、そして遅れて
われらは突如、風に逆らい舞いあがり
そして落ち込んでゆくのだ、関心をもたぬ池の上へと
開花と凋落とがわれらには同時に意識されるのだ
だが何処かで今もなお獅子たちは歩み、そして彼らが
壮大である限り、無力を知ることもありえない

われらにはしかし、われらが一とも全とも思うところで
既にして別のものの求める消耗が感じられるのだ。敵対が
われらには最も身近なものなのだ。愛する者らさえ
常に互いに瀬戸際に立っているではないか
広がりと狩猟そして故郷を約束し合っておりながら
ひとときの素描をものするにも

対照の素地が作られる。苦心して
そうして初めてわれらは絵を見ることもできるのだ。何故なら人は
われらを明瞭に解したいと思いがちなのだ。われらは感ずることの
輪郭を識らぬ。ただその輪郭を外部から形づくるものしか知らぬのだ
己れの心の幕を前にして、不安を覚えぬ人はなかろう
幕が上がる。場面は別離だ
それは容易に分かること。誰も知る庭園の書き割り
おまけに微かに揺れている。やおら踊り手が現れる
そんな男は要らぬ。飽き厭きだ。たとい彼が身軽に振る舞おうと
仮装しているだけなのだ。やがて彼は市民になって
自分の台所を通って部屋に入ってゆくだけだ
私はこんな半分満たされただけの仮面に用はない
人形の方がましだ。人形は詰まっている。私はその
風袋でも針金でも辛抱しよう。その見開いた目の
顔も我慢しよう。私はここにいる。真ん前にいる
明かりは消えておろうとも、もう終わりだと告げられようと
たとい舞台の上手から
虚ろの気配が灰色の隙間風とともに吹いて来ようとも
或いは私の静かな祖先たちの誰ひとり、もう
私と一緒に座ってはいなかろうと、ひとりの女性も
あの褐色の斜視の少年すら、もうおりはせずとも
それでも私は残るのだ。視ることは常に在るのだ

私の言う通りではなかったか？　私故にあれほども人生を
苦く味わい、私の分まで味わった父よ
私の必然が煎じて出した、最初の暗い作品を
私が長じたあとも再三味わいつつ
余りにも無縁の未来の後味に心砕いては

私の曇ったまなざしを吟味していた父だった ―
私の父よ。あなたが死んで以来屢々
私の希望のなかで、私の内部で、あなたは不安を持つのだった
そして死者たちが持つ平静さ、平静の豊かさを
私の僅かばかりの運命のために放棄している、父よ
私の言う通りではなかったか？そしておんみら、私を愛してくれた人ら
　　私の言う通りではなかったか？
おんみらは、おんみらへのささやかな
愛の始まりに対して私を愛してくれた。私は常にそこから離れはしたが
それとてもおんみらの顔に浮かぶ空間が、私には
その空間を愛した時、世界空間へと移って行ったがためだった
そしてそこにはおんみらは最早いなかったのだ... 今、私は
人形の舞台を前に待っているような気がする。いやそれどころか
充全に見据えているように思う。私の視力に釣り合わすべく
必ずや最後には舞台の上に、演技者としてひとり天使が
現れるであろう、風袋を高くからげて。それ程に私は視入っているのだ
天使と人形、それでこそ芝居は始まる
われらが在ることによって
不和にしているもの、それが合致するのだ
そのとき、われらの季節のなかから初めて、すべての変転を包む
圏域が出来するのだ。われらを越えた彼方で
そのとき天使が演ずるのだ。
　　　　　　　見よ、死にゆく者らは
こう憶測しはせぬであろうか？　われらがこの地上で果たす一切が
いかに口実に満ちたものであるかと。一切のものが
それ自体ではないのだ。おお、幼時の幾ときの刻限よ
そのとき形象の背後に、単なる過去のもの以上のものがあり
われらの前に未来は存在しなかったのだ

われらは然し、成長し、ときにはただ大きくならんがために
焦りさえもしたものだった。大きくなることの他
なにものをも持たぬ人らを喜ばせるべく
だが、われらはやはり、独り歩むなかで
永続するものを楽しみ、こうして
世界と玩具との中間領域に立っていたのだった
この場所にこそ、そもそもの始めから
純なる現象の基礎が建てられていたのだった

何びとがひとりの子供を、その在るがままに示しえようか？　何びとが
その子を星辰のなかに置き入れ、その手に
距離の尺度を与ええようか？　何びとが子供の死を
硬くなりゆく灰色のパンから作るのか？　─或いはその死を
誰が子供の丸い口のなかに残すのか？　まるで見事な林檎の
果芯を作るかのように...殺人者どもは
容易に見抜ける。だが、このこと、死を
充全の死を、生よりも前に、かくも
柔らかに含み持ちそして悪意なく在ること、それは
言葉には尽くせぬものなのだ

　　　　　　　　　　　　　　＊

　むずかしい詩である。恐らく『ドゥイノの悲歌』全曲のなかでも最も
解し難い作であろう。部分的にも難解の箇所が随所にある。例えば「獅
子」とあるが、われわれ読者は、何故獅子でなければならぬのかと、考え
込みがちである。リルケほどの詩人が単に百獣の王を登場させるだけとは
思えぬからである。また愛する者らのところで、彼らが「広がりと狩猟そ
して故郷を約束し合って」と言われている。特にこの狩猟、それはまた獅
子とも無縁ではなかろうが、恋人同士の間で、狩猟とは何であろうか？

終わりへかけて「灰色のパン」とある所も、分かるような分からぬような後味を残すであろう。そうした個々の問題については、然るべき注釈者の言に俟つよりないと思われるが、それらが然し、詩全体の読み方と繋がってのみ理解されるのであるから、事は一層複雑というわけである。私は然し、一応こう解釈してゆくのが詩の心ではないかと見ている。――「われら」とはこれまでと同様、人間存在一般のことであろうが、われらには一致がない。われらにとっては、「一切のものが／それ自体ではない」のである。始めの方にあった「われらは感ずることの／輪郭を識らぬ」、これもこの詩の根幹であろう。因みに、私がこれまで、それぞれの悲歌において中枢となる言葉を指摘してきた意味において、この第四の悲歌でもそれを敢えてするとなれば、今挙げた „Alles ist nicht es selbst.“ この句にすべては帰一するとされてよかろう。ところでわれら人間は、その最初から「二分」 „entzwein.“ されたもの、「不和」のなかに置き入れられていたものでは、むしろあるまい。ではなくして、他から、とりわけ周囲の大人たちによって強いられるまま、長ずるにつれてわれらは、本来の一致を喪失するに到ったのであろう。もとわれらは「充全の死を、生よりも前に」柔らかく含み持っていたのであろう。では詩人があれほども執拗に「私の言う通りではなかったか？」と繰り返し問いつめていることは、何に関わるのであろうか？　それは、こういう事ではなかろうか？　詩人である自分が、幼い時、また詩人としての必然の道を歩み始めた頃にも、自分を愛してくれた人々がしきりと自分のために憂いつつ心を砕いてくれたにもかかわらず、自分はその愛に報いること余りに乏しく、俗に謂う恩知らずであった。だが、――詩人たる自分は、そうした人々の愛の更に彼方を凝視していたのだ。自分の眼は、人々の顔に浮かぶ空間を愛しつつも、「世界空間へと移っていた」のだった。そして自分のそのような不可避の道は正当ではなかったか？　何故ならば、世界空間こそ幼時に在り、詩人たる今もそれは求められるべき「場所」だからだ。世界と玩具（物たち „Dinge“）との中間領域、「この場所にこそ、そもそもの始めから／純なる現象の基礎が建てられていた

のだ」からである。このように解するならば、「天使と人形、それでこそ芝居は始まる」とあった箇所も、さまで理解に困難を来たさぬであろう。それが詩の領域であり、「すべての変転を包む／圏域」であって、つまりこの世界空間の舞台の上で、一方で天使ら、かの生死の間を自在に行き来するものら、可視のものを既にして不可視になしえているものらと、他方で物たち、即ち自らは言葉を持たず、われら移ろいゆく人間の言葉に、自らを委託しているものたち „Dinge" とが、演じ始めるというわけである。要するに、今度はわれらの側へと視点を置くとすれば、「われらが在ることによって不和にしているもの」即ち、常に敵対的たらざるをえぬ人間存在の宿命が、かかる場所において乗り越えられる、「合致」がもたらされる、こととなる。詩人がその幼時に視ていた死、それが実は全一の空間であったのではないか？　大人たちにとっては無とも思えたであろうもの、それが世界空間の始まりであったのだ。無ではなかったのだ。かのハイデッガーを模して謂うとすれば、無は存在の白夜なのである。そういうことにもなろう。リルケは第三の悲歌におけると同様、ここ第四の悲歌においても、幼時の抱いていた真の意味を追求してゆく。同じように所謂現実の覆いを剝いで、その彼方を凝視してゆく。先に見たように „entdecken" するのである。それが「私の言う通りではなかったか？」の意味であろう。

　さて、第四の悲歌でリルケが、このように自らの心を吟味しているということ、「己れの心の幕を前にして、不安を覚えぬ人はなかろう」と語っていること、この姿勢には、その一年前に書かれた重大な詩「森の池・転向・嘆き」„Waldteich. Wendung. Klage" が大きく関わっていると私は見る。そこでも詩人は、徹底した自己吟味を行っているからである。― 森の池をめぐって散歩して帰ったところであろう。「関心を持たぬ」（ここでは池ではなく）旅宿の部屋であるが、そこで詩人は独り座して、嵐の海や池の姿、そして「庭の花々」を想いなどして、書き綴っているのである。穏和或いは恐怖、眼差し或いは声 ―「そうしたすべてはただ、生の混乱のなかで眠っている幼年の肩にそっと巻かれた静かな布のようなものにすぎ

ぬ」。自分がこれまで視てきたものすべてが、「私のなかに在ることを悔いているのではあるまいか？」こう詩人は自問しているのである。「獣らは心休けく草を食みつつ、開かれた眼差しのなかへ入っていった。囚われの獅子たちも、内を凝視しながらも、把握されえぬ自由を見入る風情であった。鳥たちは彼（詩人）の心情のなかを貫いて、真っ直ぐに飛ぶのだった。花々は彼を見返り、まるで子供らを見るように、大きな瞳を開いていた」——これは、この連詩第二番目の「転向」のなかの言葉であるが、第四の悲歌にかなり近い趣きを示しているとは言えるであろう。詩「転向」では「苦しみに埋めつくされた全身を通してなお感じうる心を襲い」、助言とも審判ともつかぬ厳しい声が、追って来る、というわけである。その声が、お前の「心は愛を些かも持たぬ」と責め立てるのだ。そのあとに、大層有名な箇所があって、

　何故ならば、見よ、観照には、限りがあるのだ
　観られたる世界は
　愛において成育することを求める

　眼の仕事は終わった
　今や心の仕事を為せ
　お前の中の諸々の形象、かの囚われたるものらにおいてそれを為せ...

この仮借なき自己糾弾が、第四の悲歌に直結する、痛ましいばかりの自責の根源なのである。

　それだけに、その呵責のなかから、やはり然し「私の言う通りではなかったか？」が出て来るということを、われわれは思わねばならない。それは勿論、かつての愛なき、と詩人自ら見るところの、観照へと戻ることではありえまい。詩「転向」に謂う通り「内なる男」(innerer Mann) として、「内なる娘」(dein inneres Mädchen) を、「未だ愛されざる生き物」を、千の本

90

性よりして得てゆく方向、これが獲得される必要があるのである。だが然し、詩人は今や第四の悲歌において、むしろその両方を得たのだとされてよいであろう。何故ならば、彼は、視ることに宿っていた意義と、その観照を愛に基づけつつ為してゆく道と、つまりは眼の仕事と心の仕事と、そのいずれもの根底が、世界空間への方向だったのであり、それが実は、幼時にも在ったあの一致であると、自らに言い聞かせているからである。その事が「私の言う通りではなかったか？」に籠められているのである。連作最後の詩「嘆き」において予見されていた「失われた未来への方向を保持すること」これが、嘆きでは本来なく、「歓喜の漿果（Beere）、落ちた未熟の実」だったことが、詩人には今この第四の悲歌で真に体得されたわけである。因みにこの悲歌を貫いて、「感ずる」に属する言葉を拾ってゆくならば、驚くばかりの数にのぼることが分かるであろう。かの『マルテの手記』を書き終えて以後、何年にも及ぶ詩人の苦闘は、まさしく内なるものと外なるものとの不一致、「感ずることの輪郭」の不明にあったのである。広大な夜空の星辰を前にして、詩人は過剰の充溢が、外部から押し寄せて来ながら、それを充全に果たす（leisten）ことが出来ぬ苦しみに悩んだものであった。だが然し、根本的には既に詩「嘆き」自体のなかで、この苦悩から歓喜への変転が、詩的には生じていたのである。およそ詩人の認識とは、かかるものであろう。歌があって、やがて知が伴なって来るのである。リルケは少なくとも、自作を朗読しながら、自分を理解してゆくということが屡々あった人である。

　　今や私の嵐のなかで、我が歓喜の樹が芽吹くのだ
　　我が緩慢なる歓喜の樹が
　　聳えるのだ
　　私の眼に見えぬ風景のなかで最も美しいものよ
　　私をば、不可視の天使らに対して
　　よりよく識らしめるものよ

──この詩「嘆き」（Paris Anfang Juli 1914）よりして、直ちに一転して、とは同時に、歓喜の樹を生い立たしめるものが、第四の悲歌での「視入っていた」ことの正当性、つまりは世界空間への道筋だったのである。それはまた「失われた未来への方向」をも含むものであったが故に、死せる父のかつての不安を追懐せしめる情感ともなりえたのであった。

　だが然し、第四の悲歌は、「言葉には尽くせぬ」„unbeschreiblich" の語で終わっている。リルケはまだ充全の境地には到っていないことを、自ら告げているのであろう。その意味は、『ドゥイノの悲歌』そのものの結構においては、なんらか究極の地点に到達しえてはいない、の意であろう。詩人は、「苦き洞察の果て」には未だ立ちえていないと識っているのであろう。ただ、惜しいかなリルケはこの連作の直後に兵役につくことになる。創作欲の活発となってきた、まさにその時点で、時代の運命に彼は曝されるのである。入隊に際して、既に出来ていた『悲歌』の諸詩篇を、リルケは携えなかった。それらが汚されるのを嫌ってのことであった。昔、歯痛の時に人形にその痛みをうつさないようにと願って、抱いて寝なかった少女がいたように、と詩人は或る手紙のなかで語っている。ところで他の解釈者たちは、この悲歌第四をどう見ているであろうか？　以下若干そうした紹介を付加しておくのが適切であろう。Dieter Bassermann: Der späte Rilke（1947）といえば今日既に古典的著作であって、特に『ドゥイノの悲歌』及び『オルフォイスに寄せるソネット』成立へ向けての、リルケの歩みをあとづける、詳細綿密な勝れた研究である。そのなかに「第四の悲歌試論」と題された一章があり、これが先ず顧みらるべき論考である。上の私の見解とはかなり違うところがあり、而もそれが微妙繊細な推論に関わるものであるだけに、簡単には繋いで説明しにくいのであるが（例えば「私の言う通りではなかったか？」の一句にしてからが、Bassermann はこれをその直前の言葉「視ることは常に在るのだ」へ接続させていて、これはこれで当然とも思えるわけであるが）、この重厚な論者は、『マルテの手記』は勿論のこと、断片「幼時が存在したことを...」或いは散文作 „Puppen" などを駆使して、極めて

説得力のある解釈を施している、それらは当然私も考慮に入れてはいたが、Bassermann を読みながら考えたことを少し整理して補っておきたいと思う。要するに幼年時代というものの、リルケにおける意味をめぐる考察である。ただ普通考えられるように、それは単に純粋だとか楽園だとかというのでは全くないのである。大層込み入った難しい問題なのである。恐らく幼年時代というものの根本的意義を深く掘り下げることができたという事、それを思索し „leisten" しようと苦闘したこと、そこにリルケという詩人の「内なる一の愛よりして偉大へと向かう道」が要求する犠牲はあるのであろう。

　今、いくらか簡略な形で、子供というものをリルケ風に見てみるならば、そこに三つの中心課題が取り出せるであろう。一つは、リルケの場合、子供が大人の所謂現実というものに対して、懐疑的批判的な眼でこれを視ているということがある。マルテは例えば、大人というものは何か困難に行き当たることがあっても、それはただ「外的な諸々の事情による」だけだと見ていて、なんの不安もなく判断したり行動したりしている、と観察しているのである。子供は多くのものをそれ自身として眺め、他へ関わらせて受け取るわけではない。大人のように関連付けはしない。unbezogen, unbeziehbar の語が相応しく、「静かな朝のお茶の皿」その充全の休けさにある存在を、子供は感じうるのである。然し第二に、ここがいかにもリルケらしい微妙なところであるが、そして第四の悲歌にもあった「大きくなることの他何物をも持たぬ人らを喜ばすべく」つまり大人たちに媚びるかのように、子供は背後から迫って来る不安、素早く忍び入る分裂（Zwietracht）に曝されるまま、二分された見方を取り入れてしまう。「了解していない」状態を受け入れる、裏切りの「ユダの樹」に泥むのである。「何時間も何週間もずっと、われわれはこの静止している人形（Mannequin）に触れて、われわれの心の最初の羽毛のように柔らかい絹を、折り重ね、皺にして楽しんだものだった」と、散文作『人形』に読まれるのも、これであり、また悲歌断片「幼時の存在したことを...」の終わりの言葉も、

この関わりにおいて重要である。

　おお人形よ
　いとも遠き形姿よ、さながら星々が遥かな距離において、諸々の
　世界へと育て上げられるように、お前は子供を星辰になしたのだった
　その星は、世界–空間には小さきに過ぎるとはいえ、お前たちは互いの
　間に感情の空間を、驚嘆と共に張り渡したのだった、高められた空間を
　だが突如、何かが起こった... それは何か？　またいつのことか？
　名付けようもなく、崩壊が — 何と — 謀叛が生じたのだ... 現存の
　半分に満たされて、人形は最早意志せず、否定されて認識することもない
　拒まれた眼で凝視し、横たわり、最早物すらも知らぬ —
　見よ、物たちが人形に代わって、羞じらっているではないか —

これまた難解の詩句とはいえ、われわれが見てきた第四の悲歌への、とり
わけ子供の感受の純粋さが損なわれる瞬間への、示唆を告げているとは考
えられてよかろう。
　然し第三に、とは即ちリルケ的に見られた幼時が持つ意義として第三に、
次の事が注目されねばなるまい。つまり、子供のなかに本来的に生きてい
た感情の「減じられることなき眼」、それが新たな学びとなって立ち還っ
て来るのである。「或る少年の死を悼む鎮魂歌」(München, 13. November 1915)
のなかにこう歌われている。

　今にして私には思えるのだ、われらは常に交換して来たのではないかと
　私が小川を見た時、私はそこで波の音を立てたのだった
　小川がさざ波の音を立てる時、私はその中に跳び入っていたのだった
　私が一つの響きを見た時、私も鳴り響いていたのだ
　そうしてその響きがした場所で、私はその水底であったのだ

この句は既にわれわれの耳に親しまれているものではなかろうか？　『オルフォイスに寄せるソネット』最終の言葉として、前稿にも引用したことのある「静かなる大地に対しては、我流る、と言い／速やかなる水に向かっては、我在り、と語るがよい」(2-Ⅷ)あの詩境だからである。リルケ自身が、幼時の全一的世界を、自らの詩の究極へと救い取ったのだとされてよいであろう。それが詩人の „leisten" する所以であったと言われてよかろう。Bassermann は、子供が玩具において体験し、世界へと適用してゆく、この同化の道での一致（Einswerdung）、その経過において「それ自身で在ること」„Es-selbst-Sein" が生ずるのだと語り、そしてこの現象が、時間的なるものの現実性を脱して「永続」(Dauern) を投影するのだと解している。このあと論者は、第二の悲歌にあった、天使の鏡、己れ自身の美を再び自らの顔のなかに取り戻し収め入れる姿とあった箇所を想起させている。ともあれ、リルケという詩人における詩的想念の複雑微妙な絡み合いは、まことに陰影と屈折に満ちているとしか言えぬ類のものであり、それでいて一切は、純一無雑な世界空間のなかに位置づけられてゆくのである。詩の言葉を「青きりんどうの花」と呼ぶこの詩人は、ヘルダーリンと同じく終わるなき Denker である。

　もう一人、J. Steiner の解釈は、個々の部分で優れてはいるが、第四の悲歌全体をどう把握するのかとなれば、幾分ぼやけてしまう感があり、むしろ「開かれたもの」の第八の悲歌やその他の悲歌へと広げてゆく見方において、その特色があるように思われる。われわれの理解にとって有益な事は然し、「生の樹木」或いは「天使と人形」また「星辰」への距離といった難解の箇所で、Steiner はかなり詳しい説明を、リルケの詩作全体に関わらせて施している点である。そのすべてが説得的とはゆかぬながら、幾つか挙げておく必要はあろう。始めに論者は「われらに一致はない」の句に関して、詩人がむしろ如何なる所において一致を見ているのかを問うている。そして散文作『体験』を問題にしているのは適切であろう。私はこういう考え方を、文学的だとよく思うのである。一種の逆説的な捉え方な

のであって、例えば Gottfried Benn（1886-1956）が現代詩を論ずるに際して、現代的でないのはどういう詩かと問うてゆくのに似ているわけである。リルケの『体験』は確かに、樹の中へ「休らい入ってゆく」„eingeruht" もの、「自然のなかに充全に関わり入ってゆく」„völlig eingelassen in die Natur" のであるから、„einig-sein" の極致を示すとされてよかろう。私にとって興味深いのはところで、Steiner のこのあたりの説明において、リルケの超越を、普通の場合のように内在を経て得られたものではない、と言われている所である。つまり Transzendenz は西洋的には Immanenz の彼方に考えられるのである。われわれ東洋人にとっては然し、まさしく Steiner の謂う、リルケ的に「外に立つ」„Außerhalbstehen" ことに直結しているわけであって、この辺りに、日本人がリルケの世界へ意外な程の親近性を持っていることの、一つの理由が見られそうに私は思った。次に「褐色の斜視の少年」のところで『マルテの手記』から Erik Brahe が引かれているのは、他の注釈者の場合と同じであるが、そこに、この少年が、死と精霊への陰微な近さを保っていることも触れられている。とうの昔に死んだクリスチーネの霊が部屋を出て行ったあと、深々と一礼して扉を閉めるこの謎めいた少年の話は、何度読んでも面白いものである。ところで Steiner の解釈で、私の上来の説と少々合い難いのは、詩人が「私の言う通りではなかったか？」と繰り返し問い質している箇所の取り方である。論者は始めそれを詩人の「必然」と結んで、この決断洞察が正当ではなかったかと問うているのだと述べているが、あとの所では、われわれも既に見たように、詩「転向」を引き合いに出した後、こう語っている。——「こうして告発はわれわれ自身に対してもまた向けられているのである。心の舞台においては、可視的なるものは、Hulewicz 宛ての手紙での天使におけると同様に、不可視のもののなかへと既に移調されている（transponiert）のである。われわれが人形と天使とを分けたり、或いは敵対性の如きを暴く鋭い対立性を以て二分するならば、それはわれわれが自らの中心を最早心のなかに持ってはいないこと、少なくともこの中心を捨て去り、他に何も持ってはいないことを

意味しうるに過ぎない」――こちらの方が、私の見方に近いように思われる。
　その他 Steiner では 1922 年 2 月半ばに書かれた詩が引かれていて、そこ
に「心の空間」„Herzraum" の語が読まれるので、それを見ておきたい。

　傾愛、これは真実の言葉だ。われらがあらゆる情愛を感受することは
　できぬものか一つの心がわれらに対して未だ黙している新しい情愛
　だけでなく、そのすべてを感受することはないものか
　丘が徐ろに柔らかな斜面をなして喜び迎える牧草地へと傾くときも
　それをわれらのものにするだけでは足りるまい。それがわれらにとって
　　ますます増えてゆく事こそ願わしい
　或いは鳥の豊かな飛翔が、われらに心の空間を贈ってくれるようにする
　　ことだ。
　われらの未来を捨ててもよしと思える程にすべては充溢なのだ
　何故なら一切は幼時がわれらの上に、無限の現存を以て襲いかかった
　あの当時、既に充全に在ったのだ。その時既に一切は多すぎるばかりに
　在ったのだ。如何にしてわれらはその時その時、短縮されたまま
　或いは騙し取られたままであってよいわけがあろう。われらはあらゆる
　報酬によって既にして、過剰なまでに報いられた身なのだ...

Steiner はこれらの詩句に、第四の悲歌 65-75 行で語られていることすべ
ての要約が読まれるとしている。この詩は確かに、それだけには終わらな
い、リルケの詩業全体にも及ぶ見事な発言となっているように私は思う。
「傾愛」と訳した語は „Neigung" であり、心を傾けるの意である。傾心と
いう言葉は辞書にも見られる故、それを用いてもよかろうが、それはまた
『新詩集』中の雄篇「薔薇の水盤」„Die Rosenschale" にもある言葉なので
ある。つまり詩人がかつて（1907 年）咲き満ちる薔薇の水盤を前にして、

　それは忘れようもないものだ。そしてあの

97　『ドゥイノの悲歌』第三及び第四

存在と傾愛との究極の姿に満たされている
　　身を差し出し、決して与えきらず、そこに立っている、この姿こそ
　　まさにわれらの在るべきもの、われらにとっても究極の難事ではないか

と歌った、その情調が、『ドゥイノの悲歌』完成の時期である今、文字通
り「忘れ難く」立ち還っているのである。人はまた「牧草地」や「鳥の飛
翔」の語から、あの「世界内部空間」がそのまま歌われている詩「およそ
あらゆるものから小休みなく感受へと合図して来るものがある」„Es winkt
zu Fühlung fast aus allen Dingen" を想起することもできよう。更に「陽なた
の路に置かれている . . .」と始まる詩 „An der sonngewohnten Straβe. . . " と
りわけそこでの「. . . その水で私は／渇きを癒すのだ。水の明朗また来歴
を／私のなかに取り入れる、掬って手首のあわいから／飲めば、度を越
すというものだろう。明らさまに過ぎもしよう」の句を想う事もできよ
う。„Trinken schiene mir zu viel, zu deutlch;" である。過剰はここにも表れ
ているからである。「充溢」である。こうして書いていると、どうしても、
上の詩、「傾愛」から始まる作を、原文で引いておきたい気持ちがして来
る。必ずしもよく知られた詩とは言えないようであるから、ここに掲げて
おこう。そして私は思うのである。この詩の出だしのところ、それはむし
ろ思いきってこう訳してもよいのではなかろうかと。―「天地有情、この
言葉にすべては尽きる」つまり一切は傾愛なのだ。それはわれらの側にも
あり、天地万物の間にも、またそこからわれらへと向けても。そういう意
味ではなかろうか？　そしてまた、「充溢」を謂うところ、それはあの第
七の悲歌にある言葉を思わせないであろうか？　最もよく知られた句「こ
の地上に在ることの麗しさよ」につづく箇所である。―
　　「ひと時は誰も皆、恐らくは／ひと時にすら充ちぬとも、時間の尺度
を以てしては到底計りえぬ／二つの時の間のあわいに在りはしたのだ。
― その時どの女も／一つの現存を持ったのだ。一切を持ったのだ。／血
脈に漲る現存を」

Neigung: wahrhaftes Wort! Daß wir *jede* empfänden,

nicht nur die neueste, die uns ein Herz noch verschweigt;

wo sich ein Hügel langsam, mit sanften Geländen

zu der empfänglichen Wiese neigt,

sei es nicht weniger *unser*, sei uns vermehrlich;

oder des Vogels reichlicher Flug

schenke uns Herzraum, mache uns Zukunft entbehrlich.

Alles ist überfluß. Denn genug

war es schon damals, als uns die Kindheit bestürzte

mit unendlichem Dasein. Damals schon

war es zuviel. Wie könnten wirjemals Verkürzte

oder Betrogene sein: wir mit jeglichem Lohn

längst Überlohnten . . .

. . . .

　最終行が点線になっているのは、この詩が未完であることの意であろうが、
果たしてなお言わるべきことがあるであろうか？　それは、第四の悲歌で
希求されたことへの、つまりは「一切のものがそれ自体ではない」人間存
在を、如何にして超克しうるかという問いへの、完全な反証たる、絶対肯
定の答えを告げてはいないであろうか？　上で第七の悲歌に言及したのも、
その意味であった。ここでリルケが「傾愛」と語っていること、その精神
的姿勢から、私はふとハイデッガーを想起せずにはいられない。この哲人
は、論文「『形而上学とは何か？』への序文」のなかで、存在の真理の「内
に心を籠めて恒常的に立ちつづけること」を一語にして „Inständigkeit" と
言っているのである。

　第四の悲歌については、上記の他 Guardini の記述のなかに、聞くべき幾
つかの言葉があるので、以下それを紹介しておきたいと思う。一つは、詩

99　『ドゥイノの悲歌』第三及び第四

人が死んだ父親に向かって語っている所であり、これはいかにも Guardini らしい心の籠もった文章だとして、私は読んだものである。息子と父親との間に働く情感を説明したあと、こうした言わば痛みの感情を、Guardini は、詩人が自分を愛してくれた人々への気持ちにも見ている、とするのであって、そこには「無力感とも結びついた、罪悪感が語られている」と述べている。「自分を愛してくれた人々にも、詩人は問いかけるのであり、そうした人々に彼は『私の言う通りであった』ことを確かめてもらいたい、と言うわけである。自分が世界を前にして座り、自分自身の現存を前にして視る者として在り、芝居の完成を要求している今、それを求めているのである。この完成とは他でもない。そこにおいて生ける人間または現実の出来事に代わって、人形とその Aktion が登場するのである。」このあと Guardini はわれわれが見て来た幾つかの詩篇を引き合いに出して、立ち入った解説を行っているが、そして勿論私の場合とは大分ニュアンスが違っているが、それはもう措いて、次の一文を引くに止めたいと思う。——「この同じ悲歌が既に『消耗』„Aufwand“ を語っており、その意は、自らを意識にもたらす際の、対向感情の持つ労力、手立てを謂う。ここではこの語の使用と Analogie をなして、われらの為す一切が『口実』„Vor-Wand“だと言う。即ち、前に立て置かれた非本質的なる壁であり、本質的なるものは、その背後に在るわけである。」

＊

　以上のようなことで、私は拙論を終わりにしたいのであるが、『ドゥイノの悲歌』第三と第四を見て来たわけであるから、その両篇を繋ぐなにがしかの結語を添えてはおきたいと思う。その出だしを『ファウスト』第二部、「暗い回廊」の場を借りて起こしてゆくことにする。これは「母達の国」へと、ヘレナの幻影を求めてファウストが旅立つところである。有名な言葉「驚嘆は人間に分与された最良の持ち前だ／たといこの世は人間にこの感情を与え難くしておろうとも／感動してこそ人間は巨いなるものを深く

100

感じうるのだ」（v. 6572 ff.）が語られる箇所である。さて、その次が問題である。メフィストーフェレスはそれを受けてこう言う。――「では下り行け。いや登り行け、と言ってもよい／それは同じことだ。成り立ったものを逃れて／形象の縛を脱した国々に入れ」と。この、下り行くと登り行くとが同じだ、とはどういう事なのであろうか？　母達の国、それは冥界に在るとして、そこへは下り行くでもあろうし、またそれはイデアの国つまり現世を超越した高き域でもあるとして、そこへは登り行くが相応しいのでもあろう。

　実はこの下ると登るとの、而も同じ関係、これが第三の悲歌と第四の悲歌とを合わせ考える場合に、必要なことではないかと、私は思うのである。両者を読み比べるとき、確かに随分と相違があって、一様には捉え難いものを、われわれは感ずるのである。前者は少年－若者の性の深みを遡ってゆき、恐るべき父祖たちに充満した、彼の内なる原生林に踏み入るのであって、後者は天使と人形との芝居において展開される「世界空間」を希求するのであるから、両者の距離は相当に隔絶しているとしか言えないわけである。私が然し下ると登るとをここで想起するのは、第三の悲歌での「来歴（Herkunft）の潮」と第四の悲歌での「失われた未来（Zukunft）への方向」、この張り渡しに、詩の領域の広がりを同時に見ることができるからである。ひとときの愛のなかに現じている「強大な根源」、それと幼時に在りえた「純なる現象の基礎」、この両者は共に、詩の空間、詩によって探られ深められ、取り来たされる領域である。更には、いずれの悲歌にあっても、リルケ特有の星の語が働いていること、これもまた注目さるべきであろう。愛は星々に由来するのではないのか、と第三の悲歌は問うている。何びとが一人の子を星辰のなかに置き入れえようか、と第四の悲歌は詰問している。このことは特に両方の悲歌が、如何なる現世を離脱してそのような星辰の距離に到ろうとしているかを考慮する時、より明瞭となるであろう。前者ではとりわけ母親の愛情を通して解き明かされる世界から、少年は「内なる出来事」へと取り絡まれてゆく。彼の運命を、戸

101　『ドゥイノの悲歌』第三及び第四

棚の陰の外套だと解する、宥め包み隠す世界を、少年は去って、孤独に内なる荒廃へと旅立つのである。後者、第四の悲歌では、「われらが常に二分しているもの／われらが在ることによって不和にしているもの」これを脱して、すべての変転を包む圏域へと眼を向けること、それが詩人の道なのである。その意味において、詩の道は、通常のそれとは、全く逆である。音通の人間にとっては「疎遠」と見える領域こそ、詩の世界であり、「親愛」の絆は却って、それへの歩みを妨げているのである。このような突破を詩人リルケが果敢に果たしていること、そこに『ドゥイノの悲歌』全体の意味を読み取ることができるであろう。いや、ここにトラークル（Georg Trakl, 1887-1914）の歌う「見知らぬ旅人」、またこの詩人の詩の場所を、世を去り世を捨てた人の住まう所として「幽境」„Abgeschiedenheit“ に在りとしたハイデッガー、或いはまたかの「故郷なき歌びと」ヘルダーリンを考え合わせるとするならば、ドイツ詩における、「詩人の使命」をめぐる考察は、まことに重大であるとしか言いようはない。だが然しそれはもう暗示するに止め、先程の下ると登るとだけに限定するとして、『ドゥイノの悲歌』全曲を閉じる第十の悲歌最後の詩句を、ここでは掲げておきたいと思う。詩人はそこで、榛（はしばみ）の芽に降りかかる、春の雨を歌いつつ、こう語っている。

> われらは昇りゆく幸せを思う身ながら
> またわれらを動転させるばかりの
> 感動を受け取ることもありうるのだ
> 一つの幸せが落ちて来るときに

> Und wir, die an *steigendes* Glück
> denken, empfänden die Rührung,
> die uns beinah bestürzt,
> wenn ein Glückliches *fällt*.

『ドゥイノの悲歌』 第五及び第六

　これまでにも他で再々述べて来た通り私は『ドゥイノの悲歌』十篇全体を、次のような構造つまり内面的形式において読むのがよいと主張しているのである。即ちその前半部の第一と第二の悲歌が、後半部の第七及び第九の悲歌と組み合わさって、ともに人間全体の実存の苦悩また詩人の使命を主題としており、他方第三及び第四の悲歌の組が、同様に大きく弧を懸けて、第六及び第八の悲歌の組に繋がっている。その場合、始めに挙げた四篇の悲歌群を仮に第一の系と呼び、あとの四篇の悲歌群を第二の系と名付けるとするならば、第一の系については、人間的実存と詩人的使命という主題が、それを貫いていることに異論はなかろうから、第二の系に関して、もう少し説明を加えておきたいと思う。

　私の解釈では、通常の人間の意識領域を越えた広がりが、これら四篇の歌われる、言わば素地をなしているというわけである。性（第三）であれ世界空間（第四）であれ、母なる懐（第六）であれ「開かれたもの」（第八）であれ、そのいずれも、普通には覆われている乃至は遮られている領域として、もと不可視の世界である。少年或いは子供、愛する人ら、或いは英雄たち、乃至は若くして死せる人ら、また小さき生き物たち特に鳥たち、そうしたものにおいて時として顕現し、しかもまた見失われてゆく生の来歴、視野、根源、運命、つまり人間のより本来的に住もうているべき場、通常の言葉とはなりえていないところの、「未だに永遠性をえていない」しかも広大無辺の世界、それが、これら第三第四の悲歌の組と、第六第八の悲歌の組とを合して成り立たせている詩的空間なのである。

　となれば始めに挙げた系、第一第二の悲歌の組と第七第九の悲歌の組、

これを結ぶ詩想たる、人間の実存に課されたもの、その言葉に託されたもの、それがあとで触れた系、第三第四の悲歌の組と第六第八の悲歌の組に歌われる、広義の「自然」「開かれたもの」、これと密接に関わっていることは、さまで理解に困難ではありえまい。端的に言うならば、詩の域、歌わるべき方向が、後者の系において、予示的に展開されていたわけである。いや、詩の源がそこに息づいていたのである。前者の系はそれを最終的に、とはつまり第七第九の悲歌において、引き取り、詩人に限らず人間全体の在りようとして「歌は現存」たることを打ち出すこととなる。何となれば、人間の移ろい易さが、一回限りの生が、その各々の瞬間において暗示していたところのもの、それこそが、後者の系に垣間見られた境を突破して、「われらの感受の幾千年を以てしても満たしきれぬ」恐るべき巨いなる空間へと壮麗に始まりゆくことを告げていたからである。リルケが謂うところの「内面化」„Er-innerung“ とはこれである。

　だとすれば、あと残る二篇のうちで、第五の悲歌は前半部を締め括りつつ後半部へと開いてゆく役割を持ち、そして第十の悲歌は当然『ドゥイノの悲歌』全曲を閉じるエピローグだと解されてよかろう。そのような結構でこの作品を読むのが、詩人の心を得た見方ではあるまいか、というのが私の従来からの解釈なのである。── 畢竟するに、詩的実存と全一的世界空間と、ゲーテならば「縦糸」と「横糸」（„Zettel und Einschlag“）とも呼ぶであろう、この二つの想念が、絡み合い、流れ入りしつつ、織りなしているもの、それが『ドゥイノの悲歌』なのである。因みに『オルフォイスに寄せるソネット』第二部第二十一歌に「全なる褒むべき絨毯」という句が出て来る。リルケがそこで歌っている心には、『悲歌』作品をそのような織物と見立てる気持ちが含まれていることでもあろう。このソネットとほぼ同じ頃の作である第五の悲歌の終わりにも、「充足された絨毯」の語は立っているのである。

　ところで今回私は特に、第五の悲歌と第六の悲歌とを併せて読もうとしているのであるから、それならばこの二篇が一体どのような繋がりにおい

104

て見られうるものかということは、先ず述べておく必要があろう。この両篇は、私が一方で指摘してきた、対をなす形で（paarweise）の組み合わせにはなっていない。即ち私見によれば、第五の悲歌は、完成作『ドゥイノの悲歌』の前半部を閉じつつ、後半部へと開いてゆく位置に立っているというわけであり、他方、第六の悲歌はむしろ第八の悲歌への近さを示している。またそれを通して、上で触れたように第三第四及び第六第八の系に繋がってゆく。従って両者は、作品全体のなかで占める役割という点では確かに釣り合い難い節を示していることになる。だが然し、対の形ではないまでも、従って桁は違っていても、それぞれこの作品全曲への広がりとして、あとへまた前へ、戻り且つ行くといった意味合いの関連性のなかに現れて来ることとはなるであろう。総じて『ドゥイノの悲歌』のうちの一篇を取り上げる場合にも、既にして全曲への接続を考慮することはどのみち避け難いのである。第五の悲歌と第六の悲歌と、この複眼的把握はむしろ従来の解釈には届きにくかった側面を、提示することにはならないか、それが本稿の意図するところである。それは以下おいおいに明らかとなってゆくであろうが、これを以て序とし、第五の悲歌を先ず読むとしよう。

*

第五の悲歌

ヘルタ・ケーニヒ夫人に捧ぐ

彼らは一体何者で在るのか、私に告げよ、渡りゆく旅の人ら、この聊か
われら自身よりなおはかなき者らは誰か？　彼らを急き立てるように
早くから、誰のためとも知れず、何びとの故ともなき、満ち足らう
ことなき一つの意志が、揉み上げているのだ。その意志は
彼らを絞り曲げ、巻き、振り回し

投げつけ、受け止め、取り戻している。すると、さながら油を塗った
滑りやすい大気のなかから下って来るかのように、彼らは下り
また幾度びとなく跳び上がっては、踏みつくされて
薄くなった毛氈の上に下りて来る。この
宇宙のなかの失われた絨毯の上に
それはさながら郊外の、天空が
そこだけ大地に傷をつけたかのように、膏薬まがいに貼られている
そこに真っ直ぐに立ち、存立の
大きな始めの花文字が示されたと見るや... 既に早、最強の
男たちをも皆、繰り返し現れる力が摑み、転がしてしまうのだ
さながらにアウグスト強王が宴の席で
錫の皿を圧し潰したのに似ている

ああ、そしてこの
中心を取り巻いて、観覧の薔薇が
花咲いては散ってゆく。この中央の
足踏みならす男は雌蕊ででもあろうか、自らの
花粉を浴びて、仮象の果実を結ぶべく
またもや不快の実を増やしてゆくのみなのだ。仮象なればそれは
決して意識されることもない。──晴れやかに輝き、ただごく薄い
外被に包まれ、軽く表面だけの微笑を浮かべる、その不快さ

そこにはまた、衰えた皺面の力持ちがいる
老いて、今はただ太鼓を打つだけだ
己が強大な皮膚のなかで縮んでしまい、今となってはあの皮膚に
昔は二人分はいっていたかと思えるほどだ。その一方の男は既に
教会の墓地に眠っていはすまいか。生き残ったのは、もう一方で
こちらは耳が遠く、時折、いくらか

106

困惑しながら、それが寡夫となった皮膚におさまっている

だが、あの若い男、うなじと修道女との間にできた
息子かと思えるほどに、そのはちきれんばかりに隆々たる体躯を
筋肉と単純さとが満たしている

おお、おんみら
まだ幼かった一つの悩みに
かつて玩具として与えられたことのある者たちよ
子供の永い回復のなかで‥‥

そしてお前、ただ果実にしか
知られぬような実生えとなって、熟さぬまま
日毎百回もはじけては落ちて来る者よ、共同して建てられた
運動の樹木から（その樹は水よりも素早く
数分のうちに春、夏、そして秋をもつのだ）──
お前は落ちて、墓に打ち当たる
時として、わずかな休憩の暇に、お前の愛らしい眼差しが
起こってきては、向こうにいるお前の、稀れにしか
やさしくしてはくれぬ母親の方へ運ばれそうになる。だがお前の肉体の
平面に当たると、その顔立ちも忽ち擦り減らされ、そして消えてゆく
小心に作られかけたその顔も…するとまた
かの男が手を打って、跳び上がれと促すのだ。そしてなにがしかの
苦痛が、お前の速く打ち続ける心臓の近くで
姿を現しきらぬうちにもう、足裏の灼ける痛みが
その痛みの根源に先回りしているのだ。お前は
慌ただしく二三滴の肉体の涙を、眼のなかに追いこんでしまう
だがその暇に、是が非でも

微笑を作らねば....

天使よ！　おお取れよ、この小花をつけた薬草を摘めよ
瓶を持ち来たって、それを蓄えよ。それをかの、われらにはまだ
開かれてはいぬ喜びの数々に加えよ。薬剤のように、愛らしい骨壺に
それを納め、華やかな踊る文字の銘でそれを讃えよ「踊り子の微笑」と

そして次にお前、愛らしいひと
魅力ある喜びから
声もなく跳び越されたるひとよ。恐らくは
お前の着けた房飾りが、お前に代わって幸せを感じているのだろう ─
それとも、若い
膨らんだ胸の上で、緑の金箔のついた絹の衣装が
限りなく甘やかに満足して、何不足なく思っているのでもあろう
お前
絶えず変わりながら、均衡のすべての揺れる秤の上へと
置き入れられた、平然たる、市場の果実よ
公然と人々の肩のあわいに曝されて

何処におお何処にその場所は在るのか？─ 私はそれを心に持っている
彼らがまだ到底為しえなかった頃の場所、互いに離ればなれになって
落ちていた場所、跳びつき合って、うまくは
番いになれぬ動物のように ─
重力がまだ重く働いていたところ
彼らの旋回する棒の先から
幾度試みても空しく皿が
よろめき落ちた....

108

だが突如、この苦しみ多き空の場所に、突如として
言い難き場が生じたのだ。純なる過少がそこで
図らずも変転したのだ、― 変化して跳び入ったのだ
かの空虚なる過剰のなかへと
そこで幾桁もの計算が
余りなく割り切れたのだ

数々の広場はあるが、おおパリの広場よ、終わることのない舞台よ
そこでは死神がブティックの主マダム・ラモールとなって
地上の休らいなき道、果てしない帯を
絡め、巻き、そして最新のものをそこから編み出している
蝶結び、襞飾り、造花に記章、人工の木の実、― すべては
偽物然とした色に塗られている ―つまりは運命を
逃れるための、安物の冬帽子だ
. . . .

天使よ！　われらの知らぬ広場が在るのではないのか、そしてそこでは
言い難き毛氈の上で、愛する者たちが、この地上ではいかにしても
成就しえなかった者たちが、彼らの果敢の
高き形姿を、心の跳躍の姿を
彼らの歓びの塔を、示してくれるのではないか。彼ら愛する者たちの
とうに地盤は在りえぬ場所で、ただ互いに寄り添うて建てる
震える梯子を見せてくれはせぬであろうか。その時或いは周りの観客の
前、無数の音なき死者達の前で、彼らはそれを果たせるのではないか？
死者達はその時、自分たちの最後の、貯えられ続けてきた
ずっと隠されたまま、われらには知るよしもなかった、永遠に
通用しうる、幸福の硬貨をば、投げるのではあるまいか、遂にして
真実に微笑する、その充足された絨毯の上の

ひと組の者らの前へ

                                    *

　『ドゥイノの悲歌』は十篇いずれも、勿論詩人の魂の籠もった作であっ
て、どの悲歌にもリルケの情愛は隅々まで行き渡っている。特にどの歌が
詩人最愛のものであるか、などとは決められず、またその必要もないであ
ろう。だが私には第五の悲歌が殊更に emotionell な作だと呼ばれうるよう
に思えてならない。さながら映画のカメラが動いていって、次第に被写体
を明瞭に捉えて写し出すように、パリ近郊のわびしい舞台が浮かび上がっ
て来る。一人一人の所作や表情が描かれる。とりわけ、まだ少年の面影を
宿している一人の跳躍者の、束の間の微笑が追って来る。それを詩人は天
使に向かって、薬壺に納めて保管してくれはせぬか、とまで言っている。
そして、詩の最後において、やはり天使を呼びながら、これら旅芸人たち
が地上では成就しえなかった、愛する者らの「果敢の高き形姿を、心の跳
躍の姿を」現じうる、そんな広場がないものかと、問い且つ希求している
のである。流離いの詩人たるリルケにとって、あらゆる意味において精神
の中心ともなったパリ、「この宇宙のなかに失われた絨毯」、そこに踊る旅
芸人たち、これはなんとしても詩人の心情を動かしてやまぬモティーフ
だったことであろう。
　事実、私が他でも指摘したように、この Sujet は『ドゥイノの悲歌』そ
もそもの発端ともいうべき 1907 年の記述（WA 11. 1137 f.）以来、リルケに
伴なってきたのであって、それが而も 1922 年 2 月 11 日に第十の悲歌が仕
上がったその直後、14 日にこの Saltimbanques の第五の悲歌となって出来、
そして完成作のこの位置に収められたのである。詩人が永年にわたる重荷
をひとまずおろしたあとの、それだけに休らいのなかから、とはいえまだ
心の高揚の、その余韻の、充分に波打っているうちに、溢れる感情の表出
として、この悲歌は生じたものであろう。歌われている一つ一つの事柄に
詩人の愛が純粋に流露していると私は思う。勿論、第一の悲歌での恋する

少女といい、第二の悲歌での「流れと岩石とのあわいの」人間的なるものといい、或いは第三の悲歌で忘れ難い「淡緑色の」心、第四の悲歌にあった「林檎の果芯」、いずれも詩人的愛の結晶であろう。第六の悲歌から、これに類するものを一つ選べとなれば、無花果の「純なる秘密」が挙げられることであろうし、雲雀の詠唱（第七）、或いは「小さき生き物の幸」（第八）、「黄と青のりんどう」（第九）そして「悩みの国の星々」その充てる星座（第十）——といった風に、『ドゥイノの悲歌』全曲に及んでいる、これぞ変容の極致とも言わるべき詩想を次々に挙げてゆくならば、それらはまことに驚く外ないものである。けれども一篇の悲歌としてそれ全体が情感に漲っている作という意味では、やはり第五が筆頭ではなかろうか？

　而もさながら甘美に流されまいと自戒するかのように、詩人はそこに、彼一流の Humor を歌い籠めている。昔二人分入っていたかと思えるぶよぶよした皮膚の、かつては力持ちだった老人もそれならば、少年の足裏の灼ける痛みを謂うあたりも実に巧みである。ブティックのマダム死神は苦き Humor と言えよう。因みに、解釈者の一人 Fr. J. Brecht は、この死神の箇所に「絡め、巻き」などの言葉が犇めきつつ、そこに、運命の「果てしない帯」が編まれていることに注意を促し、それをこの悲歌最初に謂う「満ち足らうことなき意志」の、「揉み上げ、絞り、曲げ、巻きつけ、振り回し、投げつけ...」している様に繋いで説明している。そしてこの意志が従って「死」を意味することを指摘するのである。これは充分に首肯できるところであろう。そうでなくともわれわれ読者は当然、あの有名な詩「豹」„Der Panther" のなかに、この動物の旋回する動きの中心に「巨いなる一つの意志が痺れて立っている」とあったのを想起できるわけである。遠き原野を駆けてこそ、力あるしなやかな足取りのこの豹が、今パリ植物園の檻の中に捕らわれて「極小の環」を描きつつ旋回している姿に、詩人は無限の悲しみを共感したのであったろう。その獣の空しい動きが、空無を、端的には死そのものをめぐるものでしかないことを、そしてその姿が「公然と人々の肩のあわいに曝されて」いることを、リルケは見

たのであったろう。とはつまり、「新詩集」中最も早く書かれた詩「豹」と、『ドゥイノの悲歌』最後に出来たこの第五の悲歌と、この両者の間には20年ばかりの隔たりがありながら、そこには言い難い情趣の近さがあったと見られるのである。——

　ともあれ第五の悲歌を考える場合、情感の要素が大切なことを、私は先ず述べておきたいのである。然し、これを論ずるとなれば、詩の構造、理解の上で決して容易ではない個々の言葉遣い、そして『悲歌』作品全体のなかでの第五の位置づけ、この三点をめぐることとなろう。

　詩の構造などと言うと妙に窮屈になるのだが、少なくとも詩の結構はどうなっているのであろうか？　われら自身つまり人間存在一般よりも、少しばかり身軽でまたはかなき者ら、この旅芸人たちの、噴水よりも素早く建てては崩し、落ちては跳びつきしている、まるでうまく番いになれぬ動物のような恰好の修行と芸、この市場の果実にも、それなりに見事に為された瞬間は出来するのである。それがこの詩終わりへかけての「突如として言い難き場が生じた」の謂であろう。けれどもそのような変転は、なお真に果たされた、充足の場ではありえない。詩人が希求している「われらの知らぬ広場」とは、この悲歌最終詩節で歌われる、地上ならぬ場、無数の音なき死者達を観客とする所なのであろう。つまりは詩を通して初めて実現されうる、少なくとも今はそのようにのみ予感されるところの、其処またはその時なのであろう。尤もリルケは、この詩節で、世界空間の語も、詩芸術の語も語ってはいない。それはむしろ、第六以下の悲歌の展開において次第に明らかとなってゆくことである。「苦き洞察の果て」のことである。ここでは「心の跳躍」或いは「歓びの塔」「永遠に通用しうる、幸福の硬貨」といった言葉が、それを暗示するだけである。この事からも、私がこれまで言っている、第五の悲歌が『ドゥイノの悲歌』全曲のなかでは、前半部を締め括る意義と位置とを示しているということが、読み取られるであろう。

　ただこの関連で、多少理解に困難なのが、終わりから三節目の詩句であ

112

る。「純なる過少」が一転して「空虚なる過剰」のなかへと跳び入ったと言われている箇所である。私はいかにもリルケ的な、形而上学的思弁癖をそこに見出して、幾分 humorvoll にすら思うのであるが、解釈者たちには随分と厄介な問題を醸すところのようである。だがそれは要するにこういうことなのではなかろうか？ ── 未熟な芸人が、幾度試みてもうまくはゆかなかった芸、それが或る時急に成功するようになる、詩人から見れば実は成就しないままの方が自然なのであって、却って成功する方が不純な「仮象の果実」であり、売り物となった芸に過ぎぬというわけであろう。然しまた詩人は、このように一挙にして「幾桁もの計算が／余りなく割り切れる」姿に驚嘆してもいるのである。詩人自ら、常に、眼に見えるものが不可視のものとなる瞬間を、心している身だからである。その限りでは、旅芸人の芸当を観ても、詩人はかかる己が詩業を想起せずにはいられぬのであろう。だから「何処に、おお何処にその場所は在るのであろう？─ 私はそれを心に持っている」と言うのである。この言葉「何処にその場所は在るのか？」は、われわれ読者がこれまで見てきた四篇の悲歌でその都度、それぞれの中心的な言葉だとして私の強調しておいた詩句に劣らぬ重みを持っている、と理解されてよかろう。だが勿論、この場所が、芸人たちにおけるように、「空虚なる過剰」へと変転するのでは、それは真の芸術の求めるものではありえないであろう。詩人の求める境地はまさに「純なる過剰」でなければならない。「充全なる現存」„vollzähliges Dasein“ これが詩の領域である。リルケは、死神が安物の運命を凌ぐ帯を織っているパリの広場を描いたあと、運命に打ち贏つ変転の場所を、「越冬性の」„winterwährig“「果敢の高き形姿」が演じられる「充足された絨毯」の在る場として希求しているのである。──

　このように考えるならば、第五の悲歌の組み立てはほぼ理解できるのではなかろうか？　そして、よく論議の的となることで、J. Steiner もその解釈の始めで取り上げているものだが、旅芸人が、芸術家乃至は詩人の在りようを象徴するものか、それとも人間存在一般を表すものか、といった事

113　『ドゥイノの悲歌』第五及び第六

柄も、根本的にはそう難しくないように私には思われる。人間生存一般の
はかなさ、悲しさが歌われているのだと、私は思う。われわれ自身が通
常「純なる過少」を忘失して、幼時が持つ「純なる現象の基礎」（第四の悲
歌）を離れ、「空虚なる過剰」に眼を奪われているために、「われらがこの
地上で果たす一切は口実に満ちたもの」となっているのである。その関係
をまさしく逆転しつつ、而もそれを果たすこと、それが詩の道である。リ
ルケが悲歌群最後に出来たこの第五の悲歌を、もとそこに予定していた
とされる „Gegen-Strophen“「反－歌」なる作と差し替えて、迷わずこの位
置に定めたことは、その意味でもまことに驚嘆に値するものである。何故
ならば、人間的実存から詩的世界空間へ、この『ドゥイノの悲歌』全体で
の主題の移行を、この悲歌第五は、まさにその作品自体の内部で遂げてい
るからである。いや、それだけではない。「日毎百回もはじけては落ちて
来る者」或いは「旋回する棒の先から皿がよろめき落ちた」とあるように、
曲芸師の試みる危ういバランス、「均衡のすべての揺れる秤の上へと」置
き入れられる彼らの姿、まさしくそのように、実存と詩作とが切り結ぶ地
点、その微妙な転回点を、この悲歌はこの位置で、歌うことができたので
ある。この詩のちょうど真ん中で「われらにはまだ開かれてはいぬ喜びの
数々」とあり、「まだ」の語が強調されているが、これについては二三に
留まらぬ解釈者がその意を汲んで、最終詩節に謂う、いつの日か成就され
るでもあろう「歓びの塔」への助走であることを指摘している。ただ、私
が上来述べてきたように、『悲歌』作品全体のなかでこの第五を位置づけ
る試みは、他には必ずしも見られないのである。そのために、ここに到る
四篇の悲歌の流れのなかでこの第五をなんらか組み入れることに難渋して
いる例が多いわけであるが、私の解するように取れば、なんらかおさまり
がよいのではなかろうか？　その場合、上の語「まだ」は、まさしく『ドゥ
イノの悲歌』全曲中の、中心の中心ということになるであろう。

　ともあれ、今、難解の字句はなお残したままではあるが、話の進み具合
からして、この位置づけに関してもう少し付言するなら、この第五の悲歌

には、前へ向けて即ち第一から第四の悲歌への重要連関が保たれているばかりでなく、後ろへ向けても、とはつまり第六の悲歌以後へも、繋がりの濃い言葉が籠められているのである。分かり易いところで、直前の第四の悲歌については、もう上で触れているが、第四詩節での「子供の永い回復のなかで」かつて玩具として与えられた云々とある箇所も、幼時のモティーフとして同じ線上の事柄であろう。「緑の金箔」が第三の悲歌を思わせることも、私は既に指摘している。第二の悲歌へは、「意識されることもない」仮象の微笑が、そこでの「微笑は何処へ?」の句を思わせるだけでなく、「自らの花粉を浴びて」が「花咲く神性の花粉」に、意味こそまさに逆ながら、言葉として直結しているであろう。第一の悲歌への連関は既に第五の悲歌冒頭の句「われら自身よりなおはかなき者ら」の語が、そしてこの詩全体の基調が充全にそれを示している。後ろへ向けてとなると、ここで基本語となっている「果たす」「為す」といった言葉が「甘美なる業績」(第六)として、或いは「整える」営み(第八)や、「果たし終えた」喜び(第七)、更には、「われら最も移ろい易きものら」に課された「切実なる委託」(第九)といった形で、詩人的使命として歌われてゆくわけである。第十の悲歌との情景設定の酷似については改めて言うまでもないであろう。そこでの「悩みの街」は即、パリの街角を偲ばせるからである。—

　こうして、かの H.-G. Gadamer 教授の言っている通り、「作品としての『悲歌』の構造における内的必然性はまことに緊密であって、今日それから離れて考えることは殆ど不可能であろう。すべては、もともと定められていた場所におさまっているやに見えるのである。完成作は、永く準備された一つの計画が、充足実現されたものという印象を与えるのである」(R. M. Rilke nach fünfzig Jahren, 1975)。ただ、その所謂内的必然性をどう縫い取って読むのかが困難なところである。私自身は多分に実験的に試案を提示してきたつもりでいたのだが、今回一層上記の位置づけが適切或いは不可避と考えられるに到ったものである。

　このあと私は、個々の、理解に困難な箇所を検証してゆく予定でいたの

だが、これまでの説明で自ずから私なりの解釈を施しても来ていることで
もあるから、むしろ幾つかの他の解説に言及することで、この項を閉じた
いと思う。その場合、先に少し名前を出している Brecht の論に、この旅
芸人たち（Fahrende）が何者なのかに関して、そこに大勢の解釈者が挙げら
れていて、非常に興味深いものがあることを言っておきたいと思う。それ
はまたわれわれが『ドゥイノの悲歌』を読んでゆく上で参考にすべき所謂
研究の総目録の如き趣きを呈しているからである。それらをここで一々傍
引することは控えられるが、今日の詩をめぐる語りの意味でも、私は大い
に刺激を受けるところがあった。Brecht はまた同じ箇所で、この第五の悲
歌全篇を „Können" の語で一貫して読み取ろうともしているので、その限
りでは私の見解とも通ずるところがある。「この悲歌の問いが、さながら
熟してゆく果実のように身を包んでいる本来の中心ともいうべきものと
して、次第に明瞭に現れ脱皮してくるのが、Können である。これはリル
ケの基本概念の一つである」と Brecht は述べている。ただこの論者には、
幾分明快すぎる傾きがあり、その上ハイデッガー寄りの用語や考え方が相
当に濃厚であって、その点で、私のようにこの思索の巨匠に「毒されてい
る」人間ですら当惑する程のものがある。例の「空虚なる過剰」のあたり
も Brecht はそれを積極的に取りすぎているように見受けられる。それよ
りも、これは J. Steiner の解説を通して私の知ったところではあるが、第
五の悲歌が書かれて数日後に出来たソネット（『オルフォイスに寄せるソネッ
ト』2-XIII）は、あらゆる意味において重要であると思われる。この悲歌に
関わる幾つもの想念が、そこに生きているからである。難しい詩ながら、
試みに訳してみよう。若くして死せる女性舞踏家 Wera Ouckama Knoop を
悼む作である。

　踊り子よ、おお、お前、一切の過ぎ行くものを
　動きのなかへと移し入れる人、その姿をお前はいかに高く演じたことか
　そのとき、終わりの旋回が、運動のこの樹が

振動のうちに収められた歳月をすべて所有しきったのではなかったか？

お前のそれまでの振動が、樹を取り巻くかのように
突如としてその梢に、静寂の花と開いたのではなかったか？　その上に
太陽が、夏が、燃えるものが、鎮もっていたのではないか
お前のなかから湧く無数の温もりが、静かに花咲いていたのでは？

だがそれはまた実を結ぶものでもあった、恍惚のお前の樹は
熱する年輪にも似た、この壺、またさらにまどかに熟したこの花瓶
それらが、あの樹のつけた休らかな果実ではないのか？

そしてそこに描かれた絵のなかにもお前は在る。お前の眉の
暗い面影が、自らの転身の側壁に
束の間に描いた絵姿、それがそこに残っているのではあるまいか？

(2-XIII)

　これはこれでなお熟考を要する詩であろう。だが少なくともわれわれは
第五の悲歌において「共同して建てられた連動の樹木」という言葉を知っ
ている。そこに、数分のうちに「春夏そして秋」があって、跳躍者は落ち
て来るともあった。そして「踊り子の微笑」と花文字で銘打った薬壺のこ
ともそこに歌われていた。このソネットの壺乃至花瓶には、ギリシアのも
ので、踊り子を描いた壺が、詩人のイメージにはあったらしい、と告げ
ている人もありはするが、その趣きは感じられるであろう。いずれにせ
よ、リルケの、それこそ詩的変容の様相が窺われるというものである。そ
の表層且つ多時間的結晶化の様態がここに反映しているのである。Steiner
は「本来、器のような形で受容するこの詩人には、どこかナルシス風の意
識があり、それが、花瓶や壺といった手仕事で作られた物に対する格別の
愛着を持たせるのだ」と述べている。そう言えば思い出されるが、リルケ
のごく初期の詩で「ゆるやかに、おごそけくも遥かな方より流れくる／た

そがれの光よ、下り来たれよ／私がお前を受けとめる水盤となろう／お前をとらえ、捧げもってひとしずくもこぼしはすまい」という聯に始まる作がある（„Senke dich, du langsames Serale...“）。これもやはり「器のような形で受容する」詩人の、若き日の姿であろう。— Steiner はまた、私が本稿始めで触れたソネット（2-Ⅻ）に関しても、そこに「全なる褒むべき絨毯」の語が読まれること故、これに解説を施しているが、こちらは先頃、私の書いた論考「『オルフォイスに寄せるソネット』より」に紹介済みであるから、それはもう措いて、この著者の次の言葉をここでは引くに止めたい。Steiner は、「全なるものとしての存在においては、個々の離ればなれの物が在るのではなく、諸々の関連の総体のみが在るのだ」として、「感情の輪郭」（Ⅳ. El.）が今や、とはつまり第五の悲歌最終の局面において、知られたことを語っている（Jacob Steiner: Rilkes Duineser Elegien, S. 125）。

　さて細かい事柄への注釈は省きたいものの、余りにも議論の多い「存立の大きな始めの花文字」„des Dastehns großer Anfangsbuchstab“ に関してだけは触れておかねばなるまい。これは有名なことながら、これについては例の E. C. Mason が大胆な仮説を立てているのである。H. König 夫人のもとで、リルケが特に 1914–15 年飽くことなく鑑賞したピカソの絵 „La famille des saltimbanques“ が、この悲歌の下地になっていることは、その前に J.-F. Angelloz の指摘で知られるようになっていたのだが、Mason はこの絵の構図そのものを、上の「花文字」に繋いで次のように解釈するのである。—「明らかにリルケにとっては、このロダンを通して『視ること』を学んだ観察者にとっては、これら人物像の描く、D–形の輪郭が眼に留まったことであろう。そして彼の詩人的空想による解釈が後に、特徴的な自在の明敏さによって、この輪郭を『存立』„Dastehn“ の語の『大きな始めの文字』として展開させることとなったのであろう。少なくともこの詩句の謂うところは、D でしかありえない」と。面白いのは Mason がその著 „Lebenshaltung und Symbolik bei R. M. Rillke“ (Oxford, 1939) S. 136–137 で挿入したピカソの絵の前面に、黒い紙をわざわざ重ねて置いていることで

118

ある。その紙にはD-形の半円がくりぬかれていて、五人の人物がそっくりその穴の中におさまっているのが、覗けるようにしてある。実に凝ったことをやったものである。私には然し、その真偽の程はともかく心意気が分かる、そんな気がするのである。それと言うのも私自身『ドゥイノの悲歌』の内的構造といったことで上来述べてきたような説を立てていることではあり、加えてリルケという、或る種の絶対的な魅力を以て人を惹きつける詩人ともなると、なんらかの思い込みに到達した場合、読者乃至は研究者はどうしても自分の見解に固執しがちなのである。Masonという人は、他の点ではなかなか堅実な解釈者なのであって、尊敬に値する仕事も多いのであるが、こうまで露骨に自分の発見を提出し始めると、反感を買うことにもなろうというものである。「グロテスクな解釈」と呼ばれているのを、私はどこかで見たと思う。ここはKreutzの解するように、「芸人は自らの地盤喪失の上にありながら、然し彼の巧みな見せ物の集結として、そこに真っ直ぐに見事な姿勢で立って、さながら一冊の書物の華麗なイニシャルのような姿で己れを示し、喝采を博しているのだ」と読むのがやはり適当ではなかろうか？

　ともあれこの「文字」をめぐっていろいろの説が打ち出されることも、この作品のもたらす働きの一つなのである。第五の悲歌には、詩人の原稿が完全な形で残されていて、今日われわれは、その完成されてゆく過程を克明に辿ることが出来る。その場合問題の「花文字」に関わる詩句は、最初の稿に既に出ていることが分かる。因みに、研究誌 „Dichtung und Volkstum" (Euphorion) 1939年刊所載の Hans Jaeger: Die Entstehung der fünften Duineser Elegie Rilkes は、そうした「リルケの創作方法をすべての個々の点に到るまで認識しうる」ものだとして、精査する労作となっている。そうしてわれわれは「詩人が先ず個々の部分の素描に甘んずるよりなかったこと、それほども強く彼の心に様々な思想やモティーフが迫ってきて、それらが先に確保される必要のあったこと、天使に摘み取ってもらいたいとする微笑、まだ為しえない (Nichtkönnen) のモティーフなどかそれ

である」といった風に、蠢めく詩想の渦を感じ取ることができるのである。
――

　ところでもう一度ピカソの絵に戻るならば、これは Brecht で読んだことだが、群像からは離れ、眼を背けたまま、片手は膝に、もう一方の手は肩のあたりに置いて、座っている婦人が見られる。「その傍らには一つの壺を、水瓶だか薬壺だかを、彼女は置いている」とあり、細かい事ながら確かにこの人の瞳は、「向こうにいるお前の、稀にしかやさしくはしてくれぬ母親」の眼差しを示しているというわけである。そしてまたこれは私の感想であるが、この絵で人物の背景に何ひとつ描かれてはいずに、ただ淡灰青色の、曇り空のような色彩だけが認められる。遥かな、あてどない彼方、それはいかにも流離いの旅人たちの、よるべない人生を暗示しているものだという気持ちを誘うのである。上でも触れたように、同じく一所不住の詩人リルケは、大戦中の或る時期に、ミュンヒェンのケーニヒ夫人から提供された客間で、この原画を何日も何日も見つめて暮らしたことがあったのだ。

＊

　前二稿を併せて、われわれはこれまで『ドゥイノの悲歌』をその第五まで見て来たことになる。その意味からここで一応の回顧と展望とを試みておくことは必要であろう。私はこの第五の悲歌において、人間的実存から詩的世界空間へと、この詩作品全体の主題の移行が暗示されているのだ、とも言ってきている。「純なる過少」でも「空虚なる過剰」でもなく、まさに「純なる過剰」が果たされねばならぬ、それが此処第五の悲歌にあってはまだ希求されるのみの非現実の願望とはいえ、詩人の要請するところなのだ、とも私は述べている。またその限りにおいて、全曲中最後に出来た作でありながら、それがこの位置に置かれたについては、比類なき詩人的洞察であったとわれわれは感嘆するのである。その端的な一例が、天使への呼び掛けである。「もはや求めるな、我が声よ」と始まる第七の悲歌

が、誇らかに歌いあげるように、『ドゥイノの悲歌』後半部は、天使に向かって、却って地上のささやかな物たちを讃美してゆくのである。天使の出て来ない第六第八の悲歌は、当然除くとして、『悲歌』後半部に、このSaltimbanques の悲歌が置かれえないということは、充分に理解できるところである。此処ではまだ天使が不可欠なのである。その事も私の解する第五の悲歌の、この位置づけを裏打ちしている所以であろう。

　ところで然し、われわれはこれまで五篇の悲歌を読むに際して、それぞれ言わば基本語となる詩句を取り出している。それらを今連ねて私の謂う『悲歌』前半部を貫く詩的思考を凝集することは、欠かし難い事柄ではないであろうか？　無論、そうした基軸だけを取り纏めてみても、それは空疎な、また詩本来の精神には悖るやり方というべきものではあろう。極めて不十分ながら一篇一篇試みてきた解釈あっての事である。だが、ここでそれらの詩句をもう一度合わせて引き出した場合に、一貫するなにものかがなければならぬであろうし、もし私のこれまでの解釈にして著しい誤りを犯していなければ、接合は読み取れる筈である。――

　「滞留はいずこにもない故」これが第一の悲歌から引き出した基本語であった。そして次に「だが、感ずれば既にして在ると誰が敢えて言えようか？」この句が、第二の悲歌のそれであった。第三の悲歌からは「だが内部には何びとが防ぎえよう／彼の中の、あの来歴の潮を誰が妨げえようか？」を、私は同じ意味で指摘したのであった。第四の悲歌ではどうであったろうか？　ここでは「一切のものが／それ自体ではない」の句に帰一すると見たわけである。そして今、第五の悲歌では「何処に／おお何処に、その場所は在るのか？」が取り上げられるとしたのである。これら五つの詩句は如何にして合わせ考えられうるのであろうか？　手荒なことは勿論許されないが、詩人が一貫して「在る」ところのものを追求していることだけは確かである。「在る」ところのものは、ないのだとも言い、感ずれば在るわけではない、とも歌っている。然しまた内部には何びとも防ぎえない来歴が在るとも詩人は言っている。そして一切はそれ自体では在

121　『ドゥイノの悲歌』第五及び第六

りえない、と語り、何処に言い難き場所は在るのか、と問うている。つまり、在ることの難きことを、これらすべては語るのである。われわれが以前第一の悲歌の解釈に際して読むことのあった『オルフォイスに寄せるソネット』の言葉「われらは然し、いつ在るのか?」(1-Ⅲ) ― これが想起されてよいであろう。「歌は現存」の句を持つ詩である。「聖なるものの痕跡を求めつつ、リルケは、本質的に歌う歌が、いつ在りうるのかという詩の問いに到達する」とハイデッガーは述べている (Holzwege, S. 294 f.)。「この問いは、詩人の道の始めにあるのではない。ではなくしてこの問いは、リルケの語るところが、到来する世界の時代に呼応し一致する詩人存在という、詩人の使命に到ったところで初めて現れるのである。この時代は堕落でも没落でもない。運命としてそれは存在のうちに休ろうており、人間を存在自体の要求のなかへ引き入れているのである」と。在ることの難きことが、如何にして言われうるのか、これが『ドゥイノの悲歌』後半部へかけて問われてゆくところのものであろう。それだけに詩人が「苦き洞察の果て」に立ちえたと自ら確信しうる時、その告げるところのものの重さに、われわれは驚嘆するわけである。そして考えてみれば、在ることを歌うことが出来るためには、現存を突き破り、その深部に突き入ってゆかねばならぬ、或いは越え出てゆかねばならぬのであろう。その領域が、かの内部の荒廃であり、一致なき、感受の輪郭なき「冬」だったのであろう。詩人は「世を去った人」„der Ab-geschiedene“ となって、疎遠の域に世界空間を求めるよりなかったのである。この内部が、根源の懐として歌われるのが、第六の悲歌であり、また世界空間が「開かれたもの」として求められるのが、第八の悲歌である。そしてまさしくその中間において、「この地上に在ることの麗しさよ」と第七の悲歌は讃美し、それを受けて「此処にこそ言わるべきものの時は在る。言葉の故郷は在る」と、第九の悲歌が歌うのである。そこへまではわれわれはまだ遠き道を残している。1922 年 2 月初旬、嵐のように『悲歌』完成の時が詩人を襲うとき、この第七の悲歌がこの時点で悲歌群最初のものとして生じて来ることになるのだが、それを

122

誘発するもととなった『オルフォイスに寄せるソネット』のなかから、この湧出を最もよく示すものと見られる作を、ここで顧みておくのがよいであろう。尤も、そこが詩人である。どのソネットがとりわけ悲歌群への引き金となったか、などということは到底われわれに察知できるわけがない。これらのソネットは2月2日から5日へかけて制作されたものが主として第一部に、15日から23日へかけて書かれたものが第二部に、収められているのであるから、今第一部中26篇の作を見てみると、既にわれわれが読んでいる1-Ⅲを除くとすれば、1-ⅩⅩⅥつまり第一部最後のソネットが最適ではなかろうか。

　　おんみ、神の如き人よ、最後まで鳴り響く人よ
　　拒まれた狂乱の巫女達に襲われた時にも
　　その群なす叫びに打ち勝ち、秩序ある音調を歌ったおんみ美しき人よ
　　破壊する女達の真中から、おんみの奏でる善導の調べは立ち昇ったのだ

　　おんみの頭べまた竪琴を打ち壊しえた女はいなかった
　　彼女らがいかに荒れ狂い戦おうとも、彼女らが
　　おんみの心を目掛けて投げつける鋭い石つぶてといえども、おんみに
　　触れては、優しきものとなり変わり、聴従の恵みと化したのだった

　　遂にはおんみの体を、復讐の念に駆られた女達は打ち砕いた
　　だが、おんみの響きは、獅子たちや岩石のなかに留まった
　　樹々のなか、鳥たちのなかにも残った。其処でおんみは今もなお歌う

　　おお、おんみ失われたる神！　おんみ終わるなき痕跡よ！
　　おんみの体を最後には、かの敵意が奪い去り、分与したればこそ
　　おんみは今も聴く者であるのだ、自然の口でも在りうるのだ　　　（1-ⅩⅩⅥ）

123　『ドゥイノの悲歌』第五及び第六

*

第六の悲歌

無花果の樹よ、いつとは知れぬ以前から、私には意味深いことだった
おんみが花の時期を殆ど跳び越さんばかりに、身を躍らせ
はやばやと決意した果実のなかへと
愛でられる暇とてなく、おんみの純なる秘密を、押し入れるその姿は
さながらに噴泉を導く管の如く、おんみの曲げられた枝の仕組みは
下方へと樹液を送り、また上へと運ぶ。すると液は眠りより噴き出で
目覚め終わらぬうちに早、その甘美を極めた完成の浄福に到るのだ
見よ、白鳥に身を変える神さながらの業。... われらは然し滞留する
ああわれらには花咲くことが誉れなのだ。そしてわれらの有限の果実の
遅れたる内部へと、われらは裏切られたまま入って行くのだ
わずかの者らにしか、行為の激しい促しは湧き起こらず
心の充溢のなかで立ち止まり燃え上がる者は稀だ
たまさかに、開花への誘惑が、鎮められた夜風のように
彼らの口の若さに触れ、彼らの瞼をかすめるのみなのだ
英雄たち或いは若くして死する定めの者らが、恐らくはそれであろう
死の庭師の腕も、彼らの血脈だけは別様に曲げて培うものであろう
彼らこそ素早く彼方へと駆けり行くのだ。己れ自身の微笑にさえも
彼らは先立って行く。さながらにカルナックの優しくも彫りこまれた
絵の駿馬らが、凱旋する王者の車に先駆けるように

思えば不思議なばかりに、英雄は、若き死者に近いものだ。永続は
英雄の心を惹かぬ。その上昇が現存なのだ。絶えず彼は
我が身をば奪い去り、彼の常なる危険が描く星座のなかへ

124

姿を変えて踏み入ってゆく。其処に彼を見出す者も殆どあるまい。だが
われらに暗鬱の沈黙を強いるもの、かの突如として感激を呼ぶ運命
それが英雄を、そのざわめく世界の嵐のなかへと歌い入れるのだ
彼ほどに、私の聴く者はありえない。不意に私のなかを貫き通るのが
ほとばしる大気と共に来たる、英雄の暗くこもる音響なのだ

そんな時、いかに私は、憧れの心を抑え、身を隠したく思うことだろう
おお、もし私が少年であるならば、少年の身となりうるならば、そして
未来の腕に支えられ、シムソンの話を読むことが出来れば、と思うのだ
あの、始めは何者をも産まず、後にすべてを産んだ、英雄の母の話を

彼は既におんみのなかで英雄だったのではないか、母なるひとよ、其処
おんみの中で既に、彼の支配者たる選択が始まっていたのではないか？
幾千の命が胎内で沸騰していた。そして彼となろうと欲していたのだ
だが見よ、彼が摑み取り、排除したのだ、―― 選びそして為しえたのだ
たとい彼が柱廊を次々に突き崩したとはいえ、それはまさしく彼が
おんみの肉体の世界から、より狭い世界へと出現した時と同じだった
此処、この世でも彼は選び、為しえたのだった。おお、英雄らの母達よ
おお、奔流の根源よ！　おんみら深淵よ、そのなかへと
高き心の絶壁よりして、嘆きつつ
既にして乙女らが墜ちていたのだ、来たるべき息子の犠牲となって

何故ならば英雄は、嵐の如く、愛の滞在地を通り抜け駆け去ったのだ
彼を想う心の鼓動も、その一つ一つが彼を高きへ引き上げるのみだった
早、眼を逸らし、彼は人々の微笑の果てに立っていた――別人となって

*

もう三十年ほども前のことになるが、私は或る人に『ドゥイノの悲歌』

全曲のなかで、どの歌が一番好きかと聞かれた時に、迷うことなく、この第六の悲歌を挙げたものである。私にそう尋ねた人は、私よりも数歳年長の、専門のリルケ研究者なのだが、私の返事に怪訝な表情を浮かべておられた。ところで私がその時理由として言ったことは、この悲歌にリルケ特有の「変容」というものが、最も美しくまた分かりよく語られていると思われたのによる。樹液となって無花果の幾様にも曲がった枝の中を、上りまた下りして通うている、生命の力、それが花咲く暇とてなく、甘美な果実となって、やがて結実し発揚してゆく様子、これが、可視にして不可視（sichtbar-unsichtbar）の姿を極めて象徴的に表していると私は思ったのである。あの散文作『体験』において、詩人の体のなかを貫通している、自然の力、その震動、内と外との微妙な交流一致、そんな想念も、私には働いていたことであったろう。併せてゲーテの „Metamorphose"「植物の変容」を思わせるところが、私の気に入った理由かも知れない。

　最近も、私は別の文章で無花果のことを書いて、そうした話をしているのであるが、そこでは、ヘルダーリンやニーチェにも、この果樹のことが出てくることを述べている。前者ではとりわけ讃歌「回想」が、後者では『ツァラトゥストラ』第二部「浄福の島にて」がそれである。こちらの方は比較的知られていないように思われるので、ちょっと引いてみると、「無花果は木から落ちる。よき甘き果実だ。それは落ちゆきつつ、自らその赤き果皮を剝ぐ。北風だ、私は、熟した無花果にとっての。」——ニーチェは自分を厳しい北風だと言っているのである。それによって落ちる実のように、自分は超人の教えを伝えよう、というわけである。この章には重要な言葉がいろいろ読まれるが、ツァラトゥストラが、人間の苦しみを共に自分も経験するのだと語ったあとの次のような発言は、最小限挙げられてよかろう。「だがかかる苦しみをしも、我が創造する意志は欲する。それが我が運命だ。否、より率直に、私はおんみらに語ろう。かかる運命をこそ——我が意志は欲するのだ、と。」

　Rilke und Nietzsche —— それは大層興味深いテーマである。古くは

126

„Dichtung und Volkstum"1936 年刊所載の Fritz Dehn の論文、近くは Erich Heller: Nietzsche. Drei Essays（edition suhrkamp, 1967）といった風に取り上げられることも再々ある事柄である。私自身いずれ立ち入って考えてみたいとは思っているが、目下のところはまだ先の課題である。ところで、第六の悲歌は、前述の如く、前へ向けては第三第四の悲歌への繋がりが濃く、後ろへ向けては第八の悲歌に関わるところの多いものである。特に第三の悲歌で、少年乃至は若者の愛が父祖たちの血に遡り、「無数に沸き立つもの」「かつての母達の乾いた河床」へと直結していたように、此処第六の悲歌でも、英雄の来歴が「胎内の数千の沸騰する命」「奔流の根源」たる母達の深淵（Schluchten）、それはまた性の棲でもあるが、そうした深みに戻されて歌われている。ただ、第三の悲歌で「来歴」„Herkunft" が恐ろしいまでに取り出されていたのに比して、第六の悲歌ではむしろ、「未来的」な方向が強調されている。つまり Zukunft が問われているのである。乙女たちの嘆きつつ墜ちてゆくところにも、第三の悲歌と同じく「前代」への示唆はあるものの、それは既に来たるべき息子たちのための犠牲だというわけである。そうした意味で、ここでも最も重要な詩句を一つ取り上げるとするならば、「英雄の上昇が現存なのだ」がそれであろう。そして第四の悲歌への繋がりとしては、そこに「世界空間」へと開かれていた幼時の純粋な眼とあったのに通うのが、ここ第六の悲歌結句に謂う、愛の滞在地を通り抜けて「高き彼方へと引き上げられる」英雄の姿なのである。何故ならば、開かれたものへの眼を立て塞いでいた大人たちの所謂愛を振り切って、少年は「天使と人形」の舞台を前にしていたからである。このあたりの理解のためには、私には、あのヘルダーリンの詩「回想」に謂う、「愛の心も、いそしみの眼を繋ぎ留める」„Und die Liebe auch heftet fleißig die Augen" の句が、補助線として引かれればよいと思われる。そしてこの子供の眼を「後ろ向きに ... 仕向けてしまう」というモティーフが、第八の悲歌へもそのまま続いてゆくのである。ともあれここ第六の悲歌の英雄は「人々の微笑の果てに立っていた、別様のものとなって」とは即ち「星座」

127 『ドゥイノの悲歌』第五及び第六

に踏み入っているの意であろう。そして第八の悲歌へは、更に「懐」(Schoß)の語を通して関わるのであるが、それはまたその時に論ずることとしたい。

ただ、この第六の悲歌は一番短くて易しいように見えはするが、なかなか難物である。例えばカルナックとあったが、これなどは或る程度深くリルケの詩人的体験に迫ってゆかなければ、届き難いというものであろう。以下、従って、何人かの論者に依りながら私の解釈を補う必要がある。その場合、然し殆どの解釈者が「英雄」に眼を奪われて、この第六の悲歌が全体として指し示している、より大きな方向を見失っているやに思われるのである。Steiner で終わりへ向けて僅かに示唆されていること、つまり詩人存在ということ、これが私には最も重要な意味ではないかと思われるのである。美しい無花果と噴水の箇所であれ、特にそこでの「最も甘美なる完成」(„Leistung")或いはレダの物語で知られる白鳥に変身する神、そして「心の充溢」の語であれ、「選び、為しえた」シムソンの話であれ、これらの語や寓意はすべて、リルケがこの悲歌を通して何を暗示的に語ろうとしていたかを告げていると言えよう。つまり、そのシムソンにしてからが、単なる行為者としての英雄ではないのである。あとでも見るように彼は歌びととなのである。この事からオルフォイスへの結びつきは極めて明瞭となって来る。そんなわけで私は以下、三つの事柄を中心にして、諸家の解説を参考にしながら話を続けてゆくことにしたいと思う。始めがカルナックつまりリルケのエジプト旅行に関すること、次がシムソンの物語、それに引き続いて『オルフォイスに寄せるソネット』(2-XIII)、及びこの悲歌最初の段階の頃の作で Grete Gulbransson 夫人のための詩に関して見ることとなる。因みに、この最後の詩篇は、Steiner の挙げているところから私は知ることになったものである。

Karnak については、すべての注釈書が、リルケの 1911 年 1 月から 3 月へかけての、エジプト旅行に触れており、この第六の悲歌に出て来るのが、Sethos 一世、及びその子 Ramses 二世の出陣の絵であること、また、詩中に „muldig" とあるのが「柔らかく窪んだ形に彫り込まれたレリエフ」の

ことであると告げていて（Steiner）、今日われわれは I. Schnack 編の写真で
もそれを確かめることが出来る。私は然し詩人が妻のクララ宛てに書いて
いる、月明りの太古の寺院、或いは次の文章が、印象的であると思った。
―「私たちは今日、王たちの永眠する巨大な谷を馬車で行った。どの王も
一つの山全体の重量の下に眠っているのだ。その山をさして更になお太陽
が力一杯押しつけているのだった。それでもまだ王たちを抑えるには力が
及ばぬといわんばかりだった。」― この言葉の前半には、以前の拙稿をご
覧になった方なら記憶がおありであろう。第二の悲歌を取り扱ったところ
で、小松原千里氏の説明を借りた際に、そこに引用されていたのと同じ箇
所なのである。リルケとエジプト ― これまたなかなか大変なテーマであ
る。一体、そのように論ずるとなれば、イタリア、ロシア、フランス、ス
ペイン、北欧、そしてスイス、すべて同じく恰好のテーマとなろうからで
ある。今私はエジプトに関して『詩人について』と題される、リルケの散
文のあることを指摘しておきたいと思う。ナイル河のフィレと呼ばれる
島のあたりを船で旅していた詩人が、16 人の漕ぎ手の挙動を眺めながら、
そのとき「詩人というものが、存立するもののなかで持つ『意味』を提示
されたように思った」ことを記している、意味深重な文章である。私が第
六の悲歌を、単に英雄讃歌としてだけではなく、むしろ主に詩人存在に関
わるものと解してゆきたいと見ていることでもあり、このやはりエジプト
体験に基づく、1912 年 2 月始めに書かれた文章のことを、この機会に少
しだけ述べておきたいと思う。―

　一列四人並び、左右二人ずつでリズムに合わせて漕いでゆく、「大気の
なかに見開いた眼の」金属めいた肉体の男たちの様子を見つめながら、リ
ルケは河を上ってゆくのである。そのうち一番近くの、艫に座っている年
とった男が、折節歌を歌うのに、詩人の注意は向けられる。今、歌が始ま
るぞと予感できる瞬間もあり、或いは不規則に間をおいてまた始まるこ
ともあり、力付けるための場合もあれば、快適至極ということもあるの
だ。どういう風にしてクルーの状態がこの男に伝わってくるのか、それが

129　『ドゥイノの悲歌』第五及び第六

どうも摑めないのであって、リルケはこう書いている。—「どうも彼に影響を与えているらしいのは、彼の感情の中で、打ち開かれた遥けさと合致した純粋な運動なのであった。この遥けさへと彼は、半ば快然として、半ば憂鬱そうに身を委ねているのだった。彼の中で、われわれの船の進む動きと、われわれに逆らって動くものの力とが、絶えず調和されるのであった。... 彼の周囲のものは、その都度最も手近な具体的なものに引き入れられており、それを克服しているのに反して、彼の声は、最も遠くのものへの関係を保っており、われわれをそれに結びつけるのだった。こうしていつしか、その遠くのものが、われわれを引き寄せているのであった。私は、どうしてそうなったものかは分からぬながら、突如この現象のなかに、詩人の置かれている位置、時間内部での詩人の場所、詩人の作用というものを摑むことができた。ひとは、安んじて詩人とすべての場所を争ってよいであろう。だが時間だけは別なのだ。時間においては、ひとは詩人の為すがままに我慢するよりないのではあるまいか、そう私は覚ったのであった。」—これはこれで謎めいた文章というよりなかろうが、ともあれ最も遥かなものへの関わり、そして全体の動きとの一致調和といった点で、リルケがこの頃、とは即ちこの第六の悲歌が最初作られる直前の頃に、詩人存在と世界空間、延いては時間という問題を、やはり考え続けていたのだと、われわれは知るわけである。

　次のシムソンであるが、これも旧約士師記（Buch der Richter）に由来するものであることは、すべての解説に言われているところである。見逃せないと私が思うのは然し、シムソンが単なる力持ちとしての英雄というには留まらない事である。Steiner を引くならば、「シムソンは彼の英雄性を、その生涯の終わりにおいて確証したのであった。彼がデリラの裏切りによって捕らえられ、眼を潰されて、ペリシテ人の諸侯たちの前で音楽を奏するように命じられた時、彼は建物の二本の支柱を取り払い、こうして屋根は落ち、その下にいたすべての人間は生き埋めとなったのであった（Ri. 16.25-30）。このようにしてシムソンにとっては、この没落が、彼の英雄存

在への最後の誕生となったのである。」(S. 141) ── 第一の悲歌でのリノスと同様、音楽は即、詩である。英雄が胎内で既に「選び、為しえた」ところを、従ってこの論者は、こう説明している。「英雄は彼自身のエンテレヒーの如きものであり、存在以前に (präexistenziell) 既に行動しているのである」と。ゲーテ好みのこの語 „Entelechie" そしてその不滅性の確信については、ここで立ち入るには及ぶまいが、自己実現自己完成の不断の努力、生命力の髄が如きを、そう謂うのである。確かに Steiner の言葉は巧みであるが、むしろ私はその先の、「早くも眼を逸らし、彼は人々の微笑の果てに立っていた ── 別人となって」へ繋いで、同じ注釈者に次の指摘のあることに注目したいと思う。「英雄が早くも眼を逸らすのは、彼が常に、愛を告げる微笑の彼方へと更に激しく突き進もうと心しているが故である。彼が微笑のもとに滞留しえぬと同様に、彼はまたこの滞在地からの別離に際しても、留まることが出来ないのである。── とは即ち彼は微笑に対しても、一切の別離に対しても、先んじているのである」(S. 144)。この箇所で Steiner は注を付していて、リルケを知る人ならば当然予想しうるように『オルフォイスに寄せるソネット』(2-XIII) を一部分巻末に掲げている。われわれはそれを、拙訳で全体見ておきたいと思う。

　すべての別離に先立って在れ。さながらにそれがお前の
　後ろに在るかのようにするがよい。今過ぎ行く冬の如くに
　何故ならば、幾とせの冬のなかに、終わることのない冬があるのだ
　さればこそ冬を越えつつ、お前の心は辛くも耐えきることができるのだ

　常にオイリュディーケのうちに死して在ることだ。── 歌いつつ
　昇りゆき、讃えつつ戻り下るがよい、純なる関連のなかへと
　此処、消えゆくものらのなかにあって、凋落の国にあって
　鳴り響く杯で在れ、響きのうちに早、壊れ果てる杯で在れ

131　『ドゥイノの悲歌』第五及び第六

在れ ── 而も同時に、在らざることの条件をわきまえよ
お前の内なる心の振動の、無限なる根底をわきまえよ
お前がその条件を、充全に而もこのただひと度びに完成すべく心せよ

充てる自然の使い果たされた蓄えにも、そしてまた鈍く、物言わぬまま
備えているものにも、そうだ、かの語りえざる無量の豊かさに
お前自身を加え入れよ、歓呼して。そのようにして数を否定することだ

（2-XIII）

　このソネットについては、私はこれまでにもいろいろの箇所で、及ばぬ
ながら解釈を試みていることではあり、今は説明を差し控えたい。晩年の
ゲーテの思想にも通じる、その意味でも不滅の「古典性」が、他ならぬリ
ルケによって達成されていることを言うに留めたい。
　もう一つ残している Gulbransson 夫人のための五篇のソネットは 1913
年 11 月中旬の作と言われ、まさしくこの所謂英雄悲歌の主要部分が、先
駆的に書かれた時期に当たる。そこに読まれる幾つもの詩句が、第六の悲
歌に共通する思念、ままこれを解するに相応しい言葉を含んでいることは
当然でもあろう。「英雄は時を傾ける。時は彼に向かって墜ちかかるのだ。」
──「其処に彼は立つ、遠き彼方へまで見えるものとなって。そして諸々の
運命を押し動かすのだ、まどかに、一つの新たなる中心の周りに。」そし
てこれらの詩句のあとで Steiner が「なんの妨げもなく『斑岩』Porphyr（SW,
11, 213）をも通り抜けて歩む、この神話的－神秘的形姿とは Orpheus であ
る」と語る（S. 146）とき、われわれは「英雄」のもとに時人を考えている
リルケを見出すことが出来るであろう。尤もこの Gulbransson 夫人宛ての
五篇のソネットには、聊か滑稽な話も添わっていて、リルケにあっては珍
しい諧謔がそこに働いているので、その点を少しだけ補説しておきたいと
思う。実は、これらの前に献辞があり、その下に括弧付きで、これで影武
者をすっかり追い払うことができましょうと記されているのである。„um

132

einen Doppelgänger völlig zu verdrängen"—これはどういうことかと言うと、この夫人にその前に、Karl Arnold という画家が、リルケだとして紹介されることがあったのだ。芸術家仲間の戯れというものであろう。そのせいかこれらの詩には、リルケにしては今ひとつ深みに欠ける節がある。—その他に、もう一言ここで触れておきたいのは、Brecht が第六の悲歌解釈の始めで、『ドゥイノの悲歌』を前半の Zyklus と後半のそれとに分けて考えている事である。その基本は少なくとも私の場合と同様である。

*

　以上で本稿は閉じることにしたいが、なお機会があればあともう二回、「『ドゥイノの悲歌』第七及び第八」同じく「第九及び第十」を書き継ぐことができればと願っている。いずれも今からでは十年近く以前のこととなるが、神戸大学文学部での講義ノートとして旧稿が残されているものである。そしてその場合、ちょうどこの連作が最初、ハイデッガーの『根拠律』と並行して論を起こしたように、同じこの思索の巨匠の『ニーチェ講義』と繋ぎながら、締め括ることがあればよいがと思っている。それはまた本稿の途中で、そうした方向の発言を私がしていることの責めを果たす意味でもありはせぬかと考えてのことである。—
　それはそれとして、以上われわれのように第五の悲歌と第六の悲歌とを併せて読んできた者には、どうしても欠かすことの出来ない問題が、最後にある。それは第六の悲歌最初の詩節で「神さながらの」変容の業が讃えられたすぐあとに、点線をおいて「われらは然し滞留する」とあったことだ。これはなんとしても不可解ではあるまいか？　何故ならば「滞留はいずこにもない故」—これが第一の悲歌以来ずっと続いてきた詩的想念に他ならぬからである。だが、その一見矛盾と思われる言葉は、まさにリルケ特有の表現として考えるとき、忽ち氷解するのではなかろうか？
即ち、人間存在にとって、滞留はいずこにも在りえないのだ。これには聊かの疑念もない。だがわれわれはとかく滞留を求めるのだ。それも安易に

留まりたがるのが人間の常なのだ。だから、「われらの有限の果実の遅れたる内部へと、われらは裏切られたまま入って行くのだ。」それはさながら第五の悲歌にあった「運動の樹木」から瞬く間に落ちて「墓に打ち当たる」少年の姿と同じではないか。墓とはもとより、死である。「満ち足らうことなき、一つの意志」である。それに振り回されているのが、人間そのものなのだ。その、死にさしかけられた人間存在が、それでも闇雲に「微笑を作らねば」、と焦っているのだ。同じような表現で、第四の悲歌にあった言葉を、ここに想起することも許されよう。「視ることは常に在るのだ」とそこには読まれた。だが人々は、とりわけ世の大人たちは、真実視ていたであろうか？ 世界空間を視ていたであろうか？ 否、まさしく否であった。これが詩人リルケの根本的な着眼なのである。滞留なき人間が、滞留しようと欲すること、死すべき定めの身を忘れて「仮象の果実」を結ぼうとすること、そして「視る」はあっても、真に視てはいないこと、── これが即ち、『ドゥイノの悲歌』でリルケが剔抉した、人間存在のはかなさなのであった。

　では一体、いかにすれば、究極の境地に到達することが出来るのであろうか？ 第十の悲歌に歌われる「苦き洞察の出口」に立つことは如何にして可能となるのか？ それへはまだ、われわれは遠き道を残しているとほか言いようはあるまい。ただ一つ然しそれへの暗示を語っているものがある。それが而も、第五と第六の悲歌において顕著な、一つの言葉ではあるまいか？ それは「跳躍」の語である。苦き洞察そのものの中へと、「奔流の根源」「深淵」へと、つまりは人間存在のはかなさそのものの中へと恐れずに跳び入ることが「果敢の高き形姿」を打ち建てる道なのである。それが「微笑の果てに立つ」所以なのだ。── かつてニーチェは「蛇を嚙め！」と語った。それが、ニヒリズムを超克する道であった（„Zarathustra“, 3. Teil/Vom Gesicht und Rätsel）。ハイデッガーは「死が現存の最も固有なる可能性である」と謂う。そしてそのような存在可能において「現存は、自己自身のかく特筆された可能性のうちに、日常人から引き離されたままであり、

とは即ち先駆しつつ己れ自身を、その都度常に、日常人よりして引き離す
ことが出来るという事が、現存にとって明らかとなりうるのである」(Sein
und Zeit, 9. Aufl., S. 263)。詩人リルケにとっても、かの「はやばやと決意した
果実」が、「充全なる現存」への果敢の跳躍であったのであろう。少なく
とも、第六の悲歌の助走が始まりつつあった時期 (1912年早春) に既に書
かれていた、のちの第十の悲歌発端の詩句の中に、次のように読まれる言
葉がある。

　　　　　　　　　　　　　　　. . . われら苦痛の浪費者
　われらは苦痛の果てを先に見定め、やがて終わると期待して
　悲しみの時期を限ろうとする。だが苦痛こそまことにわれらが
　越冬性の葉にほかならぬ。われらが生存の意味を宿す濃緑の蔓日草だ
　ひそやかな年のひととき ― 否、時だけでなく ―
　苦痛こそ、場、住区、陣営、地盤、住居であるのだ

　　　　　　　　　　　　　　. . . Wir, Vergeuder der Schmerzen
　Wie wir sie absehn voraus, in die traurige Dauer,
　ob sie nicht enden vielleicht. Sie aber sind ja
　unser winterwähriges Laub, unser dunkeles Sinngrün,
　eine der Zeiten des heimlichen Jahres ―, nicht nur
　Zeit ―, sind Stelle, Siedlung, Lager, Boden, Wohnort.

『ドゥイノの悲歌』第七

　本書「始めに」でも言ったように、その持つ内容と意味との重要性から見ても『ドゥイノの悲歌』第七は、全曲中の最右翼に立つとされてよい。だがこの詩篇を、私はこれまでまだ正面から取り上げて講じたことがない。かと言って今更新しく書き下ろすだけの気力体力は、望めそうもない。そこで私は、既に発表済みの「最終講義『詩と時間』」のなかに語られているところを採り、これが語り口調であること故、それを論文口調に改めるとともに、そのあと若干補うことによって、まとめてみることとした。この講義はしかし「詩と時間」という視点から言及されたものであるから、第七の悲歌の主要問題たる、「転向」Wendung の掘り下げが不充分だったと私は気付いた。尤もそこでも「変転への移行の時」、それを表わす作として論じられてはいるのである。因みにこの講義では、「合一の時」として、ヘルダーリンの讃歌「さながら祭の日に ...」が、また「充溢の時」を表わす例として『ファウスト』第二部始めの「優雅の地」の場面が挙げられている。Emil Staiger も謂う通り、およそ詩に携わる人の心を捉えてやまぬのが「時の幽暗」である。だが、それはもう措いて早速、第七の悲歌に入るとしよう。

　この詩篇を初めて目にされる方、或いは久々に読まれる方のために、この詩全体の動きを先ず述べておきたいと思う。── この悲歌は雲雀の詠唱から始まる。空高く無心に舞い上がり囀る鳥の呼び声、それはいつしか夏の高い夜空へ、星々へまで上昇してゆく。万有との合一である。詩人もまた呼び求める身である。だが、詩人はこの段階で、もはや自分が充分に成長した（entwachsen）と知っている（悲歌第七は 1922 年 2 月 7 日ミュゾットで書か

136

れた)。天使を希求することはない。あの鳥のように愛の呼び声を天使に向けることはない、というわけである。むしろ愛の女に不滅の命を与えるべく、詩人は呼びかけていたのである。ところが、さながらその声に応えるかのように、幾多の愛の女たちが、今や地上を求めて立ち還ってくる。こうした女たちの運命を内部で受容することこそ詩人の使命ではあるまいか？そう詩人は思う。だが然し、現代はまさに姿なき異形のものの突出している時代である。不可視の電力が支配している。この悪しき不可視のもの、「技術時代の非本質的所業（Un-wesen）」を、詩人はまさに逆転し、真に豊かな内部へと救い取ってゆかねばならぬ、と自らに言う。するとその時、人間がこれまでに建立してきた伽藍が、音楽が、いや窓辺に佇む女もすべて、この心の空間に蘇えるのだ。――以上が言わばこの悲歌の大意である。幾様もの変転を含むこの詩篇ばかりは、とても概要で済ませるわけには行かないので、以下、先ず拙訳でこれを見ることにしよう。

＊

第七の悲歌

最早求めるな我が声よ、お前はもう充分に成長した。お前の叫びの
本性は求愛であってはならぬ。仮にお前が鳥の如く純枠に叫びうるとも
高まりゆく春の季節が鳥を引き上げる時、鳥は乏しき生き物たる身を
忘れているかに見える。春が清澄の中へ、内なる天空へ投げ入れるのは
一つの孤独の心だけでないことを鳥は知らぬげにいる。かの鳥の如くに
いやそれに劣らず、お前も呼び求めはできよう。――未だ姿は見せずして
静かなる女の友がそれを聴き、おもむろにその心に
優しい答えは目覚め、聞き惚れて熱き想いに駆られては
お前の果敢に試みた感情に、燃える女の感情を返すこともありえよう

おお、そして春は解してくれるであろう。—そこには告知の音を
耐ええぬ場の一つとしてありはすまい。始めにはあのささやかな
問いかけるような初音、それを一層高める静寂と共に
遠くまで沈黙に包み入れる、そんな純粋な肯定のひと日がある
やがて階梯を昇りゆき、呼び声の階梯を昇りゆき、夢みられた
未来の神殿にまで囀りは高まり、—遂には震え鳴る、噴水となる
盛り上がる光線に向かい、早、落下を先取りしつつ何事かを約する如く
戯れる輝きとなる噴水 ... と見れば、そこにはもう来ている、夏が

夏のすべての朝だけでない。—ただ単に
昼へと渡り入る、開始を喜び輝く夏の朝ばかりではない
花々のほとりにかそけくも集い、高みでは形なす樹々をめぐって
逞しく強大に広がる、夏の日々だけでもない
あの展開された諸力に寄せる敬虔な想いにも止まらぬ
夕べの道、夕べの牧場、それでもまだ足りぬ
夕立のあとに息づかう清浄の気だけでも尽くされぬ
近付く眠り、密かな宵の予感でもまだ及ばぬ ...
ではなくて幾夜の夜だ。夏の、高き幾日の夜だ！
いや更に星々だ、大地の星々が現れるのだ
おお、いつの日か死して、かのすべてを窮みなく知りえぬものか
すべての星々を。何故ならば如何にして星々を忘れえよう、如何にして！

見よ、私は愛の女を呼び続けてきた。だが彼女のみが
来るわけではあるまい ... 弱々しい墓所よりして来たり立つのは
娘達ではあるまいか ... 何故ならば、どうして私に
呼び声に応える呼び声を制する事ができようか？　沈み去った乙女らが
今もなお地上を求めてやまぬのだ。—おんみら子供達よ、この地上で
一度おんみらの手にした一つの物が多くを意味しうるのではあるまいか

138

おんみらは、運命といえども、幼時がもつ密度に勝ると思ってはならぬ
幾度となくおんみらは恋人を追い越して行ったではないか、喘ぎつつ
浄福の歩み求め息せききって無を目指し自由へと立ち出でたではないか

この地上に在ることの麗しさよ。おんみら娘達はそれを知っていたのだ
またおんみらも、外見には困窮し零落したおみならよ — 街々の悪しき
辻裏に、膿む傷をもち、はたまた廃物に公然と曝されていたおんみらも
この事を知っていたのだ。何故ならば、ひと時は誰も皆、恐らくは
ひと時にすら充ちぬとも、時間の尺度を以てしては到底計りえぬ
二つの時の間のあわいに在りはしたのだ。— その時どの女も
一つの現存を持ったのだ。一切を持ったのだ。血脈に漲る現存を
ただ、われらは余りに忘れ易い。笑う隣人が確かめてはくれぬもの
羨んでくれぬもの、それをわれらは忘れてしまう。明らかに目に見える
形で幸福をわれらは掲げようとする。だが真実、最も明らかな幸福とは
われらがそれを内部で変容する時初めて、認識されるものとなるのだ

いずこにも、恋人よ、世界は在りえまい、内部のほかには。われらの
生は変容と共に過ぎ行くのだ。そしてますます外部は乏しくなり
消え失せてゆく。かつて永続する家のあったところに
考案された建物が突き出して来る、横ざまに。およそ人間の考えうる
限りのものと言うに尽きる。さながら脳髄の中に立つがままの風情だ
時代精神の作り出す電力の壮大な貯蔵庫はどうだ。その姿なき異形さは
この精神が一切のものから獲得している緊張の衝迫に通ずるものだ
神殿をこの精神は識らぬ。この、心の贅を費やして建てられたもの
それをわれらはより密かに内へと納め入れる。今も耐えて存立するもの
かつて祈りと奉仕をこめて膝まずかれたものの在るところ、その場で
それは、在るがまま既にして不可視のものの中へ引き渡されている
多くの人はそれをしも最早気付かぬ。だがそれ故にあの利を識らぬのだ

139 『ドゥイノの悲歌』第七

それを今心の内に建てるなら、円柱も立像もより偉大となろうに！

世界の全ての鈍磨した転換には、そうした遺産を奪われたものらが
伴なう。彼らには、以前のものも最も近きものも未だ所属していない
何故ならば最も近きものといえども人間にとっては遠いのだ。われらは
この事で惑わされてはならぬ。むしろそのためにわれらの中に、なお
認識された形姿を保持する心が強められねばならぬ。― これがかつて
一度人間のもとに、運命の真中に立っていたと識ることだ、破壊的な
運命の中、いずこへとも知られざるものの真中に、立っていたのだ
在るがままに立ち、星々を、確立された諸天から振り向かしめたのだ
天使よおんみに私はそれをなお示すことができる、此処だ！と。おんみの
顔貌の中にそれが最終的に救い取られて立つがよい、今遂に毅然として
円柱、塔門、スフィンクス、張り渡す支柱、過ぎゆく街の
或いは異郷の、灰色した伽藍の建物よ、立つがよい

これぞ奇跡ではなかったか？　驚嘆して欲しい、おお天使よ、何故なら
かかる事を為しえたのがわれらなのだ。巨いなる天使よそれを語れかし
私の息は切れ、この称讃を果しえぬ。惟えばわれらはやはりなお
諸々の空間をなおざりにしてはいなかったのだ、これら保証する空間を
これら、われらが空間を。（われらが感受の幾千年を以てしても充全に
は満たしきれぬ、この空間の何たる恐るべき偉大さよ）
とまれ一つの塔といえど偉大であった。そうではないかおお天使よ ―
それは偉大であった。おんみと並び立つ程に偉大ではなかったか？
シャルトル寺院も偉大であった。― そして音楽は更に高きに達し
われらを越えて聳え立った。だが、おお、ただ一人の愛の女といえども
夜の窓辺に独り佇む女すら...　彼女がおんみの膝にも及ばなかったと
言えようか？　― 私がおんみを求めていると思われたくない、天使よ
たとい私が求めてもおんみの来たることはない。何故なら私の呼び声は

140

常に往路のみで塞がっている。かくも強い流れに抗しおんみの歩みうる
筈もない。さながらに突き出した腕の如きが私の呼び声だ。その腕の
捉えんとして上に開いた手は、おんみの前で
開いたままなのだ。手は、拒絶とも警告とも定めえぬまま
捉え難きもの天使よ、広く開いているのだ

　この詩についてなんらかの解説をしようとするなら、それだけで勿論多く
の時間を要することになろう。それこそハイデッガー先生言われるところ
の、恵まれた幾瞬間が働かねば到底汲み尽くすわけにはゆかないだろう。
リルケ自身も『ドゥイノの悲歌』の自注は諦めたのである。今ここで私の
なしうることは、ごく大まかな把握にすぎない。始めに恍惚とさせるよう
な雲雀の詠唱が生じており、それが高き夏の夜の星々に到っている。私た
ちが前に見たヘルダーリンの讃歌と同様、長い比喩と呼ばれてよいもので、
その謂うところは両面に向かっているのである。一つはこの春の鳥の叫び
のようには、自分はもう天使に一途に希求しはしないと語っており、もう
一つには、この呼び声のように『悲歌』を通して自分が愛の女を歌ってき
たのに応えるかのように、弱々しい墓所から、若くして死せる乙女たち或
いは淪落のおみならが今立ち還って来る、その趣きを告げているのである。
この地上とは、生と死との切り結ぶ接点である。変転や移行或いは飛躍
のことを述べてきた私としては、この「生と死との鬩ぎ合う地上」、とり
わけその「麗しさ」また「時間の尺度を以てしては到底計りえぬ／二つの
時の間のあわい」ということは、当然このあともう少し立ち入らねばなる
まい。次に、この詩後半で歌われる時代精神に対する批判、然しまた外部
が消失することによって却ってわれわれが促されてもいる事、多くはそれ
とは識らずして「心の内に建てうる」のだとすれば、詩人の要請、これま
た重大である。更にまた、そのように「内部で変容する」考えに立つとき、
この巨大な精神空間、つまり私は一挙に述べたいのであるが、「感受の幾
千年」ともあるように、無限なる変容に充満した歴史性を宿す「われらが

空間」のなかにあらためて聳え立つこととなる伽藍の偉大さ、これがもう一つの眼目となっている。そして、この詩全篇を縫うて呼び声は、最初から最後までに及んでいる。言わばこの声で包まれているのが、この悲歌なのである。そして最終部分で、天使に向かって腕を差し延べ、「拒絶とも警告とも定めえぬ」手を開いている姿が問題的である。これには然し、私はロダン作の L'enfant prodigue（放蕩息子）を想うことが相応しいと見るのであるが、その他に当然この第七の悲歌は第九の悲歌と極めて密接な繋がりをもっているので、最小限その言及は避けられないばかりか、不可欠である。

　もう一度従って整理しなおすならば、生と死との境をなんらか踏み越えるということ、或いはこの閾が、時のはざまが、この地上に在ることの意味であること、それが第一とするならば、第二に、このはざまにおいて、„Zwischen" において果たされる詩人的変容を通して、人間存在は、広大無辺の精神空間に立ち出でることとなるのだということ、その場合、過去の偉大があらためて出現するのだということ、これに帰着するのではなかろうか？　どうやら然し、私は「未来の語り」の根幹が、この詩に結集しているかのような気持ちに誘われてならないのだが、それは控えるとして、このただ今要約した二点に絞ってもう少し話してみたい。

　生と死とを「余りに明瞭に区別しすぎる」のが、およそ生あるもの全ての過ちなのだという事は、第一の悲歌以来、詩人の力説してきたところである。天使らはなるほど両方の域を自在に渡りゆくものであろう。然し実は、永遠の流れが、この両方の域を貫いて疾過し、すべての年代を常に引き攫ってゆき、いずれにおいても年を越えて鳴り響いているのだと、リルケはそこでも歌っていた。それが人類の歌の最初であるリノスの喪失の嘆きのうちに振動していた響きなのだとも詩人はつとに感じていたわけである。ただ、その予感が確信となり、充分に熟成した声となるのを、彼は待望し続けて、この『悲歌』全体の完成に到るのに、十年の歳月を苦闘した。有名な書簡で Witold Hulewicz 宛て（13. Ⅺ . 25）のなかから、次の言葉

は如何にしても欠かすわけにゆかない。「死はわれわれに背を向けた、われわれの側からは照らされていない、生の側面なのである。われわれはわれわれの現存の最大の意識を果たすように試みなければならない。われわれの現存は生死両方の区切られてはいない領域において休けく住もうており、その両方から、汲めども尽きぬ糧を得ているのである... 真の生の形態は両方の領野のなかを貫き通している。最大の循環をなす血液は、両者のなかを通うているのである。此岸も彼岸も在りはしない。在るはただ大いなる統一であり、この一なることにおいて、われわれを凌駕せるものら『天使ら』は住もうているのである。」―『マルテの手記』(1910) では、まだ引き出されてはいなかったこの最終的肯定にリルケが到達する過程、これは即、実存性よりする古典性への道であって、有名な詩「転向」„Wendung“ (1914) を挟み興趣尽きないものであるが、第七の悲歌それ自身のなかで、既にして変転の思考は充全に歌い出されている。その一つが、どんな女性も、ひと時にすら充ちぬとも、血脈に漲る現存を持ったのだというところである。第九の悲歌ではそこが「一度在ったということ、たとい一度限りとはいえ在ったということ、それは地上のものであったということであり、それが撤回されるとは思えぬのだ」となって深められてゆく。而もこの世に在るすべてのものが、この消えゆく無常のもの、これら去り行くことを糧として生きている物たちが、われら最も素早く消えゆく最も無常のものらに、一つの救いを託している、というわけである。それが、物たちを充全にわれらが不可視の心のなかで変容してほしいという、物たちの意志であり、つまりは大地の委託なのである。変容 ― それは歌となって蘇えることである。第九の悲歌に謂う「この地上に、言わるべきものの時は在る。此処にこそ言葉の故郷は在る」„Hier ist des Säglichen Zeit, hier seine Heimat.“ の句が、第七の悲歌での「この地上に在ることの麗しさよ」を一層根拠付けまた深めた言葉であることは、最早言うまでもないであろう。そしてこの、大地を不可視のものとするという「着想」こそ、『ドゥイノの悲歌』全篇を意義付けるものでもある。而も心憎いまで

なのは、第七の悲歌での伽藍や円柱また立像に代わって、第九の悲歌では
むしろ、天使に単純なものを示すがよい、としていることである。物たち
がその心の内で在るとは思わなかった程に、そのように言うことが、黙せ
る大地の密かな喜びであり、言葉、獲得された言葉は、黄と青のりんどう
（Enzian）の花なのである。

　そして、少し間があいてしまったが、第七の悲歌そのもののなかで、変
転を語っているもう一つの思念はとなれば、それは私が他でリルケ特有の
ひねりだと呼んでいる箇所である。今日われわれの世界では、外部のも
のが押し出して来て、われわれの内部を圧迫しているように見受けられ
る。然し詩人は却って、外部のものが消え失せつつある、と言うのであ
る。まるで脳髄の内側をそのまま突き出したような、考案され案出され
た、姿なき異形のものが張り出してきていると詩にはあった。電力という
技術時代の最も代表的な貯蔵された力も、目には見えぬものである。これ
らの根底において意味するところを詩人は逆手にとり、これをむしろわれ
らが利と受け止め、一切を「内なる心において」„innerlich" 建て直してゆ
くのがよいのだと告げる。この逆転が見事である。そしてそのとき、われ
らはわれらが感受の幾千年を以てしても充全には満たしきれぬ、われらの
空間の偉大さに目覚めることができるのである。今、私は逆手にとるとい
う表現を敢えて用いたが、これはかのヘルダーリンを念頭に置いてのこと
である。詳しくはもう言うことができないが、この詩人もまたよく似た
逆転をそれも再々、時には ironisch な意味合いをこめて歌にしている。頌
歌「詩人の使命」最後の句で、「神なきことが詩人を助く」„ . . . bis Gottes
Fehl hilft." と言っているのもそれならば、天なるものらがわれらを顧みら
れぬのは、われらをいたわってのことであろう、といった意味のことを悲
歌「パンと葡萄酒」で歌っているのも同様であるだろう。―さて、この
ように変転されることにより〔ヘルダーリン歌うところの「すべてを為し
うるにはあらず、天なるものらも。蓋し深淵に到るはむしろ死すべき定め
の人間たちなのだ。かくして人間は転じられる。その時は、永い。だが必

144

ずや生起するのだ、真なるものは」(Mnemosyne, Erste Fassung) — この言葉「転じられる」がここで思い合わされてよいであろう〕人間存在がその本質において転じられた場合、そのときどのような世界が、とりわけ詩と時間の関わりにおいて生起するのであろうか？　— 先程触れた第九の悲歌が出来した同じ日に (9. Febr. 1922) 詩人は『オルフォイスに寄せるソネット』55篇中最も愛らしい作、「春がまた帰ってきた。大地はまるで詩を覚えた子供のようだ…」と始まる、よく知られた詩を書いている。このことがすべてを語ってはいないだろうか？　大地の意志と合一することを会得した詩人にとって、そして単純なるものをその心の内に在る以上に言うことを使命と感得しえた詩人にとって、一切が新たなる光輝のなかに躍り出るのである。アペニンの山裾を縫うて来て迸り流れ落ちる水も、遠きロシアの荒野を駆けていた夕暮れの駿馬も、オレンジを踊る乙女もすべて、歌となるのである。「歌は現存」„Gesang ist Dasein.“ (Orph. 1-Ⅲ) である。ヘルダーリンにおいても事情は同じである。かの、悲歌「シュトゥットガルト」に謂う「天の心足ろうた子ら」が舞う如き、光の粒子に充満した光景が、あの、憂いなく一として過不足なき光の乱舞がそれである。とは即ち充溢である。

　だが然し、なんと言っても第七の悲歌は「変転」の詩なのである。Wendung — それは転向である。転心や変節ではない。詩人自身の眼の向け方を変えること、外へ向いている目を内へ、内へ向いている目を外へ向け変えることであり更にはその両方を一にした、詩人としての生き方そのものを変えることである。「お前はお前の生き方を変えねばならぬ」と自らに言い聞かせる決意である。これは『新詩集』第二部冒頭に立つ詩「アポロの古代風トルソー」に出て来る、記念さるべき瞬間の語である。トルソーであるから、胴体だけの像であって、かつては輝いていたであろう眼も、手足も、今はなく、ずんぐりした石の塊に過ぎない。だが、その肩その胸のあらゆるところから、それを視ている詩人に向かって、射て来るように輝き出る、なにものかが在るのである。それが詩人に「生き方を変え

よ」と迫ってくる。リルケは変容の詩人であるとともに、それ以上に生涯転向の詩人であった。われわれは先を急がずにその経緯を辿ることにしよう。その第一の最初の大きな変転が、今見たトルソーの詩（1908 年初夏の作）に刻されている、と私は思う。何故ならばそれまでの若きリルケの詩は、殆どすべて、流れる水、吹く風の中に漂う如き趣き、それとも空に舞う鷹のような風情を呈していた。そしてそのような動く風物を受け止める詩人の心は、水盤に比せられる器であった。今やそれは一転する。流れるものが固められる。流れる時間が停められる。瞬間が停止するのである。瞬間の停立、それは『新詩集』に目立って多用される語「突然」plötzlich、「不意に」auf einmal、「急に」jäh といった発言に認められる。フラミンゴの、舞姫たちのような踊りが「突如」起こるのもそれであり「日時計の天使」が嵐のなかで微笑するのも「不意に」である。そのとき詩人はロダンと一緒にシャルトルを訪ねたのであった。芸術が造る物（Kunst-Ding）に詩人が注目するについては、この彫刻の巨匠との交わりを抜きにすることはできない。詩は瞬間である。そのことを語る最たるものが、私にはあの詩「アビザグ」であるように思われる。とりわけその深夜に啼くふくろうの一声である。老王ダビデの氷のように冷えた体を暖めるために、毎夜添い寝に通う乙女アビザグの物語である。そんななかで「時折」manchmal ふくろうが啼く。瞬間の停立、その Augenblicksstätte へと物語は結集する。いやその隙間、亀裂を破って物語が生起する。詩は瞬間である。これはどういうことなのか？　詩が霊感であり、天来の声であることは誰も疑わない。だが、何故にそうであるのかは問う人がない。瞬間の停立（ゲーテが謂う「意味を胎んだ瞬間」prägnanzer Moment）においても物語が現成する、Ereignis（Heidegger）となる。これは一個の命題である。それは然しながら先のこととして残し、リルケにおける第二の変転へ話を移してゆこう。「転向」Wendung と題される暗い旅の詩である。とは即ち内に心を沈める（innehalten, innestehen）瞬間の詩である。Inständikeit 内に立つ誠実の心、内省 Besinnung がそこに現れる。詩ではリルケは、東海の或る島にある森の池から、旅宿

146

に戻った場面を描いている。味気ない狭い一室で、鏡に映る自分の顔を見ていると、彼はつくづく思わずにいられない。自分はあらゆる物を視ることに専念して Kunstdinge を制作してきたが、それは物たちを自分の心の中へと奪い取り、物たちを無理強いしたも同然であって、彼らの心を、その心になって（innig）歌ったものではなかった。私の内で、物たちはさぞや居心地がわるかったことであろう。何故ならば、視ることには限界がある。今や「目の仕事は終わった。心の仕事が始まらなければならない」—— この決意がリルケ二番目の一大変転であり、「転向」である。『新詩集』のあの美しい作品を、彼は自ら否定しようとするのである。外を内へと強いていたとして、これを変転し、内を外へ向けよう、投げ入れようと決意したのである。それが「愛」だからである。『マルテの手記』の後半へかけて、切実に求められていた、愛の仕事、それが今はっきりと認識された。だが不思議ではないか。この第二の変転に、直ちに伴なって、第三のそれが始まっていたのである。本書始めのあたりで引かれていた Adelheid von der Marwitz 宛ての手紙を思い出して頂きたい。リルケはそこで、トレドの橋上で見た、巨大な星の落下を語ったあと、「今気付いたことなのですが...」として、散文作『体験』の話に移っているのである。そうか、と彼は気づいたに相違ない。内を外へも外を内へもありはしないのだ。内即外、外即内の境地を、自分は既に、10 年ほども前に、カプリの島で体験していたではないか。樹液が、凭れている自分の身内を流れ、外で啼く鳥の声と、自分の内なる心とが同時に生起していたではないか。天と地、生と死、内と外、その境はすでに突破されていたのであった。その認識が、再確認が、第三の変転であり、それがリルケ究極の境地であった。だがそれは、そこがまたリルケ特有の見地であるが、この全一が更に「内化」Erinnerung されるのである。上の手紙にも「内部空間」Innen-Raum の語は読まれる。因みに、「内化」の語をハイデッガーは、パスカルの謂う「心のロゴス」に近付けて解しているが、私はむしろゲーテに近いように思う。1911 年頃、リルケはタクシス侯爵夫人差し向けの専用車に乗って、パリ

からヴァイマルまでの自動車旅行という当時としては大変な贅沢を味わうのであるが、その折、ゲーテの『イタリア紀行』が携えられていたという。「世界の魂」や「一にして全」、「銀杏の葉」といった詩篇が身近にあったろうことは疑いない。実存から古典へ、これがリルケの古典性がもつ一大特色である。

　ところで私は、上で「詩と時間」というテーマが「幽暗」の魅力だと述べた際、これを後回しにすると語っている。詩が瞬間であることには疑いの余地はない。だがそれが何故であるかを、人は問わない。詩は何故に瞬間であるのか？　『マルテ』の中でリルケは書いていた。詩人はあらゆるものをよく視、そして覚え、やがて忘れ、内なる変容に委ねてゆかねばならない。この名なきものが、いつか或る時、起き上がって来る、それが詩なのである、と。その或る時は如何にして可能なのであろうか？　これが、第三の変転のもつ究極の問題である。「忘れる」——それはどういう事なのか？　私は一挙に言いたいが、それはまさしく「覆蔵」の働きではあるまいか？　Verborgenheit とハイデッガーが名付ける域へと、従って隠蔽された域へと保管されるのではなかろうか？　「かつて在った」gewesen ということ、ひとときたりとも在ったということは撤回されるものではない、と第九の悲歌は言う。天地の声は、あの「言わるべきもの」des *Sägliche* は、覆蔵されているのである。まさにゲーテ謂うところの「本質的根源存在」Ur-wesen である。そして驚くべきことに、この Ur-wesen は、遥かに遠い彼方に在るのではない。語り出でんとするもの、私はそれを文と呼ぶのであるが、この、万有の声は、常に、とは即ち毎時いや毎瞬、われわれのごく近くに既に来合わせていて auswesen していて、その現成を待ち受けているのである。「呼吸する、それが歌である」と、『ソネット』制作の最終に書かれたとされる、1922 年 2 月 22 日作の歌は言う。それでこそ「歌は現存」である。だがこれは恐ろしいことではないか。「われらの感受の幾千年を以てしても測り知ることのできぬ」広大無辺の空間が、毎時そこに待ち受けているとは。天使は恐ろしい。「美は恐ろしきものの始まり」

とも既に読まれた。だが、そこは詩の優しさである。われらが何気なく通り過ぎた「なんということもない」gleichgültig、平凡な一日の、あるとき、流れる風の中にそれは聴かれるのである。「世界内部空間」この語が、リルケ全作品中唯一、一回限り現れる詩 >Es winkt zu Fühlung fast aus allen Dingen<「感受へと、ほとんどすべての物から合図してくることがある ...」あの詩（1914 年 8-9 月作）に、その優しさが現れている。われわれ人間は、詩が天来のもの（Einfell）であるから、それはどこか遠い所から、或いは無底の深淵（Ab-grund）から浮かび上がってくるもののように考えがちである。だがそれは「なんでもない日」に合図しているのである。「心に留めよ」と。Gedenk! この語もまことに意味深い。ヘルダーリンは（これは私が再々引用してきたものではあるが）未完の讃歌「ムネモジューネ」のなかで

　　　　　　　... すべてを為しうるには非ず

　　天なるものらも。蓋し、より早く深淵に到るはむしろ
　　死すべき定めの者らなのだ
　　かくて人間は転じられる
　　その時は永い。
　　だが然し必ずや生起する
　　真なるものは！

と歌った。人間は転じられる、とは人間の在りようが転じられることを謂う。真なるものは生起する、これはまさにハイデッガーが謂うところの「アレーテイア」の現成（Ersignis）ではないか。覆蔵されたものがその覆いを解かれ、顕現するのである。だが人は、「深淵よりして」とある以上、それはどこか遠い彼方であり、それが浮かび上がってくるかのように思うであろう。けれどもそのヘルダーリンが後期讃歌断片の一つで、この真なるものを即ち人間の故郷を、「到る所に在り」として überall sein, all da sein として「最も近き最善のもの」Das Nächste Beste と呼んでいる。リルケの

149 『ドゥイノの悲歌』第七

謂う「呼吸」と全く同じではないか。その現ずる場が「ここ地上」なのである。「語り出でんとするもの」das *Sägliche* が時熟する、時を得る（zeitigen）第九の「ここ」と、「麗しい」、と讃美される、第七の「ここ」とは全く一に観ぜられる。もはや多言は不要であろう。かくして『ドゥイノの悲歌』は成った。完成の夜リルケは庭に出た。月明りの深夜であった。蔦の匍う古塔の壁をさすりながら、詩人は「よくぞ守ってくれた」と、感謝したのであった。

（2016. 9. 17 追記）

『ドゥイノの悲歌』第八及び第九

　およそ詩をパラフレーズすることくらい愚かなことはなく、また不遜なことはない。だが時たま、詩を散文で綴ることによって一応の大意が把握されるのではないかと思われる瞬間がある。実際、詩人自身が散文稿を作っている場合もある。ヘルダーリンのような天性の詩人が、讃歌「さながら祭の日に ...」のもとに、散文を認めているのが、その一例である。詩は僅かな時間のうちに立ち上がり、その心を現すということがある。無論われわれの場合あくまで、詩の心を得たかに思う浅はかな自惚れに過ぎぬであろう。しかしそれでいて、そんな場合、或る種の動かし難いなにものかに触れたと感じられることは、これまた否定できぬところである。詩人はテキストを書き、読者は翻訳であれ解釈であれ、そのように定まったものを書けるわけがないのだから、所詮届きえぬことは知悉していなければならない。このテキストということで、表現主義の詩人 Gottfried Benn が語っている言葉は面白い。「詩というものは、書き始められるより前に、実は既に完成しているのであって、ただその本文 Text が詩人にはまだ分からないだけである」——そうベンは話している。詩が生まれて来るなどということは滅多にない、詩とは作られるものなのだ、という極めて大胆な、しかしいかにも現代の詩人らしい率直な発言をしたことで知られるベンの、この講演「抒情詩の諸問題」(1951 年 8 月 21 日) からは、まことに汲めども尽きぬ、詩の語りが伝わってくるのであるが、それには今は立ち入るまい。むしろ、そこで彼が 1923 年に書いた散文をそのまま、抒情詩の主体と言葉との関係を語る上で自ら引用していることに注目したい。ベンほどのしたたかな芸術家が、微妙極まりない意識の領域を語るとなれば、

かつてそれこそ脳髄の破砕を来たした巨大な「沸騰値」をもつりんどうの青の顕現する一瞬に物された文章に立ち戻るよりないのである。これはやはり一つのテキストなのである。動かし難い何ものかである。

　余り気負ったことを並べるとますます言いにくくなるのであるが、詩を可能な限り壊すことなく、「詩的でない言葉」によって語ることが些かでもできたならば、それとしての意味をもちうるのではあるまいか、そう私は言いたいのである。最近或る機会に、私はリルケの『オルフォイスに寄せるソネット』最終の詩（2-Ⅷ）を訳すことがあった。その時なんらか充血を覚えるまま、自分の言葉で書き綴ったものがある。もとより拙劣であるとは自覚しているが、この文章の初めにそれを引いておきたいと思う。まず原詩を掲げてから、訳稿とその散文を示すこととしたい。

Stiller Freund der vielen Fernen, fühle,
wie dein Atem noch den Raum vermehrt.
Im Gebälk der finstern Glockenstühle
laß dich läuten. Das, was an dir zehrt,

wird ein Starkes über dieser Nahrung.
Geh in der Verwandlung aus und ein.
Was ist deine leidendste Erfahrung?
Ist dir Trinken bitter, werde Wein.

Sei in dieser Nacht aus Übermaß.
Zauberkraft am Kreuzweg deiner Sinne,
ihrer seltsamen Begegnung Sinn.

Und wenn dich das Irdische vergaß,
zu der stillen Erde sag: Ich rinne.

Zu dem raschen Wasser sprich: Ich bin.

幾多の遥けさを秘めた静かなる友よ、感じてもらいたい
君の呼吸がこの空間を更にふやして行くことを
暗い鐘楼の梁のなかで
君の調べを打ち鳴らしたまえ。君の身を浸食するものが

この養分をえて、たくましいものになってゆくのだ
そのような変容のなかを出入りするがよい
君のどんなに悩み多い経験といえども、何ものであろう？
飲むに苦きとなれば、君が葡萄酒となればよい

溢れるほどに満ちた、この夜のなかで
君の感覚の岐路に立つ玄妙な力で在れ
この力の不可思議な遭遇の意味となれ

よしや地上のものが君を忘れ去ろうとも
静かなる大地に向かって言うがよい、私は流れる、と
すばやい水に向かっては語るがよい、私は在る、と　　　　　　（2-ⅩⅢ）

「静かなる友よ、君のなかにも遥けさが抱かれている。それを通して君
は息するたびに広大な空間と繋がっている。その呼吸が詩のようなものだ。
歌のようなものだ。夜は暗く、さながら鐘楼のように広がっている。その
梁の間に君の歌を鳴り響かせるのだ。君の苦しみ、君を食い滅ぼしかねな
い悩みが、歌の響きを糧として、その上にたくましく育ってゆくことであ
ろう。その歌を可能にするのが、変容ということなのだ。心のなかで生起
するこの変容の領域を自在に出ては入り、詩の心と同化するならば、どん
なに苦しい経験も乗り越えられる。葡萄酒を苦いと感じたならば、葡萄酒

そのものになってしまえばよい。それが変容の精神というものだろう。夜が強大で恐ろしいばかりなのは、却ってそこに、われわれの力を遥かに越えるほどの豊かさが秘められているからだ。われわれが充全にはこなして来なかった追憶や経験の無数にもつれた岐路に、われわれは常に立っている。あの、夜の不可思議な力そのものに、君自身が合致してゆけばよい。そうした、夜のなかで縦横に去来する心の結び付きは、人知を越えた遭遇とも思えよう。だが、君があの夜の力と一つになるとき、君はそのような巡り逢いの意味を会得することになるのだ。この地上のものから、たとい君が忘れ去られているときにも、物言わぬ大地に向かって、私はせんせんと流れ行く水の動きだと告げるがよい。歌の心を君が忘れぬ限り、君は大地を潤す水となる。素早く流れ去る水に向かっては、私は在る、と語るがよい。時のなかに生き、時のなかに死にゆくわれわれが、歌において在るのだ。『歌が現存なのだ。』天地の静を動となし、動を静となす、そのようにして四大の永遠のいのちに参入することが、人間の在りようであり、それがまた詩の心でもあるのだ。」─

　ほぼ、こういう意味ではなかろうか。ただ、リルケの詩に限らず、およそ詩たるものには、きまって僅かの語のなかに籠められた、凝縮された「言葉」がある。それが俗に謂う難解の語である。詩を一息に散文で書き下ろすことを不可能にする所以のものがそこにある。上の詩で言えば、第三節「溢れるほどに満ちた、この夜」また「君の感覚の岐路に立つ玄妙の力」といった言葉が特にそれであろう。„Nacht aus Übermaß. Zauberkraft am Kreuzweg deiner Sinne.“ が原詩の言葉である。Übermaß は過剰であり、つまり過剰から成り立っている夜というわけである。次の感覚の岐路はまだしもとして、と言うのも Kreuzweg 十字路の語は同じ『オルフォイスに寄せるソネット』（1–Ⅲ）に „An der Kreuzung zweier/Herzwege steht kein Tempel für Apoll.“（二つの心の道が十字に切り結ぶところ、そこにはアポロンのための神殿は立っていない）とあるのを思わせる故、生死二つの域を渡り行くオルフォイスに直結して理解されるからであるが、玄妙の力はやはり難

しいというよりない。勿論リルケを識る人にとっては、この「二つの国」より生い出でた人を歌う（1-Ⅵ）詩に謂う >Zauber< こそ、かの「明澄の関連」„der klarste Bezug“ に他ならぬことは当然前提とされうるのである。そうした説明を加えてゆくならばしかし、『オルフォイスに寄せるソネット』全篇に及ぶわけであり、いや少なくともリルケ後期の詩篇全体に立ち入ることが必要となるのであって、到底簡明な文章におさまるはずがない。同じことは大地と水についても言われえよう。最小限、あの美しい詩（2-Ⅺ）、アペニンの丘を越えて流れの語りをもたらす水路橋（Aquädukte）の歌を想起せずにはいられないであろう。そこにはまた「大地の耳」の語も読まれるのである。だから詩は、特にリルケの詩は、無限に精巧に編み合わされた織物の如きであって、いたずらにこれを解き明かそうとすることは、詩を汚すのみだと言うよりない。それでいてそれぞれの詩が一陣の風であり、果実の味であり、舞踏の Ekstase の樹木なのである。先の過剰についてはしかし、『オルフォイスに寄せるソネット』に頻出する語「充溢」（Überfülle）にとどまらず、1913-14 年頃の詩群に立ち返ることが必要であろう。スペイン旅行の頃の、巨いなる夜を歌うもの、とりわけ「冬の八行詩」Winterliche Stanzen（Paris, Ende 1913）は、重要である。もっとも私は他で、そのあたりのリルケの詩境を「内面の時」よりして「充足の時」へと移行する過程として略述していること故、ここでは「スペイン三部曲」から、次の詩句を引くにとどめたいと思う。

　　何故に人独り、牧人の如くにそこに立っていなければならぬのか
　　流れ入る働きの計り知れぬ巨いさにこれほども曝されて
　　出来事に満ちたこの空間にこれほども与からされ
　　この地帯ただひともとの樹木にもたれ、
　　己が運命を持ち
　　それ以上なんの行動もすることなく、在らねばならぬのか

ここで計り知れぬ巨いさと訳した語の箇所が、„so ausgesetzt dem Übermaß von Einfluß" の詩行である。話を元に戻して、詩人においては極度に凝縮された語があるために、詩の所謂内容を散文化することが難しい、ということに立ち返るならば、この点で私が普段最も痛感しているのは、ヘルダーリンの場合である。そのことも深入りするのは今は憚られる故、ただ一つの例を挙げるにとどめるとすれば、「詩人の使命」（Dichterberuf）である。それも最終詩節、いや結句である。念のためしかし、この alkäische Ode 第十六聯を拙訳と共に取り出してみよう。

Furchtlos bleibt aber, so er es muß, der Mann
Einsam vor Gott, es schützet die Einfalt ihn,
Und keiner Waffen braucht's und keiner
Listen, so lange, bis Gottes Fehl hilft.

されど恐るることなくて、詩人は神に
独り向かいて立つべかり。純なる心
守るなり。武器もたず、はからわず
詩人はしのぐ、神なき世をも

　問題は神なき世である。Gottes Fehl であり、平たく文意を移すとすれば、神の不在が助けるまでの永き世を、ということになろう。この聯は従ってこういう意味でもあろうか。詩人たるもの、いざとなれば毅然として神を前に恐れることなく孤独に立ち続けるのだ。純朴の心が彼詩人を守ってくれる。武器も計略も要りはしない。人の目には神は不在とも見えよう。だがまさしくそれが詩人を奮い起たしめ、彼の雄心を鍛えてくれるのだ。その時は永い。だが、この試練に耐えるところに詩人の使命はある。そういうことになるであろう。だが、神の不在が助ける、の語は少々簡潔に過ぎはしないか。事実、この詩の草稿には、ここだけに限ってすら、別の

言葉が置かれていたのである。„solange der Gott uns nah bleibt.“ 神のわれら
に近き限りは、である。神の近さと神の不在とでは、通常の観念からすれ
ば、なんとしても矛盾すると見えるではないか。私の師 Friedrich Beißner
はこの詩について一篇の論文を書いている。[3] それは措くとしても、更に手
稿の一つに „so lange der Gott nicht fehlet.“ 神の不在にあらざる限り、とも
読まれる以上、この前後を一貫した解読へともたらすことは、なかなかの
難事というよりない。同じ Beißner の Stuttgart 版での注釈によれば、[4]「こ
の地上が全く神性を失ったときに初めて、神は、神の不在が、詩人を助け
て、特筆さるべき位階（Würde）を得さしめるに到るであろう。... 何とな
ればその時詩人は、神的なるものの回想を養う、唯一の人間となるからで
ある」と解釈されている。だが、むしろ Jochen Schmidt 編になる注[5]の指摘
する、悲歌「パンと葡萄酒」第七詩節の箇所の方が、この場合多くの示唆
を与えてくれるであろう。特に次の詩句である。

Aber das Irrsal

Hilft, wie Schlummer, und stark machet die Not und die Nacht,

Bis daß Helden genug in der ehernen Wiege gewachsen,

Herzen an Kraft, wie sonst, ähnlich den Himmlischen sind.

　（だが混迷が、眠りと同じく助けるのだ。困苦と夜とが鍛えるのだ。
　やがて英雄たちが鋼の如く堅き揺籠のなかで充分に成育し、かつての
　如くその心が天なるものらにも似たる力を得るに至る、その時まで。）

　私が上で大意を示した際にも、この方向を加味したわけであるが、
Beißner 自身再々問題としている、ヘルダーリンのストア的傾向とでも言
うか、苦難の運命が詩人を鍛えるという意味が、神の不在が助けるとい
うことであろう。それにしても、この悲歌第七詩節は、それ自体驚くべ
きものである。有名な „Wozu Dichter in dürftiger Zeit?“ の句のある箇所であ
る。しばらく前に試訳したなかから引いておきたいと思う。ただ、なかな

157　『ドゥイノの悲歌』第八及び第九

か『ドゥイノの悲歌』第八および第九に入ってゆかぬのを、もどかしく思われる向きがあるやも知れないので、以上の前置きをもって本題に入ることを約した上で、拙訳をご覧頂くこととする。それがハイデッガーのリルケ論になにがしかの近さを覚えしめるものであることは了承願えるであろう。

だが友よ！　われらの来たるは遅きに失したのだ。確かに神々は
　　生きておられる。だが頭上高く、別の世界に生き給う。終わることなく
神々はかの高きにあって働き給い、われらが生きているや否やも
　　殆ど顧みられぬのだ。それが天なるものらのわれらへのいたわりだろう
何故なら凡そ弱き器にして、天なるものらを捉えるなど常には能うまい
　　ただ時あってのみ人間は神の充溢を耐えうるのだ
神々の夢がその後の生となる。だが混迷が、眠りと同じく
　　助けるのだ。困苦と夜とが鍛えるのだ
やがて英雄たちが鋼の如く堅き揺籠のなかで充分に成育し
　　かつての如くその心が天なるものらにも似た力を得るに到る時まで
雷鳴の轟きを以てその時天なるものらは来る。だがその間に私には屡々
　　思えてならぬ、かく友もなくただ待って在るよりは眠るにしくは
ないのかと。そしてその暇にも何を為し何を言うべきやを
　　私は知らぬ。憶えば乏しき時代にあって何故の詩人であろうか？
だが詩人らは、とおんみは言おう、酒神の聖なる神官と同じく
　　国より国へ、聖なる夜のなかをわたりゆくものなのだと

*

　十篇よりなる『ドゥイノの悲歌』のうち第八と第九とを中心にして論ずることは、多少奇異の念を呼ぶかも知れない。特に、リルケに通じた人ほどそう思われることであろう。たとい『悲歌』の各篇が相互に極めて緊密な繋がりをもつものだとは、充分に認められようとも、生き物 Kreatur と、

158

「開かれたもの」とに対して、人間の常に「対立して在ること」の運命を歌う第八と、『悲歌』全曲中最高の詩人的境地を告げる「変容」の讃美とも言える第九と、この両者の取り合わせには、そう簡単には結び付き難い印象をひとは持たれることであろう。その説明には、そしてそれが決して無理な連繋ではないだけでなく、むしろ必然の結合であることを、以下おいおい理解して頂くよりないのであるが、さしあたり次のようなことをまず述べておかねばならない。実は私は他でも言っているように、『悲歌』全体の構造を、その成立事情ならびに意味関連の両面から合わせて把握した場合、こう読み取るのが適していると見るのである。前半部の第一第二の悲歌が、後半部の第七第九の悲歌と組み合わさって、共に人間全体の実存の苦悩と詩人の使命とを主題としており、第三第四の悲歌の組が、同様に大きく弧を懸けて、第六第八の悲歌の組に繋がっている。その場合通常の人間の意識領域を越えた広がりが、それらの歌の歌われる言わば境域をなしている。性（第三）であれ、世界空間（第四）であれ、母なる懐（第六）であれ、「開かれたもの」（第八）であれ、いずれも普通には覆われている、乃至は遮られている、本来的には不可視の世界である。少年或いは子供、愛するひとら或いは英雄たち乃至は若くして死せるひとら、また小さき生き物たち或いは鳥たち、そうしたものにおいて時として顕現し、しかしまた見失われてゆく生の来歴、視野、根源、運命つまり人間のより本来的に住もうているべき場、通常の言葉とはなりえていない、未だに永遠性をえていない、しかも広大無辺の世界、それが、これら第三第四の悲歌の組と第六第八の悲歌の組とを纏めて成り立たせている詩的空間である。となればもう一つの系、第一第二の悲歌の組と第七第九の悲歌の組とを繋ぐ詩想、人間の実存に課されたもの、その言葉に託されたもの、それが前者の系と密接に関わっていることは理解に困難であるまい。端的に言えば、詩の域が、歌わるべき方向が、前者の系に予示的に展開されていたわけである。いや、詩の源がそこに息づいていたのである。今や後者の系はそれを引き取り、詩人に限らず人間全体の在りようとして「歌は現存」たることを打

ち出すこととなる。何となれば人間の移ろい易さが、一回限りの生が、そのあらゆる瞬間において暗示していたところのもの、それこそ前者の系に垣間見られた境を突破して「われらの感受の幾千年を以てしても満たし切れぬ」恐るべく大いなる空間へと壮麗に始まりゆくことを告げていたからである。リルケが謂う「内面化」とはこれである。私の謂う後者の系に再々見られる、或る種の屈折したこの詩人特有の考え方を、われわれは注意深く読み取らねばならぬであろう。例えば第七の悲歌にこうある。有名な詩句「いずこにも、恋人よ、世界は在りえまい、内部の他には」と始まる節である。「そしてますます外部は乏しくなり消失してゆく」— この語は一見、通常われわれが感じているところとは矛盾するように思われる。今日はまさしく外面的なるものが張り出してきて、われわれの内面を押し潰そうとしている、そうわれわれは感ずるからである。実際、この詩句に続くリルケ自身の言葉が、技術時代の状況を語っているだけに、われわれは解読に手間取るわけである。そこに私の謂う屈折がある。俗な言い方をすれば、ひねりがあるのである。詩人は二重の想念を用いて歌っている。一つには、リルケは彼の好む 14 世紀頃の人間にとって在りえた「物」の人間への近さということを念頭に置いている。家にせよ家具什器にせよ或いは貨幣にせよ、いずれも形あり実質ある「物」として、人間的なるものと「等価性」を保っていたのであった。人間にとって外なるものと内なるものとが合致していたのであった。それどころか「われわれの祖父たちの時代」にしてからが、物はまだ人間にとって、より親しい物であったのだ。ところが現代は、「仮象の物（Schein-Dinge）、生の模造品（Lebens Attrappen）」の時代なのである。リルケがここで、とは即ち第七の悲歌のこの箇所で用いている、もう一つの考えは「頭で案出された建物が、横ざまに突き出して来ている」のが現代だというわけである。「まだ完全に脳髄のなかに立っているかのように」そうした建物がかつて持続する家のあったところに突出しているのである。その異形のもの、いやいっそ「無形の」と呼ばれてよいであろうものを、時代精神は電力を以て造り出し、広範に貯えているの

である。これこそ不可視のものではないか。ただし、悪しき意味の不可視のもの、奇妙に響くかも知れないが、表面的に不可視のもの、浅薄な外観としての不可視のものである。だがしかし、とリルケは言いたいのであろう、この日常現実に現れている不可視のものをしも逆手にとって真に内面のもの、不可視のものへと転じてゆくことはできないか。表面のものは却って、人間をして内面のものへと向けしめる誘いだったのではあるまいか。「多くの人は最早それに気付いてはいないが、それで利得なきわけでない。本当は彼らも内面的に建てているのだ、円柱や立像を以て、より偉大に。」— この、明らかに今日不利とみえる事柄を逆転して真に不可視のものへと深めてゆくところに、リルケの言わんとするものがあるのである。もう一度、論を立て直すならば、リルケは単純に昔の人が現代より大きな内面を抱いていたというのでもなければ、今日の世界が外面的にのみなりつつあるというのでもない。違いはまず、内と外との均衡が破れているということ、次に、今日外面的と見えるものの本質が却って不可視であり、従って外部はますます乏しく消失しているのであって、だからこの乏しい外部のもののなかに、内面への志向の契機が含まれている、そうリルケは考えているのである。『ドゥイノの悲歌』全篇にわたって、このような複雑に交錯した意識の構造を確かめてゆくならば、相当に苦しい思考が要求されるであろう。少なくとも私が今示したことをもとにして第七の悲歌、当該の箇所を読まれたならば、なんらか筋の通ってくるものがあるであろう。そこに在る「この、心の浪費を、われらはより密かに取り納めてゆくのだ」という詩句も、私の謂う内面への指示を告げるとして、理解されうるであろう。

　ところで、われわれはまだ『悲歌』全曲の構造に関して、もう二篇言及することを残している。第五と第十とである。今やおおよそ私の言わんとする方向は予想されるであろうが、第五は前半部を締め括りつつ、後半部へと移行する道を開くもの、第十は全曲のエピローグというのが、私の把握である。周知のように第五の悲歌は 1922 年 2 月 14 日に『悲歌』すべて

161　『ドゥイノの悲歌』第八及び第九

の最後に十一番目としてできたのであって、そのとき第五の位置に考えられていた作を言わば追い出したかたちでここに据えられたわけである。今日 >Gegen-Strophen< と題されて『後期詩集』に入っているのが、もとの詩である。リルケは従って勿論、当初から前半部をなんらか集約する形の悲歌を予定していたわけでは全くない。私はただ、この位置でこの旅芸人の悲歌を、そのように読むことができると言っているまでである。私が上で、前半部と後半部とを跨いでとか、弧を懸けてとか、と言っていたのが、このことだったわけである。それにしても、『悲歌』が始まった一番最初から、「ああ、いつの日か、この苦き洞察の果てに立ち／歓喜と賞賛の言葉を、同意する天使らに向かって歌い上げることができれば」と始まる、第十の悲歌の実現をもって、この作を閉じうると見ていたリルケが、完成作の第五の位置に、>Saltimbanques< の悲歌を置いたとき、その「輝かしい嵐の余波」を、第十の悲歌に匹敵する階位をもつもの、従ってなんらか並び立つ均衡の意で喜びを覚えたろうことは、容易に想像されうる。この両篇の、あらゆる意味での近さについては既に再々指摘されているところであり、最小限この点で、私の把握が難じられることはまずあるまい。だが、それと共にわれわれは、こういうことにも気付くのである。もし、『ドゥイノの悲歌』のうち第五の悲歌だけを中心に論ずる人があるならば、その人は第一から第四に及ぶ詩篇を充全に取り収めて語るのでなければなるまい。それらの詩想を纏めて捉え切れるのでなければなるまい。少なくとも私の理解ではそうである。またしかし、その人は当然第十の悲歌への繋がりを視野に入れていなければならない。その謂は、内面的にこの作品全体を縫い取る、詩としての語りを、その人なりにおさえている必要があるということである。このことから既に、私が今回第八の悲歌と第九の悲歌とを中心に話を進めてゆこうとしているわけが理解されるであろう。つまり、第八の悲歌を読むとは、第六の悲歌に直ちに繋がることであり、ひいてはそれが第三第四の悲歌群へと及んでゆくのである。そして同様に、第九の悲歌を論ずるとは、直ちに第七の悲歌に関わり、合わせて第一第二の悲歌

の組に遡ってゆくことを意味する。それによって『ドゥイノの悲歌』は、詩の本来的な場を開示する系と、詩の本質的意味を打ち建てる系と、つまり「世界空間」と「変容」と、この両者の密接な絡み合い、即ち内なる一Innigkeit を歌うものであることが明らかとなってくるであろう。とは即ちまた、第五第十への基づけをもって小論が閉じられることを予想させるであろう。第五の悲歌に歌われる「場所」(Platz) と、第十の悲歌の、嘆きの国とが対応することが、そこで論じられることとなろう。その嘆きの国こそ詩の源泉に他ならない。ein tragender Strom である。

第八の悲歌

ルードルフ・カスナーに捧ぐ

すべての目をもって生き物は
開かれたものを視る。ただわれらの眼だけがさながら
逆に向けられたかのように、そして完全に生き物を包んで
わなとなって置かれていて、彼らの自由な出立を囲んでいるのだ
外部に在るものを、われらは動物の顔貌からのみ
知るに過ぎない。何故ならば既に、幼い子供を早くも
われらは向け変えて、子供が後ろ向きに形姿を見るように
仕向けてしまうからだ。子供の見るものは既にあの
動物の顔のなかに深く納められた、開かれたものではない。
死からの自由ではない。死を見るのはわれらだけだ。自由な動物は
自らの没落を常に己れの後ろにしており
自分の前には神を持っている。動物の歩く時
それは永遠の中を行く、泉の行く姿と同じだ。
われらは決して、ただの一日たりとも
純粋の空間を自分たちの前に持つことがない。花々が無限に咲いては
入りゆく、あの空間を持たないのだ。そこに在るはいつも世界であって

いずこにも在らずして否定なき場は一度としてありえぬのだ。
この純なるもの、見張られてはいぬもの、人が呼吸し
無限と知りつつ欲することなきものが、そこにはない。子供の頃には
時として静寂の内にそうした場の際まで紛れこむ子もいるのだが、また
揺り起こされてしまう。或いは死ぬ人、彼はその時純なるもので在る
何故ならば死に近くある時、人は死を最早見ることがないからだ
人はその時彼方を凝視している、恐らくは大きな動物の眼差しを以て
愛する女たち、彼女らも、もし視界を遮る相手の男がいなければ
純なるものの傍に在り、だから驚嘆の眼を注ぐのであろう。ふと
見誤ったかのように、彼女らの心に開き出てくるものがあるのだろう
男の背後に...だが、その男を越えて更に先へと
到り着く者は誰もない。そしてまたしても在るはただ世界に過ぎぬ
創造の天地へと常に振り向けられていながら、われらはそこにただ
かの自由なものの反映をしか見ないのだ、それとても
われらによって陰らされた反映に過ぎない。或いはたまさか一匹の
物言わぬ動物が見上げる時、静かにわれらの中を貫き通るものがある
これが運命というものであろう、対立して在るということ
しかもただこれのみ、常に向き合って在るということ

もし、われらの如き意識性が、あの、われらに
向かって来ては別の方向へと逸れてゆく
確かな動物の中にも在りとするならば―動物はわれらを、その歩みと
共に、瞬時にして向け変えもしてくれように。だが動物の在りようは
それ自体無限であり、捉えられてはおらず、己れの状態へと
向けられた眼差しは持たず、その見遣る目と同じく純粋なのだ
そしてわれらが未来を見るところ、その場所で動物は一切を視ている
そして己れを一切の中に、しかも永久に無傷のままに視ているのだ

とはいえ注意深く温もりをもつ動物のなかには
或る大きな憂愁の重みと配慮とがある
何故ならばそうした動物にはまた常に、われらを屡々圧倒する
ようなものが付着していることがあるからだ。それはあの追憶だ
さながらに、人の追い求めるものが、かつて一度あったことを
それがもっと身近でもっと親密で、その繋がりも無限に優しかった事を
語るかのように、追憶を留めている。ここでは一切が隔たりであるのに
かつてかしこでは一切は呼吸だった、と告げている。最初の故郷の後で
自分の第二の故郷は両性にわかれ、風に曝される身だと悲しんでいる
おお、小さき生き物の浄福よ
常に、自分を懐抱してくれた懐のなかに留まる生き物の幸せよ
既に長じてまぐわう時になお、内にあって飛び跳ねる羽虫の
楽しさよ。何故ならそれは一切を懐としているからだ
また、見よ、鳥の均分された休けさを
鳥は殆ど生死両様を、己れの根源よりして知っているのだ
さながらに鳥は、エトルリア人らの魂の如きか
一つの空間に納められた死者の中から羽ばたき出る魂を
古人は、休らう姿を描いてその蓋としたという

だが、巣立ち飛び立つ時に当たって
雛は如何に落下の恐れを抱くことだろう。己れ自身を恐れるかの如く
雛は大気を貫き、身を翻す、さながらに亀裂が一閃
茶碗を走るかのように。まことにそのように、こうもりの飛翔の跡は
夕暮の陶器の空を突き切ってゆくではないか

だがわれら、傍観者、常に到る所でなにものかを当てに見る者ら
その一切に向けられていながら、決して越え出ることなき者ら
われらを襲う過剰のものがある。われらはそれを整える。それは崩壊する

165 『ドゥイノの悲歌』第八及び第九

われらは再びそれを整える、そして自ら崩れ落ちてしまうのだ

何者がわれらをこのように向け変えてしまったのか。われらが
何を為そうとも、去り行く者の姿勢でしかありえない
誰がわれらをそう仕向けたのか？　去る者は
最後の丘に立ち、彼の谷をすべて今一度見せてくれる丘の上で
振り返る、歩みを停め、暫したたずむ──
そのようにわれらは生き、そして常に別離を告げる身なのだ。

　字句として難解の箇所は、さまで多くはあるまい。「いずこにも在らず
して否定なき場」（Nirgends ohne Nicht）は確かに詩としては無理な、大胆過
ぎる言葉遣いではあろう。だが開かれた域、対象性なく、世界性なき、時
間性なき、純なる場、自由なる空間、それは一切であり、万有となって遍
在する、名付けようもない広がりそのものであって、現実のいずこにもそ
れとして在りうるわけはない。いずこにも在らずして、しかもこの「ず」
という否定を取り払った場としか言いえないわけである。では、到る所と
同じかとなればそうではあるまい。その広大さは、到る所を遥かに越えて
いる。何故ならば、常に対立して在る運命をもつ人間が対象化することの
できる、到る所などはたかの知れたものであって、その「彼方」に「開か
れたもの」は無限に及んでゆくのである。もっとも、リルケ最晩年の詩に
「いずこにも在らざることの上にまどかに張り渡された、到る所」という
言葉が読まれるが、これはもはや、第八の悲歌での、われら人間の限定性
として歌われた境域を、詩人自身が歩み出たのちに、従って、「生存の充
足性」（Vollzähligkeit des Daseins）に充全に到達したのちに、断乎たる肯定の
立場から、それ故否定なきとは最早言うことなく遍在を歌ったものと見る
べきであろう。この悲歌での「開かれたもの」をより積極的に打ち出した
わけであろう。それにしても今の詩句はやはり掲げておいてよいものと思
われる。„Über dem Nirgendssein spannt sich das Überall!" がそれである。総

166

じてリルケの形而上学的表現好みは『悲歌』のなかにも横溢している。第五の悲歌にある、「だが突如、この苦しみ多き空の場所に、突如として／言い難き場が生じたのだ。純なる過少がそこで／図らずも変転したのだ、─変化して跳び入ったのだ／かの空虚なる過剰の中へと」などはその最たるものであろう。das reine Zuwenig が jenes leere Zuviel へと跳び入ったというのである。その意はここでは、未熟だったが純粋だった軽業師の技が、習練を経てうまくできるようになったこと、それ故売り物の「広場の果実」となり下がってしまったことを、空虚なる過剰と謂うのである。そしてここにも「空の場所」と私は訳したが、Nirgends の語のあることは注目されてよかろう。因みに、私は他で、この第五の悲歌を解釈している際に、リルケが非常な愛情を籠めてこれら「この少しばかりわれら自身よりもなお果敢なき」渡りゆく旅の者らを歌っていること、とは即ち、「空虚なる過剰」とはいえ、そこにやはり真の芸術の果たすべきものが密かに暗示されていると見たことを指摘している。そしてそれは、つまり真の詩の果たすべきは、「純なる過剰」なのである。

　第八の悲歌で次に気付かれる難所は、生き物とりわけ注意深く温もりをもつ動物において憂愁の重みと憂慮とが認められているところであろう。特に、「追憶」がそこにあることであろう。Erinnerung には「内面化」の訳語も考えられるが、ここでは追憶が適していよう。そしてそれは、動物自身が追憶を持っているということでは、必ずしもないであろう。むしろ動物の表情から、われら人間が遥かに遠い過去においてわれらも持っていたであろう、万有との合一を読み取る、の意であろう。そして「或る大きな憂愁」とは、動物も人間も越えた、自然自体の心と解するのが相応しくはあるまいか。慈悲などと謂えば誤解を招くかも知れないが、また、これはすぐこの後で言及することでもあり、これまた事を難しくしかねないが、ハイデッガーの謂う、自然の根本情調へも近い趣がありえよう。ともあれ、Hier ist alles Abstand, /und dort wars Atem. のところには、動物が示している風情と、人間がそれを見て思うこととが重なっているわけであろう。動物

が、そしてここでの動物は胎生する哺乳類であるが、最初の故郷において
は休けき懐にありえたものを、地上に出ては性が分かれ、風に曝されてい
るのであって、ここでは隔たりがすべて、かしこではすべてが呼吸であっ
た、と言わんばかりなのを、われら人間はそこにわれら自身の遠き追憶を
覚え、原始の頃と現代のわれわれとを比べざるをえないのである。このあ
と羽虫、鳥と移ってゆくについては多くの研究書にそうした指摘もあるこ
と故、それは措き、エトルリア人の箇所を若干見ておきたいと思う。リル
ケが『悲歌』の随所において、彼の詩想を支える形姿をさまざまの歴史的
なるもの、古代的なるものといった領域から持ち来たしていることは、こ
れまたこの作品に時間的な奥行きを添わせる所以のものであって、軽々に
は取り扱い難いところである。ひとは直ちに第一の悲歌或いは第二の悲歌
でのアッティカの墓碑銘を想起するであろう。私はそこに、この詩人の古
典性を認めるものである。尤も、古いものが呼び出されているから、リル
ケに古典性があるというのでは更々ない。その逆であって、詩を通して、
実存よりして古典性に至る道をリルケが歩んだが故に、スフィンクスが立
ち還り、シムソンが歌われるのである。「リルケの知っていたエトルリア
の石棺とは、その蓋の上に故人を形どった像を載せているものである」と、
Jacob Steiner の注釈書は告げている、「そういう形で、故人は石棺のなか
に休ろうている ── 一つの『空間』におさめられた、とあるのがそれであ
る ── そして故人は同時に、この匿う空間の外部にも、『蓋』の上にもいる
のである。故人の魂は鳥と同じく自由に空中を飛び交い、この第八の悲歌
の観念においては、内と外と両方の本質をもつものである。即ち魂は一切
のものの内に在ることを『知っている』、つまり心に持っている。その意
はまた、魂が、開かれたものに与っているということでもある。だがまた
魂は、外に在ることをも識っている。曝されて在ること、庇護なき在り方
を識ってもいるわけである。」この箇所でシュタイナーが注記しているな
かに、興味ある部分が読まれる。ムージルの描いている、特に Pincio と
いう所の野外に置かれた石棺を、リルケも知っていたであろうということ

168

で、ムージルの文章が一部引かれている。――「そうした石棺の蓋の多くを、ひとはローマで見ることができる。しかし、どんな博物館や教会でもそれらが、ここ Pincio の樹木の下で見るほどの印象を与えることはあるまい。ここではさまざまの形姿が、まるで遠足（Landpartie）にでも来たかのようにのびやかに横たわっているのである。それらはたった今ささやかな眠りから目覚めたかのように見える、二千年続いてきた、ほのかなまどろみから。」（Prosa, Dramen, Späte Briefe. S. 459）――

　さてハイデッガーである。講義録『パルメニデス』（Wintersemester 1942/43, Gesamtausgabe, Bd. 54, S. 225-240）においてハイデッガーは、他ならぬこの第八の悲歌に関して、重要な発言を行っている。基本の線はこの思索家が論文集 „Holzwege" 中のリルケ論 „Wozu Dichter?" その他で再々語っている通り、リルケの謂う「開かれたもの」とハイデッガー自身の謂うそれとを混同しないで欲しいということなのであるが、ここで若干の箇所は取り出しておく必要があろう。とりわけ世上、なんらかの批判に接した場合、面白半分にその成り行きを傍観するひとが多いからである。そもそもまず自分自身を如何なる位置に置くのか、その決断なしには、とりわけハイデッガーを読むには値しないであろう。論議のどちらかに軍配の上がるのを見物する輩にとっては、リルケもハイデッガーも無縁であると言う他はない。詩人も必死ならば、哲人も真剣である。われわれも襟を正してかからねばならぬ。ドイツ語に謂う A gegen B ausspielen の愚を犯すは厳に慎まねばならない。私は以下、二つの箇所を『パルメニデス』から引きたいと思う。この講義録そのものについては別に同じく講義録『ヘラクレイトス』（Sommersemester 1943 und Sommersemester 1944, Gesamtausgabe, Bd. 55）その他と合わせて、私はいずれ「ハイデッガーと原初の思索家たち」という論を纏めたいと考えているのであるが、それはなお遠き将来のこととなろう。因みに、このいずれからも少なからぬ箇所を私は他で引き、また多少の必要な言及はしていること故、ここではこれ以上は言わずに試訳しておくこととする。――「リルケは人間と『生き物』（即ち動物及び植物）との能力の関係を逆転す

169　『ドゥイノの悲歌』第八及び第九

る。この逆転が、この悲歌の詩的に語っているところのものである。この人間と動物との位階関係の逆転は、『生きる－もの』（Lebe-Wesen）たる両者がそれぞれ、『開かれたもの』に関して為しうることへの顧慮よりして果たされている。この『開かれたもの』は従って、両者を、そしてすべての存在するものを、隈なく支配しているところのものということになる。となればそれはやはり存在ではないのかと言われえよう。勿論である。だが然し、それだからこそ、どのような『意味』でここで、存在するものの存在が経験され、また言われているのかを、われわれが省察することに、一切は懸かっているわけである。『開かれたもの』はアレーテイアへの関連なくしては在りえない。もしこのアレーテイアが、未だに隠蔽されている存在の本質であるならば、それ以外には在りえない。しかしながらリルケの言葉による『開かれたもの』と、アレーテイア自身の本質及び真理性を予め考えるとして考察されているところの『開かれたもの』とでは、究極的に相違しているのであって、その隔たりは遠大である。さながら、西洋的思考の原初にして開始というものと、西洋形而上学の集結にして完成というもの、それほどに離れているのである。それにもかかわらず、またまさしく両者は合して一をなしており、―同じもの（das Selbe）なのである。」（S. 230）

　今一つの箇所（S. 237）はこうである。「リルケが『開かれたもの』と名付けているものと、存在するものの非隠蔽性の意の開かれたものとの間には勿論、一個の深淵（Kluft）が大きく口を開けている。アレーテイアにおいて本質存在する、この『開かれたもの』は、それあって初めて、存在するものを一個の存在するものとして開き出させ現前させるものである。この開かれたものを見るのは唯一、人間のみである。正しく言えば、人間は、彼が到る所また常に、存在するものに対処する場合、最初にまた大抵は、かかる開かれたものの中に見入っているのである。その場合、この存在するものが、ギリシア的に、開き出でつつ現前するものとして出会うのであれ、キリスト教的に被造物（ens creatum）としてであれ、近代的に、対象

170

として出会うのであれ、同じである。人間は、存在するものに対処しつつ、真先に、開かれたものの中に見入るのであって、その場合彼は、存在の開示し開示された企投の中に立っているのである。存在自体がそのようなものとして本質存在するところの、かかる開かれたものなしには、存在するものは、隠蔽されることもありえなければ、隠蔽を解かれることもありえない。人間は、そして人間だけが、開かれたものの中に見入るのである。しかしながらその開かれたものを熟視（erblicken）することはない。存在自体が熟視されるのはただ、本来的思考の本質直視においてのみである。しかしながらここにおいても、思索家が人間として存在を既に見ているが故にのみ、それは熟視されうるのである。」ハイデッガーは単純にリルケを批判しているのではない。跡付け救い取ろう（nachhelfen）としているのである。

リルケの謂う「開かれたもの」を、ハイデッガーはまた、存在するものの中を制約されることなく進み行くことだと解しており、その限りではリルケの「開かれたもの」は、存在するものにあくまで縛られたままであり、地上に繋がれたままである、という意味のことを言っている。「存在するものの中を妨げられることなく進み行くかかる開かれたものは、決して存在の自由に到ることがない。この自由をまさしく『生き物』は一度として見ることはないからである。存在の自由を熟視することができるということが、他ならぬ人間の本質特質をなしており、これによって動物と人間との間の乗り越えられえない本質限界は決定されているのである。」この語に続いて、「一切の存在するものから区別される存在の明け（Lichtung）の自由としての『開かれたもの』」という言葉を読めば、先に引いた箇所でハイデッガーがまさしくリルケとは逆に、動物が「開かれたもの」を視るのではない、人間がそれを見るのだ、と強調していたことが当然として理解されるのである。存在の真理についての、この巨匠の、「自由」をめぐる永き思索、人間の本質特質に関わる考察よりして、われわれが上でリルケの「ひねり」であるとして見たところのものが、余りに峻厳に生真面目

171 『ドゥイノの悲歌』第八及び第九

に論究され過ぎているとしても、それは致し方のないところであろう。われわれはしかしなお遠き道を残している。そもそも第八の悲歌が、人間の運命を悲しむのみの Klagegesang であるのか否か、常に別離を告げる、故郷なき旅人としての人間を、救いなきものとリルケは歌っているのか否か、詩を通してわれわれが決断すべく多くを残しているのである。そして今回私がこの悲歌を、第九の悲歌と結んで取り上げていることのなかに、なにがしか既に「数を絶した現存」（Überzähliges Dasein）への方向性は暗示されていると言えるであろう。ただそれには上にも述べたように、第八の悲歌をまず、第六の悲歌と併わせて読み、そして前半部の第三第四の悲歌へ向けて繋がる詩想を探究してゆかねばならない。

＊

これら四篇の悲歌を根底的に結ぶ詩想は何かとなれば、幾分乱暴に響くかも知れないが、それは最も広義の「自然」と呼ばれてよいであろう。そう言えば、私がこれと一応なんらか対局的に置いた系の悲歌群にも、雲雀の詠唱に始まる第七や、月桂樹の「一陣の風の微笑の如き」さざ波を刻んだ小暗き葉に発する第九があるではないか、と反論されるやも知れぬ。いや、『ドゥイノの悲歌』全曲において「自然」は到る所に横溢しているのである。だが、自然そのものになりきって詩人が歌っているのは、私がこれから纏めて読んでゆこうとする諸篇においてとりわけ顕著なのである。ただ、当然のことながらリルケは決して、適宜取り出せるような詩句を散らばった形に置いてくれてはいない。例えば第八の悲歌にあった „denn Schooß ist Alles.“ の句を、第六の悲歌の、„Tausende brauten im Schooß und wollten er sein,“ へ直ちに結び付けるが如きは許されず、同じ箇所の言葉 „o Ursprung reißender Ströme!“ を、第三の悲歌の、„in gewaltigen Ursprung“ 或いはまた „die Fluten der Herkunft“ へ繋ぐことも適わない。それぞれの詩句が、それぞれの悲歌のまさしくその箇所において、不動の意味関連の中に立っているところに、『ドゥイノの悲歌』の絶妙の境地はある。それ故、「自

然」という一応の括り方をするとしても、やはり第八の悲歌を念頭に置きながら、まず第六、第三、第四の悲歌を概略当たってゆくよりないのである。詩をパラフレーズすることの愚をあえて犯すのを辛抱して頂きたい。

　第六の悲歌の歌うところは所詮、花咲くことを拒む、ということではあるまいか。「素早く決意した結実」へと突き進むこと、「最も甘美なる完成の幸」に跳び入ることではあるまいか。この「行動の衝迫」が余りに強く、そのために「花咲く誘惑」が近付いてきても早その時には身構えて立ち（anstehen）、心の充溢において燃えるほどなるもの、それは恐らく英雄たちと若くして彼方へと定められたる者ら即ち若き死者らだけに許されるであろう。その激しさはしかし、既に第一の悲歌にもあった、弦を耐えて、飛び立つときには己れ自身よりも以上のものとなる矢の如きであって、そこに直ちに言われていた通り、「滞留はいずこにもなき故に」である。因みに第六の悲歌には、その主題からしても第一の悲歌に通ずるものが幾多認められる。このことはまた、私の謂う系の組み合わせと矛盾するように見えるが、根本的には却って私の説である前半後半の組み立てを裏付けるところでもある。何故ならば、『新詩集』第一部と第二部とのそれぞれ冒頭に立つ詩が、アポロを歌うのと、それの構造は符牒するであろうからである。英雄の「没落すらも、彼には在るための口実だったのだ」（Ⅰ）と「彼の上昇が現存なのだ」（Ⅵ）の語とは、それを端的に示している。それはともかく、何が彼らをこのように嵐のように突き進めるのであろうか？ 詩人はこの衝迫の「純なる秘密」を憶うのである。焦燥にあらず、欲望にあらず、ではなくして「われらには暗鬱の口を閉ざしたるもの、突如霊感を得た運命が／彼をそのざわめき立つ世界の疾風のただ中へと歌い入れたのだ」この詩句には揺るがし難いなにものかが籠められている。運命が歌い入れた、とある。運命の歌なのである。実際詩人はすぐに続いて「彼ほどに私の聴くひとはありえない。不意に私の心を貫き／流れる風と共に、彼の曇った音調が満たすのだ」と歌っている。重要なことは二つであると思われる。一つには、讃えられることなく密かに、とは即ち通常の人の眼

には不可視のまま、さながら無花果の樹液の如く曲折して巡りつつ、しか
も内なる激しさをもって進む、いのちの衝迫である。それは英雄の母の懐
にあって既にしてその勝者の選択を始めており、幾千の精子に打ち勝って
彼となりえたものである。「疾過する奔流の根源」よりして既に始まって
いた戦いである。今一つはまさにそのことが歌と繋がっているということ
である。シムソンは囚われて歌うべく強いられた時、憤怒のうちに円柱を
倒し、われひと共に崩壊した。リルケは英雄の、また若き死者の、完成へ
の純にして強烈なるいのちを詩作の心へと呼び入れようとしたものであろ
う。かかる業 Leistung こそわが為すべきもの、果たすべきもの、と憧れた
のであったろう。「英雄は愛の逗留地をば嵐の如く駆け抜けた」のである。
ではその憧れとは、ただ渇望或いは意欲といったものであろうか？　断じ
てそうではない。それはかえって「われらのようやくにして到った果実の
／遅れたる内部へと裏切られて陥りゆく」のみであろう。つまりは「死を
のみ前にする」人間一般が「追い越され遅れて／突如風に向かって舞い上
がっては／無関心な池の上へと落ちてゆく」（IV）類に他ならない。この、
いのちの促しは、ニーチェの Wille zur Macht にも近いものではなかろう
か？　普通よくそう思われるような権力意志では勿論ない。純なる活力の
如きである。ゲーテならば、Entelechie とも呼ぶであろう宇宙的生命であ
る。そのことが、この第六の悲歌において「微笑」の語によって二度明示
されている。中心部のカルナックの穏やかな彫像を詩人に想起させる箇所
と、詩の終わりとである。中ほどの、詩人が少年の頃を想う箇所は、一見
するほどに単純であるまい。「未来の腕に抱かれて座っているならば」と
あるところは、幾たびも始めることのできる日を呼び返しているのであっ
て、純なるいのちを詩に歌い入れることを願ってのことであろう。その不
可能を識る故に「憧れを前にわが身を隠したい」と謂うのであろう。詩の
源泉に、永遠に若きいのちを希求するのが、この詩の心ではなかろうか？
　それはまた第五の悲歌での「心の跳躍の果敢にして高き形姿」が果たさ
れる場を求める心とも通うところであろう。第八の悲歌に謂う「純なる空

174

間を前にすることなき」われらが、切ない心で望むところのもの、「われらが未来を見るところ、そこに動物は一切を視る／そして自らを永久に癒されて、一切の中に視る」とあったところのもの、それが第六の悲歌での「僅かな人々」に起こりうる「甘美なる完成」である。

　では、この第六の悲歌から第三の悲歌へは、どのような詩想の繋がりがあるのか。明に対する暗、いわば陰画の如きがそれである。そこにある「微笑」は不気味にして陰険と謂うよりない。この悲歌が仕上がったのは、1913年晩秋のパリにおいてであったとされるが、その直前にリルケがミュンヒェンで「心理分析集会」にサロメと共に出席していることは、やはり重要であろう。その会合にはフロイトも出ており、司会者はC. G. Jungだったのである。もう一つ、これは私が最近経験したことだが、「リルケと芸術」というテーマで仕事している一人の若い学究からEl Grecoの或る複製画を示されたことがある。そこに描き出された、暗い色調の荒廃した風景からは、明らかにこの悲歌後半に歌われる、「内なるものの荒地、この原生林」の凄然たる趣きが感じられた。リルケはスペイン旅行の前後とりわけこの画家（16–17世紀）の眼で人間及び特に風物を観ることが多かったのである。この、第三の悲歌の中心は言うまでもなく、少年の「引き入れられ」てゆく性の奥底の領域というところにある。「血の隠れたる罪深き河–神」に駆り立てられて、隠微な「来歴の潮」に抗いようもなく身を委ねてゆく少年、圧し殺さんばかりの成長の力、その奇怪な絵模様の中に取り絡まれて、「彼はいかに身を委ねたことであろう。――それが彼の愛だったのだ。彼は彼の内なるものを愛したのだった」。ここに、この詩の意味はある。愛しつつ少年は、より古い血の中へと下って行ったのである。少年は父祖たちをむさぼった、血塗られた、かの恐るべきものの横たわる渓谷に下って行き、この微笑する驚愕すべきものを、恐らくは無意識のうちに、既に愛していたのだった。それを、彼の母親よりも前に、彼は愛していたのだった。ほっそりとした母の姿が、「避難所に満ちた心」を以て優しい明かりを灯そうとも、少年の「湧き立つ混沌」をどうして鎮めること

175　『ドゥイノの悲歌』第八及び第九

ができよう。ましてや、「朝風のように歩む」乙女にどうして、少年の心を宥めることなどできよう。「いずことも知られるものよりして滴りつつ、神の頭べをもたげては、夜を無限の騒擾へと呼び起こす」、少年の孤独の時を、彼女の純なる顔貌といえども如何ともなしえないのである。男性が愛する時、「われらは花のように／ひと年のみの愛を生きるのではない。われらが愛する時／計り知れぬ遠き以前の血液が、われらの腕に昇ってくるのだ／おお、少女よ、このことを知ってもらいたい。われらはわれらの中へと愛するのだ。一人の乙女、一人の未来の人を愛するのではない／ではなくて無数に遡るものを愛しているのだ」 かつての母たちの乾いた河床、音なき風景、それが娘より前に来たっていたのだ。娘は、愛する少年のなかに前代（Vorzeit）を呼び起こし、招いていたわけである。死せる子らが娘へと意志していたのである。この詩最後の句、「彼を抑制せよ」のあとには六個の点が打たれている。詩人が無言のなかに（Gadamer ならばさしずめ、そこに現代詩人の Diskretion（分別自制）を読み取るであろうが）言わんとしたことは、ひとときの愛の中に籠められた、巨大な過去の、そしてまたそれ故に未来の時の重き峻厳さであったであろう。われわれが先に見た第六の悲歌が、純なるいのちの衝迫と、その疾過する奔流の根源を歌っていたように、第三の悲歌もまた愛の深さと、その「強大なる根源」を歌うわけである。そして、いずれも詩作さるべき広大な領域へと突破し、通常の生存には隠れたままの深淵を開き出す、果敢な試みであったとは言えよう。第三の悲歌始まりの句、「愛のひとを歌うもよい。だが悲しいかな、今一つのことが歌われねばならぬ」とあって、血の河－神を歌うこと、と言っているのが、まさしくそうした詩人の新たな決意を告げているであろう。

　またこのことは、私の謂う系の方向へもなにがしかの示唆を投げかけているであろう。ではこの第三の悲歌はどのようにして第四の悲歌と繋がるのであろうか。興味ということではもとより片付かないが、少なくとも注目を惹くのは、私が第三の悲歌の説明においてむしろ控えていた、その前半部分、それが直ちに第四の悲歌への道筋を暗示してくれるのであ

る。このことはまた次のような意味からも考えられてよい。つまり、それぞれの悲歌が不思議にもそれ自身において割れているのである。主題というか、歌の志向するところというか、詩人の立場とでもいうか、よく言われる Perspektive が二面性をもっているのである。そうした視点の揺れの、殊に激しい第一の悲歌においてさえ、やはりちょうど真ん中のところ、„Stimmen, Stimmen. Höre, mein Herz,“ と起こって来る箇所に、そのような割れが認められるであろう。私はしかし、今この位置で自らに言い聞かせておかねばならぬと自覚している。すぐ上で私は主題という語を用いた。とにかくリルケの詩、特に『悲歌』を取り上げて解釈を試みる場合、われわれの多くはそうした誤りをしがちなのである。この詩は何を歌っているのか、そういう風に観察しようとする。何が問題ではない。いかにが問題であるべきなのである。しかもその意は、詩人の歌う技量を謂おうとするのでは全くない。ではなくして、かのハイデッガーが Seiendheit（在ること）を語っている意味においてである。それについては拙稿「ハイデッガーと詩」[10]を見られたいが、この思索の巨匠はヘラクレイトスの語「決して没することなきもの」を、通常われわれが「何」をもとに考えてしまうとして厳しく内省を求めているのである。名詞的に「没しゆくもの」を考えるのではなくして、動詞的に「没しゆくこと、つまり没落自体、没することそのこと」が、そこに意味されているのを指摘するのである。「例えば香るものといえば、一方で薔薇のように香るものつまり花、を意味すると共に、しかしまた香ること自体、薔薇の香りをも意味するが如き」であるとハイデッガーは謂う。そこで彼はそのあとヘラクレイトスの句を自ら訳し換えて「およそ没せざる（こと）」に改めるのである。詳しくは Heidegger: Gesamtausgabe, Bd. 55, „Heraklit“ を見られたい。私が自戒したいのは、詩の主題などということではなくして、歌われているものがいかにその在る姿において現じているか、これを忘れてはならぬということである。こうした間奏を挟んだ上で、第三の悲歌と第四の悲歌とを結ぶ詩想に立ち還るならば、前者の前半部分と後者の後半部分とが噛み合っているこ

とが分かる。いずれも少年時代乃至は幼年時代に、人間の心に兆したなにものか、一方では恐るべきもの他方では「純なる出来事」、それが歌われているからである。こちらでは「なお人生以前に／かくも柔かに抱かれていた、全き死」、あちらでは「母親よりも前に」愛されたものが呼び出されている。そしていずれにおいても子供の純なる眼を「向け変えた」(Ⅷ)大人たちが指弾されている。リルケにとって幼年時代とは何を意味したか？　いかにしてこの変転の強制は生じたのか？　もう一度、第三の悲歌前半部分に戻るのがよかろう。

＊

　第三の悲歌の、或る意味では極めて情感的とも思える、とはつまり『マルテの手記』の母親を叙するくだりのような、優しさに満ちていると見える箇所に、鋭い批判がやはり潜んでいるのである。「母よ、おんみが彼を小さくしたのだ。彼を始めたのは、おんみだったのだ」とあり、少年の「夜の空間」に、母親は「より人間的な空間」を混入した、疎遠の世界を防いで、親愛の世界を傾けた、と歌う。確かに、不安に脅える子供を、床板のきしむのが、いつかまで弁えていた母親は、その悟性によって宥め鎮めることができたであろう。だがしかし少年の「内部」(innen) に荒れ狂う来歴の潮を、母親といえども防ぎようはなかったのであり、「おんみは、その夜の灯りを、闇の中に置き入れたのではない。決してそうではない。おんみのより近い生存の中に置いたのだった。するとその灯りは友愛の焔と見えたのだった」„es schien wie aus Freundschaft.“ 殆んど同じ、詰るような語調が、第四の悲歌後半部分に現れる。尤も、そこに繰り返し出て来る「私の言う通りではないか？」„hab ich nicht recht?“ の語はなかなか問題的であって、解釈者のなかでも意見の分かれるところであるが、と言うのも、この問いを直前の「観ることは常に在る」へ掛けて、こうして誰もいない深夜の劇場に独り「留まってじっと観ている、この姿勢が、やはり正当と思われぬか、という問い」[11] (J. Steiner) と解する場合が多いように見受けられるから

であるが、私はどうも、そうではなくて、それを全く排除するものではないが、詩人が「幼時の刻限」以来一人で耐え担ってきた「世界空間」への眼差し、その正当性を主張するものではないかと思う。端的には「そもそもの最初よりして、純なる出来事のために基礎付けられていた一つの場所、世界と玩具との間の中間領域」――これを強く打ち出しているのが、この悲歌ではなかろうかと思う。『悲歌』には収められなかったが、1920 年 11 月イルヒェル河畔ベルクでの作とされる未完の長詩 „Laβ dir, daβ Kindheit war, ...“、ここには「母たちの寛大、鎮めるものらの声、――だがそれにもかかわらず、おんみがそこで名指すもの、それこそまさに危険で在るのだ」とあって、難解ながら次のように続く、それは「世界を全面的に、純粋に危険に陥れることなのだ。――こうして世界は一転して庇護の中に入る。おんみ母親が充全に感じ取っている通りの世界として。内なる子供の存在は、その庇護世界の中に中心のように立つことになる。世界への恐れを排除し、最早恐れることなく。」――こうしたところに、私はリルケが救い取ろうとした幼時の、Das innige Kindsein（内なる幼時）があるように思う。詩人が第四の悲歌で、たたみかけるようにして言う、„Hab ich nicht recht?“、それは全篇中でも他に第九の「一度」(ein Mal) の繰り返しと、第三及び第七の「いや、むしろ」(sondern) の、重複にも当たるほどの重みをもつ故に、通常の解釈におけるように「観ることは常に在る」へ繋ぐだけでは弱い、と私は見る。ただしかし、後での引用からも分かる通り、世界空間をなんらか見ているわけではあるから、そこで全面的に通説を排除するものではないと上に断ったのである。さて、第四の悲歌では、母親と同じく「疎遠な」未来を味わわせたであろう父親への語りかけがあった後に、こう読まれる。――「おんみらは、おんみらへのささやかな／愛の始まりに対して私を愛してくれた。私は常にそこから離れはしたが／それとてもおんみらの顔に浮かぶ空間が、私には／その空間を愛した時、世界空間へと移って行ったがためだった／そしてそこにはおんみらは最早いなかったのだ ...」 そして詩人は、「天使と人形と」が揃った時に初めてようやく芝

居は在りうる、と歌う。その謂は、詩人の観照（Schauen）を究極において釣り合わせる天使と、そして幼時と、この両者の相会する地点に、世界空間のドラマが始まるということであろう。

　『マルテの手記』で言えば Orange の円形劇場でマルテの見た「計り知れぬ巨大な、超人的なドラマ」であろう。いやむしろ、その『マルテ』の少し先、第 67 番とされる（と言うのも、周知のようにリルケはこの作品に断章番号を付さなかった。私自身もそれは決して好まないところである。ただ、所謂研究にあっては今日そうした便宜的手段が採られているまでである）節に、こう書かれている。「恐らく、この事が新しいことなのであろう、われわれがこれを耐え切るということが。これとは即ち、年とそして愛なのだ。花や実は、それが落ちるとき、熟している。動物は互いに触れ合い、番いをなして喜んでいる。われわれはしかし、われわれ神を前に呼び出してきたわれらは、終わるということができないのだ。」— 第四の悲歌への、とりわけ「花咲くことと枯れ萎むこととが、われらには同時に意識されるのだ」の句への、近さは明らかであろう。それはまた第八の悲歌にあった「花々が無限に開き出てゆく、あの純なる空間を、一日たりとも前にすることなきわれら」の句とも繋がっている。そして『マルテ』の上の節には Louise Labbé の話があって、そこに「より大いなる世界空間」の語が立っているのである。もう一度第四の悲歌「天使と人形」の箇所に戻ると、そこはこう続く —「その時、われらが在ることによって絶えず二つに分かつもの、それが合わさって来たるのだ。その時、われらの諸々の季節よりして初めて、全一の歩みの圏域が生じるのだ。」

　この詩最終節の初め、「誰が一人の子供をば、その立っているままに示すのか？　誰が子供を星辰のなかに置き、距離の尺度をその子の手に与えるのか？　誰が子供の死を、やがて硬くなる灰色のパンから作るのか、— それともその死をさながら美しい林檎の果芯のように、子供の丸い口の中に残しておくのか？...」この箇所もまた難解である。この「誰が」とは（ただし灰色のパンの部分は除き）それこそ誰を念頭に置いて詩人は言っ

180

ているのであろうか？　文字通りに取るならば、誰にもそれはできぬ、と
いうことであろう。結句に謂う「言葉には尽くせぬ」（unbeschreiblich）であ
ろう。だが、まさしくそれを言うことが、他ならぬ詩人に課せられている
のではなかろうか？　それをしも「黄と青のりんどうの花」（IX）にする
ことが詩人の、いや人間すべての未来の使命なのではないか？　この、し
かし、詩が終わりにおいて開いているということ、これは充分に留意され
ねばなるまい。第八の悲歌においても、あの「美しく結ばれたものをもう
一度示し、差し出しておき、そして断絶する」「別離」の詩（Neue Gedichte
I.）でないが、「微かに遠くへ招くもの」の趣が、両方の悲歌にある。そう
した響きはしかも、第三及び第六の悲歌にも感じ取られるのである。この
ことは私の謂うもう一つの系の悲歌群を俟って初めて充足されるなにもの
かを暗示する。その第八の悲歌へ、ここ第四の悲歌から繋がってゆく詩想
が、後者の前半部分に特に顕著に現れている。そしてそれは上の引用にも
あった、「われらが在ることによって二つに分かつもの」つまりは「敵対
関係がわれらには最も近きものなのだ」の句であり、第八で言えば「対
立して在ること」という人間の運命である。「われらは感情の輪郭を識ら
ぬ。ただそれを外から形作るものを識るのみだ」（IV）と「外部に在るも
のを、われらは動物の顔貌から知るのみだ」（VIII）とも同一の線上で考え
られうるであろう。Zuschauen と Zuschauer との間にも勿論深い連関があ
る。私はしかし率直に言わねばならない。『ドゥイノの悲歌』全体において、
再々理解の届き難い言葉があるのである。第四の悲歌では、「獅子」（Löwen）
が出てくる。また、愛し合うものらが互いに約する「遥けさ、狩り、そし
て故郷」とあって、この Jagd の語も今一つ把握しきれないのである。そ
うした言葉は、第三の悲歌にもあった。少年が引き入れられてゆく「模様」
（zu Mustern）の語も、唐草模様のようにもつれたものではあろうが、熱病
に冒された状態での夢の形姿なのか、更に深層心理学に言われるリビドー
風のものなのか、いずれも『マルテ』にあるが、解し難いのだ。
　とはいえ、われわれは第八の悲歌から始まって、第六、第三、第四と概

略ながら辿ってはきた。そしてそれらを、最も広範に包括的に結んでいる詩想が、「自然」というものではなかろうかとして見てきたわけである。今、それらを纏めてみようとする時、二つの事柄が考察されねばならぬであろう。一つは、私の謂う「自然」がどのような様相のものとして、これら四篇の悲歌に歌われていたかであり、今一つは、仮にそれが取り出されるとして、もう一つの系である第九、第七、第一、第二の諸篇へどのように関わってゆくのかである。これらの諸篇は恐らく「変容」という基本の筋に集約されることとなろうが、となれば、「自然」と「変容」とは、乃至は詩的空間と詩的時間とは、どのように組み合わせられるのであろうか？

ただし、私は直ちに断っておかねばならないが、空間−時間という関連概念で私は『ドゥイノの悲歌』を読もうとするのでは全くない。ハイデッガーを学ぶ者として、また特に講義録『イスター』を翻訳した人間として、そうした空間−時間の座標軸でものを考えるつもりは私にはない。詩的空間と今呼んだのは、詩が本来目指してゆくべき領域の意であり、それをリルケは、広い意味での「自然」において主として歌っていると見られてよい。何故ならば既に上で読んだように、第三の悲歌での性であれ、第六の悲歌での母なる懐であれ、第八の悲歌での「開かれたもの」であれ、いずれも「自然」の中なる人間の位置を問うものであることは明らかだからである。ただ第四の悲歌を、こうした視点で見ることについては、当然若干の異論はありえよう。しかし、ここでも問いかけはまず「おお、生の樹木よ、おおいつ冬となるのか？」を以て始まっている通り、人間存在一般の、「世界空間」への参入が主題である限り、「開かれたもの」へと詩人の眼差しは向かっていると解されてよいであろう。因みに今の Bäume des Lebens の語であるが、その由来をキリスト教的なものに求めたり、ニーチェ的な概念に近寄せたり、リルケ自身における「樹木」の象徴性に求めたり、さまざまの解釈がなされてはいるが、私はまた詩人がこの第四の悲歌に先立って読んだであろう、ヘルダーリンの『ヒュペーリオン』最終箇所に読まれる、次の言葉も参考とされてよいと思う。「おお、生の樹木よ、人間は朽

ちた果実のように、おんみよりして落ちる。彼らを没落するがままに委ねよ。そうすれば人間はまた、おんみが根へと帰還するのだ。そして私は、私もまたおんみと共に緑して、おんみが頂きをめぐり、おんみが芽吹く小枝のすべてと共に呼吸したいものだ、静穏のうちに心籠めて。なぜならばわれらはすべて黄金の種子から生い立ったものだからだ。」——ともあれ、私の謂う、もう一つの系の悲歌群、そこには「自然」における、乃至はそれとの際立った対比における、人間存在ではむしろなく、時間性における人間的実存の姿が、主に歌われるわけである。「滞留はいずこにも在りえぬ」とする第一の悲歌に始まって、「われらは、われらが感ずる所において、飛散してしまう」と嘆く第二の悲歌、そして「ここ、地上に在るは麗しい」の第七、また「この一度は在ったということ、たとい一度限りとはいえ、在ったということ、それは地上のもので在ったということであり、それが撤回されるとは思えぬのだ」の第九の悲歌、これらの詩群には、歴史ある人間の根底的意味が問われている。ひとたびということの、そしてまさしくそこに、その場に、無限に広がる、変容と言葉の秘密、それが歌われている。「最も移ろい易きわれら」に託されたこのこと、天使に向かって物たちを言うということ、それが讃美されている。世界空間が、「世界内部空間」として壮麗に開き出ることが、『ドゥイノの悲歌』究極の境地として打ち出されるのである。第九の悲歌をまず読むこととしよう。

*

第九の悲歌

何故なのか？　そもそも生存の時の間を送るとなれば
例えば月桂樹に身を変えて生きることもありえようのに、他のすべての
緑より些か濃い緑を帯び、どの葉の縁にも刻まれたささやかな
波を浮かべ（吹く風の微笑にも似た波を湛えて）生きえようものを

何故に一体、人間の生を果たさねばならぬのか？　—そして運命を
避けながら、而もなお運命を憧れるのか？...
　　　　　　　　　　　　　　おお、それは幸福が在るためではない
そのような間近の喪失に与ろうとする焦り、目先の利の故ではない
好奇心の故でもなく、或いはまた心の習練のためでもない
心ならば月桂樹の中にも在りうるやも知れぬ...

然らずして、この地上に在ることが巨いなる故なのだ。そして明らかに
この世に在る全てのもの、この消えゆくものがわれらを必要としている
らしいのだ。消えゆくものがわれら最も素早く消えゆくものらに奇妙に
関わっている。一度、凡るものは一度しかない。一度にして再びはない
そしてわれらもまた一度であって二度とはない。だが、この、一度
在ったということ、たとい一度限りとはいえ在ったということ、それは
地上のものであったということであり、それが撤回されるとは思えない

だからこそわれらは苦闘し、その消えゆくものを業に仕上げようとする
それをわれらの単純な手のうちに取り納め
より充実した眼の中に、また言葉なき心の中に保持しようと意志する
そのものとなろうと意志するのだ。—だがそれを何者に与えるのか？
出来れば一切をいつまでも保持したいのだ...だが、かの別なる関連へ
ああ、何を人は彼方へ携えて行くのか？　この世で徐ろに習い覚えた
観照を運びもなるまい。この世で己がものとした何一つもたらしはせぬ
何一つ。では苦痛はどうか、またとりわけ、重き生はどうか
或いは愛の永き経験を携えて行けはせぬか、—せめてそうした
全く言い難きものを持って行くことはできぬか。だが後に、星々の間に
置かれた時、それが何であろう。星々の方が勝れて言い難きものなのだ
現に、旅人も山の端の崖から戻る時、一握の土くれを谷に
運びはせぬではないか、すべての人にとって言い難き土を運びはすまい

184

さに非ず、獲得された言葉、純なるもの、黄にして青きりんどうの花を
彼はもたらす。われらがここ地上に在るのは恐らく、言うためであろう
家、橋、泉、門、瓶、果実、窓を — 或いはせめて円柱、塔...
それを言うためだ。だがこの言うとは然し、そこを理解せねばならぬ
諸々の事物自身が心の内奥で、一度も在るとは思わなかったほどに
そのように言うことなのだ。大地が愛するものらの心を突き上げるのも
この沈黙した大地が語り出そうとする、密かな企みではあるまいか？
だからこそ彼らの感情の中で凡る物が歓喜の陶酔に耽るのであろう
敷居は感じている。愛し合う二人にとって
彼らが戸口の、自分たちの年ふりた敷居をいささか使い古したとて
何ほどのことがあろう。だが彼らもまた、幾多先立った恋人たちの後で
そして未来の恋人たちを前に... 今軽く踏んでゆくのを感じている

この地上に言わるべきものの時は在る。ここにこそ言葉の故郷は在る
語り、信を告げよ。従前にもまして
事物は凋落してゆく。体験されうる事物が崩れ去る。何故ならば
そうした事物を押し退け、その代替をしているのが像なき行為だからだ
その行為を包む外装は、内部で行動が膨れ上がり別の限定に移るや否や
喜んで砕け散る始末なのだ
強大な槌の間に存立しているのが
われらの心である。その様はさながらに
歯と歯のあわいにある舌の如きか。だがしかし
その舌はなお、讃えるものたるに変わりはない

天使に向かってこの世界を讃えよ。言いえざる世界ではない。天使と
競ってお前は壮麗な感得を誇るわけにはゆかぬ。宇宙にあっては
天使の方がより多く感ずるものだ。お前は新参者に過ぎぬ。それ故に
天使には、単純なものを示すがよい。世代から世代へと形成されてきて

われらのものとして生きている、手許のもの、視野にあるものを示せ
天使に対して事物を語れ。彼は一層驚いて佇むことであろう。お前が
かつてローマの縄作りやナイル河畔の壺作りの許に立った時のように
天使に示せ、一個の物がいかに幸せたりうるか、いかに無邪気に、且つ
われらのものたりうるかを。嘆きの歌すらいかに純粋に形象たるべく
決意しており物として役立ち物の内へと死しゆくか — そして彼方へと
浄福のうちに提琴を離れ出で立つかを。— 然り、これら去り行く事を
糧として生きる事物は、お前が自分たちを褒めてくれると理解している
無常なる事物が、最も無常なるわれらに、一つの救いを託しているのだ
事物はわれらが彼らを充全に不可視の心の中で変容するのを欲している
おお極みなく — われらの中へ変容する事を。われらが所詮何者であれ

大地よ、これがお前の意志するところではないのか、不可視となって
われらの中に蘇ることが？ それがお前の夢ではないのか
一度不可視のものとして在ることが？ — 大地が不可視となるとは！
変容にあらずして何が、お前の切実な委託でありえよう？ 大地よ
お前愛しきものよ、私は意志する。おお信じてくれ、私をお前の
友とするのに、最早幾たびものお前の春は要しまい。一度の春でよい
ああ、唯一の春にして既に、我が血には多きに過ぎよう
名なきものとして私は、お前への決意を抱き続けてきた、遠き方より
常にお前は正しかった。そしてお前の聖なる着想が
かの親しき死であったのだ

見よ、私は生きる。何をよすがとしてか？ 幼時もまた未来も
減ずることはありえない...数を絶した充全の生存が
我が心の内より湧き出でる

語句として解しにくい箇所はそう多くないように見える。初めの月桂樹

については、リルケはオヴィディウスの „Metamorphosen“ を通して知識を
えていたものと言われる。水の妖精ダフネは、彼女を愛するアポロによっ
て、人間の運命に巻き込まれようとしたその瞬間に、母なる大地の力で、
月桂樹に姿を変えられたという故事を弁えていたならば、ほぼ充分であろ
う。言葉の、端的には詩の栄光を歌うこの悲歌にあって、月桂樹が引き合
いに出されていることは容易に理解できるところである。もう一つ、初め
のところで、「この世で徐ろに習い覚えた観照（Anschaun）を」、死後の世
界へ持ち運ぶわけにはゆかぬ、とある箇所も、幾分唐突に響きはしよう
が、詩人の言わんとするところはさまで不可解とは言えぬであろう。『マ
ルテの手記』以来とりわけ、そしてまた特に詩「転向」„Wendung“ を経て、
リルケが養い続けてきたこの姿勢、観照は、既に見た第四、第八の悲歌か
らも、詩人の永き習練の道であったことが、読者には共感されるはずであ
る。だが、この苦闘して習得されたものも、それだけでは形あるものでな
い。「言いえざるもの」である。別なる関連へは何がもたらされ、何が天
使に示さるべきなのか、そう詩人は問うてゆくわけである。

　もう一か所、把握しにくいのが、「敷居」の箇所であろう。いささか出
し抜けに „Schwelle“ と歌われるところを、私なりに補うことが許されると
するならば、こうでもあろうか。――恋人たちの心に迫り、その想いを激
しくかきたてるもの、それは物言わぬ大地自らが語り出そうとする密かな
企みではないのか、とあって、詩人はそうした愛の感情に浸ってすべての
物が歓喜しているのだ、と言う。例えば、恋人たちがなんの気もなしに、
ただ軽く踏み越えてゆく敷居、この単純な物はしかし、幾世代もの恋人た
ちがこれまで、自分の上を渡って行ったこと、またこの先もそうした人々
が踏み減らしてゆくであろうことを知っている。物がその心の内奥で、一
度としてそう在るとは思わなかったほどに、そのように言うことが、われ
らのこの地上に在る意味なのだ。敷居の心に映じた人間の運命を言うこと
も、そのような一つの言い方なのであろう。敷居はしかし、内と外とを結
ぶ境である。ハイデッガーがトラークルの詩「冬の夕べ」を語りつつ、や

はりそこに出て来る「敷居」の語を、「中間を担う」ものとして述べていることが想起される[13]。この第九の悲歌においても、これは単に、愛する人らの傍らにあって、ともに歓喜しつつその来し方行く末を担っているものというには留まらぬであろう。むしろ、語らぬ大地が言葉となる、その境を意味するところに、ここでの敷居の役割はあるのであろう。その直前にあった「ここ地上に」(hier) の地点がそうした接点としての敷居を語らせているわけである。そして次節が — „Hier ist des Säglichen Zeit, hier seine Heimat.“ と始まるのであるから、その両方を繋ぐ意味でも事は重大である。総じて第九の悲歌に展開される壮麗な讃美の見事さは、一度しか在りえない生存の、このひととき、この場、ここで、この瞬間に、それもささやかな単純な物を通して、われら最も無常なる者に託された、変容の言葉よりして、広大無辺の大地の意志に適うものが出来する、というところにあるであろう。「数を絶した充全の生存が、我が心の内より湧き出でる」の結句は真実そのものというよりない[14]。この悲歌のできた同じ日に、リルケが『オルフォイスに寄せるソネット』中最も愛すべき作、第一部第二十一歌 „Frühling ist wiedergekommen...“ を作詩していることは忘れ難いところである。試訳してみよう。

　　春がまた帰ってきた。大地はまるで
　　詩を覚えた子供のようだ
　　幾つでも、ああ、幾つでもできる ... 永い間の習得の
　　労苦をねぎらって、大地は褒美を貰うのだ

　　厳しい先生だった。私たちはあの年老いた人の
　　髭のあたりの白いものが好きだった
　　今、緑とは何か、青とは何か
　　私たちは問うことができる。大地は答えられる、充分できるのだ

大地、自由の身となったお前、幸せなものよ
　　もうお前は子供たちと遊んでよい。そら、私たちはお前を捕まえるぞ
　　陽気な大地よ。きっと一番愉しい子がお前を捕まえる

　　おお、あの先生が彼女大地に教えたこと、たくさんのこと
　　そして、木の根や、長い苦渋の刻まれた幹に
　　書かれている言葉、彼女は今それを歌う、大地が歌うのだ！

　このソネットでは、詩人は最早、大地と一つになっている。子供のような大地と合体している。われわれはこれ以上は今は言うことなく、第七の悲歌を見ることとしよう。蓋しそこに第九の悲歌と極めて隣接した詩境が読まれるであろうからである。
　人も知るように第七の悲歌は、雲雀の詠唱に始まる、そして、これは私がかねがね言っているところであるが、『ドゥイノの悲歌』各歌の出だしには、とりわけ巧みな工夫が籠められているのである。その点ダンテの『神曲』各歌の始まりに通ずる響きがあると思う。それはまたヘルダーリン後期の讃歌群についても言われうるのであって、歌い出しということ、Ansingen ということの力、その広さ或いは深さ、不可思議な情調を、われわれは覚えずにいられない。「求愛では最早ない。求愛には非ずして、充分に成長した声が、お前の叫びの本性であらねばならぬ」と、第七の悲歌は始まる。そして春まだき頃の初音を越えて、天空高く舞い上がりつつさえずる雲雀と、その彼方「叫び声の階梯を昇りゆき」いつしかに夏空、そして「大地の星々」へと高まってゆくのである。さながらその激しい叫び声に応えるかのように、若くして死せる乙女たちが「弱々しい墓所よりして」立ち還ってくるかと思われる。そして、「この世に在ることの壮麗さよ」„Hiersein ist herrlich.“ の語となる。これは第九の悲歌 „Hier ist des *Säglichen* Zeit, *hier* seine Heimat.“ と勿論結び付いているわけではあるが、そこになお微妙な若干の違いを認めることができるであろう。何故ならば

第七の悲歌の言葉には、かくあらねばならぬ、といった要請の如き響きが混じっているのに反して、第九の悲歌にあっては、かくありとする確信が満ち溢れているからである。陰と陽との趣とでも言えよう。もとよりしかし、最早天使を呼び求めることなく、詩人の内心よりして湧き起こってくる、雲雀にも似た詠唱の高まりあって、初めて第九の讃美は可能となるのだから、われわれのように、いわば後ろから『悲歌』を読んでいる者にとっては、逆に『悲歌』本来の悲嘆の調子を呼び返すことが必要なのである。立ち還ってくる若き死者の乙女、淪落の女たち、そこにもひと時の「時間の尺度を以てしては殆ど測りえぬ、二つの時の間のはざま」が「現存に充ちたる血脈」として在ったことが貴重なのである。さながら『マルテの手記』で、盲目の新聞売りの男を叙する箇所、そこに言う、この貧しい男の晴れ着を、あたかも鳥の腹部に隠された柔らかい羽毛のように見て、「そういうことだったのか、そのようにお前は在るのか。そこにお前の実在の証明は在るのだ」と書いているマルテと、同じ眼が、ここ第七の悲歌には籠められている。そして、この男の描写に続く断章が、ボードレール風の筆致でパリの淪落の女たちを描いていることも付記されてよいであろう。こうした陰画の趣よりして、少なくともここ第七の悲歌の詩人は、「われらがそれを内に変容する時にのみ、最も明らかに眼に見える幸福が」われらには初めて認識されうるものとなることを、歌うのである。ちょうど第九の悲歌が、単純なものを天使に示すことを語るのとは反対に、ここ第七の悲歌では神殿を讃え、伽藍の建立をわれらの偉大として歌い上げているが、その心は他でもない。天使に立ち向かい「拒絶とも警告ともつかぬ」両の手を広げてこの悲歌を閉じている、詩人の心意気故のことであろう。

　しかしながら、われわれは上で、時代精神に対してリルケが鋭い批判を浴びせていることは、この詩人特有の屈折の意で多少論じたことでもあるから、その部分は措くとして、この、やはり『悲歌』全曲中傑出した第七の悲歌で燦然として光る一点だけはおさえておかねばならない。「われらが感受の幾千年を以てしても」の箇所である。そしてそれが、生と死との

190

交わる Hiersein において讃えられていること、従って第九の悲歌の場合と同様、そうした接点において、壮麗な「諸々の空間」の開示となって現じていることを考察しなければならない。今、私は生と死との接点と言った。その意は、私が旧稿「『ドゥイノの悲歌』第十[16)]」で、この第七の悲歌の、「この世に在ることの麗しさよ」に先行する一節を解釈したあとで次のように言っていることとして理解されたい。――「地上とは、死者たちの帰り来るところ、『二つの時のはざま』として、この合流が詩を介して可能となるところ」である。「そして、間をおいて、この地上に在ることの壮麗さよ、となるのではあるまいか。従ってこの句は人間万歳の如き安直の肯定では全くない。ここに在ることのここは、詩と実存の切り結ぶ地点であり、そこから、その場で、世界空間は無限に広がりゆくのである。さながらハイデッガーが Da-sein の Da に開存 Eksistenz のあらわれを見たように、リルケは、Hier を解したとみてよいであろう。」 詩人がこのあと、「さらばわれらは、やはりこれらの空間をなおざりにしては来なかったのだ、これら保証してくれる、われらの空間を」と語る時、幾多の優れた建立物を可能にしてきた人類の営みを、まさしく詩人自身が見出だした世界空間の出来と同じ呼吸において把握しているものと見ることができよう。言うなればリルケは、詩の原理と、人間全体の創造の原理と、その両者が重なる地点を捉えたのだとわれわれも考えてよいであろう。古典性を得たと言ってもよかろうし、新たな歴史性を打ち建てたと見てもよいであろう。しかも従来の観念と根本的に異なっているのが、建立物はあるべき姿としては、外へ向けて「横ざまに突き出して」建てられているのではないことである。内的に（innerlich）建てられるのである。次の詩句を慎重に読むならば、リルケの心は、この微妙な一線を、従来の所謂外面的文化観とは明瞭に画していることが分かるであろう。「世界を愚かにも逆転している一切の事柄には、そうした遺産喪失の連中がつきものだ。彼らには、以前のものも、まして身近なものも、所属するわけがない。何となれば、最も身近なものといえども、人間にとっては遠きものだからだ。われらはこのことで

191　『ドゥイノの悲歌』第八及び第九

惑乱されてはならぬ。むしろ今なお認識されえた形姿を保持すること、それが、われらのなかで強められねばならぬ。——こうした建物はかつて一度、人間の間に立っていたのだ。運命の、この破壊する運命のただなかに、いずこへとは知られざるものの最中に立っていたのだ、在るがままに。そして星々をも、安定した諸天よりして、己れの方へと傾けしめたのだ。」これはリルケ一流の芸術観であって、一篇の詩において展開されるには複雑に過ぎる想念と言えるかも知れない。だが、その真意はこういうことなのであろう。つまり上にも見たように、ここ即ち「死と生とが相会する接点、遠大な死の領域と、ひとときの内実とが応じ合うところ」として、死と実存の切り結ぶ地点、われわれがずっと以前に見た「十字路」そこに、その場で世界空間が無限に広がり行くとするならば、内に建てることを見失った、通常の愚かな逆転を、リルケは今一度逆転して「世界は内部をおいて在りえない」と歌うのであって、世界内部空間こそ今や、「われらの感受の幾千年を以てしても充たしきることのできぬ、恐るべき巨いさ」と驚嘆するのである。

＊

『ドゥイノの悲歌』を、本来の順序で読む人は、たといそれが、何回目何十回目であろうとも、やはり第一の悲歌に歌われる個々の優しい形姿、例えば、丘の道に立つひともとの木立、或いは開いた窓辺の、通りすがりに聞かれたヴァイオリンのひと節、そうした物に籠められた詩人の想いを懐かしまずにはいられないであろう。第二の悲歌ならば、身籠もった婦人の顔にさす漠たる面影、或いは夜風のなかで不思議な語らいをする恋人たちも忘れ難いところであろう。しかしわれわれの現在の場合のように、第九、第七の悲歌から、大きく弧を懸けて、初めの悲歌群を読み返す者にとっては、上来見てきたような、生と死との接点に展開する詩の働きというものに、眼が向けられざるをえないのである。そしてそれは、この詩人特有の呼び声、求める叫びを介して引き入れられてゆくこととなる。「あ

の吹き来たるものを聞け、静寂よりして形作られた、絶え間なき音信を聞け」である。第一の悲歌終わりに近く、次のように読まれる箇所は、そうした繋がりにおいてやはり重要であろう。「諸々の望みを最早、望み続けぬとなれば、それは奇妙であろう。関連していた一切が、こうしてはぐれて、空間の中を羽ばたき行くのを見ることも奇妙であろう。だが死して在ることは労苦多きことなのだ。幾多取り戻しつつようやく徐ろにいささかの永遠を感じとれるというものだ。——だが、生者たちは皆、余りに明瞭に区別しすぎるという誤りを犯している。天使らは、果たして彼らが生者らの間を行くものやらそれとも死者らのなかを行くのやら、しばしば知りもせぬ（と謂う）。この永遠の流れが二つの領域を渡り、すべての世代を常に伴い引きさらい、その両方の域においてすべてに勝る響きをもって圧倒しているのだ。」—— Hulewicz 宛の有名な書簡（1925年11月13日）の中で、リルケは次のように謂う。因みに、私は他でこの主要部分全文を訳しているので、[17] 今は必要箇所に留めたいが、それは詩人以外の何びとにも到達しえぬ深みを充全に告げる文章である。「われわれの現存は、生死両方の区切られてはいない領域において休けく住もうており、その両方から汲めども尽きぬ糧を得ているのです...真の生形態は、両方の領野の中に遍く浸透しています。最大の循環をなす血液は、両者の中を通うているのです。此岸も彼岸も在りはしません。在るはただ巨いなる統一であり、この一なることにおいて、われわれを凌駕せるものら、『天使ら』は住もうているのです。さて、こうして世界は、そのより偉大な半分を拡大されたことになるわけですが、このように今や初めて全体となり、無欠となった世界において、愛の問題はどのような状況となるのかであります。」 詩人がこの最後のところで愛の問題としているものが、特に第二の悲歌への橋渡しをしてくれることは容易に理解されるのであるが、われわれはまだその前に、もう少し第一の悲歌を見ておかねばならない。しかし基本は同じである。詩がその業だからである。死者たちがわれわれ現世のものらを呼び求めているのみではむしろない。「われらこそ、彼ら早くして世を去った

者らなしに、在りえようか？」と詩人は強く問う。そして「かつてリノス
を失った嘆きのうちに／最初の試みの音楽が、乾いた凝固を貫いて鳴りわ
たったという」という伝説の意義が想起される。虚空を振動へともたらし
た歌が、ここでも生死の境を突破する「古き語り」として打ち出されるわ
けである。そしてそれが、「滞留はいずこにもなし」と嘆じられたこの第
一の悲歌への、「慰め」に満ちた答えであったのである。

　では、第二の悲歌において、生と死との接点に開示される詩の心はどの
ように展開されるのであろうか？　この、愛し合うものらに向かって、わ
れらが果たして「在る」のかと問い掛ける悲歌は、その最後の節において
こう歌っている、「もしわれらにしてやはり、純なる、抑制された、狭き
人間的なるものを、ひと筋のわれらの肥沃の地を、流れと岩石のあわいに
見出だすことができるならば」と。この箇所はよくリルケのエジプト旅行
の際の手記に基づけて解説されるところであり、それはまた極めて適切で
もあろう。リビア山脈を背景に、旅人リルケが眺めた、流れと岩石とのあ
わいの悠久の沃野は、忘れ難い情景であったであろう。ただ、われわれは
今、この純なる、抑制された（この意は勿論、その直前に歌われたアッティカの
墓碑銘での、愛と別離の、軽やかに肩に置かれた風情を指すわけではあるが）狭き人
間的なるもの、これを後の悲歌群に読まれた「ここ」「この地上」とあっ
た生死の交点と繋いで見ずにいられないのである。そしてこの二つの時の
はざま、それが流れと岩石との間、疾過するものと留まるものとのあわい、
よりして開き出る詩の空間として、ひと筋の肥沃の地なのではあるまいか。
少なくともそのように詩人に課されていたのではあるまいか。それはまた
第二の悲歌で切実に問われていた「われらがわれらを解き放ち行く空間に、
われらの味は籠もるのか？」に対する、なお遠き予感の答えであったので
あろう。「感ずれば既にして在ると誰が言えよう？」とも歌われていたの
である。この狭きが広きへと転じられた時、詩人は「苦き洞察の果てに立
ち」えていることを自らに肯んずることができたわけである。

　このように見てきたわれわれは、あと二つのいわば課題を残しているこ

194

ととなる。一つは私の謂う詩的空間の系と詩的時間の系、つまり「開かれたもの」に帰一されてよいであろう第八、第六、第三、第四の悲歌群と、「変容」に集約されてよいであろう第九、第七、第一、第二の悲歌群と、この両者がどのように結び合わされるのか、ということであり、今一つが、これまで必ずしも多くは言及されなかった第五と第十の両篇が、それぞれどのようにして、『ドゥイノの悲歌』前半と全曲とを締め括ることができるのか、ということである。なんらか無理な説明を私はするつもりがない。またそれは許されぬところであろう。幸いにもしかし、私は上で僅かながらその両方への助走を忍ばせている。前者については、第八の悲歌は果たして、通常よく言われるように、嘆きの歌であろうか、と私は問うている。これが一つの手掛りとなるであろう。今一つの方に関しては、第五の悲歌最終で歌われる「場」というものを、第十の悲歌での「国」と繋いで予示していることが、その発端である。今や従ってそう多くを述べる必要はなかろう。もし、私の見るように、第八の悲歌が痛ましい「別離」の語をもって閉じていようとも、まさしくそれが「別なる関連」へと開き出されてゆく、いわば突破口をなしているのであれば、つまり第八の悲歌が内的に直ちに第九の悲歌へと直結しているのであれば、二つの系は大きく環をなすこととなろうからである。そして、架空の場として歌われた第五の悲歌最終の箇所が、神話的領域の嘆きの国の中へと歌いおさめられてゆく第十の悲歌に立ち還りうるならば、端的には「心の跳躍の果敢なる高き形姿」（V）が「果実の環」とも呼ばれる星座（X）において仰ぎ見られるとするならば、一応の道筋が読みとれるのではなかろうか。では、それらはいかにしてか。

　第八の悲歌最終節は、一つの問いを含んでいる。「誰がこのようにわれらを向け変えたのか。われらがたとい何をしようとも、かの、立ち去る人の姿勢であるように、仕向けたのは誰か？」である。この問いは、同じ悲歌の初め「われらは既に、幼い子供を向け変えて、子供が後ろ向きに形姿を見るように仕向けてしまう」、つまり「開かれたもの」を見えなくしてしまうとして嘆じられたところと、軌を一にしているわけである。だ

195　『ドゥイノの悲歌』第八及び第九

が、その間に詩の動きの中で、子供だけではない、われら自身が「向け変えられて」しまっているのである。となると、この誰かは、そもそも誰を念頭に置く問いなのであろうか？　ということになる。われわれは、同じとは即ち本来答えようもないはずの、恐らくは運命或いは神を前にしてしか発しえない態の問い方に既に出会っている。第四の悲歌の、これまた最終詩節においてである。そこで取り扱った際に言及した如く、この「言い難きもの」、生以前の全き死を引き取り、言葉とするのが他ならぬ詩人でなければならない。リルケはその使命の重大さを前にして、これら二篇の悲歌をそこで打ち切らざるをえなかったわけであろう。だが、そのことは直ちに詩人をして、大地からして委託されたるものを自らのうちに覚醒することとなった。思えば第一の悲歌から間断なく「今なお充全には不滅のものとなりえていない」者らの声は、詩人をして聴き入らしめてきたのであった。過ぎしものの中に湧き起こる一つの波といえども、窓辺のヴァイオリンの音といえども、「そのすべてが委託であったのだ」。それをお前はこなしてきたか？　そう詩人は自問し続けてきたのであった。とりわけ第九の悲歌が、「運命を避けつつも、運命を憧れざるをえぬ」身に想いを到して歌い始めるのも、この永き詩人存在に関わる問い故のことである。してみれば、なんらか開きかつ閉じる、一つの呼吸が私の謂う二つの系に現じているとは充分に言えるであろう。リルケは一方でただ悲嘆をそれとしてのみ歌うのではない。他方の詩の本質が展開さるべき方向へと向けてそれを開いているからである。通常の人間にとって隠されている本来の詩の空間「開かれたもの」は失われてゆくやに見えるが、実はまさしくその断絶の深淵に、詩の時間つまり「変容」の広大無辺が垂直に立ち昇るのである。リルケが音楽について歌った詩に謂う「おんみ、言葉の終わる場の言葉。おんみ、移ろう心の方向に垂直に立つ、時間」の語が、当てはまるところであろう。苦悩の谷を深く掘ることが歓喜の峰を高くそびえしめるのである。ヘルダーリンが「ソフォクレス」と題する短詩 Epigramm において歌った言葉が想起されてよいであろう。

多くの人は、最も喜ばしきものを喜ばしく語ろうと試みて仇に終わった
　　ここに遂にそれは私にとって語り出された、ここ悲しみにおいて充全に

　もう一度、第八の悲歌に戻るならば、こう読まれる。「去り行く者
は、最後の丘に立つ。彼の谷がそこで今一度すべて現れる。彼は振り返
り、歩を停め、暫したたずむ ── そのようにわれらは生き、常に別離
を告げる身なのだ。」 これらの詩句から、有名な詩「心の山巓に曝され
て」„Ausgesetzt auf den Bergen des Herzens. . . .“（Irschenhausen, 1914. 9. 20）を
思うことは自然な成り行きであろう。その趣は、第九の悲歌での、「一握
の土くれならぬ」、りんどうの花を山際の崖から持ち帰る旅人の姿に移さ
れている。
　第五の悲歌と第十の悲歌とは、ともにパリを舞台とするいかにも現代的
な情景に始まる。ここでも前者においては開いた形が、後者においては閉
じられる様相が顕著に読み取られるであろう。しかし、子細に見ると第五
の悲歌には、それに先立つ四篇の悲歌群をなんらか集約すると読まれてよ
い節と、作品後半部へ向けての願望を含む最終節とが、合わさっているの
である。他方第十の悲歌には、作品全体を取り納める如き Epilog の趣が
現れている。いずれもしかし、雄篇であって、軽々に扱うことは厳に慎ま
れねばならない。ただ、私は他でもかなり立ち入って論じたことはあり、
本稿を終えるに当たって必要と思われる事柄にのみ限るよりない。第五の
悲歌は、── 町外れの空が、大地をそこだけ傷つけ、その上に、膏薬を張っ
たかと見える、そんな宇宙の失われた絨毯の上で、朝早くから飛び跳ね舞
い下りしている、果敢なき旅芸人たちを歌う。彼らを絞り上げているのは、
休らいなき意志でもあろうか？ 地面に立って存立の花文字を演ずる男も
あり、今は老いて太鼓を叩いているだけの、かつて人気のあった力持ちも
いる。集まっては散る観客の姿は、さながら薔薇の花のようだ。所詮はし
かし、仮象の実しか結ばぬ雄しべ雌しべを取り巻いて、人々は来ては去り

ゆく。たたずんで眺めている詩人が、子供の頃に病みあがりに与えられた玩具のような、悲しい情景だ。見ると、青い果実のような子供が、噴水のように目まぐるしく跳んでは落ちてくる。数分のうちに春夏秋を経めぐる樹木を、何人かで組み立て、そして壊すのだ。その子の、滅多に優しくはしてくれぬ母親の方へ、ちらと視線の向かう時がある。足裏は痛む。だがまたしても闇雲に飛び上がる、その瞬間の子供の微笑み。天使よ、われらにはまだ開かれていぬ喜びにまじえて、この小花をつけた薬草を摘み取り、薬壺に納めてはくれぬか。麗々しくラテン文字で「踊り子の微笑」と銘打って。また見ると、喜びを素通りしたような、しかしまだ若い女の姿もある。危うい均衡をとりながら、平静を保っている、広場の果実だ。曲芸もやっている。どこに、その場所は在るのか、重力の働く場は？　旋回する棒の先から、回る皿が落ちてくる。いつか、未熟だった技が、空疎な芸に転じた場所があったはずだ。乏しくはあったが純粋だった動きが、今、仰山な見世物と化している。この突如変転する場所、幾桁もの計算が割り切れる場所、旅芸人が果たしている、その変転の場所、それは私が心に抱いている、芸術の場所とどう違うのか。それとも同じなのか。パリの広場それは無限の見世物の場つまりは舞台であろう。そこに死神 Madame Lamort がブティックの女主人として、地上の憩いなき道を、果てしないリボンを、巻き、絡めしている。運命の安物の冬帽子に飾りつける物ばかりだ。おおよそこうした経過のあと、最終詩節は始まる。この部分は逐語訳を試みることとしよう。

　　天使よわれらの知らぬ一つの場所が在るのではないか。そしてそこでは
　　言いえざる絨毯の上で、愛するものらが、彼らここ地上では
　　成し遂げえなかったものらが、彼らの心の跳躍の
　　果敢なる高き形姿を
　　喜びよりする彼らの塔を、彼らの梯子を
　　とうに、地面もありえぬ場所で、ただ互いにのみ寄り添い、もたれ合って

立てる、震えながら示すのではあるまいか。──そして彼らには
それが・で・き・る・の・で・は・な・い・か、周りの観客、無数の音なき死者らを前に
　　その時、われらの識りえぬ者らが、彼らの最後の
いつまでも貯えてあった、いつまでも隠されたままだった、永遠に
通用する、幸福の硬貨を投げるのではあるまいか、この遂に
真に微笑する一組の男女の前へと、満たされた
絨毯の上の？

　終わりは疑問符になっている。詩人が旅芸人の曲芸において不思議とも
した、重力の移行する地点、そしてみずからの詩芸術においても求め続け
ている変転の場、やがて「変容」として確立されるその場を、リルケはこ
こでは地盤のない彼方に設定しつつ、それを予感として歌うのである。こ
の節の中で唯一強調されている語 *könntens*、それはまた以下の諸篇におい
て完遂（Leistung）或いは果たす（leisten）、こなす（bewältigen）、為す（vermögen）、
成就する（gelingen）、始める（beginnen）等々へ及んでゆくのである。それら
の意味するところは、können-Kunst つまり詩芸術の語圏に所属する。われ
われは今や、第五の悲歌で求められる場を、詩的空間の可能性を開示する、
「開かれたもの」の境域として理解してよいであろう。それと共に、この
場へと「驚愕の空間」（Ⅰ）、「諸々の本質よりなる諸空間」（Ⅱ）、「夜の空間」
（Ⅲ）、「世界空間」（Ⅳ）のそれぞれが多様な意味を担いつつ含み入れられ
ていると見ることができるであろう。
　第十の悲歌に移ろう。── われら苦痛を浪費する者らは、いつかそれが
果てぬものかと、悲しい時の間を先取りしている。だが、本当は苦痛こそ、
われらが越冬性の葉なのであろう。われらの濃緑のにちにち草の葉なので
あろう。密かな年の時の間の一つですらなくして、われらの住まう場所な
のであろう。だが、嘆きの街の通りには、慰めの市が立ち、僥倖を狙う射
的場もある。苦いビールに「不死」のレッテルを張った看板も並んでいる。
そんな町外れで、若者は一人の若い嘆きの乙女と知り合うが、別れてしま

う。彼女についてゆくのは、時間性のない平静の状態に入ったばかりの、若き死者たちだ。そうした若者の一人を、やがて、ずっと遠くの、谷に住まう嘆きの女たちの一人が迎える。幾分老けた女性である。私たちはかつて大きな一族でした、私たち嘆きの国のものらは、と彼女は言う。地上で人が見掛ける一片の磨かれた苦悩の原石は、この大きな山脈の採鉱場から切り出されたものだ、とも言う。若者は、嘆きの国の広大な風景に案内される。涙の樹木も、花咲く憂愁の野も見られる。夜に入り、スフィンクスが、永遠の沈黙のうちに、人間の顔貌を星々の秤の上へと置いているのが驚嘆される。擬宝珠のかげから現れた、ふくろうが、若き死者の耳に死の輪郭を印す。頭上には、悩みの国の星々が輝く。星座が名指される。「果実の輪」「揺籃」「道」「燃える書」「人形」「窓」等々、そして「母たち」でもあろう、>M< とひときわ輝き出る星座もある。谷のはざまに月光を浴びて薄く光るのが、喜びの泉である。畏敬を籠めて嘆きの女は言う、人間のもとでは、この泉が、担いゆく流れなのだと。孤独となって若き死者は、悩みの根源の山中に登ってゆく。そして彼の足音は、音なき定めの彼方から、鳴り響くこととてない。― ほぼ、このような経緯が、第十の悲歌だと言えよう。そして、そのあとに星印を一つ置いて、短い二節が添わっている。

だがかの終わりなき死者達がわれらの心に一つの比喩を呼び覚ます事も
ありえよう。見よ、死者達は、恐らくは、あの葉のまだないはしばみの
つぼみを指し示すこともあろう、垂れ下がるそのつぼみ。或いは
雨で教えることもあろう、黒い土壌に落ちくる雨、春まだ浅い頃

さればこそわれら、のぼりゆく幸福を
思う身が、われらを驚愕させんばかりの
感動を覚えるのではあるまいか
一つの浄福がくだり来るとき

われわれが今、心すべきことは二三に留まる。一つは第十の悲歌で歌われる嘆きの国が、とりもなおさず世界内部空間の原図だということである。この国はどこかに在るというものではもとよりない。内なる空間の内なる風物である。それが先に私の言った変容の源泉の意である。この詩全体が一つの歴史となっていることも重要であろう。それも、詩の歴史として語りなのである。われわれは上で、「ここ」よりしてその場に開き出る世界空間の壮麗ということを見ている。ここことは、生死のまじわるところ、詩と実存の切り結ぶところ、呼び声の交錯するところ、別離が即開かれたものへと転ずるところ、十字の岐路であった。その場に詩人の立つことが、変容として、大地の意志に応える所以でもあった。悩みの国の喜びの泉が、現世では、担いゆく流れだと語られるあたりに、リルケ詩の秘密が隠されているのではあるまいか。変容を通して歌われるものの湧き出る地点、それは歓喜へと向かう讃美でありつつ、地上においては越冬性の苦痛よりして発しているのである。私が再々引き合いに出してきたヘルダーリンで言えば、──「より強きものの悩みを共に受苦しつつ、高きより墜ち来たる、近付く神の嵐の中に、留まる心は確として在る」（aus Hymne: Wie wenn am Feiertage...）でもあろうか。万有の心と一たること、それが神の悩みを共に受苦することであろう。第十の悲歌でリルケが「苦痛」或いは「悩み」として歌ったものは世界空間と変容との交点に立つこととして、まさしく同意する天使らに向かって歌い上げる歓喜と賞賛であったと言えるであろう。この悲歌最終の、のぼりゆく幸福と、くだり来たる幸福とには、「呼び声」の行きまた来たる動きが昇華されていると解してよかろう。それは最早われわれが最初に見た『オルフォイスに寄せるソネット』第二部第二十九歌、この連作の結句に通う境地ではなかろうか。

　　たとい地上のものがお前を忘れ去ろうとも
　　静かなる大地に向かって言うがよい、我流る、と
　　速やかな水に対しては語るがよい、我在り、と

注

1) Vgl. Gottfried Benn: Gesammelte Werke, Bd. 1, S. 494 ff.

2) 拙稿「リルケにおける時間の変容」ドイツ文学研究叢書三『リルケ ― 変容の詩人』(ク
ヴェレ会、1977 年)所載参照。

3) Friedrich Beiβner: Hölderlin. Reden und Aufsätze. 1961, 2. Aufl., Köln, 1969. darin, S.
110-125 Dichterberuf. なお以下で触れているヘルダーリーンのストア的傾向に関して
は、同書での „Schicksal" 講演において Beiβner はむしろ否定的見解を打ち出している
が、問題視はしている。

4) Stuttgarter Groβ-Ausgabe, Bd. 2-2, S. 485 f.

5) Hölderlin Werke und Briefe. Hrsg. v. Fr. Beiβner und Jochen Schmidt. Frankfurt a. M., 1969,
Bd. 3 Erläuterungen〔S. 34 f.〕

6) 拙稿「『ドゥイノの悲歌』第十」『神戸大学文学部紀要』第 11 号(1984 年)参照。そ
の他未刊の『ドゥイノの悲歌新解』或いはクヴェレ叢書第八巻に収録予定の近刊『ド
イツ詩考』でも、私は同様の主張を行っている。

7) ここに「彼方」の語を挿入したことについては、第八の悲歌で「死に近付いた時、人
は最早死を見ていない。彼方を凝視しているのだ、恐らくは大きな、動物の眼差しを
以て」と歌われている箇所を、念頭に置いていたわけである。その後しかし、私はこ
の箇所から、リルケの謂う「開かれたもの」について若干解釈を修正する必要がある
と思うようになった。本稿でも、一般における理解と同様に、また後述のハイデッガー
のそれでもそうした傾きが見られるが、この言葉を広大無辺の領域のように把握して
いる。結局はそうした所に帰するわけではあるものの、この箇所に関する限り、リル
ケはもう少し狭い範囲を考えているのではなかろうか? 「彼方を」と言うのである
から、「開かれたもの」のまだ向こうが凝視されていることになる。これはどういう
ことか? 私はいずれまた稿を改めて書いてみるよりないが、「開かれたもの」とは
「見張られてはいぬ」領域であって、死から自由な域である。世界でないところ、第
一の悲歌にもあった「解釈された世界」(gedeutete Welt)ではないところなのであろ
う。リルケをもじって言い換えるならば、Da-sein の Da の意識性を外したところでは
なかろうか? 死に近き人は、身は「開かれたもの」の中に在りながら、眼はその彼
方を凝視しているのではないか。勿論しかし、計算的に、空間的に見れば、普通思わ
れるよりも狭いかも知れないが、詩人は動物が休らかに住もうている「純粋な空間」
を、そう名付けたのであろう。ただ、人間は das Offene へ直ちには出られぬ。むしろ
その向こうへ行ってしまうのである。そこから、その彼方から、もう一度あらためて
das Offene へと帰還しなければならない。それを取り戻すことが必要なのであり、そ
れを果たすのが、詩の業なのであろう。そして向こうへ行って再び還り来たるという

こと、これはまさしくオルフォイスではないか。本稿で以下私の述べているところを根本的に改める必要はなかろうが、一応以上のことを補説しておきたいと思う。上で修正の要ありと言ったのはつまり、第八の悲歌で、動物の視ている das Offene が直ちに詩人の言わんとする「世界空間」と同じではなくして「世界内部空間」と同一視はされえぬことを、再確認したいと思ったのである。確かに動物は「開かれたもの」の中に生きており、常に「開かれたもの」を視ているのであるから、常に対立して在る運命を生きる人間にとっては、羨ましいばかりとは言えようが、とりわけ常に Schooβ に在る小さき生き物は浄福の命とも見えようが、しかしながら当然のこととはいえ、動物には「意識性」がないのであって、それはただ「開かれたもの」の中にあって「開かれたもの」を視ているのみである。呼吸の如くである。われらはいかにしてこの呼吸を取り戻すことができるのか？　われらはかえって「開かれたもの」の彼方へ立ち出ることによってのみ、それを地上に持ち来たすことができるのであろう。それがハイデッガーが取り上げた詩 „Wie die Natur die Wesen überläβt. . . .“ に言うところの「われらが庇護なき在りようを、開かれたものの中へと向け変えたということ」の意味ではあるまいか？　因みにこうした出で行き還り来たる、それと共により豊かな内的合一 Innigkeit に到る道には、ヘルダーリーンが『ヒュペーリオン』断片に付した序文での考え方、「最高の単純さ」と「完成された形成」との間を行く人間の exzentrische Bahn に通ずる動きが感得されて、興趣尽きぬものがあるが、既に言ったように、立ち入った論究は、稿を改めるよりあるまい。

8) Jakob Steiner: Rilkes Duineser Elegien. Bern, 1962, 2. Aufl. 1969, S. 203 u. Anmerkungen, S. 329 f.

9) anstehen の語はグリムに „der jäger steht an (auf das wild, zum schusz)“ の例が読まれ、「身構えて立つ」と訳したが、偶然にも富士川英郎氏の訳語と同じであることを知ったので断っておきたい。『リルケ全集』第三巻、弥生書房刊参照。

10) 神戸大学『文化学年報』第 5 号（1986 年）所載。

11) Steiner, a. a. O., S. 84.

12) wie oben, S. 75 ff.

13) Martin Heidegger: Unterwegs zur Sprache. Pfullingen, 1959, S. 26 ff.

14) この後の詩句、大地の聖なる着想が、かの「親しき死であったのだ」については拙稿「閑話拾遺」神戸大学ドイツ語教室『ドイツ文学論集』第 15 号（1986 年）所載の自然三題に少し書いている。

15) 拙稿「古典性に関する考察 ─ ゲーテとダンテ再論」『神戸大学文学部紀要』第 12 号（1989 年）及び「ヘルダーリーンの詩 ─ 時と運命」神戸大学『文化学年報』第 6 号（1987 年）参照。

16) 前掲、150 頁以下参照。

17) 前掲、未刊の『新解』で、第七の悲歌の解明中にそれを試みている。このあと類似の場合もあるが、既に拙稿について幾つか指摘したこと故、注記は省略。

『ドゥイノの悲歌』第十

　ベートーヴェン九曲の交響楽のなかで、どれに一番深い感銘を覚えるか
とか、或いはわが西田哲学七篇の哲学論集のうち、第何番目のものに最高
最深の意味を見出だすかとかいうのと同じように、リルケ十篇『ドゥイノ
の悲歌』から一つを選ぶとすれば、第何歌をとるか、といったようなこと
は、素人風の設問とはいえ、しばしば出会う事柄ではある。人間、精神の
成長に応じて、名作三篇に対する理解は変わり、選択の基準もそれにつれ
て異なってゆく。一個人の判断に限らず、広く時代の趣味傾向や解釈能力
そのものも変転をくりかえす。H.-G. ガーダマー教授の言うように、「詩は
暇がかかる」のであって、言語に成熟してゆく人間全体の精神過程は緩漫
であり、その方がまた願わしくもあろう。時代の表層でめまぐるしく動き
去ってゆく言語現象ではなく、人類の深い内部でいとなまれ続ける言語の
働きにおいて、或いは逆に、ヘルダーリンが「時の峰」と名付けた如き、
深淵をへだてて吃立する精神の峰と、その高き空間にかよう、めくばせの
ような閃光のうちに、詩は生き、地上のわれわれを生かしてもいる。個で
ありながら全体を含むもの、全体が個のうちに反映していると見られるも
の、それをどこに見定めるかとなれば、そうした両方をとりおさめる眼が
なければ意味がない。さきの選択が困難をもたらすのはその故である。私
がここで『ドゥイノの悲歌』第十を中心に考えをまとめてみようとするの
は、単なる好みや便宜のためでない。いま『悲歌』に関して自分の言いう
ることは、この第十の歌に集約されるような形で述べるのが最も適切に思
われると言うだけである。少なくとも『悲歌』に関して発言するには、こ
の十数余年にわたる成立の経過を考慮に入れねばならない。次にこの十篇

の完成時における取捨配列の問題も考えなければならない。詩人がこの配置を最終的に決めたのは、1922年夏のことであり、『悲歌』完成後半歳を経ている。作者自身の心で考えぬかれたこの構成は、どのような糸によって縫いとられていると見らるべきか、いわゆる作品の内面的形式を、詩人の心に悖らぬように理解することは至難のわざであろう。従って第三に、とはいえこれら三者は、つまり成立と構造とに加えて意味関連をあげるならばその三者は、結局一つのことでなくてはならず、切り離しては考えられえないのであるが、各篇の内的意味の理解が問われねばならない。私は近頃よく、複眼的に見る、ということを考えるのであるが、成立と構造とのかかわりには、そうした見方が求められるであろう。たとえばゲーテの『ファウスト』にしてもそうであって、読者乃至解釈者はこの六十年に及ぶ成立史と、他方、作品統一のあり方とを、両々視野のうちにおさめておくことが願わしい。同じように『ドゥイノの悲歌』にあっても、この両面は欠かし難いばかりでなく、むしろその両方のかかわりこそ大いなる魅力であるといってよい。しかし更には、ただ両方という意味の複眼的に見るだけでなく、この両者を媒介しつつわれわれの理解を深めることを可能にしているのが、他ならぬ詩的言語自体の作用のなかにこめられていることがわかるであろう。さもなくしてどうして十年前に書かれた語句が殆どそのまま、最終完成の詩作品に組みこまれうるであろうか。いやそれどころか、あとでも見るように、以前に書かれた語句が、あとで仕上がった語句によって、作品内部で新たな意味を獲得し、反対に、のちに書かれた部分が、さきに出来ている形象なり比喩なりによって重層的なひろがりの中に立ち出ていることがわかる。言語が互いに照射し合うことによって、ますます新たな光のもとに現れ出るのが、詩の働きである。この、ゆきつ戻りつする言語作用こそ、個と全体をつなぎ合わせる、作品の内的意味関連に他ならない。ハイデッガーは、ヘルダーリンの詩を講じつつ、「詩作の言葉は、そしてまたそこにおいて詩にまとめられたものは、詩人とその語りとを越えて詩作する überdichten」という考えをうち出したのであるが、

206

まことに卓見である。「詩作する言葉は、詩人の上に襲い来るものを名ざす。それはまた、詩人を、彼の創造によるのではなく、むしろ彼自身がただ従う他ないのみの、帰属性の中へ置き入れるところのものを名ざす」とハイデッガーは言う、「詩作する言葉は、この言葉自体と詩人とを立ち越えて詩作するのである。詩作する言葉は、汲めども尽きぬ豊かさを開き且つそれをかくまう。なぜならば、この豊かさは、原初のものすなわち単純なものという様相をもっているからである。[1]」この überdichten ということが、さきの互いに照射し合う詩的言語の内的働きを可能にするもののように私は思う。

　さてしかし『ドゥイノの悲歌』十篇を語るのに、そのうちの一篇に集中してなにがしかの成果をあげている例は少なくない。最も手近なところでは、ションディが第八の悲歌をとりあげておこなった、ラジオ講演がその好例である。もともとは、ションディは悲歌全体を論ずる、まとまった仕事を予定していたことであろう。彼の早逝によってそれは部分的にしか成就を見ずに終わった。しかしこの、第八の悲歌を論じたものは、講義と、それを要約した講演とあり、後者はすぐれたエッセイとしても読めるだけでなく、最近出た Bibliothek Suhrkamp 版では、それが『悲歌』全体へのよき導入と見られたためでもあろう、巻末に解説の意味でかかげられている。「第八の悲歌は、リルケの『悲歌』全体と同様、人間の現存をテーマとする。現存の制約に対する嘆きから発して、生存の意味、またそれに負わされた使命に対する認識と喜びに到るというのが、『ドゥイノの悲歌』十篇の考えの動いてゆく道筋であるわけだが、その途上にあって第八の悲歌は、悲嘆に捧げられた最後のものである。尤も悲嘆と言っても単なる主観的なものからは切り離されたそれではある。[2]」──こうした出だしの部分は、すでに『悲歌』全体の構造にかかわる発言であり、私はあとで述べるように、これと同意見ではありえないが、それでもこの、「このようにわれらは生き、常に別離を告げるのだ」という第八の悲歌の結句を題名にしているエッセイを以て、導入たらしめようとする考え方は、誤まりでない

ばかりか、気が利いているように思われる。

　少しかわったところで、やはり一部分を以て『悲歌』全体を語りえていると見られるものに、ガーダマーの見方がある。この、特異な詩学を展開している哲学者のリルケ論には、二篇あり、いずれにおいても、『悲歌』十篇中には最終的に収められなかった詩、本来は第五に考えられていながら、完成時に今の「大道芸人」の悲歌にさしかえられて、現在では「対－歌」Gegen-Strophen と題されている詩についての考察が、少なからぬ比重を占めている。ガーダマーは、この置き換えのなかに、リルケの『悲歌』全体を解く鍵とも言えるものが読みとられるとしているのであって、この論者らしいひねりがあるとはいえ、なかなかに首肯されうる見解ではある。とりわけそのことから私にとって興味深いのは、この場合と類似して、『悲歌』に組み入れられなかったもう一篇の詩、「幼年時代の存在したことを ...」Laß dir, daß Kindheit war, ... 或いはその他の草稿断片、特に第十の悲歌に関しでは、「第十の悲歌・旧稿」Ursprüngliche Fassung der Zehnten Duineser Elegie として『後期詩集』におさめられている詩といった詩群を、どのように『悲歌』全体とかかわらせつつ読むかという問題である。

　いま簡単に触れた二つのこと、完成作中において考えられる全体と部分との関係、そして成立及び構造のもつ内的意味、このことが、以下に第十の悲歌にことよせつつ、私の言おうとする上でそれが適していると思われる理由である。従って論述は次のような形で進めたいと思う。最初が、第十の悲歌成立をもとにする『悲歌』全体の完成にかかわる。次が各篇の構造を中心とした関連、あわせてその意味と解釈、第三が、第十の悲歌から見た『オルフォイスに寄せるソネット』への関係、そしてそれらの終わりに、第十の悲歌を試訳することにしたい。

＊

　第十の悲歌始めの 15 行は、1912 年早春にすでに書かれていた。『悲歌』

は実際に書かれ始めたときから、それは存在したばかりでなく、この歌い出しを果たしきる歌を以て作品そのものを閉じうる、とリルケは早くから見込んでおり、そう決めていた由である。つまり『ドゥイノの悲歌』は、その第二終わりの句、

　　われらもまた純粋な、抑制された、狭いながら人間的なるものを
　　見出だせぬものか。流れと岩石の間をかよう
　　ひとすじの実りの国を見出だせぬものか。

と、もう一方第十冒頭の句、

　　ああ、いつの日かこの若き洞察の果てに立ち、歓喜と賞讃の
　　言葉をば、同意する天使らに向かい歌い上げることができれば

この二つの願望の間をいかに充足しうるのかというところに、最初から、いつか橋かけらるべく、張り渡されていたわけである。深い絶望の淵から空しく天使に向かって呼び求めた詩人の、「啜り泣く叫び」が、晴れて輝き花咲く「越冬性の葉群れ」となることを待望するところに、それを同時に心に抱いているところに、詩人の緊迫がある。その後悲歌第十は、1913年末にパリで書き進められ、さきに言及した「旧稿」の31行が加えられることとなる。このとき詩人は『悲歌』全体を閉じうると予感して書き継ごうとしたのであろうが、それは成らず、この部分はのちに全面的に書き換えられることとなった。なお1918年11月4日の段階で、「旧稿」断片は、五年前の姿のまま書き写されてはいるが、リルケは、『悲歌』の完結には程遠いことを自覚しており、いわゆる在庫調べのつもりで、既存の詩群を寄せ集めたにすぎない。その際しかし第一第二のほかに、第三第四が「了」と記して含められており、第六、第十が断片の形でそこに合わされていることをみれば、詩人の完成意欲そのものには、並々ならぬものがあったと

209　『ドゥイノの悲歌』第十

思われる。ただ、同時に、未完のまま終わる場合にも備えて、「悲歌周辺の起稿及び断片」というまとめ方で十篇近い詩があげられており、他に「悲歌には属し難いもの」として、詩「心の山巓にさらされて」などが名ざされいるところからして、のちの完成形態での『悲歌』への展望は、全く予測されえぬものであった。ともあれしかし、悲歌第十が、その属する作品全体の成立と最初からたえず密接に結びついていることは知られるのである。端的に言えば、第七、第九の両悲歌においてやがて、「この地上に在ることの壮麗さよ」或いは「この地上に言わるべきものの時は在る」と歌われえたそのときにはじめて、詩人は「苦き洞察の果て」に立つことができたわけであった。

　いま、「旧稿」を右の関わりにおいて読む場合、私は次の二つの点を指摘してよいと思う。一は、この詩がまだ、歌わるべきものの状況をこなしきれていない点、つまり、すでに仕上がっていた第一第二の悲歌における詩的表現に比べても醇化昇華の域に到ってはいないこと、要するに詩人の内部における充全の変容を経てはいないことである。われわれは1913年という時点からも、詩人がその一年後に詩「転向」において語る「心の仕事」の自覚乃至予感に到達してはいないことを知ることができる。今一つのことは、従ってまた悲歌を歌う場合の視点というものが、まだ充分に定まってはいないことである。『悲歌』のなかで「私」として歌うもの、つまりこの作品の抒情的自我が、それだけで貫けるかどうかに、詩人としての決着をつけていないと見られることである。『悲歌』成立を、私が他で試みたように、1907年あたりからその前史として跡づけてゆく人は、第一第二の悲歌が生まれる前に、類似の題材を詩人がさまざまの物に自分の歌い出しの場を置いては詩作しようとしていることに気づくであろう。多少この点詳くはあとにゆずるとして、たとえば1911年7月初めパリにてとして、マルト・ヘンネベルトに宛てた、次のように始まる、詩の草稿がある。「お前の魂を私は歌う、私のそばで甦った魂。私が通りすぎたとき、それは中間の域に立っていた。呼ぶでもなく、招くでもなく、さながら

不在の物たちのように、輝き出ることなく。」── 中間の域は Zwischenraum の語である。この重大な語を、何かに託して歌おうとしつつ、詩人はそれを定めかねている。おそらく第一の悲歌における、視点乃至感受の、多様すぎる程の転じ方、詩的 Perspektive のめまぐるしいまでの展開、それについても後述することとしたいが、そうした詩的モティーフの、いやモティーフ内部での詩人の眼の、不確定性が、悲歌第十の「旧稿」にやはり認められるのである。

「旧稿」章案は三節から成るが、その真中に実に長い比喩が現れる。しかも括弧にはいってである。第二節全体の主旨は、喪失の苦しみが、なおかつ万有によって抱きとめられていることを告げるものであって、悲嘆のうちにも、ひそかな、しかしやすらかな確証はかえって苦しみそのものの中に予感されているとするものである。第二節最初の

　　上方に、高き諸天の半ばがやはり懸かっているではないか
　　われらの内の悲哀の上に。この苦渋の自然の上に

がそれを示している。わるい詩ではもとよりない。ただ先程も言った、括弧内の部分は余りにも長すぎるのである。詩人は、自分の心に向かって言う、「お前のかたわらをただ通りすぎていった人々、彼らはお前の歌の中へと純粋に歩み入ったのだ。」そして続ける、

　　（ほとんどあの娘と同じだ。娘は言い寄る求婚者に承諾したところだ
　　何週間もうるさく追っていた男。娘は自分のふるまいに驚き
　　男を庭の格子へ連れてゆく。喜び勇んだ男だったが、いやいや乍ら去る
　　つと彼女の歩みを留めるものがある。今は意味も新たな別離の一歩だ
　　娘は待ち、たたずみ、そのとき彼女の一杯にひらいた瞳がみあげ
　　男の眼をまっすぐに視る。別人を視るように、処女の瞳はみつめる
　　彼女は既に男を無限の彼方に捉えている。自分に定められた人とはいえ

211　『ドゥイノの悲歌』第十

外の、遠くをさすらいゆく他人。これが自分に永久に定められた男なのか
足音を響かせつつ意気揚々と男は立ち去る）

「そのようにいつもお前は失ってきたのだ」と、括弧のあと換行するこ
となく詩は続く。詩人の謂う喪失は、所有者としてのそれではない。求婚
する男の側にでは勿論なく、男を無限の彼方に捉えていた娘と同じく、詩
人の失う姿は、なまあたたかい三月の夜風のなかで、春を失う死にゆく者
に似ている、というわけである。死者は春を「鳥たちののどの中へ失う」
のである。

　上の比喩が詩的変容を必要としていることについて、疑いをはさむ余地
はなかろう。一篇のシナリオにもなりうる程の、その意味で初期のリル
ケのドラマ以来われわれに親しまれている情景の、こまやかさ、楽しさ
は無論あり、『悲歌』のなかでも再々出会われる、ユーモラスな、ままシ
ニカルな表現と、通い合うところは感じられるものの、これだけ廻りくど
い比喩が、『悲歌』の基調になじむはずはない。詩的昇華の密度は、後に
第七の悲歌のはじめにかかげられる、雲雀の歌の如くでなければならない。
私はその点で、リルケの詩に時折みとめられる説明的口調を、詩の成就に
は若干妨げとなっているように思うことがある。有名な詩ではあるが、た
とえば、『新詩集』中の「スペインの踊子」などが、そうした印象を拒み
えないように思う。他方、極端に詩的凝縮が進んだ場合、それでも、第九
の悲歌での、「家、橋、泉、門、壺、果樹、窓―」といった、通俗的には
ただ単語の羅列にすぎぬと見えうる言葉のなかから、かえっていかに、詩
人の、すでに変容を充全になしおえた響きが、読者に伝わってくることで
あろうか。私はここではとても詳述しえないが、この方向で、さきほど
の第七の悲歌にいう「呼び声の階梯」Ruf-Stufen の語を注視したいと思う。
なぜならこうした言語形成のおもむきが、のちのパウル・ツェラーンの詩
作へ大きく作用してゆくことになるのではないかと見られるからである。
　ともあれ上の「旧稿」中の詩句に関する説明から、これが草稿に終わら

212

ざるをえなかった、一つの理由は読みとれるというものであろう。いま一つのこと、視点に関する問題も、同じ例からほぼ諒解できそうに思う。なぜなら、『悲歌』全体の、抒情的自我ともいわるべき、歌い出しの源泉は、人間存在一般と、「言わるべきものの時」（第九）即ち実存と詩とに集中されてゆくのであって、一つの状況の描写ではありえないからである。すでに存在した第一の悲歌での「開かれた窓辺で無心に奏でられるヴァイオリン」、或いは、愛する女達の「高められた例に接して自分もそのようでありたいと感ずる、名もない乙女」の方向へ収斂されてゆかねばならなかったであろう。それともまさしく完成した第十の悲歌の、悩みの町から嘆きの国へ旅してゆく、若き死者の構想をえて始めて、それは sehr, sehr, sehr herrlich! と詩人自ら言いうるものとなったわけであった（ルー・アンドレアス＝サロメ宛、1922 年 3 月 11 日夜）。

＊

　第十の悲歌とは直接にかかわらないまでも、『悲歌』全体の成立及び構造にとって重要な意味をもつ、いくつかの断片草案を、右の「旧稿」につづけて、ここで取り扱っておくことは必要であろう。その最初が Laβ dir, daβ Kindheit war, ... に始まる断片である。これは 1920 年 11 月、イルヒェル河畔ベルクでの作とされる。とりわけその最終稿は、『悲歌』全体での水準からみてもかなりの完成度に到っていながら、結局は十篇のなかに収められなかったものである。1922 年 2 月 8 日、リルケは、『悲歌・第二部・断片』の発表計画をもっており、そのあとがきを誌しているが、その後同じ月のうちに、この計画のなかへ「さながら深い埋没のなかから」現われしめるかのように、この詩「幼時の存在したことを認めよ」も含めたのであった。その際、とはつまり 2 月 8 日の時点で、すでにその前日以来第八の悲歌が仕上がっていたことは、もう一つの悲歌第四が 1915 年 11 月 22-23 日の完成以来存在したこととあわせて、考慮に入れられてよいであろう。というのは、断片「幼時の存在したことを ...」の主題は、悲

歌第四及び第八と、きわめて深く結びついているからである。すなわち、幼時という、「この、天上的なものらの名付けようもない誠実さ、運命によっても撤回されざるもの」、それを葬り去った者、つまり大人による強制、この主題は上の二篇の完成した悲歌へと、形をかえて分散されていたわけである。第八の悲歌に謂う「すでに幼な児のうちに、われらはそれを向けかえ、子供が背後に形姿を視るように強いるのだ。動物の眼にあってあれほども深く、死から自由に在る、開かれたもの、それを子供に視させなくしてしまうのだ」がそれであり、また第四の悲歌での「かつてわれらも本当は独り歩みつつ、持続するものに心充ちて、世界と玩具との中間領域に立ってはいたものを。そして最初から、純なる事象のための基礎としてあった場所に立っていたものを、」「硬い灰色のパンから子供の死を作るのは誰か...殺人者らは容易に見抜ける」の語句が、やはり同一線上の言葉である。断片ではしかし、リルケ特有の、母への詰問、断罪ともいうべき調子が強くあらわれている。「いたわり守る、庇護の手こそ、危険をもたらすのだ」と、そこにはあり、婦人が感じる、大地と自己との「産みの一致」、「母たちの寛大、しずかなる者らの声、しかしながら、そこで名ざされるもの、それがまさしく危険で在るのだ。」

　　世界を全面的に純粋に危険に陥れるのだ ── 世界は庇護へと変転する
　　母なるおんみの充全に感じとるままに。だが子供の内なる存在は
　　世界の中心となり、世界を恐怖の外へ逐い出し、恐怖を忘失するのみだ

要するに、幼時に対する「裏切り」「錯誤」虚偽、このモティーフを、詩人はすでに二篇の悲歌で、かかわり方こそ異なっていようとも、なぜなら第四悲歌では、内と外との不一致という主題で、第八悲歌では、人間と動物との対比において、つまり人間の対立存在 gegenüber sein と、動物の住もうている開かれたもの das Offene という対立において、幼時の在り方が問われるのであるから、別ではあるが、しかしモティーフ自体は同じもの

214

を、とりあげていたわけである。断片において顕著な、「庇護なき存在」という語も、それは1920年代はじめから悲歌完成の頃へかけての、詩及び書簡において屢々見られ、従ってこの時期のリルケにとって重要なテーマであったことは、注意を惹くところであるが、『悲歌』全体からみた場合、詩人は第八悲歌での

　　おお小さき生きものの浄福よ
　　自分を懐胎してくれた懐ろにいつまでも在り続ける生きものよ
　　ああ自らがまぐわう時にすら、なお内にあって跳びはねる
　　蚊の悦楽よ。なぜならば母なる懐ろがすなわち全なる宇宙だからだ

の句を以て、「庇護なき」人間存在への明瞭な対置が歌われえたものとみたことであろう。断片が『悲歌』の完成作から除かれたのは、そのことにもよるものとおもわれる。因みに、庇護なきの語については、ハイデッガーのすぐれた論文「何故の詩人ぞや」において、主としてとりあげられた、リルケの献詩「自然は生きもの達を、さだかならぬ快楽の冒険にゆだね...」に始まるものを、想起させるが、この詩のなかの「... われらを窮極において守っているのは、われらの庇護なき存在なのだ」の句について、ハイデッガーが語っている次の言葉のみを引くにとどめよう ——「庇護なき存在が守ることのできるのは、ただ、開かれたものへの離反が逆転される場合のみである。即ち、庇護なき存在が、開かれたものへと自らを向け、この中へと転じられる場合のみである。かくして、庇護なきものは、逆転されたものとして、守るものである。[6]」

　　断片「幼時の存在したことを...」のなかにはこのほか、「世界–空間」「感情の空間」「変容」の語がその終わりにかけて読まれ、この面でもこの詩は読者にとってなかなかにこなれにくいわけであるが、逆にまた、この詩に歌われる「人形」のモティーフをすでに充全に展開している第四悲歌にも、「私にとっては、おんみら私を愛してくれたひとらの、顔にうかん

だ空間が、私がそれを愛したとき、世界空間へと移り入ったのだった。そしてそこにはおんみらははや存在しはしなかった。」とあることを想起させる。そしてこの世界空間が、第八悲歌での「逆転させられたわれら」「常に別離を告げるわれら」にとって、拒まれた形においてではあるにもせよ、「いずことも定めずしかも否定なき場所」Nirgends ohne Nicht「純なるもの、見張られざるもの、ひとが呼吸し、無限なるものと知り、そして欲求せざるもの」、つまり「純なる空間」として「開かれたもの」へ、少なくともその方向へと指し示していることは疑いえないのである。このように見るならば、「別離のシーン」を詩中劇に歌いこめる第四悲歌と、「別離を告げる」身たるわれらを結句とする第八悲歌との間に、断片「幼児の存在したことを...」を介して、きわめて深い結びつきのあることは知られよう。そしてこのこと、つまり第四、第八の両悲歌の対応関係が、のちに私の述べる『悲歌』全体の構造に関する考察で、重要な意味をもちうることをここで予示しておきたいと思う。

　『悲歌・第二部・断片』として一旦は計画されたが、結局は実現されなかった草稿集のなかに数えられていた、もう一つの作品が、「対-歌」Gegen-Strophen である。これについては、すでに言及したガーダマーの言うところをあげるのが、理解の便となろう。かなり長い引用とはなるが、『悲歌』全体の成立事情についての細かい説明を大摑みして伝えてくれているからである。実際、1922 年 2 月初旬の、嵐のような制作のなかで、めまぐるしくできてくる悲歌群を、リルケの手紙によってたどってゆく人は、そこに第何番目の悲歌と告げられているものが、作品としてまとめられた際に第何番目に組み入れられることになるのか、それがまたくりかえし入れかわった番号を与えられていることもあって、混乱は避け難く、困惑を覚えずにいられまい。その整理をおこなうことは勿論可能であり、まま必要でさえあろうが、そうしたことに意を用いすぎるのは、本稿の意にそわない。ガーダマーの講演に基づく文章によって見ておきたいと考えるわけである。——

「作品としての悲歌の構造における内的必然性はまことに緊密であって、今日それから離れて考えることは殆ど不可能であろう。すべては元々定められていた場所におさまっているやに見えるのである。完成作は、ながく準備された一つの計画が充足実現されたものという印象を与える。或る意味では実際その通りである。始めの四篇の悲歌は既に 1912 年から 13 年にかけて生じていたし、今日第十とされている悲歌の始めの詩行も、その、のちに捨てられた継続部分（「旧稿」の該当部分）と共に、書かれていた。目標はいわば既に置かれていたわけであり、この目的達成に到る十年間、詩人は、苦闘のうちに、時代の苦境を通して、それ以上にまた明きらかに内心の回避によって、妨げられ迷わされつつ歩み続けねばならなかったのである。けれどもわれわれは、リルケが何通りもの、ほぼ同じ調子の手紙において、1922 年 2 月彼を襲った成就の嵐について書いている、感動的な描写を、あまり字句通りにとりすぎてはなるまい。この驚くべき飛翔は、実は仕事の終結だったわけであり、ながきにわたる準備の一収穫だったのであって、まとめようとする心の強いうながしが突如湧き起こったものである。となると、それはまだ、組み入れられないものを抑制し、省略し、排除するという仕事でもなければならなかった。手紙で書かれている諸経過の真の意味が、こういうまとめの仕事にあったということを、とりわけ明らかに示しているのが、私には次の事実であるように思われる。リルケはつまり、悲歌完成後になお、第二部『断片』を添わせようと考えていた。自分自身と一種の示談をつけようとしていたのである。のちに彼はこの計画を、明らかに自発的に放棄した。自分自身でも、また最初に悲歌を読んだ人々の反応からも、この十篇の悲歌がこれで『しっくりしている』と彼は見たのであった。

　われわれは更に、この、悲歌完成という、霊感の数週間を、一層明瞭に洞察することすらできるのである。リルケが既に完成作と見ていたし予告してもいた悲歌は、さしあたり七篇のみであった。そのすぐあとに続く数日のうちにようやく、なお欠けていた三篇がつけ加わったのである。その

なかにもう本当に第十の悲歌があったであろうか？ この既に 1912 年に
始められていた悲歌以外のほかのどの悲歌が、連作の掉尾を飾りえたか、
われわれは想像もできないほどである。だがまさにその点において、最初
終結とみられたものがいかに不完全であったか、その経緯が記録されてい
るといえよう。リルケが必死にとり組んできた断片や草案のかずかずが、
実は、既に形をとったもののまわりに結晶し、さながら自然の結晶過程と
同じく完成する日を待ちうけていたのであった。

　更にはるかに驚嘆すべきことは、そしてこの完成の嵐のなかの偶然と必
然とを決定的に明示しているのは、インゼル書店主キッペンベルクに原稿
を発送しようとする直前になってようやく、リルケが第五の悲歌をさしか
えようとしたことである。このとき詩人にとって、彼自らが書く通り、『嵐
の余波』のなかで、旅芸人の悲歌が成就したのであった。これは到底、全
体突如として新しく湧いてきた霊感とは見なされ難いであろう。むしろ、
なるほど突如として訪れたものとはいえ、以前の草案が熟し組み合わさっ
て、まごうかたなき作品統一に到ったものであろう。この経過で真に教え
られるところは、本来第五の悲歌と見込まれていて、いまは『後期詩集』
のなかに『対－歌』と題しておさめられている詩に、含まれている。... こ
れは美しい詩であり、全体、リルケの恋愛経験また愛のモラルがもつ、き
わめて固有のものから素材をえている。この嘆き、この告発は、男性に
よって決して充分には習得されえない愛に対して発せられているのであっ
て、優に一篇の悲歌と名付けられえよう。けれども、これをドゥイノの悲
歌のつながりの中においてみると、そのなかの一篇だとは誰も認めないで
あろう。この詩の調子といい、詩型といい、その余韻もすべて、まるでち
がっているからである。詩人は明らかに、旅芸人の悲歌ができあがったと
き、直ちにそのことを自ら認めたであろう。この旅芸人の詩を第十一番目
の悲歌として連作の中に置くなど、彼は一瞬たりとも考えず、それを
『対－歌』と入れ替えたのであった。しかしながら、明らかに第五の悲歌
として既に、最初の節のできた 1912 年には計画されていたこの『対歌』、

218

そしてまた 1922 年 2 月 9 日に完成していたこの詩が、なおその時点で、既にとうに完成していた始めの四篇に続く第五の悲歌として繋がるように考えられていたということは、決して些末なことではない。そのことから一方で、どれほどの次元のずれが、どれほどの次元の獲得が、全体の完成によって達せられえたかを、われわれは知りうるからである。

　最初の四篇の悲歌が、それよりほとんど十年前の作だとは、今日それを知らない限り、気づかれ難いということは、おそらく疑いえないところであろう。また、大いなる愛の人らというテーマは全作を貫いてたえずあらわれ存在している。しかしながら既に第六の英雄悲歌で以て、更にそのあとに続く諸篇で以てルードルフ・カスナーに捧げられた、動物悲歌を思うならば女と男という対応関係、この、『対歌』中で悲歌的な対唱にまで高められているモティーフは、作品構成上の意義を失っているのである。男女に共通のもの、われわれ人間全体に割り当てられたもの、われわれ全体に対して按分されたもの、それが今や優勢を占めるのである。旅芸人の悲歌は『対−歌』とちがって、この、より大きな緊張領域のなかへ、いかにうまく接合されることであろう、もし『対−歌』がこの系列のなかに残されていたとするならば、悲歌全体はいかに異なるものとなっていたことであろう。おそらく男と女との歌という比重がはるかに多く前面に出ていたことであろう[7]。」

　ガーダマーからの引用はここで措くが、文中、理解のために原文を若干補ったこと、詩「対−歌」の引かれているところは、... によって省略したことを、断わっておきたい。また私自身は完全に同教授の意見と一致しているわけでもない。その意味で私の文体に引き寄せた箇所もいくらかある。けれども、こうした所説から、『ドゥイノの悲歌』の取り扱いにはいかほど細心の注意が必要かはわかってもらえると思う。ところで、対歌という語に関して、なお若干の考察は求められるところであろう。ガーダマーはそれを、対唱 Wechselgesang と解し、ほかのところではまた、応答

歌形式 Responsionsform とも呼んでいる[8]。A. シュタール編のコメンタールでは、「各節が交互に男女を歌うべく当てられている[9]」とある。私はしかし、この「対 – 歌」は、もと第三の悲歌に対置される意味をもっていたのではあるまいか、と思うのである。論証はし難いが、第三の悲歌での、少年乃至若者のうちにひそむ「血の罪深い河 – 神」を前にとまどう少女あるいは母親と、「対 – 歌」における、おみならの「壮麗なる心の空間に気付くとき驚嘆する」男たちとは、対照的であり、両方の悲歌において詩の視点が互いに交錯する形に読めることは疑えない。ここ「対 – 歌」では、

　　いずこから
　　おんみらは、恋人の現れるとき
　　未来をばとり来たすのか

と問われており、第三の悲歌では

　　だが内にあるもの。誰が防ぎえようか
　　少年の内にひそむ来歴の潮を誰が妨げられようか

とある。婦人の側には、「およそありうる以上の」未来 Zukunft が「充分に貯え」られてあり、これに反し来歴 Herkunft の潮を宿し「愛する男は、一層古い血の中へくだりゆく」。「測り知れぬ以前の液がその腕にのぼり来たる」のである。オイリュディーケの姉妹らは、「常に、聖なる転換に充ちて」おり、男子たる「われらはわれらの内部へと愛していたのだ」、「かつての母達の乾いた河床を愛していたのだ」。

　殊更にこの二つの詩を対比しようとするのが私の意図ではない。むしろ対 – 歌という呼び名に含まれる、対 gegen の意味を、広げて考えてみてはどうか、というのである。少なくとも『ドゥイノの悲歌』の成立を追うてゆくとき、ほとんど常に、対応する形の二篇ずつが、対をなしているこ

220

と、paarweise に生じていることは、注目に値するところである。第一と第二とは 1912 年 1 月から 2 月へかけて、第三と第四とは 1913 年秋から 14 年秋へかけて、それぞれ完成している。1922 年 2 月の制作過程を細かく分けることは無意味であろうが、第八と第六、第七と第九の完成が、交錯する形で重なっているとは、ほぼ言われうるであろう。ほぼ、というのは、第七の悲歎の最終部分のみが数行分、変更され、『悲歌』全体の最後に書かれているからである。そして、第十と第五とが、2 月 11 日及び 14 日の完成作としてやはり組み合っているのである。そうしたペアーの見方は唐突でもあり、牽強付会のそしりを招きかねないが、従って各篇の内的意味構造を以下で見てゆくことによってのみ、次第に理解されてゆくものと、私は期待するのであるが、最小限ここにあげた組み合わせには、類似あるいは対比の意味で、繋がりがそれぞれにありうることを予示しておきたい。そればかりではない。更に、第一と第二との組が、第七と第九との組に、また第三と第四との組が、第六と第八との組に各々関連づけられることも、以下の試論の主眼となってくるであろう。その場合、第五と第十とはそれぞれ『ドゥイノの悲歌』前半部と後半部としめくくる役割をもつことになるのである。両者の内容上の近さについて疑うひとはありえない。また私は本稿の始めのところで、第四の悲歌と第八の悲歌との近い関係についても若干前触れをしておいたつもりである。そうした、いわば横の、つまり作品成立上の、近さよりする組み合わせと、縦の、つまり作品構成上の配置よりする組み合わせと、その両者をまとめる前後半のエピローグといった形での第五と第十の位置づけ、それに立ち入る前に、もう一篇の詩、『悲歌』に最終的にはとり入れられなかった作品が、ここで言及されねばならない。それは、今日、『後期詩集』草稿の部におさめられている、「或る悲歌の断片」Fragment einer Elegie であり、きわめて興味深いことには、これは、第一の悲歌と第二の悲歌との間の制作期間に書かれたものである。1912 年 1 月末ドゥイノにて、とあり、ここからも私のいう縦の組み合わせ、つまり第一と第二との組を、第七と第九との組に繋ぐ

見方は、一つの示唆をえることとなろう。そしてまたこの詩は、第十の悲歌最初の 15 行分が書かれた直前の作でもある。それは次のように始まる。

　さまざまの都市を私は讃えずにおれぬ。この地上の
　大いなる星座たち（私が驚嘆してきたものら）だ
　なぜならばただ讃えるためにのみ、なお私の心は在る。この世界の
　強大を私は知っているからだ。私の嘆きといえども
　讃嘆のことばとなる。呻吟する心と接しつつ
　私が現代を愛していないとは何人も言うなかれ。私の心が
　震動するのもこの時代の中であり、私を荷なっているのもそれだ
　広大の日を、私に必要な太古の仕事日を、私に与えるのも
　現代に他ならぬ。そしてそれは許し与える寛大さのうちに
　私の生存の上一面に、かつてなかった夜々を投げかける

これらの語句のなかに、すでにのちの第七及び第九の悲歌での、「わが呼吸は讃嘆のあまり力及ばぬばかりだ」或いは、「天使に向かってこの世界を讃美せよ」といった姿勢への萌芽をみとめることは、さして困難であるまい。もとより同じ讃美とはいえ、その根本にあるものは、その間にかわってきている。第七の悲歌では「円柱、塔門、スフィンクス、支柱、失せゆく或いは異国の町の、伽藍の迫持」を、奇跡にも似たとして、それらをしも果たしえた人間の力を讃えているが、その讃嘆の根拠には、われらがわれらの空間をなおざりにはしてこなかったという認識があり、端的には世界内部空間の建立ということがある。「（われらの感受の幾千年を以てしても満たしきれぬ、この空間のなんたる恐るべき巨いさよ）」である。また第九の悲歌では、言わるべきは「家、橋、泉、門、壺、果樹、窓——たかだか円柱と塔」であり、「それ故に天使に、単純なものを示せ」という。そうした物たちの人間に求めるところは、「われらが物たちを完全に、目に見えぬ心のうちで変容すること、おお限りなくわれら自身へと変容する

こと」である。「変容にあらずして、大地よ、お前の切実な委託は何であ
りえよう」の語がその根底に立っている。世界内部空間と、それを可能に
する、不可視のものへの変容、そこに詩人の使命を見る限り、すなわち「鎚
の間に立ちつづける、われらの心。それは歯のあわいにある舌と同じだ。
それはなお、しかし讃える言葉を語りやまぬ。」（第九）の境地に到るには、
なおどれ程の呻吟する心の日々が語られねばならなかったかを思わしめる
のであるが、右の「断片」にやはりそれへの助走がひそめられているよう
に私は思う。或る注訳者は書いている。「この断片は悲歌群の決定的な委
託を要約している。すなわち現在を讃美するということであり、それをま
た、いやまさに、伝統を讃嘆する者という、リルケ本来の在り方から発し
て見ているのである」と。この伝統に関するところは、この詩の終わりに
かけてみられるものであるが、そこにやはり「変容する」の語は告げられ
ている。さきの第九の悲歌からの「鎚」に通じる、この詩中間の句三行と、
終わりの数行とを並べてあげておこう。

　　詩人の声が、この金属のいとなみの
　　新しいどよめきと並んで、なんの意味をもちえよう
　　その咆哮の中で時代は、襲いくる未来の嵐と闘いつつ滅びゆくのだ
　　　　　　　　　＊　　＊　　＊
　　宮殿も、庭園の果敢の美ももはや
　　古い噴泉の上昇も落下ももはや
　　彫像にこめられた抑制も、立像の永遠の存立すらもはや
　　魂を驚愕させず変容させぬとなれば、そのような者は
　　その場を立ち去るがよい。そして日々の仕事を果たすがよい

　あとの方にはなにかゲーテの古典性をしのばせる響きがあるではない
か。とりわけ『ローマ悲歌』への近さが聞こえるではないか。私はほかで、
『ドゥイノの悲歌』成立の過程に、そうした古典性へのリルケの近づきの

223　『ドゥイノの悲歌』第十

あることを示唆しており、本稿でも終りに付言することとなろうが、いまは、この「断片」をはさんで第一第二の悲歌の間に、第七第九の悲歌への遠いうながしが望見されることを指摘するに留め、次項数節は、作品全体の意味関連、それを通して内部構造と私の解する主題を見ることとしよう。

*

　第一の悲歌と第二の悲歌とが、強い類縁性を示すについては、多くの論者がみとめており、『悲歌』全体の読者はむしろ、両篇のちがいを見つけたいとすら思う程であろう。最も顕著に共通している詩的思考の内容上の主題はやはり、人間存在一般のはかなさであり、いま一つは「世界空間」の語にみられる空間感覚であろう。第一の悲歌で、人間存在にかかわる特に重要な発言を選び出すならば、次のような詩句がとられてよい。

ああ誰をわれらは一体
求めえようか？　天使にあらず、人間にもあらず
そしてめざとい動物たちはすでに気付いているのだ
われらがあまり心やすけく住もうてはいぬことを
この解き明かされた世界のなかで
　　　　　　＊　　＊　　＊
今こそわれらが、愛しつつ
恋人から身を離し、それをしも震えつつ耐えるべき時ではないか

さながらに矢が弦を離れるとき、飛び立つべく全身をふりしぼり
己れ自身以上のもので在るべく耐えている如く。存続はいずこにもない
　　　　　　＊　　＊　　＊
だがわれら、大いなる秘密を要するわれら、悲哀よりしてかくも屡々
浄福の前進の発しうる、われらこそ死者たちなくして在りえようか？

これに対して第二の悲歌は、全体が存在の問題をめぐって歌われていること故、抽出を拒むのではあるが、従って「われらが感ずるところで、われらは飛散する」に始まる語句はむしろ措いて、次の二つの箇所に限りたいと思う。

見よ、木々は在り、われらの在まう
家もなお存在する。われらのみが
すべての傍らを通り過ぎてゆく。さながら大気の交わす息吹のように
　　　　　　　　＊　　＊　　＊
愛する者らよ、おんみら互いに充ちた者らに私は問いたい
われらのことを。おんみらは手をとり合う。証しはあるのか？
見よ、私の両手が互いに触れて感じ合い
私の疲れた顔が手の中でいたわられる
そんなことがありはする。それが私に些かの
感触を与えはする。だがそれ故に存在すると誰が敢えて言えよう？

いずれについても説明の要はあるまい。もう一つのこと、「世界空間」の語を見ることにしよう。第一の悲歌では、

おお夜がある。世界空間をはらんだ風が
われらの頬をかすめるとき、何人に夜が存在せぬといえようか...

の箇所である。これについては、ヘドゥヴィヒ・フィッシャー宛ての1911年10月25日付の手紙のなかに、「この測り難く海に突き出た城に住んでいます。それはさながら人間生存の前山ともいうべく、... 全く開かれた海の空間を見晴らしています。直接に宇宙の中へ、と申してよろしいでしょう。その寛大な、万物を越え出た景観へと、展望は広がっています」の語が読まれ、ドゥイノの城からの眺望が思い描かれるのである。しかし

225　『ドゥイノの悲歌』第十

またそれは、1907年2月の詩「春の風」にいう「おおわれらの運命がこの風と共に来たる」或いは同じ頃の「海の歌」での句、「海より来たる太古の風」を想起させずにはおかない。そこでの「原初の岩石」Ur-Gesteinといったエレメンタルなものと、人間生存の前山という風の実存性との衝突が、『ドゥイノの悲歌』の生じ来たる礎地をなしているように思われるからである。このカプリの海風と岩石から15年のちに、リルケが、完成した第十の悲歌で、「磨かれた、悩みの原石の一片」ein Stück geschliffenes Ur-Leidと書く時まで、それは続いている。さて、第二の悲歌における「世界空間」は、次のような語句の中に読まれる。

　　おお微笑はいずこへ消えるのか？　　おお見上げるまなざし
　　新しい暖かい、心の波も逃れ去る
　　悲しいかなわれら自身が消えゆく身だ。われらの溶け入る
　　世界空間に、われらの味は残らぬものか

　こうした類似のものと共に『悲歌』全体へ向けて重要な他のモティーフが少なからず、第一第二の悲歌それぞれにこめられており、われわれはあとで別の関連でそれを見ることとなるのであるが、若干ここで触れておくならば、第一の悲歌では、委託、讃美、区別、のモティーフ群がそれである。春も、星々も、過去のなかから起こってくる一つの波も、あるいは通りすがりの開いた窓辺で無心に弾かれていたヴァイオリンの音色も、「そのすべてが委託であったのだ。だがお前はそれをこなしえたであろうか」と、詩人は自問する。こなすとは「充分に考える」であり、「感じとる」spürenであり、「より深い心の（innigerem）飛翔を以て感ずる」である。それを果たしてはこなかったと認める詩人は、「常に新たに、到りつくことなき讃美を始めよ」と、自らに言いきかせる。それはのちの、詩人の使命の自覚へと続いてゆく主題である。いま一つの、区別ということは簡単でない。「だが、生けるものらは皆、余りに明瞭に区別するという誤りを犯

しているのだ」の句がそれを示すが、天使らが自由にゆききする、生者ら
と死者らとの境を、人間が二分していることを指す。しかもこの句は、「死
者たちの霊の、純なる動きを、いささか妨げてきた、あの不正の外観を軽
くとり払わねばならぬ」の詩行に続くものであり、その間に詩節をまたい
で、「なるほど地上にもはや住まぬということは、奇異ではあろう」以下、
ながい生死の境を語る言葉を経て始めて、「だが」と繋がっているわけで
ある。誤まりがつまり不正の外観にとらわれていることを指している。と
もあれ、生と死との境をとり払うことが、「存在に充ちたる血脈」（第七）、
或いは「数えきれぬまでに充てる生存」（第九）へ至る道である。第二の悲
歌はこれとどのように違っており、またどの部分がのちの詩境へと繋がっ
てゆくのであろうか。

　一つには、感じとるの語が重要であろう。天使をたとえて第二の悲歌
は、「嵐の如く恍惚たる感情の激動」と呼び、或いはすでに引いた詩句に
も、感ずる、感受の語は幾度か見られた。このテーマは第四の悲歌ともか
かわる。しかしやはり「心の浪費」（第七）、「目に見えぬ心」（第九）へ及ん
でゆきつつ、「言わるべきもの」つまり詩の言葉へと結晶してゆくと見ら
れるべきであろう。「心の機略という全システムをリルケは展開したので
あった。それは生存の外的ならびに窮極の自立性を可能にするためであっ
た。」とガーダマーは語り、神との疎遠の時代においてリルケが自らの感
情に帰一するところに徹したことを「誠実という福音」とガーダマーは呼
んでいる。もう一つこの第二の悲歌で重要なことは、さきの第一での区別
と同じように扱いにくいことであるが、愛する者らにも最終の証しがな
い、という事柄にかかわる。「おんみらはそのときなお愛し合う者らで在
るのか」と、詩人は問う。口づけの間にも心は離れてゆくのであり、「お
お、その時、啜る者がいかに奇妙に、行為から離れ去ってゆくことか」と、
詩人は言う。このこと、愛する者らが充足をえるに到るか否かということ
と、それはまさに、充全の生を確信した上で肯定されることであり、第七
の悲歌での「この地上に在ることの壮麗さよ」を俟ってはじめてそれは可

227　『ドゥイノの悲歌』第十

能となる。汚れた町の辻裏に住む、「膿み爛れたおみなら、汚濁にさらされた者ら」といえども、ひとときは存在したのだ、「時間の尺度では測りえぬ、生死ふたつの時の間のはざま」に生存をえたことが、「存在に充ちたる血脈」とならねばならぬのである。それがまた、ひとたび「この地上に存在したということは取り消せぬものと思われる」（第九）の句と結びついている。従って第二の悲歌では、愛が生存の確証とまだなりえていないところに、開かれたモティーフがあるといえる。そして愛する者らのテーマが、第五の悲歌の終わりで、この地上においてではなく、「地面のかつてなかったところで」「彼らの心の眺曜の、果敢にして高き形姿をば」示す姿は、きわめて意味深いものとおもわれる。なぜなら、もし私の言うが如くであるならば、第五の悲歌は、『ドゥイノの悲歌』前半を閉じる役割をになっており、そのなかで、生死の境を越え出ている天使を引き合いに出しつつ、「われらの知らぬ広場があるのではないか。そこ、言いえざる毛氈の上で」、愛する者らを演じさせているところに、『悲歌』全体の構造にかかわる情景が現出しているからである。いうなれば、天使を証人としつつ、生と死との分かたれた領域を生きる人間の存在と、もはや天使を呼び求めることなく、詩によって天使の空間のうち立てられる場、「壮麗なる現世」とが相応じて、『悲歌』の前後半が組み合わされる姿を暗示するかのように、第五の悲歌の結びは「真の微笑をうかべる一組の男女」を歌っているのである。

*

　第三の悲歌と第四の悲歌とをとりあげることとする。とは言っても前者は少年乃至若者の愛において現れる性の系譜を中心テーマとしており、朝風のように歩む涼しい少女が「優しく触れるとき、激しく彼の心に襲い入る、はるかに古い驚愕」を歌っている。後者は一方、詩人自身が人形悲歌と略称しているように、人形劇にことよせて「心の引幕を前にすわり」「感情の輪郭を知らぬ」人間存在の根本的矛盾、とりわけ死をテーマとするも

のである。両者はどのように合わせ見られうるのであろうか。先廻りして
言うならば、第三の悲歌は、「前世」Vorzeit が誘い出されるとして時間に
かかわり、第四の悲歌は「世界空間」への道を歌うとして「生以前の全き
死」、その感得される領域・空間に繋がる。そしてこの垂直と水平との対
応が、のちに見るように、第六の悲歌での「奔流の根源」、第八の悲歌で
の「相対して在ること」へと、それぞれ及んでゆくのである。ちょうど第
一第二の悲歌が第七第九の悲歌と呼応してみられるとき、実存と詩との対
応としておさまりのよい理解に近づけられるように、第三第四の悲歌もま
た、第六第八の悲歌へ繋いで解釈することにより、自然と歴史乃至は時間
と空間との広い連関におかれることとなり、そこに相互の照射が働くこと
となるわけである。この二篇第三と第四の悲歌にはしかし、とりわけ成立
事情についての観察が必要であるように思われる。それを先ず略述したの
ち、両篇の内容にはいることにしたい。

　1913 年 9 月 7 日に、リルケはミュンヒェンで、ルー・アンドレアス＝
サロメと共に「心理分析集会」に出席している。この「第四回心理分析協
会会合」で、C. G. ユングを座長として、いくつもの講演がおこなわれた
のであるが、とりわけ P. ビイェレ博士という人の「意識対無意識」と題
されたものは、詩人の心に強烈な印象を与えたようである。すでに 1912
年始めにドゥイノで始められてはいたが、この集会後間もなく完成した第
三の悲歌にとって、詩人がこの若い学問に対して寄せた関心が作用してい
ることは疑いえないところであろう。勿論、解釈者のなかには、そうした
いわゆる影響を過大に考えぬよう警告している人も少なくない。しかし同
月 15 日付のタクシス侯爵夫人宛ての手紙には、「私の無気力にうなだれた
頭を越えて、やはりまたあれこれのものが育ちつつあります」と書かれた
あと、このビイェレ博士というスウェーデンの医師の名があげられている
のである。そこには、将来手紙などかわす期待ももてなくはない、とある。
同じ日の H. ベルンハルト宛てのものには、この会合で「フロイトのほと
んど隣に席を与えられ、大いに優遇されました」とも書かれている。とも

229　『ドゥイノの悲歌』第十

あれ、「血のネプチューン」の恐ろしい三叉の鉾や、巻きついた貝もあらわなその胸、或いは少年のとりからめられた「生い繁る蔓草」、「すでに呑みこまれて典型となり、絞め殺さんばかりの成長へ、獣のようにかり立てる形象へとひき入れられている」姿、原生林、峡谷、廃墟、といった「音なき風景のすべて」——そのようなグロテスクな表現には、深層心理学へのつながりが充分に認められるのである。リルケが「恐ろしいもの」jenes Schreckliche と書いたあと、「恐るべきもの」das Entsetzliche と言い換えて、その驚愕の微笑を歌ったのは、天使を「恐ろしい」と名づけていることと区別しようとするものであろうが、逆にまた、無意識界に支配している堕天使の群の如きをも暗示するところであろう。つまり、前世の父達母達が浮かびあがってくるのである。

　第四の悲歌は 1915 年 11 月 22 日から翌日へかけての作とされる。そしてその 24 日にリルケは徴兵検査を受け、翌年 1 月 4 日、国民軍予備役兵として北ボヘミアのトゥルナウに入隊させられることとなる。詩作の一つの充実した高まりから奪い去られ、ながい「埋没」Verschüttung の時期が始まるのである。この人形悲歌には、当然、1914 年 2 月 1 日に書かれた散文「人形。ロッテ・プリッツェルの蠟人形に寄せて」が参考される。しかし私は、人形というモティーフだけの比較考量は正確でないと見ている。むしろこの散文作品を引き合いに出すならば、そこに言われている、物と人間との陰微な関係、とりわけその感じとり方、そしてこの微妙な、心のあやを克明に見定め表現しようとする、詩人の観察、言葉づかい、それが重要であるように思う。同様のテーマの散文を書いたクライストを意識してのことであろう、休みなく続けられる構文を、解読すること自体すでに難事であるが、たとえば次のような文、それも容易には終わらない文の一部、が読まれる。「物が日頃情愛に対していかに感謝しているか、物がそうした情愛のもとでいかに元気をとりもどすか、たとえば物にとっては、（それらをひとが愛している限り）どんなに邪険なとりあつかいを受けて使い古され痛められても、なおそれが愛撫故の消耗となって残ってゆくか、だか

らその愛撫を受けつつ物は、なるほど消失してはゆくが、しかし同時に一つの心を受け取るようになるか、そしてこの心が物を、物の物体性が柔軟であればある程、一層強く充たし切ってゆくものか、（物はそれによって殆ど、より高い意味において、死すべきものとなってゆくのであり、われわれの最大の悲哀である、この死すべき定めという悲哀をわれわれと分かち合うこともありうるわけだが）そうしたことをひとが熟慮するならば...」ここではじめて最初の Wenn-Satz が休止する。そして要は、その間に独立文をいくつも経た上で、「われわれの方がむしろ、物（人形）から、なにごとかを期待」することになる、というのである。それは今は措くとして、上に引いた文節中、「死すべき」のところは見逃がし難いであろう。物のなかへ、人間のさだめが投影され、移し入れられ、それが反射されてくる、というわけである。このような、事物とのかかわり、それをリルケが言う場合、そして『マルテの手記』以来、人間の内なるものと外なるものとの間に埋め難い断絶亀裂が生じ、「不可視のもの」との格闘にはいった詩人の、長く絶え間ない苦しみを思うとき、このわずかな不完全文からすら、苦渋は充分につたわってくる。感受するという語のなかに、リルケはこうした分裂のすべてをこめつつ苦しんだわけである。従って私は、第四の悲歌の主要テーマを結局は、「一にならぬ」nicht einig 感受の苦しみにおいて考えたいと思う。ガーダマーもこの悲歌を、「われわれが、われわれを充たす感情のなかに決して充全にはひたりきれないということ、われわれの感情との一致を、感情の騒擾（激動）たる天使のようには保持しえないということ」の方向で理解している。
[12]

　その意味で、つまり感情を中心におきつつ、いま第四の悲歌の、成立史的な問題を考えるとき、さきの散文以上に重要と私に思われるのは、詩「森の池・転向・嘆き」の連作である。1914 年 6 月 19 日から 20 日にかけて書かれたこの詩群は、従って第四の悲歌直前のものとは言えぬが、詩の内的意味としてはこれに直結していると見られうる。「無関心」とか「観照」とか「歓びの木」だとかの字句の点で共通しているだけではない。詩

人が一方では「避けようとしても眼に映る鏡」を前にして、他方では「心の引幕を前にして」、共に全き孤独のなかで、自らの心の仕事の根底をわが身に問うている、その姿勢が一致しているのである。詩「転向」の終わりに近く、「お前はあの捕われた形象を、強いてこなしては来た。だが今やお前はそれらを知らぬのだ」の句を以て、おそらくリルケは、第一の悲歌での「すべては委託であった。お前はそれをこなして来たか」への、一つのきびしい応答としたことであろう。überwältigen と bewältigen とのちがいはあるが、それだけに一層事物に対する自らの仮借なき態度を責めさいなむ心地を覚えたことであろう。少なくとも「森の池」の句、

　　愛を果たしうる人がどこにあろう
　　私が内に想いをひそめわが身を集中して
　　和し難い対照を前にしたとき
　　それ以上は進めなかった。私は視つめた
　　私の視るものが離れ去ろうとすれば
　　一層はげしく私は膝まづき視つづけた
　　そしてそれを私の中へ獲得したのだった

それは第四の悲歌中の次の句と対応する

　　私は充全に視入る心地がした。すると
　　私の観照と遂には均衡をとるべく演技者となって天使が
　　舞台にあがり、人形のからだを高くひき上げた程だった
　　天使と人形。これでこそ観劇はありうる
　　われらが絶えず、われらの存在ゆえに
　　二分するもの、それがそのときはじめて一に合わされるのだ

一方に愛なき観照、他方に人間を越えたところに成り立つ合一、この対比

232

は充分に考量されてよい。

　すでに第三第四の悲歌の内容に立ち入る事柄もおのずから述べてきたことではあり、両方から若干の詩行を引いてこの項は 閉じたいと思う。その場合、第三の悲歌からのものには、第十の悲歌の結構にかかわるところがあると私は見ている。そこ第十での「悩みの町」から「嘆きの国」へ旅してゆく、死せる若者という詩的設定は、リルケの比類なく巧みな着想であって、これにより『悲歌』全曲の経過を象徴的にたどりなおすという筋道ができたと共に、作全体の完成が可能となったわけであるが、その萌芽は ここ第三の悲歌のこの箇所にひそんでいたのではないか、と私は思う。端的には、ここでの「それを去り」Verließ es の句が、のちの、若くして死せる者たちの「愛故に、嘆きの乙女につき従う」folgen ihr liebend への想念を成り立たしめたのではないかとおもう。第三の悲歌からは次のくだりを引いておこう。

... 少年が想いを寄せたとき。彼が愛したのは
おのれの内なるものだった。彼の内なる荒野を彼は愛したのだった
彼の内なる此の原生林を。その崩れ落ちた沈黙の地に
淡緑をなして彼の心は置かれていた。それが彼の愛だった。それを去り
彼はおのれの根を越えて、強大な根源へとおもむいた
そこは彼のささやかな出生をとうに越え出た彼方だった。愛しつつ
彼ははるか以前の血の中に下っていった。峡谷の中へ。そこには
身の毛もよだつものが横たわっていた。父祖達を呑んだ血に塗れて
その恐ろしいものの一つ一つが彼を知っていてまばたきし、したり顔で
合図した。その恐るべきものの微笑 ... 母なるひとよ
おんみといえどこうもやさしく微笑する事は稀であろう。どうして彼が
この恐るべきものの微笑を愛さずにいられようか。おんみより以前に
彼はそれをすでに愛していたのだ。おんみが彼をみごもった時
それはもう羊水のなかに溶け入っていたのだ、胎児を動き易くする水に

第四の悲歌からは、次の詩句をあげるのが適当であろう。私はそこでの、「私の言う通りではないか」の句を、バッサーマンのように「観ることは常にある」へは繋がず。[13] むしろこの悲歌最終節での「なお生の以前にかくも優しく、全き死を抱きつつみ、邪気はなく在ること」へ、かかわらせたいと思う。つまり、子供の死がすでに含みもっていた全なる生存の姿、天使と人形とによって象徴される合一の予感、それが以下に見る語句中の「世界空間」であり、詩人がつれなくした生前の父に対しても、ほかの愛してくれた人々に対しても、釈明せずにおれぬ彼の「必然」Müssen の道程が、この予感を指していると私は思うのである。そしてまた、この悲歌全体にわたって内と外との対応が、最も大きな張り渡しをなしてあらわれている点も指摘しておきたい。数え立てるのは好ましくないが außen, innen, Aussicht, entzwein といった語の向けられている方向は、すべて感情の不一致に帰着する。それだけに、この内と外との中間、つまり「世界と玩具との中間領域、その場所こそ、純なる事象のために、最初から定め置かれていたのだ」というその場所が窮極の問題である。それは世界空間であり、それを歌うべく詩人は凡俗の人らを離れ、他方、幼時に抱きえた死、「距たりの尺度」を擁護せねばならぬのである。そこに彼は、「すべてがそれ自身でない」時代にあって、一なる感情のおもむく方を予見したのであった。「われらの季節よりして、わたりゆくすべての圏域が生ずる」ことを望み見ているのである。詩人の使命感ゆえに愛する世俗の人らと訣別せざるをえぬ悲哀をうたう詩を、ドイツ詩から選ぶとするならば、それはヘルダーリンのものであろう。そしてリルケはこの「詩人の詩人」を歌う頌歌のなかで「パンと葡萄酒」、「シュトゥットガルト」などの悲歌からの句を歌いこめている[14]のであるが、ヘルダーリンの悲歌「帰郷」の結句は人も知るように、「かかる憂いを歌人は、好むと好まざるとにかかわらず、しかも屢々魂にいだかねばならぬ。だが余の人々はしからず」という。この「余の人々」die anderen への別離が、第四の悲歌の基調をなす悲哀である。

私の言う通りではないか？　おんみら
私を愛してくれた人々、おんみらへのささやかな私の愛の
始まりに対して私を愛してくれたおんみら。私は常に離れ去ったが
それはおんみらのまなざしに浮かぶ空間が、私には
私がそれを愛したとき、世界空間へと移り入ったがためなのだ
そしてそこには、おんみらはすでに存在しなかった....

*

　第六の悲歌と、第八の悲歌とを、右の引用に続けて見てゆくことは、さきに触れた、それぞれ横の組を、縦の組に対応させる意味でも、さして無理と言えまい。つまり、第三の「前世」にあたるのが第六の「奔流の根源」であり、第四の内と外とに当たるのが第八の「相対して在ること」である。そして、第六と第八とは共に、通常の人間乃至人間一般以外のものがテーマとされているところに、共通の地盤をもっている。英雄と、生きもの達とである。そしてこのことが、すでに言った『悲歌』前半での人間存在とその実存的苦悩、後半でのより大なる関連と詩作の意義といった、互いに繋がりつつも距たっている主題の微妙な分かれ方を意味し、従って前半後半それぞれの終わりに、第五、第十の悲歌が立っている、と私は見るのである。些細なことではあるが、第三の悲歌での母親の、稀なやさしい微笑は、第五の悲歌に、意味こそちがえ同じ語で出てくるのである。それはさながら、同じく母親が第六の悲歌で英雄の母のかたちで歌われ、第八の悲歌では、母胎、「懐ろ」であらわれ、第十において「母たちを意味する」Ｍの星座となってゆく経過とも結ばれうるに似ている。いま、第六の悲歌から引くとすれば、それは次の詩句であろう。さきほどの第三の悲歌にいう羊水の箇所につながって読まれうるからである。

　彼（英雄）はすでに母なるおんみの中に存在したのだ。そこで早くも

おんみの中で、彼の支配者としての選択が始まっていたのではないか
幾千の精子がおんみ母なる人の胎内に湧き立ち彼たろうとしていたのだ
だが見よ、彼が摑み取り、他を排し ── 選びそして成しとげたのだ
彼がサムソンとなって円柱をつき倒したとしても、それはさながら
おんみ母の、肉体の世界を破り出て、より狭い世界に入ったにひとしく
そこで更に彼の選択と成就は続いたのだ。おお英雄の母たちよ
奔流の根源よ！　おんみら峡谷よ、その中へと
高き心の断崖よりして、嘆きつつ
おとめらは落ちていったのだ。将来の、息子のための犠牲となって

　第四の悲歌での、生以前に抱かれた全き死、子供の死を、大人達が苦き
ものにしてしまった責め、つまり「灰色のパン」をつくった責めを、第八
の悲歌冒頭の節はやはり歌っている。そこでまた、さきほどの第四の悲歌
で「世界空間」と言われているものも、「開かれたもの」としてこれにか
かわること故、その部分をあげておきたい。

　すべての眼を以て動物は
　開かれたものを見る。ただわれらの眼だけが
　さながら逆に向けられているかのようだ。それは生きもの達の周りに
　わなをかけたように、彼らの自由な出で立つ歩みを包みこんでいる
　外部に存在するものを、われらは動物の眼からしか
　知りえないのだ。なぜなら幼な児を
　われらは向け換え、子供がうしろ向きに
　形姿を見るように強いている。あの、動物のまなざしにあれほども
　深くひそんでいる、開かれたもの、死から自由な領域を、見させぬのだ
　死を見るのはわれらだけだ。自由な動物は
　おのれの没落を常にあとにしている
　彼らの前にあるのは神だ。動物が歩むとき、その進む道は

236

永遠の中へはいってゆく。さながらに泉の水のゆくおもむきだ
われらは決して、ただの一日たりとも
純なる空間を前にはしえぬ。花々が
終わりを知らず開き出る空間を。われらの前には常に世界があり
いずことも定めずしかも否定を含まぬ場所はありえない
この純なるもの、見張られていないもの、ひとが呼吸し
終わりなきものと知りつつ欲せざるもの、そんな場所はわれらにはない

　第六、第八の悲歌から、第三、第四の悲歌を顧みるとき、前者の側から
後者の組へ流入するもの、成立史的には逆でありながら、詩として働きか
えすもの、従ってさきに照射すると表現したものが、とりあげられるべき
であろう。詩は Überdichten するのである。第三、第四の悲歌が書かれた
とき、なお充全には凝縮していなかったもの、それがのちの詩作を通して
豊かにひろがり、その内実を深める所以となるもの、それを見定める必要
がある。勿論そうした交互の詩的連関は、読み方の深まりによって限りな
く増幅されることであろう。たとえば「運命」とか「星座」「微笑」とり
わけ「未来」といった語をもとに、そのすべてを共有する第六と第三の悲
歌を読み比べるだけでも、詩的言語の共鳴は一層響き出ることであろう。
同じように、第八と第四の悲歌においても、「故郷」、「別離」、「顔」、「形
姿」Figur(en) などを介してその現れ方を考えてみれば、意味領域のひろ
がりは大いに増すことであろう。その上でこの十年余のリルケの詩作全体
のなかに動いていった、従って狭義の詩作品だけでなく、散文作品や厖大
な量の書簡における、この種の言葉の軌跡を読み入れるとするならば、ま
さしく測り知れぬ噴泉と出会うこととなろう。その際わけても「抑える」
verhalten、「迫る」dringen, drängen、「用いる」brauchen 等の動詞群で、リ
ルケ独得の使用法のあるものは、これに習熟するあるのみという他ない。
他にポングスのように、「純なる」rein の語が『悲歌』全曲にでてくるこ
とを指摘している例もある。私はしかし右の関係で、ここで見ておきたい

のは、「世界」の語である。いまあげた四篇の悲歌すべてに共通してあらわれ、それぞれ若干ニュアンスに相違のあるものである。第三の悲歌では、母に呼びかけてこう言っている。

　…　おんみはこの新しい眼の上に
　親愛の世界を傾け、疎遠の世界を防いだのだった
　ああ、おんみがその子のためにおんみのたおやかな姿で以て、彼の
　湧き立つ混沌を、事もなげに踏みつけた、あの歳月はどこへいったのか？

第四の悲歌では先に引いた「世界と玩具との中間領域」つまりは「世界空間」のかたちで出てくる故、親愛と疎遠の世界といった、母の愛で境される領域よりは複雑である。しかしこの第四の悲歌での「世界」は、「かつてあった」ものであり、われらが長ずるに及んで「時として押しのけてしまった」もの、それだけに詩人がいまも、自らの正当性を主張しつつ呼びかえし待望する領域である。これに反して、第六の悲歌での「世界」は次のような脈絡においてあらわれる。

　不思議にも英雄はまことに、若くして死せる者らに近い。存続は
　英雄を誘いえぬ。彼の出立こそ生存なのだ。常に彼は
　我が身を引き離し、その絶えざる危険の
　変化した星座のなかへ歩み入る。そこで彼を見出だす者はありえない
　だがわれらを、暗い沈黙のうちに包むもの、運命が、突如霊感をえて
　英雄を歌い入れる、そのざわめき立てる世界の嵐の中へと
　英雄ほどに私の耳にきこえてくる者はない。流れ入る大気とともに
　不意に彼のくもった音が、私の心を貫きわたるのだ

ここでいう世界は、歴史的世界であり、また叙事的世界であり、すでに第一の悲歌から読者に知られている、「声」「吹き来たるもの」「静寂のな

かからつくられた、熄むことない音信」の世界であろう。「かの若くして死せる者らから、お前に向かってざわめいてくるものがある」と、そこに言われていたことが想起される。そして、第八の悲歌ではどうであろうか。先に引いた「われらの前には常に世界があり」の句と、いま一つ、愛する者らに或いは開かれうる、あの「純なる領域」、つまり「開かれたもの」が、結局は対象たる相手の恋人のかげに隠されてしまうことを歌っている、次の詩句に、世界の語が読まれる。

　　...だがその相手を越えて更に先へ到りうる者はなく、またしても
　　世界が現れるのみだ。創造の天地に常に向けられていながら
　　われらはただその表面に、自由なるものの反映を見るのみだ
　　それとてもわれらによって影らされているのだ

　この場合の世界は、いわゆる対象界全体であり、影らされていなければ、創造の天地、万有ともなりうるのに、われわれ人間はそれを対象として見、越え出でることはかなわず、引きかえすのみ、というわけであろう。世界は「疎遠の世界」に止まり、皮肉にも「親愛の世界」の故に影らされ、少年が前にしていながら失ってしまう「夜の空間」（第三）に、母親の「より人間的な空間」が混ぜられつけ加えられるのである。「世界空間」への道はいかにして開かれうるのか。「世界空間にわれらの味は残るのか」（第二）、それに答えるのが、第七、第九の悲歌である。

＊

　第七の悲歌、それは畢竟するに「この地上にあることの壮麗さよ」である。Hiersein ist herrlich. ここに在ることはうるわしい──およそ『ドゥイノの悲歌』の読者で、この語句を、なんのためらいもなく、けれんみもなく、ここで詩人が言うままにうけいれ、自らもかく讃嘆したいと、願わないひとがあろうか。『悲歌』を読むとは、読むひと自身がこの句を語りう

239　『ドゥイノの悲歌』第十

るか否かに懸かっている、と言ってよい。仮にそう語りうると思う人があ
るとしても、それを語ることはまた何人にも許されはすまい。ただなにが
しかの解釈をほどこしうるのみであろう。その場台私は、この句の直前に
ある一節を先ず注意深く読むことが大切であるように思う。周知のように
第七の悲歌は、「もはや呼び求めてはならぬ、成熟したる声よ、お前の叫
びの自然な声は、求愛であってはならぬ」の句で始まり、天使らを呼び求
めた第一、第二の悲歌からすでにそれを越え、生い出でている境地を歌う。
それに続く余りにも美しい雲雀の歌、早春を越えて夏の高い夜空にまでも
りあがってゆく、一息の詠唱、殆どの読者はそれに心を奪われる。それは
また当然でもあろう。だが、リルケの息の長い詩作に屢々みられるように、
そしてわれわれもすでに第十の悲歌「旧稿」で一部経験してきた通り、長
大な比喩で詩人自身が迷路にはいってしまう例も少なくないが、ここ第七
の悲歌ではこの讃嘆が自然の声となって充全に完成しながらやはり一つの
大きな張り渡しとなって、これから見る一節につづいているのである。「叫
び」の語が、雲雀の「呼び声の階梯」を大きくまたいで、この短い節の「呼
び声」へと繋がっているのである。そのことを認めた上で、「この地上に
在ることは...」に先行する一節をとりあげたいと思う。

見よ、私は愛するひとを呼び続けてきた。だが彼女のみが来るわけで
あるまい...弱々しい墓前よりして来たり立つのは
娘たちではあるまいか...なぜならばどうして私に
呼び声に応える呼び声を制する事ができようか？　沈み去った乙女らが
いまもなお地上を求めているのだ─おんみら子供達よ、この地上で
一度おんみらの手にとった事物が、多くを意味しうるのではあるまいか
運命といえども、幼時のうちにこめられた密度以上だと思ってはならぬ
おんみらは幾度びとなく恋人を追い越していったではないか、喘ぎつつ
浄福の歩みを求め喘ぎつつ無をさして自由の中へ立ち出でたではないか

240

これらの語句に言うところは、死せる乙女らが、詩人の呼び声に応じて、呼び求めている（der gerufene Ruf）、その先が、やはりこの地上である、ということである。そうした乙女たちの幼時に、人形でもあろうか、彼女らが手にした物のなかにこめられているいのちの名残りは、幾度びも覚醒され、つまり詩人によって歌いかえされるに足る意味をなお内蔵しているであろう。詩によみがえることを死者たちによって願われている物には、かえって一回限りの運命を越える程の内実がこもっているであろう。乙女たちは恋人を失い、自らは死して、その両様の意において無をさして進んだが、彼女らはその愛によって、対象なき愛によって、恋人たちにまさり、自由の域へ越え出たことがあるのである。その、対象を越えて彼方へとおもむきえた乙女たちならば、運命以上の彼女らの幼時へと帰り来たることも可能なばかりでなく、実際彼女たちがこの地上をいまなお求めて当然であろう。地上とは、死者たちの帰り来たるところ、死と生とが相会する接点、遠大な死の領域と、ひとときの内実とが応じ合うところ、「二つの時の間のはざま」としてこの合流が詩を介して可能となるところ、そして、間をおいて、この地上に在ることの壮麗さよ、となるのではあるまいか。人間万歳の如き安直の肯定では全くない。ここに在ることの、ここは、詩と実存の切りむすぶ地点であり、そこから、その場で、世界空間は無限に広がりゆくのである。さながらハイデッガーが Da-sein の Da に開存 Eksistenz のあらわれを見たように、リルケは、Hier を解したとみてよいであろう。そして因みにハイデッガーはいわゆる『ヒューマニズム書簡』のなかで、「現存の『本質』はその実存にある」と書かれた『存在と時間』のなかの命題を次のように解してゆくのである。「人間は、この『現』Da、すなわち存在の明け Lichtung が存在しうるように、そのように本質存在する west のである。このような現の『存在』、そしてそれのみが開存 Eksistenz の根本特質をもつのである。即ち、存在の真理のなかに越え出でつつそのなかに立ち止るのである。[16]」——リルケの場合、第七の悲歌でそのあとに「いずこにも、恋人よ、世界は在りえまい、内部を措いて」の有名な

語句が来るが、そしてそれが「われらがそれを（いかに明らかな幸福といえども）内において変容するとき」の句に続いている限り、内にはちがいないが、詩の場としての内であり、人間存在全体としては、やはりそれは、死と生との相会し、共に合して開けゆく「ここ」なのである。世界内部空間たる所以である。第七の悲歌で少しあとの箇所に、詩人は天使に語りかけ（従ってもはや呼び求めてではなく）、伽藍やその他、人間のうちたててきたものを示そうとするところがあり、詩人は「天使よ、おんみにもそれを私は示そう」と語っている。そこに da！の語があるが、これは、それ、見よ、の意であって、voilà! ほどのものであろう。だがその次に「おんみの視つめる中で」の句が来ること故、先の「ここ」と全く無縁にも読みえないわけである。ともあれ、ここで見てきた Hiersein ist herrlich. の句が、第九の悲歌の *Hier* ist des *Säglichen* Zeit, *hier* seine Heimat.「この地上にこそ語らるべきものの時は在る、ここここそ言葉の故郷」へ直結していることは、言うまでもあるまい。前者で得られた人間存在の真の場を、後者は一層自覚的に言語、つまりは詩、讃美によって基礎づけ、そのような変容こそ大地の、つまりは万有の意志に合致する所以だと歌うのである。その大地に向かっての、「おんみの聖なる着想は、親しい死であったのだ」の語句は、第七の悲歌での、呼び声に応じる呼び声にみられる親しみを想わしめるであろう。それは、「おんみら子供たち」の語がもつやさしい響きに一致しているのである。こうした詩と実存の境地が、遠く第一悲歌にあった「いつかやがてこれら最古の苦痛がわれらに、より実りあるものとならぬであろうか？」また第二の悲歌での「かの美しきひとら、ああ誰が彼女らをひきとめうるのか？」に対する充全の答えとなりえていることを疑う人はあるまい。

　ところで第七の悲歌に関してなお若干言及さるべきは、第五の悲歌への近さである。雲雀の囀りを噴水に見立てて歌うあたりには、人文字を組み立てては跳び下りるサーカスの動きの箇所への類似性がうかがわれる。その第五の悲歌では、「水よりも早く、瞬時にして春、夏、秋を経過する」

とあり、第七の悲歌では、

　　せりあがる水の輝きに合わせ、はや落下を先取りしつつ
　　期待を呼ぶ噴水のたわむれ...と見れば早やそこに訪れる、夏

とある。その他、「汚濁にさらされたおみなら」の句は、やはり第五の悲
歌の、愛らしい女性が「ひとびとの肩のあわいに公然とさらされて」の語
と通うものであろうし、或いは、その終わりに出てくる、「無数の声なき
死者たち」の情景は、第七の悲歌にいう「ああいつか死してこれらすべて
の星々を、終わりなく知る日の来れば」と結んで解されうるであろう。少
なくともその両方に、死の世界を望み見る Perspektive 乃至詩の地平が設
定されているとは言える。この、第七の悲歌と第五の悲歌との類似性は、
むしろ私の言うところを強めてくれるように思う。つまり、第七、第九の
悲歌が、第一、第二の悲歌にそれぞれ対応することは、それらが実存と詩
をとりわけ主題にしている意味でこの先一層あきらかになってゆくであろ
うが、第五の悲歌は、私のいう『悲歌』全曲の前半部をしめくくる役割を
もつと見られるからである。それは第一から第四までの悲歌の内容を含み
もちつつ後半部へつないでゆく働きをもになう筈のものである。また、第
七の悲歌の終わりに立つ「さしのべた腕」の身振りについては、論議も多
いことながら私はやはり、死者らの来たるのと詩人の呼び声とがはげしく
ゆき来する余り、「その余りにはげしい流れに抗しては」天使といえども
歩み入り難いほどだ、という風に解する。この流れ Strömung が、リルケ
の感情のはげしい往来を意味する「混雑」Gedränge と通じることは、理
解に難くないであろう。その上、天使はどのみち「把えられぬ者」である。
この身振りには、ロダン作の、膝まづいて両手をひろげ、絶望とも希望と
もつかぬ叫びをあげている青年の像 l'enfant prodigue が考え合わされぬで
あろうか。『マルテの手記』をそれで終わらせている「放蕩息子」を、リ
ルケがここで、とりわけロダンを想いつつ、『悲歌』のなかに歌い入れて

243　『ドゥイノの悲歌』第十

わるいわけはないと私は思う。[17]

第九の悲歌に関しては、ここでは、次の詩句をあげるにとどめたい。

天使に対してこの世界を讃美せよ。言いえざる世界を讃美するには非ず
天使に向かって、壮麗な感得を誇ることはできぬ、彼がより広く
また深く感じている所、宇宙では、お前は新参者にすぎぬ。それ故に
彼に、単純なものを示すがよい。世代から幾世代へと形成されてきて
われらのものとして生きているもの、手近で視野にある物を示せ
物たちを天使に語れ。彼はきっと驚いて佇むだろう。ちょうどお前が
ローマの綱作り或いはナイル河畔の壺作りの許に立ったときのように
彼に示せ、一つの物がいかに幸せで、いかに罪なくそしてわれらの
ものでありうるかを。悲嘆すらいかに純粋に形あるものたろうとして
いるか、一つの物として仕え、或いは物の中に死し──そして彼方へと
幸せに琴を離れて鳴りゆくか。──そしてこれらの無心の消滅によって
生きている物たちはお前が讃えてくれると解しているのだ。
無常なる事物が最も無常なるわれらに、一つの救いを託している
事物はわれらが彼らを充全に不可視の心の中で変容するのを欲している
おお極みなく──われらの中へ変容する事を──われらが所詮何者であれ

余りにもよく知られたこれらの詩句を解説する力は私にない。ただあとへ
向けて、一つの点にのみ限り付しておきたいと思う。それはリルケの「手
近で視野にある物を示せ」という態度である。私が近来、身近なものに対
する愛ということを、古典性の一つの基準として屢々書いてきていること
を御存知の方は、またかとおもわれるであろうが、ゲーテやダンテにおけ
る、そうした側面を重規してきた私は、ここ、リルケにおいても、同様の、
詩人の愛を認めずにいられない。そしてとりわけ、それが詩と実存との
切り結ぶ Hiersein から歌われていることに注目せずにいられないのである。
第九の悲歌では、第八の、運命の語をひきつぐ形で、典雅な月桂樹にかか

わる語句のあと、次のように歌われる。

　だがこの地上に在ることは巨いなることであり、すべてのこの
　地上のものはあきらかにわれらを必要としており、この消えゆくものが
　最も速かに消えゆくものたる、われらに不思議にもかかわっている故に

人間存在は在らねばならぬ、と詩人はいう。身近なものへの愛こそ、『オ
ルフォイスに寄せるソネット』を『ドゥイノの悲歌』と同時に生ましめた
ものであろう。そのことについては、第十の悲歌の最終節をみるときに述
べ、そこから『悲歌』全曲でのそうした愛ある事物、動物、植物の描写に
ついて顧みる機会があろうが、いまの引用においても「琴を離れて鳴りゆ
く」の語があったことは、その一端のあらわれとみられてよい。遠く第一
の悲歌にあった、窓辺のヴァイオリンである。従ってここ第九の悲歌で
Hingang とあるのは、第一悲歌の Am geöffneten Fenster, gab eine Geige sich
hin. の句と同じく、無心に奏でられている響き、自らを与え、そして消滅
しゆく、それによって生きている、の意であろう。『オルフォイスに寄せ
るソネット』第一部におさめられている詩が殆ど、『ドゥイノの悲歌』第七、
第八、第九、第六、第十、第五の各巨篇の成立乃至完成に先立つ、その直
前、2月2日から5日の作であることは、ここでは立ち入れないが、見逃
がし難いことである。それらのソネットは悲歌のいわばさそい水となって、
湧き出でたのであり、歌の源泉となったわけである。とまれ、第九の悲歌
最後の詩句、

　…　無数の生存が
　わが心のうちより湧き出でる

は、即『オルフォイス』第一部第三の歌にいう「歌は現存」である。

245　『ドゥイノの悲歌』第十

*

　第五の悲歌は人間存在のはかなさを歌うものか、それとも芸術家存在の
苦悩をテーマとするものか、解釈者の間で議論はさまざまにある。そのいずれでもあるという他ない。しかしそれは折衷的中立的考え方からしていうのではもとよりない。すでに言ってきたように、第五の悲歌には、『悲歌』全曲の前半部分をしめくくる意味が置かれていると見てよい。この「われら自身よりもなおいささかはかなき者ら」旅芸人たちを歌う詩が、第一の悲歌以来歌われてきた「持続はいずこにもない」人間存在、愛の「証し」をもたぬわれら、「朝の草から立ちのぼる露」の如くに消えゆくもので「在る」われらの生存、「内なる荒野」を愛する宿命、そして「敵対がわれらの最も身近なものである」悲しみを、すべて含みつつ、それをしも、死神マダム・ラモールが「人工の果実」たる装身具に編みなしているパリの街、その「郊外の空がそこだけ大地に傷つけたかともみえる、膏薬の如き、」「宇宙のなかの、失われた毛氈の上に」おいて演ぜしめていることは、疑いえない。そしてまたこの悲歌第五が、そこにおいて演じられる曲芸の数々のなかに、本来ならば死後の世界においてはじめて「成就」されるでもあろう「果敢にして高き、心の飛躍の形姿」をば、「突如、言い難き場」として、束の間、現出していることも見逃がせない。総じてこの悲歌に屢々、それも強調する形で、「なしうる」können の語が用いられていること、それが芸人の芸 Kunst と繋がりつつ、詩人の心にも自らの芸術家性を考えしめる機縁となっていることは当然であろう。「なしうる」はこれまでの悲歌で、leisten, bewältigen, vermögen, glücken, beginnen 等々の語のうちに響いていたものである。更には、第五の悲歌が『悲歌』前半をまとめるばかりでなく、その後半へのつながりを暗示する役割ももっていることは、これをこの位置においた際、詩人の充分に自覚しえたところであろう。詩人の使命たる、言葉にもとづく変容、実存を「黄と青のりんどうの花」にすべく、詩人に課された、大地からの「切実なる委託」、これ

246

が『悲歌』後半の最大の主題たる以上、können のもつ意味は、まさしくここ第五の悲歌において欠かし難い。すぐ次の第六の悲歌では「甘美なる業績」Leistung や、「選び、そしてなしとげたのだ」の語となり、第七の悲歌では「われらがそれを果たしえたのだ」daβ wir solches vermochten という風に歌われてゆく。第八の悲歌ですら、（その謂は、これが動物の前にしている「開かれたもの」をテーマとしており、「母胎が宇宙」である如き、常に「内にあって跳びはねうる、蚊の浄福」を讃えているにもかかわらず、）やはり、傍観者たる人間のいとなみを、「われらはそれを整える」wir ordnens として、上の関連へもたらしているのである。してみれば、人間存在といおうと、芸術家存在といおうと、両者は同じであるばかりでなく、同じであらねばならぬわけである。いま、第五の悲歌の、さまざまに印象深い情景、ピカソの絵に刺激されているといわれる人物配置、表情、また例の「存立の巨いなる始めの文字」をめぐる論議、（E. C. メイスンは D の形を主張しているが、[18] 私は人文字の組み立てた A の形であるとおもうが、）そうした美しいと共にまた厄介な箇所は割愛して、そしてとりわけ、この詩にこめられた詩人の愛、旅芸人と、その街に寄せる共感、あだ花とはいえ、「仮象の実」Scheinfrucht とはいえ、ひととき現出する「踊り子たちの微笑」Subrisio Saltat. を保持しようとするリルケの切ないまでの共感は、到底無視し難いのであるが、それも深くは立ち入らず、この悲歌第五全体の構造に関する読みとり方のみを注視することとしたい。

　今触れた「踊子たちの微笑」の語が出てくるところ、つまりこの悲歌のほぼ中心の位置に、「まだ」noch の語があり、[19] イタリック体に印刷されている。この「まだわれらには開かれていない喜び」の語は、詩の最終部、「そのとき ... ようやくにして」da ... endlich へと繋がっているのである。つまり、この地上ではまだ「めしいたるごとくに」偶然に浮かぶにすぎぬ「仮象の微笑」が、もし「かしこ、言いえざる毛氈の上で」すなわち死後の世界で、恋人たちの示す「歓喜の塔」となって演じられうるならば、そのとき「ようやくにして真に微笑む一組の男女に、永遠に価値ある、幸福

247　『ドゥイノの悲歌』第十

の硬貨」が、「死者たちから投げられるであろう」というのである。その場は、「やすらかな毛氈の上」であって、詩のはじめの「むしばまれ、失われた毛氈」ではすでにない。この張り渡しにおいて読まれたとき、屡々難解とされる、いわば形而上的なあの「いずこにもない」場についての問題は、さして理解しにくいものとはなりえまい。それはまだ曲芸によって現出されるのみの、生と死とのあわいの、仮象の場であり、しかし真の芸術によって獲得され実現される内部空間ではない。それ故に「不可思議にも変容されて」の語があるのであって、第九の悲歌の詩人が意志し決断する「変容」ではない。リルケの、旅芸人たちに寄せる共感が深いだけに、そして詩人は、自分が「その場所を心に抱いている」というが、その意味は、自分もまた彼等芸人たちと同じく、一つの場所を、芸術の可能な場所を、常に心しているが、の意であろうが、それだけに、曲芸で地上に演じられる場所を、リルケは悲しみつつ峻拒せざるをえないのである。それは天使の薬壺に蔵され保管されて、かしこにおいてはじめて「可能へともたらされうる」のである。「いずこにもない」の、短い節は、次のようである。

　　すると突然、この苦労多い、いずこにもない場所に、突然に
　　言いえざる場があらわれる。そこでは、純なる過少が
　　不可思議にも変容し――跳ねかえり
　　かの空なる過剰へとかわるのだ
　　幾桁もの計算がそこでは
　　数の力を失って割りきれてしまうのだ

「いずこにもない場所」の句が、第八の悲歌の「いずことも定めなくしかも否定を含まぬ場所」の語になんらかかわりをもつことは当然であろうが、前者はややリルケ好みの形而上的表現癖とみるのが適当ではあるまいか。後者の「開かれたもの」に比し、技巧によってつくり出された仮相のむなしさはおおい難いからである。詩人はそのような変容もありうることに驚

きはしたであろうが、真の微笑はむしろ「かしこ」に現わるべきことを彼ら旅芸人にかわって歌ったのであった。ともあれ、第五の悲歌は、この位置を占める限り、死という言いえざるものの、言葉なき領域を想定してのみ閉じらるべきものであった。それはさながら、第四の悲歌において、「生以前の、全き死」が、幼時の心に柔かく抱かれていながら、その「円い口に、美しい林檎の果心」として「言い難く」残されてしまったにひとしい。言いうるもの、言わるべきもの、それが『悲歌』の後半へゆずりわたされるのである。

　第十の悲歌に移ろう、この詩の美しさは、その象徴性にある。読者は一句一句、第一から第九に及ぶ悲歌群の言葉、感情、情景、時間を、次々に思い浮かべしめられるのである。「滂沱として涙の下る顔」からは、第一の悲歌からの「暗い啜り泣きの呼び招く声」に始まる、詩人の苦悩のすべてがよみがえってくる、「夜」はいわずもがなである。それとても、「くぼむ空洞の夜」（第二）から「高き、夏の夜々」（第七）へ到るまで無数にある。「越冬性の葉」と呼ばれる苦痛は、「運命の、安手の冬帽」（第五）とまさしく対照的である。「時なき平静」の語から「平静の国々」（第四）あるいは「平静の市の実」（第五）を想起することは当然であり、「習慣を離れ」ゆく若き死者の状態は、「地上のものをやわらかに離れゆく」早逝のひとら（第一）にひとしい。「嘆きのひとらの遥かな国」から、「物言わぬ風景」Landschaft（第三）への連想は、「悩みの国の星々」と「常なる危険の星座」（第六）との対応に比されうる。鳥の叫びの「文字にも似た図形」は、「夕の陶器に走るこうもりのひび」（第八）に似通っている。ここにいまあげえなかった第九の悲歌へのこの面での繋がりは、探すまでもあるまい。ナイル河畔の「高貴なるスフィンクス」と「壺作り」（第九）で充分であろう。

　そんなことよりも、象徴化の進みゆく詩的経過そのものが重要である。その深化がきわだって、というのは悩みの町にすでにふんだんに使われている手法、「自由のブランコ」「金めっきの騒音」等は措いてということであるが、現れてくるところを見ておきたいと思う。それは嘆きの乙女が若

き死の乙女らにそっと示す「悩みの真珠と忍従の薄衣」といった表現である。それが、「一片の磨かれた悩みの原石」「化石となった怒りの鉱滓」へ移ってゆく詩的原動力である。死せる若者の導かれゆく「かつて嘆きの君主らがこの国を賢明に統治していた頃の城塞の遺跡」、この地帯そのものがすべて、一つの詩的空間として象徴化されえているのも、この同じ働きによる。星座がとりわけ美しいのもその延長線上に浮かぶ故である。第七、第九の悲歌でうたわれていた、シャルトル寺院あるいは泉、円柱、窓その他、それが「われらの果たしえた空間」の「奇跡」であるならば、ここ悩みの国の星々は、それらに見合う、いやそれらを凌駕する壮麗の姿をあらわしているのである。変容の変容ともいうべきか。なぜなら「祝福された死者の手のひら、その内面にあるかのように純粋に」とは、象徴世界のなかの象徴となりえている故だからである。私はここで、二つのことを述べるに留めたい。一つはこうした象徴を可能にしているものに、リルケの古典性がみられるということである。たとえば、嘆きの婦人が若き死者に示す悩みの国の風物に次のようなところがある。

　... 彼女は示す、高き
　涙の木々と、花咲く憂愁の野原を。
　（生けるものらはそれをただ、やわらかい葉群れとしてしか知らぬのだ。）

ここにはオヴィディウスの『変態』があり、ヴェルギリウスの『アエネーイス』があり、ダンテの『神曲』がある。地獄篇第十三歌に出てくる、かつて地上での自殺者たちが、木の姿にかえられて悲しげに立ち並んでいる場面である。意味は無論多少異なるにもせよ、リルケがダンテを、とりわけオヴィディウスを知悉していたことは疑いないだけに、この繋がりは考え合わされてよかろう。そしていま一つのことが、この箇所と密接に繋がっている。因みにしかし、私はリルケが古典的作品に依拠しているであろうから、古典性をもっているなどと言おうとするのでは毛頭ない。私が

古典性と呼ぶところのものは、詩と時間の根底として、そこに所属する
文学は相互の現実的関係を立ちこえて「言葉の故郷」（第九の悲歌）に到っ
ており、共にそこに住もうている、というのである。さきの引用に戻ると、
嘆きの国の涙の木々が歌われていた。それが生けるものらには、やわらか
い葉群れとしてのみ知られるというのである。このこと、それに繋がるの
が、第十の悲歌を閉じる、それによって『ドゥイノの悲歌』全篇を結ぶこ
ととなる、やわらかい、愛にみちた象徴の知である。若き死者は「孤独に
のぼりゆき、悩みの根源の山にはいってゆく。そして彼の歩みすら、音な
き定めの彼方からは響いてこない」とある、そのあと、星印を一つ置い
て、「しかしながら」と、詩は続く。ここに詩の窮極の救いがある。第七
の悲歌での「呼び声に応える呼び声」が、いま、「一つの比喩」となって
立ちかえってくる。いまのみでない。幾度びも幾度びもかえりきては、「わ
れらに一つの比喩を呼び覚ますことはありえよう。」接続法によるその表
明は、可能性を示す。ハイデッガーのいう「かつてにしていつか」のもの
として、das Einstige の姿で詩は生きる。それが、私のいう古典性の時間
構造である。やわらかい、慰めに充ちた象徴が歌われる。そこでの、はし
ばみの木の芽は、リルケが或る女友達の忠言を容れて、猫柳の花序をいま
の「はしばみ」に変えたものである。²⁰⁾そして最後に、われらが「昇りゆく
幸福」をおもうのが常であるのに、「降だりくる幸福」が心をうつという。
幸福の語はすでに『悲歌』のほぼ全曲にわたってあらわれていたものであ
る。いまそれをくりかえし呼びもどす要はない。この昇りゆくと降だりく
るとのかかわりに、さきの「呼び声」のゆきまた来たる動きの昇華された
象徴の知をみればよい。それは『オルフォイスに寄せるソネット』に通じ
ている。その第二部第二十九歌、最終節、それがこの連作の結句であるが、
そこではこう歌っている。

　　地上のものがお前を忘れ去ったならば
　　静かな大地に向かって言うがよい、私は流れる、と

速やかな水に対しては語るがよい、私は在る、と

この一見矛盾に充ちた語句のなかに、象徴的なオルフォイス的知恵は充全
に語られている。そしてそれは、第十の悲歌の、「われら昇りゆく幸福を
想うもの」が、「至福のものの降だりくる時、」驚嘆に値する感銘を覚える、
とあるところに符諜するであろう。この境地は同じ『ソネット』第一部第
九歌において次のように歌われている。それを引いて本稿はおわり、あと
に、第十の『悲歌』の試訳をかかげる。

　　ただ琴をかかげてすでに
　　影たちのもとに立ち出でた者のみが
　　限りない賞讃のことばを
　　予感しつつ伝えうるのだ

　　ただ死者らと共にけしの実を
　　彼らの実を食した者のみ
　　かすかな音の一つをも
　　もはや失うことはない

　　池に映るすがたが揺れて、たとい
　　われらから消えゆくことはあろうとも
　　形あるものを知れ、とそれは告げている

　　二重の域に至りえてはじめて
　　歌声は得るのだ
　　永遠と静安とを

　　　　　　　　　　　　＊

252

第十の悲歌

ああいつの日か、この苦き洞察の果てに立ち
同意する天使らに向かい歓喜と賞讃とを歌い上げることができれば
晴れやかに搏つ心の槌の一つといえども
柔弱の、疑惑の、あるいは焦躁の琴糸に
かき消えることなきように。滂沱として涙の下だるわが顔が
私の心を晴らし、この冴えぬ涕涙の花咲く日は来ぬものか
おおその時におんみらは、休けき夜よ、いかに親しきものとなるだろう
おんみら慰めなき姉妹らを私はそのとき、かつてなきまでに深く
膝まづきつつ受け入れ、おんみらのほどけた髪に
思うさま心ほどいて私は身をゆだねきるであろう。われら苦痛の浪費者
われらは苦痛の果てを先に見定め、やがて終わると期待して
悲しみの時期を限ろうとする。だが苦痛こそまことに
われらの越冬性の葉にほかならぬ。われらの濃緑の蔓日草だ
ひそやかな年のひととき ― 否、時だけでなく ―
苦痛こそ、場、住区、陣営、地盤、住居であるのだ

とはいえ、悲しいかな、悩みの町の通りはいかによそよそしいものか
そこでは他を圧する騒音から作られた、いつわりの
静けさのうちに、空無の鋳型から打ち出された像が
威容を誇り、金めっきの空騒ぎ、胸張った記念碑がそそり立つ。おお
一人の天使が現れれば、この町の慰安の市を跡形もなく踏み潰すだろうに
市に接して教会がある。町の買い入れたできあいの代物だ
清潔ながら閉まっており、日曜日の郵便局さながらに興ざめの姿だ
外へはしかし年の市の縁がちぎれて伸びてゆく
自由のブランコもあれば、勤勉のもぐり屋、手品師もいる

そしてかわいい装いをこらした幸運の人形射的場
目うつりするほどまとがあり、器用な男が射ち当てると
ブリキ人形が身振りをする。賞讃を博し偶然を求めて
男はよろめき去ってゆく。あらゆる欲情の小屋掛けが
客寄せに太鼓を鳴らしがなり立てているのだ。成人向きにはしかし
特別の見世物がある。銭のふやし方やら解剖もどきも
ただの娯楽が目あてでないという。金銭の恥部もあらわに
なんでも見せます全部出します、経過をみんな ― それが教育おまけに
子宝の道と言っている...
... おおしかしそのすぐ向こうに
「不死」の広告を貼った板塀がある
あのにがいビールの宣伝だ。飲めば甘くは思えるが、それはただ
あわせて次々気晴らしの味を噛みしめるときだけのこと
その板塀がおわると、背中あわせに、すぐそのうしろで、現実が始まる
子供らが遊び、愛人たちは ― 少しはなれて
乏しい緑の中で真顔で抱き合い、犬は自然にじゃれている
その先へなお若者はひかれてゆく。おそらくはひとりの若い
嘆きの乙女を愛しているのだ... 彼女のあとから彼は牧場に出る
彼女は言う ― 遠いの、私達はずっと向こうに住んでいるの... どこ？
若者はついてゆく。彼女の物腰、肩口、頸筋が彼の心を動かす。多分 ―
彼女は名門の出だろう。だが彼は彼女を離れ、きびすをかえす
ふりむいて合図する... 仕方ない。あれは嘆きの乙女だ

ただ若い死者たちだけが、時無き平静の
最初の状態にあり、地上の習慣を離れ始めた者だけが
愛の心を抱いて彼女のあとについてゆく。死の乙女らを
嘆きの乙女は待ちうけ、彼女らと親しくなる。しずかに彼女らに
自分が身につけているものを見せる。悩みの真珠、忍従の

254

こまやかな薄衣だ。― 死の若者たちとは彼女はゆく
おし黙りつつ

だが嘆きの人々の住む所、谷あいで、年配のひとり、嘆きの婦人が
若者を迎え、彼の問いに答えていう ― 私たちは大きな一族でした
かつて、私たち嘆きの者らは。父祖達は
鉱山の仕事をし、大きな山におりました。人間の社会でもあなたは
時折一片の磨かれた悩みの原石を見ることでしょう。それとも
古い火山から噴き出した、化石した怒りの鉱滓を見かけるでしょう
それはみなあの山の産です。かつては私たちも裕福だったのです ―

そして彼女は足取りも軽く、嘆きの国の広大な領域へ彼を導く
寺院の円柱、城砦の遺跡をみせる
嘆きの君主らが往時この国を
賢明に治めていた頃のものだ。また、高い
涙の木々や、花咲く憂愁の野も示す
(生ける者らはそれらをただ、柔かい葉群れとして知るのみだ)
牧草をはむ悲哀の動物たちも示す。― そして時折
鳥が一羽不意にとび立ち、ゆくひとの見上げる眼をかすめ、低く舞う
その孤独の叫びが描く文字にも似た図形は遠くすぎゆき
夕べには、嘆きの婦人は若者を、古人らの墓所へ案内する
嘆きの一族の、巫女たちや予言者たちの眠るところだ
しかし夜が近づくと、歩む者らの足音はひそまり
やがてのぼる月のあかりに、すべての上を越え
めざめ見守る墓碑がうかび出る。かのナイルの畔の墓所のはらからだ
崇高なるスフィンクス ― 沈黙の部屋の
面貌
そして彼らはその王冠のごとき頭に讃嘆する。それは永久に

255 『ドゥイノの悲歌』第十

物言わぬまま、人間の顔を
星々の秤の上に置いている

若き死者の眼はその顔をとらええぬ。未だ早逝の身故に
目はくらみ、だが彼らの眼を、スフィンクスの二重の
擬宝珠の端かげから現れた、ふくろうが驚かす。そして鳥は
ゆるやかにスフィンクスの頬のほとりを
あの最も成熟した円現の一つを、ぬうて飛びかい
やわらかに、若者の新しい
死の聴覚に印するのだ、二た重に開いた
葉のようなその耳の上に、言い難い輪郭を

そして更に高く、星々がうかんでいる。彼には新しい悩みの国の星々だ
おもむろに嘆きの婦人は星々を名ざす ― こちらのは
ごらんなさい、騎士、杖、そして、さらにまるくまとまった星座は
果実の輪と呼ばれます。それからその先、極に近いあたりへかけて
揺籃、道、燃える書、人形、窓、と
だが南天に、さながら祝福された死者のたなごころのように純粋に
きよらかに輝き出ている >M< の一文字
それは母達を意味するのでもあろう...

だが若き死者は先へ進まねばならぬ。そして年輩の嘆きの婦人は
沈黙のまま彼を谷のはざままで伴ないゆく
そこにはほのかな月明かりがさし
喜びの泉が湧いている。畏敬の心をこめて彼女は
その泉の名を告げる、― 人間のもとでは
それは、運びゆく流れだ、という ―

山の麓に立つ
そこで婦人は彼を抱きしめる、涙しつつ

孤独に、彼は更にかなたの、悩みの根源の山中にのぼってゆく
そして彼の足音は、音なき定めの彼方から鳴りひびくこととてない
　　　　　　＊　　＊　　＊
だがかの終わりなき死者達がわれらの心に一つの比喩を呼び覚ます事も
ありえよう。見よ、死者たちは、恐らくは、あの葉のまだないはしばみの
つぼみを指し示すこともあろう、垂れ下がるそのつぼみ。或いは
雨で教えることもあろう、黒い土壌に落ちくる雨、春まだ浅い頃

さればこそわれら、のぼりゆく幸福を
思う身が、われらを驚愕させんばかりの
感動を覚えるのではあるまいか
一つの浄福がくだり来るとき

注

1) Martin Heidegger: Gesamtausgabe. Bd. 52 S. 7u. 13 Frankfurt a. M. 1982.

2) Peter Szondi:So leben wir und nehmen immer Abschied. in: Bibliothek Suhrkamp Bd. 468 S. 69.

3) Hans-Georg Gadamer: Poetica. S. 89 Frankfurt a. M. 1977.

4) 拙稿「リルケにおける詩と実存 ―『ドゥイノの悲歌』成立をめぐって ―」1983 年 10 月 31 日、神戸大学ドイツ語教室『ドイツ文学論集』第 12 号参照。そこで私は 1907 年から 1912 年へかけての時期をいわば悲歌前史として考えうることを指摘している。

5) vgl. Materialien zu R. M. Rilkes „Duineser" Elegien（hrsg. v. U. Fülleborn u. M. Engel）S. 367 ff. Frankfurt a. M. 1980.

6) Martin Heidegger: Holzwege. S. 276 Frankfurt a. M. 1950.

7) Hans-Georg Gadamer: wie oben S. 84－86, 88－89.

8) Hans-Georg Gadamer: in Rilkes „Duineser Elegien"（hrsg. v. U. Fülleborn u. M. Engel）Zweiter Band. S. 246.

9) Rilke-Kommentar zum lyrischen Werk von August Stahl. München 1978 S. 267.

10) a. a. O. S. 264.

11) Hans-Georg Gadamer: Poetica. S. 94 u. 100.

12) Hans-Georg Gadamer: in Rilkes „Duineser Elegien" S. 253.

13) Dieter Bassermann: Der späte Rilke. München 1947. S. 106.

14) „die heilig erschrockene Landschaft" の語は die Erstaunende（Brot und Wein）に、von göttlichen Kindern は von zufriedenen Kindern des Himmels（Stuttgart）にそれぞれ該当している。

15) Hermann Pongs: Das Bild in der Dichtung. Bd. Ⅱ. Voruntersuchung zum Symbol. Marburg 1939. S. 497 ff.

16) Martin Heidegger: Wegmarken. Frankfurt a. M. 1967. S. 157.

17) Rilke: Sämtliche Werke. 5. Band. S. 194 そこには次の語が読まれる。jener schmale Jüngling, der kniet und seine Arme empor wirft und zurück in einer Geste der Anrufung ohne Grenzen.

18) Eudo C. Mason: Lebenshaltung und Symbolik bei R. M. Rilke. Weimar 1939 参照、他に本稿で、筆者は Guardini, Kreutz, J. Steiner らの研究乃至解説を当然参考にはしたが、特に引用しなかった故一々ついては省略する。

19) die Freuden, die uns noch verschlossen sind, aber, wie der Sperrdruck des „noch" aussagt, uns einmal offen sein wird. の語が Kreutz の Interpretation に読まれるが、重みには乏しい。

20) an Elisabeth Aman-Volkart. Muzot, Juni 1922.

『オルフォイスに寄せるソネット』より

　関西外国語大学研究論集第 62 号に「『ドゥイノの悲歌』第三及び第四について」を寄稿することのあった私は、引き続き第五及び第六の悲歌に関する作を掲載して貰ってよさそうなものだが、そこが詩に携わる者の気まぐれかも知れない。先日私は他で出している自家版叢書『三木文庫』の第 12 号『素描集』を再読する機会を持った。それも「終わりに」のところだけであった。ところがそこに『オルフォイスに寄せるソネット』から二篇引かれていて、拙訳と共に、若干のコメントも添わっている。今からでは二年半ほども以前となるその当時、私はよく自分の書くものにリルケのこの作品から、その時その時の気分に潤いを与えてくれるものを、取り出していた模様である。それはちょうど、そのまた少し前に、エッカーマンの『ゲーテとの対話』から、偶然その時、読んでいる部分を引いては、自分の文章に組み入れていたのと同じであろう。そしてまた実際、今になって見てみると『素描集』の当時は、それだけつまり、リルケに入れ揚げていたためでもあろう、現在の自分では届き難かったろうと思われるような解釈になっているところがある。いい出来だとは無論思わないが、心を籠めて読み且つ書いていたものをあとになって当たってみると、なにかしみじみとした感じを覚える、それは私のような人間にあっても起こりうることである。この集には、今またぱらぱらっと繰ってみると『ソネット』からもう二三篇取られている。

　そこで思い出すのだが、私はいつだったか、自分が使っているテキストのなかで、これまで自分がどこかで扱ったことのある、とはつまり訳を付けたり、解釈を試みたりした詩の傍に、ちょっとした印を施しているので

ある。例えば「ドイツ」とあって、数字が挙がっているのは拙著『ドイツ詩考』とその頁数である。そんなわけで先程考えてみると、『オルフォイスに寄せるソネット』からだけでも十数篇になることが分かった。この詩集は第一部第二部合わせて55篇であるから、私はその三分の一程度をどこかで扱っていることになる。それらを私なりに一度集めてみることは出来まいか、そういう気が起こってきたわけである。

　人も知るように、この『オルフォイスに寄せるソネット』は詩人が、『ドゥイノの悲歌』を仕上げて、乃至はその最終段階に到ったのを自覚して、だから「苦き洞察の果て」に立ったことを知って、一方では休けき心を以て万有との合一を実感しつつ、他方ではなお激しい制作の嵐の余波に震える思いに揺り動かされながら、「思いがけぬ贈り物」となって湧き出る詩心のままに綴った作品である。リルケが到達した詩の境地、つまり「世界内部空間」のなかで奏でられる調べ、その華麗な変容、それが『ソネット』である。詩人はそのような自分を、オルフォイスの再来とも感じたことであろう。だから、歌あるところ、そこにはオルフォイスありなのだ。この基軸に発して、花も泉も、馬も魚も、オレンジもバナナも、薔薇も葡萄も、すべてが、オルフォイスの歌となり、そのすべてに万有の命が通い、脈動することとなったのだ。まさに、「オレンジを踊れ」だ。その踊りの女性 Wera Ouckama Knoop、この若き死者を悼む詩もあれば、現代技術の領域、例えば機械や航空機、アンテナまで取り込んだ作もある。だから詩の場はさまざまであり、私がまだ充分には理解しえていない詩も幾多あろう。そんな作へ新たな接触が生じてくるやも知れぬ。それを期待しながら、ともかく私選歌集を編んでみるとしよう。—

　となるとその配列はどうなるのか、これがなかなか厄介な問題である。原作の順に従ってやれば、歯の抜けたような恰好となり、これは明らかに詩人の心を得難いであろう。かと言って作品全篇を今扱うだけの力は、私には望めそうにない。現有勢力で私家版の『ソネット集』を編むとすれば、これまた人から非難を蒙るではあろうが、それが却って私流に理解したも

260

のを示すことになって、これは案外面白いかも分からない。そこで私は多分に得手勝手ながら、以下に説明するような形で、配列したいと考えるに到った。ただその前に、もう二点触れておきたい事がある。一つは、通常例えば1-5というような省略形が用いられて、それは „Errichtet keinen Denkstein" と始まる詩を指す。私もこれまで、そういった略号の方式をとってきたのであるが、リルケ自身がⅤというローマ数字を使っていることもあり、私はここでは上の場合1-Ⅴという風に記したいと思う。もう一つの点は、それぞれの詩の訳のあとに、若干コメントを付したいと考えていることである。勿論それが原詩の心を損なわないようにとは願っているが、リルケの場合、多少の解説を施した方が、理解に資するということもあって、実際これまでの私の引用でも、なにがしかの paraphrasieren はしているのである。それが長短さまざまだったり、まま全然添わっていなかったりで、違和感を免れないのであるが、その事を断っておきたい。

そこで今回の私流の配列である。一番始めには、言わば序詩として「春がまた帰ってきた」を掲げたい。1-ⅩⅧである。説明は後回しにするとして、そのあと、オルフォイス讃美の詩が幾つか続いてよいであろう。つまり生死一如の境地であり、これこそ『ドゥイノの悲歌』において到達された詩心に外ならない。それから、この精神に発して、万物のうちに合一が見られ歌われるとして、果実や泉や庭やといった「物」の詩が続く。更にそれが追憶のなかへも及んでゆくという意味で、ロシアの広野を駆ける白馬の詩が来る。そのあたりでやおら、詩とはそもそも何か、この群れがあってよかろう。詩は呼吸だ、ともあれば、時に打ち勝つものだともなる。常にオイリュディーケにおいて死して在ることだとも歌われる。変容が、メタモルフォーゼが、詩であり、大地の心である。そのような詩が、国の上を渡り行くのである。先駆ける歌である。最後にエピローグの意味で、作品最終の詩、あの „Stiller Freund der vielen Fernen" (2-ⅩⅩⅨ) が立つ。そういう編み方にしたいと思う。概念化はまことにそぐわないものの、先ずオルフォイス、次が万有の命、そして三番目が、詩の使命という、おおよその

261　『オルフォイスに寄せるソネット』より

組み立てにはなろう。

*

　春がまた帰ってきた。大地はまるで
　詩を覚えた子供のようだ
　幾つでも、ああ、幾つでもできる...　永い間の習得の
　労苦をねぎらって、大地は褒美を貰うのだ

　厳しい先生だった。私たちはあの年老いた人の
　髭のあたりの白いものが好きだった
　今、緑とは何か、青とは何か
　私たちは問うことができる。大地は答えられる、充分できるのだ

　大地、自由の身となったお前、幸せなものよ
　もうお前は子供たちと遊んでよい。そら、私たちはお前を捕まえるぞ
　陽気な大地よ。きっと一番愉しい子がお前を捕まえる

　おお、あの先生が彼女大地に教えたこと、たくさんのこと
　そして、木の根や、長い苦渋の刻まれた幹に
　書かれている言葉、彼女は今それを歌う、大地が歌うのだ！　　　(1/ XXI)

　この詩は、第九の悲歌の完成と同じ日に書かれている（9. Februar 1922）。
あの重い詩と、この愛すべき作と、それが同時であるところに、リルケという詩人の、奇跡にも似た豊かさがある。優しさがある。第九の悲歌をここに再現することは控えられるが、そこで最もよく知られた箇所は引かれてよかろう。

　大地よ、これがお前の意志するところではないのか、不可視となって

262

われらの中に蘇ることが？　それがお前の夢ではないのか
一度不可視のものとして在ることが？　—大地が不可視となるとは！
変容にあらずして何が、お前の切実な委託でありえよう？　大地よ
お前愛しきものよ、私は意志する。おお信じてくれ、私をお前の
友とするのに、最早幾たびものお前の春は要しまい。一度の春でよい
ああ、唯一の春にして既に、我が血には多きに過ぎよう
名なきものとして私は、お前への決意を抱き続けて来た、遠き方より
常にお前は正しかった。そしてお前の聖なる着想が
かの親しき死であったのだ

　このくだりに関して私は、以前こう書いている。—「大地が、この広大な
るものが、不可視となるなどという着想は、巨大であると共に、度外れの
奇怪なものでもあろう。だがそれによって、詩は可能となる。詩の領域の
更に無限な遥けさをも思わずにいられない。世界内部空間こそ、大地つま
りは万物がそこに住まうことにより言葉となる領域だからである。詩人は、
その使命を自覚すると同時に、責任の大なるに戦慄したことであろう。然
し、更に、従って想念の巨いさ巧みさの驚嘆と、詩人的責務の重さの自覚
に続いて第三に、こういうことも加わってやはり意識されたことであろ
う。つまり、大地が眼に見えぬものとなるとは、死することである。やが
て、自らが死ぬことによって、そのような日が来るのである。『お前の聖
なる着想が／かの親しき死であったのだ』とある。それがやはり万有との
合一であり、万有への帰還なのであろう。眼に見えぬものになると書いた
とき、詩人はやはりこの時を予感したことであろう。それが、詩の業を通
して、日頃から親しまれ培われ、やがて親しき死の日に到るのであろう。」
　ともあれ、リルケが十年の余にも及ぶ、苦難の日々を経て、ミュゾット
の館で『ドゥイノの悲歌』を完成したこと、今その「褒美」をもらいうる
喜びを、春の大地になぞらえたこと、これはわれわれの心を打たずにはお
かないところである。私選歌集の序詩とした所以である。

　263　『オルフォイスに寄せるソネット』より

*

そこにひともとの樹が立ち昇った。おお純なる超絶よ！
おお、オルフォイスが歌うのだ！　おお耳のなかなる高き樹よ！
すると一切は沈黙する。だがこの静謐のなかですら
生ずるのだ、新しい開始が、合図が、変転が

静寂のなかから出た生き物たちは、明るい、まびかれた
森を離れ、ねぐらと巣から躍り出た
そのとき彼らが奸計からではなく、そしてまた不安からでもなく
ひっそりと自分のなかにこもるという事が起こったのだ

彼らは聞き入っていたのだった。吠え、叫び、鳴き求めるなど
彼らの心では小さいものと思われた。そして今しがたまで
ささやかな棲み家のあったところに、この呼び声を迎え入れるべく

いとも暗い欲望よりする隠れ場ができた
通路もついている。その支柱は震えている
そこでおんみは作ったのだった、彼らのために耳に聴く寺院を　　（1−Ⅰ）

　私はこの詩を「『魔の山』＜永遠のスープ＞の章にことよせて」と題す
る文章の中で、その終わりに引用している、日付は91.12.5.とある。こ
れは未発表の作である、だが今それをここに再現するつもりはない。むし
ろリルケが歌の鳴り出でる時と、その瞬間に一切が沈黙する、この利那を
歌っているところに、あらためて感心するばかりである。その時、樹が生
い立ち、それがそのまま聖なる寺院となるのである。思えば『新詩集』以
来とりわけリルケは、詩の出来する瞬間を歌ってきたものだった。私が今
特に取り上げたいのは『ドゥイノの悲歌』第一の終わりのところと、そし

264

てこれは最近も三木文庫に収めた詩「鐘の音」と、この二篇に関してである。

　かの古き語りは益なきものではあるまい。かつてリノスを失った嘆きの
　うちに、最初の試みの音楽が、乾いた凝固を貫いて鳴りわたったという
　かくして初めて驚嘆の空間に、かの神にも紛う若者が、突如として
　永久に立ち去ったその空間に、空虚があの振動となって響いたのだった
　その振動がわれらを今も引き攫い、慰め、そして助けてくれるのだ

　リノスとは何者か？　私の手許にある H. Kreutz の簡単な解説書では、注にこうある。―
　「リノスという名前が『われら悲しや』の意であることは、歌全体にとって意味深いところである。この半神はつまり擬人化された嘆きだからである。伝説では、リノスは、自然の萌え出でる命を具現するもの、或いはまたオルフォイスに類する神秘的詩人ともされている。その死を悼むリノスの歌のことは、ホメロスの『イーリアス』に言及されている（18-570）」。
　もう一つ触れたいとした詩「鐘の音」については、三木文庫第 19 号『半蔵記』に、その拙訳を掲げたこと故、ここではもう引用を差し控えたいが、特にその第一節に「内なるもろもろの世界が／投げ放たれて、自由の野外に在る ...／それら誕生以前の神殿が広がる」とあり、この神殿は、先のソネットでは「寺院」と訳した語 „temple“ である。となると私が以前訳した E. Staiger 教授の『畏敬の詩人シュティフター』（三木文庫第 16 号『漾時集』）にあった、次の言葉が想起される（同冊子 33 頁参照）。シュティフターの作品に現れる荒野、この、どこまで行ってもただ荒野ばかりの描写、そこに論者は「無比の魔的な音調」が聞かれるとして、こう語っている。―「われわれは或る聖域に立っているのだ。ギリシア語に謂うテメノス、ラテン語ならば templum そしてそのままドイツ語にすると切り離された空間、世俗から、日常から、時間から切り離された神聖の域に、われわれは立ち出

ているのである。」

　同じ方向で私はまたハイデッガーの『芸術作品の起源』を思わずにはい
られない。「およそ一個の作品はどこに所属するのであろうか？　作品は
そのようなものとして、唯一、それ自身によって開示される領域のなかに
所属しているのである」とあって、ハイデッガーはこう語ってゆく。「一
つの建築作品、例えばギリシアの神殿、それはなにものをも模写して作る
わけでない。神殿はただ、切り裂かれた峡谷の岩の真っ直中に、単純に
立っている。この建築作品は神の姿を包み込んでおり、それをこのような
覆蔵のうちに、開いた柱廊を透かして、神聖な領域のなかへと立ち出でし
めているのである」(Holzwege, 30 f.) これら見事な箇所を引くとなれば、一
息に何頁にも及ぶものとならざるをえまいから、それはもう措くよりない
が、リルケの詩一篇、いやその一句一語がやはり「それ自身によって開示
される領域のなかに所属している」ことを証しているとされてよかろう。
それはそれとして、われわれはオルフォイス讃美の、もう一篇に移るとし
よう。

＊

　記念の碑を建てるな。ただ年ごとに薔薇の
　花を咲かしめよ。それが彼の心に適うのだ
　何故ならばそれこそオルフォイスなのだ。何事も皆彼の変容なのだ
　われらは別の名を求めて苦心するには及ばない

　いかなる時も常に、歌あるところ
　それはオルフォイスだ。彼が来たりそして行くのだ
　薔薇の水盤を彼が時折、数日でも
　耐えきってくれるならば、既にして充分ではないか？

　おおオルフォイスの消える素早さよ、君達にそれが会得できようか？

266

たとい彼の消えることが、彼自身にとって不安ではあろうとも
彼の言葉が、この世に在ることを立ち越えるが故に

彼は既に彼方にあり、君達は、その言葉につき従いえぬ
竪琴の、弦の仕切りも、彼の手を挟めはしない
境を越え出で歩み行きつつ、彼は早、聴き入っているのだ　　　　(1-Ⅴ)

　この詩の最終二行は、解釈の難しいところである。恐らくはこうでもあろう。竪琴の仕切り（Der Leier Gitter）とは、琴の弦の僅かな隙間ではあるまいか？　その隙間から楽音の調べは流れ出る。そのあわいをオルフォイスの両手は自在に操る。この狭い弦の仕切りを言わば、彼はすり抜けて行く。さながら彼が、この世とあの世との境を巧みにすり抜け、妻オイリュディーケを現世に呼び返すべく、冥府へと越え出て行ったように。その暇にも早、彼は聴く人となっている。歌う人たるオルフォイスはまた聴くことを、「耳を、被造物に教えた人」(1-Ⅱ) でもあるのだ。—ところで、この隙間をすり抜けるというイメージ、それには私がかつて見たコクトー制作の映画『オルフェ』が働いている。そこでは、二つの世界の仕切りになっていたのが、鏡であった。ジャン・マレーが、マリア・カザレス演ずるところの、黄泉の女王ペルゼフォーネのもとへ降りてゆく時、両手を伸ばしその鏡に触れるのである。すると鏡は水のようにさざ波を立てながら、ゆっくりと分かれる。そのあわいをオルフェは、するりと通り抜けてゆくのであった。その情景を、竪琴の仕切りに当て嵌めるのが、正当かどうか言い難いものの、オルフォイスの変身の巧みがここに歌いこめられていることは確かであろう。因みに手許の書で見るに、オルフォイスが冥府の川へ降ってゆく際に通るのは、南都ペロポンネス前山にある Tainaron という所の門だとある。そしてそれはまたラコニケの岬、つまりラケダイモンの岬であって、南端は海に突き出ている。
　もう一つ触れておきたいのが、すべてはオルフォイスの変容なのだとい

う箇所である。直接にはなにも関わりはないのだが、私は以前、拙著『ドイツ詩考』のなかでこんな事を書いている。テレビで偶然、水上勉氏の良寛和尚の話を聴いたことがあり、それを記しているのである。そのくだりをここで引いておくならば ―「良寛晩年の二つの歌が私の心を強く打った。一つは有名なもので『形見とて何か残さん春は花山ほととぎす秋はもみじ葉』である。禅の心は充分に生きている。無欲にして自然と合一する、悟道解脱のこころが歌われている。わが生きた日の形見は自然万物に生きて残っているではないか、なにをあらためて形あるものに託する要があろうか、の意であろう。いま一つは、これも有名なものであろうが、私は実は今回初めて聞いた。その時、字句通りは覚えられなかったが、あわ雪が降りしきるそのなかに三千大世界があらわれており、またそのなかにあわ雪が降っているというものであって、私は全く驚嘆したと言ってよい。これぞ詩だと私は思った。リルケではないが、世界内部空間がこの歌にはある、そう思った。北陸の雪と、カプリ島の鳥の啼き声とでは、明暗異なるが、詩の心としては全く同じである。その間に私は早速一書を求めて、先の歌を確かめてある。『沫雪のなかに立ちたる三千大世界またそのなかに沫雪ぞ降る』という歌である。実は私はその本を買う直前に、なかに立ちたるのところを思い出そうとして、自分でもいろいろ試みていたのであった。なかに現わるだったか、なかに見え来るだったか、照らせるだったか、不確かなまま自分で言葉を置いてみたのであった。それだけに本屋で、なかに立ちたるの語を見出したとき、私の驚きはまたひとしおであった。仁王のように立って現出するのである。燦然と且つ荘厳に顕現するのである。これぞ立ちたるであって、ハイデッガーならば、フュシスの „aufgehen“ するさまだと喜んでくれたことであろう。現に、私の求めた本では、たちたるのところに漢学『顕』の字が当てられている。またそのなかに沫雪ぞ降るがえも言えず優しく現実味を醸し出している。私はこれまた沫雪の降るだと思っていたのだが、ぞ降るであって格段に力がこもる。」（同書 202 頁以下参照）

もう一篇オルフォイス讃美のソネットを、やはりこうした生死一如が果たす万物への変容ということで次に掲げておきたい。私はこの訳を「『ドゥイノの悲歌』第十」と題する論文のなかで、その終わりに試みている。それは今からではちょうど十年前の事になる。

*

　　ただ琴をかかげてすでに
　　影たちのもとに立ち出でた者のみが
　　限りない称賛のことばを
　　予感しつつ伝えうるのだ

　　ただ死者らと共にけしの実を
　　彼らの実を食した者のみ
　　かすかな音のひとつをも
　　もはや失うことがないのだ

　　池に映るすがたが揺れて、たとい
　　われらから消えゆくことはあろうとも
　　形あるものを知れ、とそれは告げている

　　二重の域に到りえてはじめて
　　歌声は得るのだ
　　永遠と静安とを　　　　　　　　　　　　　　　　　　（1-Ⅸ）

この詩に付け加える言葉はなにもなかろう。そこには『オルフォイスに寄せるソネット』最終の歌のそのまた最終聯、従ってこの連作全体の結句が、思い合わされるのみである。それはこう読まれる。

269　『オルフォイスに寄せるソネット』より

地上のものがお前を忘れたならば
静かな大地に向かって言うがよい、私は流れる、と
すみやかな水に対しては語るがよい、私は在る、と　　　　　　（2-XIII）

この一見矛盾に満ちた詩句のなかに象徴的なオルフォイス的知恵は、充全
に語られている。而もそれは第十の悲歌最終の、従ってこれまた悲歌連
作全体の結句とも符牒する響きとなっているように思われる。禅に「往
相」と「還相」という言葉があると聞く。昇りゆく人間の営みと、下り
来る救済の恵みといった意でもあろうか？　ともあれ詩人リルケはそこ
で、榛（はしばみ）の芽に降りかかる、春の雨を歌いつつこう語っている。─

さればこそわれら、のぼりゆく幸福を
思う身が、われらを驚愕させんばかりの
感動を覚えるのではあるまいか
一つの浄福がくだり来るとき

ひと先ずオルフォイス讃美の歌を措いて、リルケがこうした万有との合一
と詩におけるその変容を、現実のさまざまの個物に接して歌ってゆく姿
に目を向けたいと思う。早速にも心に浮かぶのが、あの果物の詩である。
─ ところが困ったことになった。テキストのこの詩（1-XIII）の傍に「別稿」
と記してあるのだが、それがなんのことやら、今となっては全く分からな
いのである。あちらこちらを引っ繰り返してはみたものの、リルケ謂うと
ころの、「反抗的な」物たちの常なのであろう。どうしても姿を現そうと
はしないのである。仕方がない。新訳を試みるとしよう。

林檎もあれば、梨もある。バナナもスグリも
ふんだんにある ... そうしたすべてが、口の中へ
死と生とを語り入れるのだ ... 私は予感する ...

270

子供の顔から、それを読みとるがいいのだ

子供がそれらを味わう時の。この味覚、それは遠くから来る
おんみらの口の中でおもむろに名なきものとなって行くだろうか？
普段言葉のあった所で、土に生まれたものたちが流れるのだ
果肉から思いがけず解き放たれて

おんみらが林檎と名づけるものを、敢えて言おうとするがよい
この甘さ、始め身を固くし
やがて味わううちに、ゆっくりと立ち上がり

澄んでゆき、目覚め、透明になる
天日のように大地のように、両様の意味をえて、この地上のものとなる
おおこれが経験だ、感得だ、喜びだ―巨いなる！

ここでやっと思い出した。前に、高橋新吉の或る詩について書いたなかで、
私はこのリルケの詩を少しだけ触れていたのだった。それは然し全訳の形
ではない。ともかくそれを取り出してみよう。新吉の詩は「いちぢく」と
いう題である。

いちぢくをもいでけふもたべた
何もたべるものはないからである
いちぢくの實の白い汁は、母の乳を思はせる
赤い實のなんといふうまさであらう
花咲かぬ實の切なくもかぐはしいこのみである

「いちぢくの實をたべるとき、遠い母の乳が甦って来る。思えば、母も
花咲かぬまま、私を産んで、死んでいった。貧しい、苦しい『何もたべる

271　『オルフォイスに寄せるソネット』より

ものはない』日々だった。だが、食べるとは合体することだ。万有の命と、束の間、一つになることだ。何もなくてよい。この『かぐはしさ』のなかに生死一如の味わいは在る。── かつてリルケも、果実の味わいに、『遠きより来たる』ものを歌ったことがある。『死と生とを口に語り入れる』ものを、予感した。『オルフォイスに寄せるソネット』第一部第十三歌にそのことが出て来る。『おもむろに口のなかで名なきものとなってゆく』果実の姿を、詩人は讃えている」（三木文庫第14号『天地考』参照）。── これが「別稿」とメモしたものと同じであるかどうかは、依然として不明ながら、ともかくその一つは見つかったわけだ。そのうちまた、いつの日か、散逸している原稿を整理していたならば、つまり「はぐれた紙片」をほじくっているときに、旧訳に出会えるかも知れぬ。それもまた愉しからずやというものだろう。

　ところで、リルケと新吉とでは無論いろいろ違ってはいるものの、意外なまでに共通する節がまたあるように私は思う。それが時の働きでもあろう。ともあれリルケの歌で「遠くより」とあり「名なきもの」とあれば、人は当然先にも引いた『ドゥイノの悲歌』第九の言葉を想起するであろう。「名なきものとして私は、お前大地への決意を抱きつづけてきた、遠き方より」がそれである。そして思えば、『マルテの手記』以後永く、リルケは「感受」„Föhlung“ の不一致に苦しんだのであった。第四の悲歌に謂う「感情の輪郭」が摑めずに悩んだのだった。時には押し寄せる追憶や悔恨の過剰に苦しみ、また時には内なる枯渇に悩まされた。外と内との不調和が詩人の苦悩であった。今や『ドゥイノの悲歌』の完成に当たって、その輪郭が捉えられた。境は踏み越えられたのだった。リルケ自身が Hulewicz 宛てに書いているように「生と死との肯定が一なるもの」だと悟られた時、「世界が全体となり、無欠となった」時、「『開かれた』世界のなかにすべての人々が在り、時間が脱落するということ、これがその在ることの条件であって、無常というものも到る所で一個の深い存在のなかへ墜ちてゆくのだ」という確信が得られた時、つまり「われわれの現存全体、われ

272

われの愛の飛躍と墜落、そのすべてがわれわれにこの変容即ち不可視のものの実現という課題を与えているのだ」と詩人は知ったのであった。となれば、かつて感得しつくすという事が、あれほどまでに苦しまれたのは、むしろ当然であったのだ。人間存在が実は充溢に抱かれていたからであった。第七の悲歌に謂う通り「われらの感受の幾千年を以てしても到底充たしきれぬもの」それが「われらの空間」であり、「恐ろしいまでに偉大な」空間であったのだ。先のソネット最後の言葉「巨いなる „riesig!“ はまさに、これを謂うものであった。その第七の悲歌に立つ燦然たる語「この地上に在ることの壮麗さよ」„Hiersein ist herrlich“ は、万言を以てしても足らわぬ重みを持つものであろう。まさに「血脈に漲る現存」„Die Adern voll Dasein“ であった。——生死「二つの国よりして生い立つ広大なる自然」(1-Ⅵ) にして初めて「この地上のもの」たりうるのだ。その時すべては「最も清らかな関連」となりうるのだ。上のソネットに「地上のもの」とあった所以もここにある。一切は今やメタモルフォーゼとなる。そのような充溢に震えんばかりの歓喜を。以下幾つか掲げる歌も語っているとされてよかろう。

*

われらが日頃親しんでいる花、葡萄葉そして果実
それらが語るのは、この一年だけの言葉ではない
暗黒よりして立ち昇る、色とりどりの開示があるのだ
そこには多分、死者たちの負けじと競う心も輝いている

大地に力を与えている死者たちの
光がそこに与かっているのを、われらは知らぬが
彼らの自由な骨髄を、粘土のなかに混ぜ込むことが
永の年月、死者たちのやっている流儀なのだ

問題はただ、彼らがそれを好んでしているかどうかだ...
この丸く膨らんだ葡萄の実、それは奴隷にも似た苦役の仕上げとして
われらあるじたちのもとへ立ち昇って来るのであろうか？

それとも彼らの方があるじではないのか、根のもとに眠っている
死者たちの方が、彼らの充溢の一部をわれらに恵んでくれてはいぬか？
黙す力と口づけとが、中間で出会っている、この物を？　　　　　　（1－XIV）

　リルケには確かに、そこはかとないユーモアがある。上で「死者たちの
負けじと競う心」と訳した言葉は „Eifersucht der Toten" である。嫉妬の趣
きも無論なくはあるまい。だが死者たちは、生者に劣らずせっせと苦役に
勤しんでいるのである。土を肥やしているのである。その輝きが今、甘い
実となって豊かに立ち昇って来るわけである。それが、死者たちの言葉で
あり、大地にとっての「一年だけではない」言葉であろう。そしてまたリ
ルケらしい「ひねり」はここにも表れている。つまり ironisch な意味深長
さの言い方である。われら生ある者らがあるじではむしろないと謂う。例
えばこの「ひねり」は『ドゥイノの悲歌』第一でも読まれるところだ。リ
ルケはそこで、若き死者たちが、われらを求めているばかりではない。「わ
れらこそ彼らなくして在りえようか？」と歌っているのである。同じよう
に、第七の悲歌でも「時代精神の造り出す、電力の広大な貯蔵庫」をテー
マとしている箇所に、そんな「ひねり」が見られる。何故ならば、ここで
詩人の謂わんとするところは、次のような理屈に基づいているであろうか
らである。この電力、それはやはり不可視のものではないか？　但し、悪
しき意味の不可視のもの、表面的に不可視のもの、浅薄な外観としてのそ
れに過ぎまい。だが然し、とリルケは言いたいのであろう。この日常現実
に現れている一見不可視のものをしも、逆手にとって、真に内面のもの、
在るべき不可視のものへと転じてゆくことはできないか？　表面のものは
却って、人間をして内面へと向けしめる誘ないだったのではないか、とい

274

うわけである。「多くの人は最早それに気付いてはいないが、それで利得なきわけでない／本当は彼らも、内面的に建てているのだ、円柱や立像を以て、より偉大に」――この、明らかに今日不利と見える事柄を、逆転して、真に不可視のものへと深めてゆく所に、リルケの真意はあるのであろう。それはそれとして、上のソネットで、更に最終行もまた見逃せないものであろう。黙す力とは、もとより大地である、われら地上のものらに、語るべく委託を寄せている大地である。われらは束の間のはかなき身とはいえ、愛を籠めてこの甘美な実に接吻するのである。この中間で出会っているところ、そこにわれらの現存はあり、先程の「地上に在ることの麗しさ」があるのではなかろうか？　次の歌にも、その心は生きている。

*

　星々の間、その遠さよ。だが然しどれ程さらになお遠いことか
　人がこの地上のものにおいて学ぶものは
　人ひとり、例えば一人の子...そして最も身近な人、もう一人――
　おお、いかに捉え難いまでに離れていることよ

　運命、それはわれらを多分、在るものの間隔で測ってもいるのだろう
　だから運命は、われらにとって疎遠と思われるのであろう
　惟うがよい、娘と男の間だけでも、何尺の隔たりがあるかを
　娘が男を避けるとき、そしてまた想うとき

　すべては遠い――いずこにおいてもこの圏の閉じることはない
　見るがよい、皿のなかを、愉しく整えられた食卓で
　たまさかに魚の顔を

　魚は言葉を持たぬ...かつてそう言われたものだ。誰に分かろう？
　だがどこか遠い果てに、魚の言葉がそう在るやも知れぬものを

275　『オルフォイスに寄せるソネット』より

言葉は無しに人が語る、そんな場所が在るのではないか？　　　　（2-XX）

「魚の言葉」とある。これは唐突だ。だがわれわれは「星の言葉」を想う
ことができる。そのことから始めてみよう。リルケは第九の悲歌で、観照
や苦痛、また愛の永き経験のような、言い難きものを「別の関連」へ、つ
まりは死後の世界へ携えてゆくことはできぬ、としている。「後に、星々
の間に置かれた時、それは何であろう。星々の方が勝れて言い難きものな
のだ」とそこには謂う。星々に適いうる言葉とは何か？　すると思い浮か
ぶ事がある。リルケはかつて「死」と題する詩を書いているのだ (München, 9.
November 1915)。その詩の終わりは、こうである。―「おお、星の落下よ／
前に一度、或る橋から眺め入った―／お前を忘れることはない。立って
いることだ！」この詩の脈絡で言うなれば、こうではあるまいか？　リル
ケはトレドの橋に立って、あの星の落下を観た時に、生と死との境に触れ
る心地がしたのであったろう。この世の事物は恐らく死に際して離れ去っ
てゆくでもあろう。それらが関わらされてきたしがらみを解かれて、今や
事物は自由の身となり、ラララと歌いながら飛び去ってゆくことであろ
う。そこには最早無縁となった事物たちの哄笑 (Gelall) さえ聞こえるとい
うものだ。そして点線の長い間があって、とはつまり長い沈思の間を置い
て、然しこれだけは、もしも自分、詩人が最後に観じたいものありとする
ならば、あの星だ、と言いたいのではあるまいか？　あの時私は橋の上に
立っていた。その私の身を貫いて走った想い、生きて在るとは、生と死と
の切り結ぶ接点に立っていることだ。天頂と地上とを一つに結んで、星は
美しく落下して行った。いや、そこに立っていた。一瞬とはいえ、この一
なることが立っていたのだ。それを、その想いを、別なる関連へと携える
事は許されぬものであろうか？　星は立ち、我は立つ。天地を結ぶ星と、
生死の境に佇む我と、この、外なるものと内なるものとが同時に生起し
た。この合一のひとときの想いが、詩ではないのか？　死と星と、それが
黄にして青きりんどうの花として変容された言葉、それが「立っているこ

276

と」„Stehen!"なる結句ではなかろうか？　それをしも今「星の言葉」と呼ぶならば、これを詩人は携えて行きたいと願ったのであろう。

　さて、この「魚の言葉」の出てくるソネットについて、私は以前、こう感想を書いている。——「われわれ人間は、運命の尺度によって測りつつ、普通、人間同士の隔たりを、違いと言っているのだ。実際、確かに人が通常思う以上にその隔たりは大きいものではあろう。だが然し『世界内部空間』があるのだとしたら、どうなるのか？　われらの感受の幾千年を以てしても、到底満たしきることのできぬ、恐るべく巨いなる、われらが空間、この空間がもしあらゆる人また物の間に、それも毎瞬間広がっているのだとしたら、それは運命の尺度どころではない、測り知れない遠大さというものであろう。だが、真実においては、この世界内部空間の遠さは、遠ければ遠いだけ、その大なれば大なるだけ、実は一切が近くなり、親密となるのだ。何故ならば世界内部空間こそ、万有に遍ねく浸透しており、万物を、一なるうちに抱き包んでいるからだ。„Durch alle Wesen reicht der eine Raum: Weltinnenraum."『万物を貫いてゆきわたる一なる空間。それが世界内部空間だ』とはまさに、リルケ詩の根幹である。星は遠くして、その実、近いのだ。心に近さをつくるもの、それが、この一なる空間だからである。第四の悲歌でも名指されていた『世界空間』、第七の悲歌に謂うところの『二つの時の狭間に在るもの、時間の尺度を以てしては殆ど測りえざるもの』、それらの詩句はいずれも、この内部空間の広大さを讃えている。これが、すべての真の近さを来たらしめるのである。そして思えば、これこそ、運命に打ち贏つ『われらが空間』に他ならない。愉しくしつらえられた食卓の、魚の顔にすら、それは現前しているではないか。とはつまり言葉となっている、少なくとも言葉となろうとしているではないか。昔、ギリシア人は、魚は言葉を持たぬと言った。実際不肖この私も先頃やったギリシア語学習で、そうした文例に出会っている。『魚に声を、無教育者に徳を、いずれも求むべきでない』というのがそれであった。あの灼熱の午後の独習にあってこのユーモアは、私には一陣の涼風であった。だがリル

277　『オルフォイスに寄せるソネット』より

ケは問う。果たしてそうであろうか？　魚の言葉が語られうる場所があり
はしないか？　と。この場所（Ort）はまた、第五の悲歌の最後で希求され
ている場所（Platz）でもありはしないか？　私の解する『純なる過剰』„das
reine Zuvel" の場所ではなかろうか？　リルケ自身はこの悲歌で『純なる
過少』が『虚なる過剰』へと転じられる、旅芸人の習練を歌っているので
あるが、私は詩人が、その少し上で、『私はその場所（Ort）を心に担って
いる』と歌っているところから、先のように解するのである』（三木文庫第
12 号『素描集』122 頁以下参照）。

　だがもうそうした思弁は措いて、果実、葡萄葉、魚ときた線上で、この
あと庭や泉、そしてあの白馬の歌を、以下次々に読んでゆくことにしよう。

*

　庭々を歌え、わが心よ、お前の知らざる庭を。さながら硝子の杯に
　注ぎ入れられたような庭を、清らかに、到り難いまでに
　氷と薔薇、それはイスパハンの、それともシラスのものか
　それらを歌え、浄福のうちに、讃えよ、何物にも比しえぬ庭々を

　示せよ、わが心、お前がそれらを決して失うことなきように
　その庭が、その熟しゆく無果実が、お前を心とするように
　お前がそれらの、花咲く枝のあわいでさながらに
　幻影にまで高められたかのような大気と行き交い、心通わせるのだ

　欠乏があるとは思うな。在ることのこの決意が生じたならば
　もはや欠乏などという迷誤は避けよ
　絹なす撚り糸となってお前は、織物のなかに入り来たったのだ

　その模様のいずれにお前が内部で一つに合わされていようとも
　（よしやそれが、苦痛の生から取られたひとときの図柄であろうとも）

感ずるがよい、全なる褒むべき絨毯が意図されているのだ　　　（2-Ⅹ）

　私がこの詩に接した最初は、『ドゥイノの悲歌』第五についての Jakob Steiner の解説を通してであった。周知のようにこの悲歌では「絨毯」„Teppich“ が二度出てくる。最初の、パリ「郊外の－／天空が、まるでそこだけ大地に傷をつけたかのように、膏薬まがいに貼られている／宇宙のなかの、失われた絨毯」がその一つであり、それは曲芸師たちの跳躍で踏み潰され、薄くなっている。もう一つが、この悲歌の終わりに出てくる「天使よ！　われらの知らぬ広場が在るのではないのか、そしてそこでは／言い難き毛氈の上で、愛する者たちが、この地上ではいかにしても／成就しえなかった者たちが、彼らの果敢の／高き形姿を、心の跳躍の姿を」示してくれるのではないか、とある箇所で、この悲歌最後の言葉もまた「充足された絨毯」となっている。「全なる褒むべき絨毯」とある上のソネットと無縁ではなかろう。両作の成立は現に数日の隔たりしかないのである。先に、これは全く偶然の事ながら、「純なる過剰」として第五の悲歌に触れたわけでもあるから、ここではもう立ち入りたくはない。あらためて Steiner の書を繰ってはみたが、とりわけ言及したいとも思わない。むしろ手許の簡単な注釈書（A. Stahl）によって、上の詩にあった二つの地名を、説明しておきたい。Ispahan (Isfahan) と Schiras とは、いずれもイランの地方都市である。前者は周囲を取り巻く肥沃な土地と、水利施設によって豊かとなったことで知られ、後者は薔薇の庭園で有名である。遍く旅行したにもかかわらずリルケはこのどちらも見ていない、そういう事らしい。

　それはそれとしてこのソネットで圧倒的に読者の心に響いて来るのは「幻影にまで高められたかのような大気と行き交い、心通わせるのだ」の箇所ではなかろうか？　而もここはなかなか難しい感じがする。„Daβ du mit ihren, zwischen den blühenden Zweigen／ wie zum Gesicht gesteigerten Lüften verkehrst.“ が原文である。幻影はむしろ顔がよく、いっそ視覚とするのが

279　『オルフォイスに寄せるソネット』より

より適切かも知れない。大気が顔となるとは、大気がこちらを見てくれるものとなる、の意であろう。薔薇の園やあたりの風物を取り巻く大気がすべて、一点凝視する眼となって、こちらを視ている、その雰囲気と交わるように、の意味でもあろうか？　『新詩集』中の名篇「アポロの古代風トルソー」からも明らかなように、リルケにあっては、向こうがこちらを見ている、凝視している、といった表現は限りなくある。有名な「そこにはお前を見ていない箇所は／ただの一つもない。お前はお前の生を変えねばならぬ」の句がそれである。私が以前書いた論文「リルケの詩における時間の変容」でも顔のモティーフは扱っている。特に印象的なのが、「あり余る星々を鏤めて...」と始まる、1913年4月にパリで書かれた詩だ。そこには「ここ、この涙する顔から／この終わる顔から、ただちに／かなたへと引き攫う世界空間が／広がりゆきつつ始まっているのだ」とあって。その終わりには「...軽やかに、顔をもたずに／上方から深さがお前の身に寄りそって来る。そのはぐれた／夜を孕んだ顔が、お前の顔に空間を与える」と読まれる。見る者と見られるものとが交感し合い。互いに顔となり眼となって、そこに世界空間の現ずる場が生じる、これがリルケの詩の言わば呼吸である。或いはずっと後期の1924年10月作の「夜をめぐる詩群より」にも、「夜。おお深みのなかへ溶けた顔、私の顔のかたえなる」の句が見られるのである。だが上のソネットの幻影乃至顔は大気であり、透明で明るい感じを現出している。恐らくは別のソネット、私が後で取り上げる予定の「息をする、それは眼に見えぬ詩だ」„Atmen, du unsichtbaes Gedicht!“（2-I）に関わらせて読むのがよいであろう。そんなで、これ以上は言わずに、庭の詩に続いて、あの典雅にして雄渾な泉の詩に移るとしよう。

*

　おお泉の口よ、おんみ与えるもの。汲めども尽きず
　　一なること、純なるものを語る口よ

280

おんみ、水の流れる顔の前で
大理石のマスクをなすもの。その背景に

水路橋の来歴がある。遠き彼方より
濠を過ぎ、アペニンの山裾を経て
水道はおんみに、おんみの言葉を運び来る。それがやがて
おんみの年ふりて黒ずんだ顎のほとりで

受けている容器のなかに落ちては流れてゆく
器は眠るように差し出された耳
その大理石の耳のなかへ、おんみはいつも語り入る

大地の耳。ただ自分とのみ
大地はこうして語るのか。水桶がもし差し入れられれば
おんみが大地の語りを遮ったかのように、大地には思えよう　　　(2-XV)

　ローマ時代から立っている Aquädukte の雄姿と、アペニンの山裾から運
ばれて来る遥けき水の由来、詩の素材として申し分のない情景である。リ
ルケは然し、迸り落ちる水を大地の言葉だとしている。人里離れた自然
のなかで、自分とだけ常に語っているその言葉を伝えるのが泉の口であ
る。詩人もまた、かかるものではないのか？　リルケはそう思ったことで
あろう。大地の「汲めども尽きず一なること、純なるもの」を、ひたすら
に語りゆくこと、それを彼は詩人の在り方と見たであろう。「眼には見え
ぬものとなって、われらのなかに甦ること」それが大地の意志ではないの
か、そう第九の悲歌で歌った詩人は、この水道の泉の口に、自らのめで
たき形姿が成就されていると見たことであろう。言わるべきことはなお
多々あろう。私が然し、もう一つ注目したいのは、終わりの句にある「遮
る」„unterbrechen“ の語である。この溢れる水に、人の世の水桶を差し出

281　『オルフォイスに寄せるソネット』より

すことは、既にして冒瀆とも思われたのであろう。恐らくは然し詩作すらもそのような、ささやかな営みに過ぎぬとも詩人には思われたのであろう。ともあれ、こういう際に、とはつまりなんらかの感情の高まりにおいて、その流れを中断するやも知れぬとして控えるということ、その慎ましい姿勢が、私にはこの詩人らしいものを語っているという気がする。——

　以上のような事を私は拙著『ドイツ詩考』にしたためている（同書395頁以下参照）。そこでは続いて「陽なたの路に置かれている ...」（„An der sonngewohnten Straße...“）と始まる美しい詩（Aufang Juni 1924）が言及されている。よく知られた情景ながら、そこにやはり、初夏の道端にひっそりと水を湛えている、とある水飼いの槽に、軽く手を浸すだけで、渇きが癒されるとあり、そして言う。「飲めば、度を越すというものだろう。明らさまに過ぎもしよう」と。この „Trinken schiene mir zu viel, zu deutlich“ のところは、えも言えぬ優しさである。この身振りが、先程の „unterbrechen“ を微かにためらうのと同じ心に発しているわけである。詩人のそんな控えめな姿勢、H.-G. Gadamer が、現代の純粋な詩人に認められると謂う「思慮分別」 „Diskretion“、そのもう一つの表れを、私は次のソネットにも読み取れるように思う。これには然し多少面白い、無論私なりのごく個人的な経過がありはするのだが、それは三木文庫の創刊号『ドイツ詩回想・高知』92 頁以下でご覧頂きたい。訳もこのときの冊子から採られている。

＊

　花の筋よ、アネモネに
　牧場の朝を次々に開き出すものよ
　やがて花々の胎内へと、鳴りわたる諸天の
　多声の光が注ぎ込まれるまで

　静かな花の星形のうちに、お前張りつめられた
　筋は、無限の受容に満ちている

時としてお前は、充溢に打ち負かされ
日没の休らいの合図が来ても

大きく反り返ってしまった萼の縁をもう
戻しかねるばかり、豊かさに浸っていることがある
お前、なんという多くの世界よりする決意また力よ！

われら力あるものらは、強いてより永く保ちはしよう
だがいつの日、すべての生のうち、いかなる生において
われらは果たしてかくも開かれ、受容する者でありえようか？　　（2-V）

　アネモネはリルケにとって、ルー・アンドレアス＝サロメ宛ての1914
年6月14日付けの手紙を通して知られる通り、それに先立つローマでの
生活以来、芸術家の在りようを暗示する、自らを与えきる姿の象徴であっ
た。自然万物と合一する境地に到った今、それが多声の光のうちに甦って
いるのである。―上の冊子ではそのように記しているだけである。多分
これが講義録であったから。実際の話ではなお補説するつもりで、そう書
いていたのであったろう。多くの解説者も当然、このサロメ宛ての手紙を
引用している模様であるから、私がここでそれを試みる必要もないわけだ
が、今やはり若干これに触れてはおきたいと思う。
　話は少々遠い日々に遡る。「カプリの冬の即興曲」„Improvisation aus dem
Capreser Winter" と題される4篇よりなる連作が残されている。リルケが
カプリ島に滞在した、1906年暮から翌年3月へかけての時期のものである。
これが実は『ドゥイノの悲歌』への助走の如き作風なのである。―そう
解している論者は必ずしも多くはないようであるが、私は今のところ全体
としては未発表の「『ドゥイノの悲歌』新解」という論考のなかでこう指
摘している。―「この即興曲にわれわれは明らかに、後の『ドゥイノの悲
歌』へ繋がる詩想を見出すのである。面白いのは、詩人がその時点で、か

つての『時禱詩集』への接続をここに覚えていることである。確かに、古い歌いぶりが立ち還っているとも見られえよう。だが実は、それは新しき歌の始まりだったのである。詩人の根源への帰還であって、それ故に未来の開始となるのである」と。ともあれこの連作中＜Ⅳ＞の詩は「若き伯爵夫人 M. zu S. のために」捧げられている。Gräfin Manon zu Solms-Laubach という 24 歳の人で、カプリの別荘 Discopoli に当時滞在していたそうである。この＜Ⅳ＞だけでもかなり長い難しい詩である。その終わりに近く、アネモネが出て来るのだ。少し引いてみよう。詩人はその日、壮大な海と空、屹立する断崖に驚嘆したのであったろう。今そのすべてを「部屋の夜」のなかで思い描こうとするとき、心は内へ内へと進み、形象をなさないまま、暗黒の中に籠もってゆくばかりなのであろう。そして自らに向かって、そしてまた恐らくは若き伯爵夫人に対しても、言う。—

閉じよ、固く眼を閉じよ
あのすべてはこのようであったろうか
お前はそれを殆ど知らぬ。お前はそれをもう既に
お前の内面から切り離すことができぬ
内面にある天空は
認識され難い
心は進みに進むが、こちらを見てはくれぬのだ

だがお前には分かっている、さればこそわれらも
夕べにはアネモネの花のように閉じてゆくことがあるのだと
或る一日の出来事を自らのうちに閉ざしつつ
いささかは大きくなって、朝にまた花開くものなのだ
そうすることがわれらには許されているばかりではない
まさしくそれが、われらの為すべきことなのだ。閉じてゆくことを学ぶ
無限なるものの故に、これがわれらの為すべきことなのだ

284

この 1906-07 年の時点でリルケは、閉じてゆくことのできるアネモネの花の休けさに憧れている。それはまた逆に、かつて見た、閉じることを忘れたかのように開ききったままで、ぽつねんと暗夜に立っていた花、あの悲しいまでの姿に対する共感と、それがもたらす自省でもあったろう。七年後にリルケは、この事をルー・アンドレアス＝サロメに宛てて書いたのだった。—「私は一度ローマの庭園で見たことのある小さなアネモネのようなものです。その花は一日中余りにも大きく開き過ぎたために、夜になっても最早自分を閉ざすことができないのでした。暗い牧草地のなかで、大きく見開いたまま、いつまでも呼吸しつつ、狂ったように開ききった蕋のなかへ取り込んでいる姿、そしていつ果てるともない多すぎる夜を頭上にしている、その様子は見るも恐ろしいというものでした。しかもその傍らには沢山の賢い姉妹たちがいて、どの花も皆、些かの度合いの充溢を包んで、閉じてしまっているのです。私もそのひとりぼっちの花のように、救いなく外へと向けられているのでしょう。だからすべてのものによって散漫にされ、何物をも拒めず、私の感覚はすべて、私に問うこともなく、すべての妨げとなるものへと移ってゆき、ちょっとした物音でもあれば、もう私は自分を捨てて、この物音になっているというわけです。」

　それから更に七年余の歳月がたっている。『オルフォイスに寄せるソネット』の段階でリルケは、もう一度この同じモティーフを取り上げる。花の意味は、もう一度変転する。あれでよかったのだ、閉じずにいてよかったのだ、そこまで一途に充溢を受け止める、それが人間の在るべき姿なのだ、「無常というものも、到る所で一個の深い存在の中へ墜ちてゆく」(an Hulewicz) のだ、いやわれらの生存のすべては充溢に抱かれているのだ、最早あの花の悲しみは越えられた。むしろわれらは、あの花のように、開かれたもの、受容するものであらねばならぬ。—これが恐らく上のソネットの心であろう。となると、われわれはまた『新詩集』にあった「薔薇の水盤」を想起させられるのである。この詩の終わりにはこうあった。

285　『オルフォイスに寄せるソネット』より

思えば全てそうではないか。己れ自身をのみ含み持っていはしまいか
己れを含むとは、己れを抑え己れを捧げるではあるまいか。外の世界も
風もまた雨も、春の忍耐そしてまた
罪と動揺、そして仮面に包まれた運命
夕べの大地の幽暗を
果てはまた雲の移ろい、逃げ行き或いは微かに懸かるさま
更には遠い星々の漠たる働きに到るまで、それらすべてを
掌に含まれるほどの内なるなかへと変容すること、これではないのか

　今、その内なるものは何の憂いもなく、開いた薔薇の中に休ろうている

　だからあながち変転ですらなかったのだ。同じものの確信が得られたの
だった。詩の言葉は詩人を襲い、詩人を越えて詩作する（überdichten）とは、
ハイデッガーの言葉である。詩人自身を越え出ていたところへ、詩人はい
つかまた帰還するのである。それによって根源は基礎づけられるのだ。「詩
の場所から波が湧き出でて、この波が常に詩作するものとしての言葉を動
かす。波は然し詩の場所を離れることがない。それどころか湧き出ること
によってむしろ言葉の一切の動きをば、ますます隠蔽されるところの根
源へと逆流させる」とハイデッガーはまた別の所で語っている（„Unterwegs
zur Sprache“, S. 38）。

　この項目が少々長くなってしまったが、このあたりで措くとして、この
あとにあの白馬の歌を読むことにしたいと思う。偶然のことではあるが、
上のソネットが、アネモネを介してルーと関わりがあるとするならば、白
馬の詩も、この女性と無縁ではない。共に旅したロシアの夕暮れがそこに
立ち還っているからだ。

＊

おんみにしかし、主よ、私は何を捧げよう？　告げよ
生き物たちに耳を教え給うたひとよ
或る春の日への私の追憶
あの夕べ、ロシアの地で ── 一頭の馬

村からこちらへその白馬は来た、誰にも付き添われずに
前脚の鎖に木杭をつけていた
夜を牧場で孤独に過ごすのだ
たてがみの捲き毛がはげしく揺れるのだった

その頸のあたり、あり余る血気の歩調の度ごとに
無骨な木杭に邪魔されながらも、疾駆していた
駒の血の泉がどんなに湧き出ていたことだろう！

白馬は遥けさを感じていたのだ、そうでないわけがない！
彼は歌い、彼は聞いていたのだ ── おんみ主の語りの圏は
かの馬のなかにおさまっていたのだ。その姿を私は捧げよう　　　（I-XX）

　この詩について言わるべきことは何もない。全一の輝きは時のなかにも
射し入っている。そのとき個々の追憶が無限に新たな意味を得て現出して
来るのだ。白馬が感じていた広野の遥けさが、今あらためて感得されるの
だ。「本当に時は存在するのだろうか？」そんな心地さえしてくるのであ
る。私が他で謂う「充てる時」だ。そのためでもあろう、以前私の書いた
「リルケの詩における時間の変容」という文章の終わりに、次のソネット
が引かれている。それがまさに、上の詩の意味を語ってくれてもいるであ
ろう。因みにそれは、第一部最後の位置におかれている。

　本当に時は存在するのだろうか？　破壊する時が？

287　『オルフォイスに寄せるソネット』より

いつ、休らう山の上で、時が砦を打ち壊すのだろうか
この心、限りなく神々に聴き従うこの心を
いつ造物主デミウルゴスが迫害するのだろう

本当にわれらは、それほども不安に脅える、壊れ易いものなのか？
運命がわれらにしきりと証したがっているほどに？
幼時は、あの深い、有望な幼時は
根本では — 後になって — 語らぬものなのか？

ああ、過ぎゆくものの亡霊よ
無心に感受する人間を貫いて
それは行く、煙のように

われらが在るままに、急ぎ行くものであるままに
われらは然し、留まる諸力のもとで
神の用い給うところのものなのだ

(1-XIII)

移ろい行くものたる人間にして、もし留まることが可能ならば、それは詩
においてであろう。「人間はもと詩人の如くにこの地上に住もうている」
(Hölderlin) のだ。今やこの、私謂うところの「私家版ソネット集」第二群
とっておきの作、「鳴り響く杯」の詩が読まれてよかろう。私はそれを「リ
ルケの伝記を読む」と題する論で訳している。それと言うのが、この場合
の伝記が Donald A. Prater という人の作で „Ein klingendes Glas" と題されて
おり、このソネットの言葉をそこに用いているからである。私は今も、こ
のイギリス人の書いたリルケ伝を、この種のものとしては最も優れた読み
物だと見ている。それについては、上記の拙論をご覧頂きたい。ともかく
そこから訳詩と若干の言及とを引いてみよう。

すべての別離に先立って在れ。さながらにそれがお前の
後ろに在るかのようにするがよい。今過ぎ行く冬の如くに
何故ならば幾とせの冬のなかに、終わることのない冬があるのだ
さればこそ、冬を越えつつお前の心は辛くも耐えきることができるのだ

常にオイリュディーケの内に死して在ることだ。―― 歌いつつ昇りゆき
讃えつつ戻り下るがよい、純なる関連のなかへと
此処、消えゆくものらのなかにあって、凋落の国にあって
鳴り響く杯で在れ、響きのうちに早、壊れ果てる杯で在れ

在れ ―― 而も同時に、在らざることの条件をわきまえよ
お前の内なる心の振動の、無限なる根底をわきまえよ
お前がその条件を充全に而もこのただひと度に完成すべく心せよ

充てる自然の、使い果たされた蓄えにも、そしてまた鈍く物言わぬまま
備えているものにも、然り、かの語りえざる無量の豊かさにお前自身を
加え入れよ、歓呼して。そのようにして数を否定することだ　　　(2-XIII)

この詩に、ゲーテ晩年の詩境に極めて類似するもののあることが、先ず指
摘されてよかろう。どこか箴言詩風の言葉の響きが感じられはせぬであ
ろうか？　ゲーテの詩「変転のなかの持続」最終詩節の言葉「始まりと
終わりとを／一に結び合わしめよ／もろもろのものよりも速やかに／お
前自身を過ぎ行かしめよ」は勿論のこと、全体もう一篇最晩年の詩「遺
訓」„Vermächtnis“ にも通ずる精神は通うていると言われてよい。もとより
私は、リルケにゲーテへの近さがあるから、古典性もあるなどと謂うの
ではない。それは逆である。古典性あってのゲーテであり、リルケであ
る、因みに、私はこの小論で、『マルテの手記』以後のリルケが、若い頃
とはまた違う角度で、ゲーテに接近する過程を、多少詳しく触れている

289　『オルフォイスに寄せるソネット』より

（同冊子 157 頁以下参照）。それはともかくとして、上のソネットで更に重要なのは、在ることと歌うこととの、リルケにおける結びつきであろう。それがまさしくリルケであり、「歌は現存」„Gesang ist Dasein" である。『新詩集』中の名篇「薔薇の水盤」以来の課題「あの存在と傾愛との究極の姿」„jenes Äußerste von Sein und Neigen" が続いているのである。難解の句「オイリュディーケの内に死して在れ」も、このことと繋がっている。他に „Und ihr Gestorbensein erfüllte wie Fülle." の句を含む、これまた『新詩集』の詩 „Orpheus. Eurydike. Hermes" が想起されるが、琴を掲げて影たちのなかに立ちまじり「二重の領域」に住まいえてこそ「声は永遠のもの優しきものとなる」のである。第七の悲歌の雲雀の詠唱と高き夏の夜、そして地の星に続く „O einst tot sein und sie wissen unendlich,/ alle die Sterne: denn wie, wie, wie sie vergessen" の言葉も思い合わされてよかろう。—

　大体そんな風に私はこの「リルケの伝記を読む」という文章のなかで書いているのである。尤もこれでは、充分な理解が得られたとは到底言えまいから、先頃『半蔵記』に収めた「ハイデッガー・メモ」(94. 3. 24) で触れた事を転引しておこう。この文章は次のように始まっている。—「昨日の帰り、久し振りにまたハイデッガーへの情熱が高まってきた。ハイデッガーを読むことの苦しさは、その真摯さ (Ernsthaftigkeit) であろう。詩をすらも戯れの „Sing-Sang" と見てはならぬとする、厳しさであろう。だがまたそれが、とはつまりこの厳しさが、詩の心でもあるのだ。それがかの漱石は『虞美人草』で宗近君の謂う『真面目になれ』ではなかろうか？　或いはまたリルケの歌う『死して在れ』でもあるのだ。」—ここで私は、上のソネットの旧訳を掲げたあとこう書いている。—「死して在ることが、万有との合一でもあるのだ。全一性 (Ganzheit) であり、充全なる „Dasein" でもあるわけだ。惟えば、リルケは巧みにも言った。„Sei immer tot in Eurydike —" と。われらは常に死して在るわけにはいかない。オイリュディーケにおいてしか死して在るわけにはいかぬのだ。その上でリルケはもう一度『在れ』と繰り返した。それがわれらの在り方なのだ。

290

だからそれは『鳴り響く杯』で在ることなのだ。詩の恵みは、ここにある。詩において „tot sein" は果たされるわけである。『存在と時間』の謂うところもこれであろう。死して在るところに、われらの本来の在りようはあろうからである。それにしてもリルケはオルフォイスにおいて死して在れとは言わなかった。それもまた当然であろう。オイリュディーケは歌の在るところ常に在る。オルフォイスは鳴り響く杯そのものなのだ。死して在るのは、オイリュディーケにおいてでなければならぬ。」

　われわれは今や、詩の使命というか、詩の本質というか、そうしたところを歌うソネットの群れに入ってゆくことになる。その最初には、さながらヘルダーリン歌うところの „Äther" が如き、万有を包む大気と触れる、あの歌が最適であろう。

＊

息をする、それが眼に見えぬ詩だ
絶え間なく、自分の存在をめぐり
純粋に交換された世界空間が在るのだ。均衡のとれた
重み、そのなかで私は旋律となって生起する

息はただ一つの波、その
おもむろに広がる海が私なのだ
ありうる限りの海のうち、それは最もつましいもの ──
空間を得る働き

さまざまの空間のこうした場の、いかに多くがすでに
私の内部に在ったことだろう。あまたの風が
私の息子たちのように思えるのだ

大気よ、私が分かるか？　かつて私の場所たりしものを今も豊かに

291　『オルフォイスに寄せるソネット』より

含み持つ大気よ、お前はかつての滑らかな樹皮だ
私の言葉がまどかに作り上げた葉だ。それが分かるか？　　　　　　　(2-Ⅰ)

このソネットを私は以前、「『ドゥイノの悲歌』新解」と題する論考で、第一の悲歌を解説したあとに、挙げている。この悲歌に全体、流れるような風或いは大気、声の如きが動き漂うている趣きが感じられたためであったろう。われわれは然し、既にあの「終わる顔から、ただちに／彼方へと引き攫う世界空間が／広がり行きつつ始まっているのだ」の句を含む詩「あり余る星々を鏤めて」を上で見ている。この空間の「恐るべき巨大さ」測り知れない遠大さ、然しまたその近さ親密さについても、先に触れるところがあった。今その世界空間からこちらへと、詩人自身の作り上げたものが、葉となり樹皮となって還って来るのである。詩人の言葉を通して変容を経たるものらが無数に既に現に生きており、世界空間を満たしているのだ。「世界内部空間」は今や現実の世界空間と重なり合っている。両者の間に、交感し合うものが在るのだ。一方に詩の世界として「世界内部空間」があり、他方に巨大な世界空間があるというのでは最早ない。あとでも見る詩に謂うが如く「アンテナがアンテナを感受している」のである。「悲歌の天使は、われわれが果たすべき可視のものを不可視のものへと変容させるという過程を、既に完了している被創造物として現れているのであります」とリルケはのちに (13. November 1925) Hulewicz 宛ての有名な手紙で書いているが、それはこの詩人一流の謙虚さが言わせた言葉であろう。彼はこの天使的境域に、既に近づいている、殆ど接しているのだ。無論、天使に同等の所に到っているとは、リルケは思わぬであろう。だが、第七の悲歌始めに歌う通り「最早求めるな我が声よ、お前はもう充分に成長した」„Werbung nicht mehr, nicht Werbung, entwachsene Stimme.“ —— これが詩人の本心であろう。詩において詩人は、個人としてのリルケが語るよりもより真実に語っているのである。そうではないか？　世界空間のなかに、詩人の言葉となった物らが充満している。内と外とが合体しつつ、相互に瞬

きを交わし合い、その存在性を増幅し合っている。「悲歌の天使にとりましては一切の過去の塔も宮殿も実在して（existent）いるのです」とリルケは上の手紙に書いている。この出だしの部分を書き改めて「『オルフォイスに寄せるソネット』では屢々」と置いても、われわれはさまで間違っていないことになるであろう。ヘルダーリンを見よ、ノヴァーリスを見よ、と私は言いたい気がする。光の粒子とでも言われてよい、天の子らに満たされた、秋の、シュトゥットガルトを歌うヘルダーリンである。「天の子らは喜び行き交い、互いにもつれ合って／なんの憂いもなく、一として過不足のない有り様だ」— そうこの故郷なき歌人は詩作した。ノヴァーリスも同じである。宇宙を詩化すること、これがこの詩人の念願だったのだ。となると内も外もない。ノヴァーリスがむしろ外化を強調するのもこれである。「一切はわれらから外に出て、可視的とならねばならぬ— われらの魂をして代表的（repräsentabel）たらしめることだ」とすら謂う。私は以前『ドイツ詩回想・高知』で E. Staiger の解説を取り上げているが（同冊子 43 頁以下）、リルケは自分でそうと知ることなく、これらドイツ的天使的詩精神に近づいていることになるのである。

　この段階が意外に長くなってしまったので、もう一度纏め直しておくならば、「世界内部空間」と世界空間とは、本来聊か違うのである。前者ではなお内と外とが分かれて意識されていたのであったろう。ところが今やリルケ究極の詩境に到っては、とは即ち生死一如の全一世界の現存が自覚されるに及んで、両者は重なり合うものとなった。現に在るものが既に変容されており、変容されたものが現に在るわけである。「可視不可視両域の連関」に詩人は入っているのである。ちょうど変容の変容がもと変容であって、この経過が無限に重複してゆくように、内から外へ、外から内へ、自在に流通し合うようになったとき、「世界内部空間」即世界空間と真になったものであろう。それが「かつて私の場所たりしものを今も含み持つ大気」の意ではなかろうか？

　もう一つ指摘しておきたい事がある。それは先のソネットで「空間を得

293　『オルフォイスに寄せるソネット』より

る働き」とあった箇所に関してである。この句の理解には、既に上でも引いた詩「薔薇の水盤」が合わせ考えられてよいのではあるまいか？　この詩の第三節は、次のように歌う。

　音なきいのち、終わりなく咲き開き
　空間を要しつつも、四囲の物らが狭めているあの空間から
　場を奪うこととてなく、己が場の空けられているかのように
　殆ど輪郭をさえ持たずに在ること
　そしてただ純粋に内なるものとして在り、幾多不思議に優しきものを
　含みつつ、自らを照らすもの —— その縁まで一杯に
　一体われらにこのようなもので知られる何がありえよう

　リルケはだから、同じ一つのものを詩作し続けたわけである。詩の空間を作り出す事、言葉によってそれを果たす事、それが彼の終生渝わらぬ姿勢であった。ハイデッガーはいみじくも語っている。——「あらゆる偉大な詩人は唯一の詩からのみ詩作する。詩人の心がこの唯一のものにどの程度まで委ねられており、それによって詩人がその詩の言葉をこの唯一のものの中でどれ程純粋に保ちうるに到っているかということから、詩人の偉大さが測られるのである」(Unterwegs zur Sprache, S. 37)。次に掲げるソネットからも。同じような詩的空間内の共鳴音が聞こえて来はしないであうか？先に「アンテナ」の句を引いたのが、これである。

*

　われらを結びつけようとする精神は誉むべきかな
　何故ならわれらは真実、もろもろの形姿のなかに生きているのだ
　だが、ささやかな歩みと共に、時計はすべて
　われら本来の日の傍らを動き行く

われらの真の場所を識ることもないままに
われらは現に在る関連よりして行動しているのだ
アンテナがアンテナを感受している
だが惟えば、あの空なる遥けさが支えていたのだ...

純なる緊張を。おお諸力の奏でる音楽よ！
無用の仕事を通してお前から
あらゆる妨げが逸らされたことはなかったか？

農夫が心配りつつ働くときにも
種苗が夏へと姿を変えるときにすら
農夫の力では足らいはせぬ。大地が贈っているのだ　　　　（1−XII）

　このソネットを私は『ドイツ詩再考』403頁以下で扱っている。その箇
所を少し縮めてここに記してみよう。若干字句を修正してもみた。――こ
れは決して易しい詩ではない。或る評者の謂うが如く、リルケの『オルフォ
イスに寄せるソネット』特有の、簡潔で謎めいた „änigmatisch" な感じの
言葉である。何度も読み返さねば、その意は汲みとれぬというものである。
ただ一読直ちに明らかなことは、万有をめぐって遍ねく一つの精神が行き
通うており、それが実際の関連をなしているという事であろう。眼には見
えぬながら、この張り渡しは、純なる関連となってわれらの意識のアンテ
ナを結んでいるのである。解しにくいのは、先ず諸々の形姿である。これ
は然し、変容の詩人リルケにあって、内なる形姿たることは疑いえまい。
われらは然し普通、そうした内なる諸形姿のなかに真実生きていることも
よくは分かっていないのである。われらは小刻みに動いて行く時計の時間
のなかに生きていると思い、本来の日を忘れてはいないか？　だから真の
場所、生存の本来在るべき場所を識らずに、それでいて実際は、あの万有
を結んでいる精神の関連に基づいて行動しているわけである。第七の悲歌

295　『オルフォイスに寄せるソネット』より

で見たように、われらは識らずして内に変容された形姿を作っているのだ。眼に見えぬアンテナで事物と交感し合っているのである。何もないと一見思われる空なる彼方、開かれた領域、「何処か最も遠い周縁」にと到るまで、まさしく純粋な緊張は保たれていたのだ。この過去形は、惟えば、さなりしか、とあらためて認識することを謂う。人は概ね、聴き逃してきたのだが、感受と感受とを繋ぐ不可視の電線によって、精神の諸力は感度の高い音楽を奏でていたのだ。われらが、植物や生き物よりも、ひと息だけより冒険的であること、「このことがわれらに、庇護の外部に／一つの安全な場所を造るのだ／純なる諸力の重力の働く所で」と „Wie die Natur die Wesen überläßt...“ と始まる詩には読まれる。ハイデッガーがそのリルケ論を展開した際に、テキストにした、有名な詩だ。つまり変容の生起する場における音楽、即ち詩が、そのとき、とはつまり空なる遥けさがこの緊張を支えていたのだと識ったとき、だからわれらが、われらの庇護なき生存を開かれたものへと転じたとき、現れるのである。この諸力の音楽に、『ファウスト』にも謂うところの、例の「黄金の水桶を交わし合う」情景が重ねられて、なんの不思議もあるまい。ファウストは大宇宙の符をうち眺め、感に堪えぬ面持ちで言う。――「なんと一切は織り合わされて全体をなしていることか／互いが互いのなかで働き合い、そして生きている／天の諸力は昇りゆき下りゆきして／互いに黄金の水桶を差し交わしているのだ！／祝福の香を放つ翼を以て／天空から大地を貫き浸み透るその力は／調和のうちに万有を隈なく満たし鳴り響いている」と (v. 447 ff.)。このファウストの言葉は、われわれのソネットにとっても無縁でなかろう。――問題はそのあとの二節であるが、それを私はこう解する。われらが日常のささやかな仕事をしながら、却ってあらゆる煩わしさから解放されることがあるように、小刻みな時計の時間を離れて、本来の日に立ち還ることはあろう。そんなとき、純なる諸力の音楽つまりは詩が甦り、われらは精神の結合の中に身を置くわけである。勤しみの農夫もまた、その働きのみでは苗を育てることが出来ない。むしろ眼には見えぬ大地の力が、恵みを贈る

ものが、豊かな実りなのである。変容の姿もかかるものでなければならぬ。最終節は、その直前の、日常を脱して、空なる遠き方に想いを運ぶに呼応して、人の手と、大地、不可視となることを意志している大地の恵みとを、対置しているのであろう。ヘルダーリンの歌う「天が眼差し勤しみの人らを見やり／光優しき木洩れ陽の射し来たりては／喜びを分け持つも、人の手の／力のみにて熟さざる故」が想起される。この詩「我が所有」„Mein Eigentum" は美しいものであるから上の句のある第三聯だけでも原文を引いておきたいと思う。リルケは明らかにこの頌歌を知っていたであろう。

> Vom Himmel blicket zu den Geschäftigen
> Durch ihre Bäume milde das Licht herab,
> Die Freude teilend, denn es wuchs durch
> Hände der Menschen allein die Frucht nicht.

　もう一点触れることがあるとすれば、それは「夏へと姿を変える」の箇所であろう。リルケ特有の薔薇の詩に通じるものがあるからである。『オルフォイスに寄せるソネット』のなかにも当然、薔薇を歌う作が含まれてはいるが（例えば2-Ⅵ）、私はむしろ「野薔薇の繁み」„Wilder Rosenbusch"（Muzot, 1. 6. 1924）という詩をここでは引きたい。これまた原詩全文が是非欲しいところなのだが、スペースにも限りはあり、拙訳のみで示さざるをえないのが残念だ。

　それはなんと雨の夕べの影さす暗さを前にして
　若くまた純な姿で立っていることだろう
　そのもつれた蔓のなかに振り分けられ、贈与しつつ
　しかも自らの薔薇たる存在に浸りきっているではないか

　平らな花はそこここで既に開き

297　『オルフォイスに寄せるソネット』より

それぞれに望むともなく、養われもせず
こうして自己自身によって無限に凌駕されつつ
そしてまた言い尽くしえぬまでに己が内なる想いに動かされるまま

野薔薇の繁みは、流離いの者に呼びかけるのだ
夕べの物思いに耽りながら、この道を通りすがる旅人に語るのだ
おお、我が立てるを見よ、我が在る休けさを眺めよ
守られることとてなく、しかも我に益するものを持つを見よ、と

　十年以上も前に、私は「リルケにおける詩と実存 ─『ドゥイノの悲歌』成立をめぐって ─」と題する一文を草している。その頃に出ていた „Materialien zu Rainer Maria Rilkes ＞ Duineser Elegien ＜ “（hrsg. v. U. Fülleborn u. M. Engel), 1. Bd. suhrkamp taschenbuch 574 という書物を手掛かりにして、『悲歌』成立の経過をいろいろ調べていたわけである。私はそこで三通のリルケの手紙を訳しながら、詩人が『マルテの手記』前後の時期の実存的苦悩を次第に克服して、後期詩境の古典性に到達する過程を、素描したのであった。その終わりに 1－Ⅷ のソネットを、私は掲げている。この詩そのものについては、何も特別な言及をしていないのであるが、それを引く前に述べているところが、或る意味では解説ともなっていること故、私は今その部分を取り出して転載しておきたいと思う。それはまたこの論「詩と実存」の結語であるだけでなく、今回上来したための来たところをなんらか纏める形ともなるであろう。そして、そのあとにハイデッガーのリルケ論から、僅かながら引いてみたいと考えている。この思索の巨匠が、このソネットを全篇掲げていることは、彼がやはりこの作品を好んでいたろうことを語っているからである。
　「ミルバッハ伯爵夫人宛ての手紙（10.3.1921）に読まれた通り『生を最も直接に感嘆することから生じる』リルケの能産性、『生に対して日毎汲めども尽きぬ驚嘆を抱くことからそれが現れる』とあるところ、これらの

言葉に私は注目したいと思う。私の謂う古典性が結局はこれだからである。少なくとも『マルテの手記』直後のリルケは、汲み尽くされ使い果たされていた筈である。顧みれば、カプリの海風は『原-石のためにのみ吹く』かのようであった。『内から最早分かたれぬもの』として、リルケは『新詩集』以後の道を歩き始めた。初心者であった。が、やがて詩人自身思うよりも早く、詩を通して、充溢の予感は現れた。第一の悲歌に謂う『汝の腕より空無を投げ、空間に加えよ』であった。然し充溢の予感はむしろ苦しみであり、負い目であった。内に生きるものを集めねばならなかった。天使が既に果たしていることを、詩人の仕事として引き取らねばならなかった。『狭き人間的なるもの』（2. EL.）から『洞察の果て』（10. EL.）に立ち出でるべく、『橋架けて』行かねばならなかった。『私の生存と私の仕事との深い中断を然しなお橋渡しする確信』に到らねばならぬのであった。レギーナ・ウルマン宛てに、リルケはそう書いている。1920年12月15日付けの手紙である。私の謂う『悲歌』成立第三の時期（1917-22）において、『充全』『充足』『現在』『全体』『開かれた世界』といった表現の、いかに多いことであろう。他方『危険』『庇護なきこと』『脅かすもの』の方向の語も余りに多いのである。私は然し次のようなところから一つのヒントを得たいと思う。1920年12月27日付けでフランシーヌ・ブリュストラインという女性にリルケが書いている手紙に、こういう言葉が読まれる。『あなたが私に書いていらっしゃること、私がもし別離を越えても会え、いつも親しく話してくれるようならいいのにとおっしゃること — この言葉は、いたく私を喜ばせました、何故ならそれは、例の、生の充足性ということに含まれそうに思えるからです。このような充足性を、私はいつも自分で体験しようと努めているだけでなく、親しい人々にも伝えようと努力しているのです。そしてその事の意味は、なんらか苦しいことを弱めるとか、余り心にかけぬということではないのです。苦しみに譲歩を求めるのではないのです。反対に、われわれが苦しみを充全に味わい尽くせば尽くすだけ、それだけ一層、苦しみは、その重力を以てわれわれを、生の中心

299　『オルフォイスに寄せるソネット』より

点へ引き入れ、推し進めるのです。生の引力というものは、大層求心的な方向をもっていますから、技巧を弄して自分を軽くする人ほど、中心から遠ざけられるのみというわけです。頼りにする人、信頼する或いは愛する人から離れるということが、たといどれ程われわれを驚愕させましょうとも —— 誤謬、疎遠、別離といった形がそれですが —— われわれが（極めて永い悠長な心を用いる限り）最後に経験するものは、全体の中へ引き入れられて在るという、極めて完全な、不動の、いや崇高な感情なのでして、そのために、多少とも全体から逸れているとか、すり抜けるとかいったことがありましても、それはどれもただ軽い感覚的錯覚と見える程であります。ちょうどそのような錯覚の極めて多くのものが、当面の現実を形作っているようなものです。われわれはこの仮の現実をば、われわれのより大いなる関係がもつ、本来の実在性によってのみ、次第に補充して行くことが出来るのです。』—— 私はこの引用を、最初の一行だけに止めるつもりであった。つまり、詩人から見てごくささやかな筈の出来事に、充全性という重大な概念を感じ取り、持ち出せるということ、この常住の思念とその吟味を、古典性と私は考えているからである。然し次に、詩人はそれを日頃人にも伝えるべく努力しているとある。これがやはり欠かしえない古典性なのである。それが重力となり悠長へ伸び、全体となって来ると、私はもう、ゲーテの言葉を聞いているとしか思いようがなくなってしまった。結局、こうした詩精神が、第七、第九の悲歌を作り出さしめ、それによって『悲歌』全体を成し遂げしめたのだと私は思う。今、終わりに二点のみに限って付言しておきたい。一はゲーテを出したことと関わり、第七の悲歌に出て来るただ一つの言葉である。それは近代の人間の頭で考え出した像に比して、『われらのなかで、なお識られている形姿を保持する心を強める』如き作、それを対置している箇所であるが、„wie seiend" の語が見える。これが『イタリア紀行』でのゲーテの重要な発言に繋がることは疑えない。リルケは手紙でもこの言葉を用いている。今一つのことは、先程の『当面の現実』よりも、『より大いなる関係』に立つ『本来の実在性』とあっ

たところである。詩が所謂現実に対して根源的に優先しているわけであり、ハイデッガーの謂う『詩が歴史を支える地盤』の考えとも近いものが窺える。それを表す詩を『オルフォイスに寄せるソネット』（1-ⅩⅨ）に見ることが出来よう。」

　これまた長くなってしまい、その上旧稿からの引き写しに過ぎないが、これはこれで措いて、ハイデッガーの謂う所を読むとしよう (Holzwege, S. 252 f.)。この巨匠はリルケの本質的な詩が、『悲歌』と『ソネット』に集約されているとして、こう述べている。—「この詩に到る長い道が、それ自体、詩人の問い求める道なのである。その途上にあってリルケは、時代の窮乏をますます明瞭に経験して行く。時代が乏しいわけは、神が死んでしまっているためだけではない。むしろ死すべき定めの人間たちが、己れ自身の死すべき定めをすらも殆ど知りえず、果たしえなくなっているが故である。未だになお、この死すべき人間たちは、自らの本質を固有のものとすることが出来ずにいるのである。死は謎めいたものの中へと逃れ去り、苦痛という秘密は覆い隠されたままである。愛は学ばれていない。だが死すべき定めの人間たちは在る。彼らは、言語の在る限り、在るのである。今もなお、歌は彼らの乏しい国の上に留まっている。歌びとの言葉は今もなお、聖なるものの痕跡を保っているのである。『オルフォイスに寄せるソネット』のなかの次の歌が、この事を語っている。」

　世界がさながら雲の形のように
　すばやく渝わり行こうとも
　すべて完成せるものは
　太古のものの手に帰する

　変転推移を立ち越えて
　いよいよ遠く、より一層自由に
　おんみ琴もつ神よ

おんみの先駆ける歌はなお続く

苦しみは知られず
愛はなお学ばれず
また死においてわれらから離れゆくもの

それの秘密は明かされぬ
ただ国をわたりゆく歌のみが
聖なる祝いをことほぐのだ   （1-ⅩⅨ）

オルフォイスが先駆けて歌う歌 „Vor-Gesang“ は即ち手本 „Vorbild“ たる
歌である。それが古典性でなくてなんであろう。

*

　私は上でも Hulewicz 宛てのリルケの手紙（1925 年 11 月 13 日）について言
及している。実はそれを『ドゥイノの悲歌』という論考のなかで、私は全
文翻訳しているのである。これを発表する機会は、いずれまた別の形で生
ずることだろうが、その訳文のあとに私は次のソネットを挙げている。「詩
の優しき偉大さは一層輝き出るばかりだ」と記しているのみで、他にはな
にも言っていない。ここでも上来の繋がりのなかで読まれるだけでよかろ
うと思い、ただ訳詩のみとする。

ただ称讃の空間をのみ嘆きは行く
泣き濡れた泉の妖精は
われらが打ちひしがれた沈澱の上を見守りつつ歩む
かくて泉は同じ岩のほとりで清らに住まう

岩は門を支え、祭壇を担う ──

302

見よ、嘆きの静かな肩をめぐり、早咲き出でる
感情がある、嘆きこそ、心情に宿る姉妹たちのうち
最も若き身空ではあるまいか

歓喜は知悉しており、憧れは打ち明けられる
ただ嘆きだけがなお学ぶのだ、乙女の手をもって
彼女は幾夜を通し、古きまがごとを数える

だが突如、斜めに、慣れぬ手で
彼女は然しわれらの声の星座を掲げるのだ
彼女の呼気に曇らされぬ天空へと向けて　　　　　　　　　　（1-Ⅷ）

　われわれの「私選ソネット集」も終わりに近づいた。今予定しているの
は、このあと二篇のみである。その始めは、これは余りにも有名な1-Ⅲ
であり、もう一篇は予告しておいた通り2-ⅩⅩⅢである。前者はこの項目即
ち詩の使命乃至は詩の本質に関わる歌の群を締め括る意味でここに置くこ
ととし、後者はエピローグの形で掲げたい。いずれにも解説めいたことは
添えたくないが、最後の詩には、五年前に書いた「『ドゥイノの悲歌』第
八及び第九」という論考で少々記したところを付加することになろう。

神ならば為し給う。だが告げよ、いかにして
ひとりの男が細い竪琴をよすがに神につき従いうるのであろうか？
彼の心は二分されている。二本の心の交差する
岐路にはアポロのための神殿は建っていないのだ

歌よ、おんみが彼に教えるもの、それは欲望ではない
辛くもいつか到達されたものとなることを求める情愛でもない
歌は現存なのだ。神にとっては容易なること

303　『オルフォイスに寄せるソネット』より

われらは然しいつ在るのか？　そしていつ彼、神は

われらの存在を大地と星々へと向けてくれるのか？
それは若者よ、お前が愛することとして在るのではない。たといその時
声がお前の口をついて溢れようとも。― 学べよ

お前が歌いあげたことを忘れる道を。それは流れ去るのだ
真実において歌うとは、別なる呼気
無をめぐる呼気。神のなかを吹き行く、一陣の風　　　　　　　　(1-Ⅲ)

「歌うこと、特にこの世の現存を歌うこと、純なる関連全体の無傷性よりして歌い、且つただこの神聖さをのみ歌うということ、その謂は存在するものの領域それ自体の中に所属するということである。このような領域が、言語の本質として存在そのものなのである。歌（Gesang）を歌うとは即ち、現前するもの自体の中に現前することであり、謂うところの現存である」― そうハイデッガーは語っている（Holzwege, S. 292）。因みにこの哲人のリルケ解釈に対して、それが詩人の作品を余りにも「存在の真理の思考」へと引き寄せ過ぎている、強引に歪めていると今なお思っている人たちは多いことであろうから、そうとは言いきれないのだという意味で、リルケが 1919 年晩秋、スイスで行なった何度かの朗読会で述べているところを、以下少し挙げておこう。例えば同年 10 月 27 日チューリヒで六百人の聴衆を前に、リルケはこう語っているのだ。―

「私がこれから読みます作品は、次のような確信から生じているのであります。私の作品は、世界の広さ、多様性、いやむしろ充足性というものを、さまざまの純粋な明証において提示することが、その独自の課題でなければならない。そこに自分の作品の使命はある、こう私は信じているのであります。と申しますのも、そのような証言へと私は詩を育て上げたいと望んで参ったからです。単に感情に即したものだけでなく、一切の現象を叙

述的に把握すること、それを可能にするものが自分の詩でなければならぬ、そう思って来たのです。生き物、植物、あらゆる事象 ― ただ一つの物といえども、それをその独特の感情－空間において描き出すこと、それが私の謂う詩であります。どうか皆さんは、私が再々過去の形象を呼び出しますことによって惑わされないでいて下さい。在りしもの（das Gewesene）も、生起の充溢のなかにあってはなお一個の存在するもの（ein Seiendes）なのであります。但し人は。存在するものをその内容に従って把握するのではなく、その内実の密度（Intensität）を通して捉えねばなりません。その場合私たちは...過去のもののあの卓越した可能性に依存せざるをえません。私たちが比喩の形で、今や取り納められた華麗の姿を想い描こうとします限り、この可視性に私たちは依存するわけであり、そう致しますと私たちは今日でもそうした華麗さに取り囲まれることができるのであります。」―『悲歌』成立に先立つこと二年余の時点で、詩人は完全にその地盤を獲得している。ゲーテ的「先取り」„Antizipation" を果たしているのだ。

＊

　この詩については、然し私は本書 155 頁以下で語っていること故、再論は控えて、終わりに、私の好きな詩を掲げておこう。

Wasser, die stürzen und eilende. . .
heiter vereinte, heiter sich teilende
Wasser. . . Landschaft voll Gang.
Wasser zu Wasser sich drängende
und die in Klängen hängende
Stille am Wiesenhang.

Ist in ihnen die Zeit gelöst,
die sich staut und sich weiterstößt

305　『オルフォイスに寄せるソネット』より

vorbei am vergeßlichen Ohr?

Geht indessen aus jedem Hang

in den himmlischen Übergang

irdischer Raum hervor?

Muzot, Mitte Oktober 1924

ほとばしる水、急ぎゆき...
楽しく合しては、楽しく別れゆく
水...天然の行くすがた
水は水を求めてすすみ
なだらかな牧場の丘には
響きに聞き入る静けさがある

響きの中に時が溶けているのだろうか
堰き止められ、また先へ押しやられ
忘れやすい耳もとを過ぎゆく時が？
そのひまにも丘という丘から
天空に移りゆく水の調べの中へ
大地の空間があらわれ出るのか？

リルケ後期の詩境
―― その新しい意味を考える ――

　リルケ後期というが、それは詩人の生涯（1875-1926）のうち何歳ごろから後の時期を指すのか？　これが先ず問題である。大体通常の解釈によると『新詩集』及び『マルテの手記』が完成した1910年あたり以後を後期と見なしているようである。詩人35歳から、『ドゥイノの悲歌』『オルフォイスに寄せるソネット』を経て、没年に到る十数年である。或いはしかし、特に、この代表的両詩篇成立以後の、天地万有との安らかな合一を讃える、最後期数年の詩群を「後期詩篇」と呼んでいる場合もある。ここでは私は『マルテの手記』以後を念頭に置きながら述べてみたいと考えている。とはいえ、本当は一人の詩人の、わけてもリルケのような純粋な詩人の、詩に貫かれた人生を、なんらかの時期に分けて観察するなどということは、邪道であろう。それは例えばゲーテについても言えることだ。ゲーテにあってはよく青年、壮年、晩年といった三区分がなされるが、だから私も以前から再々「歌う ― 形成する ― 考える」をそれぞれゲーテの詩作的態度の基本に見ながら彼の詩的発展の段階を考察するのが、理解に資すると主張して来たが、それは無論単なる目安にすぎない。現に、これは明らかにゼーゼンハイムの頃の、若きゲーテの戯れの歌だ、と思い込んでいた作が、なんと古典期絶頂の1797年ごろの抒情詩だったと分かったことも、つい最近ある。逆に、ゲーテが最晩年にドルンブルクで作った歌の数々にも、若々しい抒情性は漲っているのだ。リルケでも事情は同じであって、ごく若い頃の『時禱詩集』に読まれる句 ―

　　私は神のまわりを旋回する、太古の塔なる神を巡って

そうやって私は幾千年となく旋回する
　　だが私はいまだに知らぬのだ、自分が一羽の鷹なのかそれとも嵐なのか
　　或いは巨いなる歌なのか

　1899 年作のこの一節にしてからが、ずっと後期の詩句のなかに混じっていたとしても、なんの不思議もないように思える。鳥でも薔薇でも、塔でも寺院でも、とりわけ星でも、リルケは生涯絶えずモティーフにして歌っている。私は前に「リルケの詩『薔薇の水盤』」という文章を書いているが、その前後を今ぱらぱら繰っていると、近頃では忘れている、しかもこれは重要だと改めて気づかされる沢山の詩句に出会うのである。

　　われらの真の場所を識ることもないままに
　　われらは現に在る関連よりして行動しているのだ
　　アンテナがアンテナを感受している
　　だが惟えば、あの空なる遥けさが支えていたのだ...

　　純なる緊張を...

こんな言葉に行き当たる度に、リルケはまことに哲学的な詩人だなぁと私はよく思う。またそのためでもあろう、リルケの詩や散文また手紙においては、同じ題材だけでなく、同じ言葉が、それも抽象的な言葉が、若い頃から晩年へかけても一貫して使われていることが多いのであって、これもまた以前、私は「空間」という言葉のリルケらしい使い方に、そうした永年の張り渡しを覚えて驚嘆したものである。そしてこのような「空間」「世界内部空間」「純なる空間」「夜の空間」「心の空間」「開かれたもの」「世界空間」といった表現に劣らず重要な、それこそリルケの「基本語」とされてよい言葉に「変容」「変身」「転身」という語群がある。面白いことに、これといつも繋がって「見えざるもの」「不可視のもの」「名なきもの」「純

308

なる関連」というような言い方が、それも詩人の若い頃からの慣用語として認められるのである。

特にこの「変身」については、リルケが少年だった頃の追憶まで関わっているので、そこには永い来歴があるというわけだ。実は私はこれを Christiane Osann という女性のリルケ伝で随分昔に読んだのだが、大層面白い話なのでここに挿入しておこう。——少年ルネは、父親に連れられて日曜毎に郊外の伯父の家を訪問することがあった。その伯父は沢山の小鳥を飼っていて、南国からのもいたのであろう。赤や青、黄や緑と色とりどりの小鳥が部屋のなかに放たれており、窓は閉まっているものの、自在に飛び交っているのだった。時折、少年の肩や腕、頭にも来てとまることがある。それはまるで楽園のような世界であった。ところが、或る日行ってみると、鳥は一羽もいなくなって、寂しくなった部屋に、無愛想な女の人が、派手な服装と化粧をして座っているだけだった。多分、それまで独身生活をしていた伯父が、結婚したのであろう。そして味気ないその女性は、鳥があちこちを汚すのを嫌ってすっかり追い出してしまったものであろう。だが少年ルネは密かに思った、あの美しい極楽鳥たちが一夜にして、この疎遠な、太った女性に変身したのだ、と。——ともあれそんなわけで詩人リルケの場合、幼時も晩年も、常に同時に共存しているのであるから、通常の時間観念を以て、なんらか発展の時期を区切ったり設定したりすることは、不適切だと言わざるをえまい。

ところで題名に掲げている「詩境」ということに話を移すならば、詩境とは詩作の境地である。その限りにおいてそこにはなにがしかの統一ということが考えられなければならない。或る時点での、全体を見渡すような、個々の思想なり詩想なりの意味を統括するような、全体的把握が必要である。ゲーテならば >resümierend< と言うでもあろう観点が得られなければならない。リルケは確かに哲学的な詩人ではあるが、そこは生粋の詩人だから、哲学的思索にはもともと、ゲーテ以上に向かない人である。——早い話が『ドゥイノの悲歌』である。これは周知の通り 1912 年 1 月末の或

る朝、北イタリアはアドリア海に臨むドゥイノの城の庭を歩いていた詩人を、突如襲った風のなかの言葉「誰が一体、たとい私が叫ぼうとも、天使らの序列のなかから／私を聞いてくれるであろうか？」——この悲痛な叫びとともに湧く霊感に端を発するものである。そしてそれが、第一次世界大戦を挟む（そのためにリルケも兵役と従軍を余儀なくされたわけであるが）実に十年という永き苦難の日々を経た上で1922年早春スイスはミュゾットの館で、全き孤独と嵐のなかで、ようやくにして完成を見たのである。その間リルケは、とりわけ戦後の混乱と苦境のなかで「悲歌の場所」を求めては各地を転々と渡り歩いたのであった。

　ところが面白いのは（そこが詩人的＞ Antizipation ＜のなせるわざというものであろうか）その発端から既に、のちに第十の悲歌となる作の最初の言葉、「ああ私がいつの日か、この苦き洞察の出口に立ち／歓喜と称賛とを、同意してくれる天使らに向かって歌い上げることあれば」の部分は出来ていたというではないか。とはつまり「出口」は予感されていた、少なくともこれとして希求されてはいたわけだ。どうなった時に、どういう心境に到達しえた時に、詩人は、この「巨いなる歌」が完成したと思いえたのであろうか？　大勢の解釈者たちが従ってこの巨篇と、また時を同じうして「天与の恵み」の如く生じた『オルフォイスに寄せるソネット』と、この両作を中心に、その統一的把握を試みて来たし、その努力は今後も永く続くであろう。だが、詩人自身ですら把捉しきれなかった（リルケは特に『悲歌』に関して自注を企てたことがあったが、結局それは成就しなかった）この無比の両詩篇とその全体を、何びとが統一的に解釈しきれるであろう。かのハイデッガー先生ですら（因みにこの哲人が1946年に行なったリルケ講演「何故の詩人ぞや？」はまことに見事なものである。今回も私は勿論これを再読したが、これに勝るものが将来も永く現れることはあるまいと確信している。だから以下の私の論はこの巨匠の足元にも及ばぬこと、これまた当然というものである。ただ私は、ハイデッガー先生が「存在の歴史の軌道」においてリルケと出会うことが出来るかどうか？　という方向で話を進めておられるのを参考にしながら、私なりの「ロゴス的世界」に立つ解釈

を敢えて試みたいと思う次第である）その大先生ですらも、「悲歌とソネットを
解釈することは、われわれにはまだ準備されていない」と言われるほどな
のだ。けれども最近、私はこういうちょっとしたヒントを目にすることが
あった。1912 年 1 月 10 日付けルー・アンドレアス＝サロメ宛ての手紙に
読まれる言葉なのだが、リルケはこの年長の女友達に向かって、自分が永
いスランプに苦しんでいることを伝えながら、こう言っているのだ。「私
をこのところずっと苦しめているのはむしろ、一種の鈍感、もしそう言っ
てよければ一種の老化といったものです。私のなかで一番丈夫な筈の部分
が、まるで傷ついたようになって、それが多少災いしているみたいです。
それがどうも雰囲気になっている、お分かりでしょう？　世界空間ではな
く、ただの空気になっている、そんな気がするのです」と。─このどこ
が面白いのかと言うと、「世界空間」と「空気」とを、対立させてリルケ
が語っているところにある。前者「世界空間」にはなんらか、意味あるも
のが含まれている、詩的創作を促す何かがある。後者の「空気」はただ生
きているためだけに必要な最小限のもの、だから一層鈍化を誘うだけのも
のしかもたらさない、そういうことだと私は思う。そうなると、ふと思い
出される詩句があるのだ。この手紙より数年前、1907 年 2 月 15 日カプリ
にてとある「春の嵐」という題の詩だ。いかにもリルケらしい詩なので、
狭義の後期詩篇には属さないものながら、私の訳で読んでみるとしよう。

　この風とともに運命は来たる。おお、来させよ
　来たるにまかせよ、一切の迫りくるもの、盲いたるものを
　それによりわれらが燃え上がることもあろう。この一切を来させよ
　（もの言わず、また動くな。それにわれらを見出さしめよ）
　おお、われらの運命が、この風とともに来たる

　いずこよりかは知らず、この新たなる風は
　名なきものらをあまた担い、身を揺すりつつ

311　リルケ後期の詩境

海越えて、われらの存在を持ち来たる

… かくて存在しえたならば、われらは所をえようものを
（諸天もその時われらが内に昇り且つ沈むことであろう）
だがこの風とともにまたしても、はや
運命の巨歩は、われらを越えて彼方へと進みゆくのか

空気ではなくて、運命を運んで来る風、そのいずこかは知れぬ彼方、恐らくは「開かれたもの」それが「世界空間」なのであろう。そうなると、ここで直ちに、『ドゥイノの悲歌』の完成と同時期に出来た『オルフォイスに寄せるソネット』第二部第一歌、その最初の聯が想起されてもよいであろう。

息をする、それが眼に見えぬ詩だ
絶え間なく、自分の存在をめぐり
純粋に交換された世界空間が在るのだ。均衡のとれた
重み、そのなかで私は旋律となって生起する

　いかがであろうか？　サロメ宛ての手紙にあった「ただの空気」が、そこで密かに願われていたように「世界空間」となり、それが実感され確信された時に、『ドゥイノの悲歌』は成就した、そう言ってよいのではなかろうか？　これが「若き洞察の出口」に立ち出た、なんらか統一ある意味関連の環が生じた、というものではあるまいか？
　ただ、上で言った通りリルケは極めて哲学的な詩人でありながら（そのことは、今挙げた一二の詩篇においてすら存在だとか、運命だとか、名なきものだとか、重みだとかという具合に、この詩人においてよく出て来る、しかも抽象的な言葉から既にして感じられるところであるが）哲学的な思索を事とする人ではない。そしてまた実際彼が何年も何年も心に抱いていた「巨いなる未知の想い」

312

（第一悲歌）は、まさに詩的にしか生育しえない性質のものだったのである。かのヘーベル（J. P. Hebel, 1760-1826）謂うところの「われらは根を張り、大地から立ち昇ってゆく植物なのだ。それでこそ高きエーテルのなかに花咲き実を結ぶことも出来るのだ」である。

　そこで、私は以下の話においては、最小限リルケが懐抱していた幾つかの詩的想念、ハイデッガー先生もそう言われる「基本語」に注目しながら、それらがこの詩人においてどのように熟成されて行ったかを、先ず素描してみたいと思う。そうした過程を経た上で『ドゥイノの悲歌』に立ち入るならば、その第九が一番よく後期リルケの詩境、その統一的意味を、言わばその最高峰を、歌い上げているように私は特に今回思った次第である。第九の悲歌が、人間的存在の意味を歌うものだとは、無論これまでにも再々指摘されて来たことである。ハイデッガー先生もこの悲歌の重大な箇所を引用しておられる。

　ところで「人間的存在」と言えば私には、西田幾多郎先生の同名の論文が直ちに思い出される。また同じ西田さんが最後に書かれた「場所的論理と宗教的世界観」では、第九の悲歌に格別な意味を籠めて言われている「一度きり」ということ、「一回性」が、徹底的に考察されている。こうした問題を私は、このあと二番めに、第九の悲歌を取り上げながら、私謂うところの「ロゴス的解釈」をもとにして述べることになるであろう。そして終わりに、さながら「真珠玉がこぼれ落ちる」かのように、いやむしろやはりアペニンの山裾を越えて来て流れ落ちる水のように、一応纏まった『悲歌』の器は、限りなく豊かな『ソネット』の世界へと溢れ出すのである。実際第九の悲歌、この重い詩が仕上がったその晩に、全『ソネット』中、いやリルケ全体のなかでも最も愛らしく軽やかな、まるで童謡のような詩「春がまた帰って来た」が書かれているのだ。閉じると開く、収蔵と展開、内省と解放、この呼吸に、私はまさしく「ロゴス的世界」の＞Ein- und Ausatmen＜を覚えるものである。そしてそれが、われわれの今日直面している最大の思想的課題たる「余りにも人間中心的なヒューマニズムの

313　リルケ後期の詩境

克服」に繋がりうるものであろうとして、論を終える所存である。そのことがつまり表題に「新しい意味を考える」という言葉を添えた理由なのである。それ故、あと三つ山があるものとして（勿論私は可能な限り簡略なかたちで纏めて行くつもりはあるが）もうしばらくお付き合い願いたい次第である。

*

　リルケの基本語のなかで「世界空間」及び「変身」に関しては、上で多少とも触れたので、ここでは先ずリルケの詩に関してよく言われる生死一如或いは万有合一といった事柄について説明しておきたいと思う。これはもうよく知られたところだが、『体験』(1)(2)と題される、リルケの散文作がある。詩人37歳の頃に南スペインの町ロンダで書かれた由であるが、そこに出て来る一つは1912年ドゥイノでの話、もう一つは1907年頃カプリ島での詩人の経験を記したものである。始めの文章では、城の庭の、とある樹に凭れているうちに、殆ど風もないのに樹の内部から微妙な震動が伝わって来て、自分が自然の向こう側へ入ってしまったように感じた、と語っている。周りのものを見るにつけても、まさに ＞Revenant＜（死者の俳徊する亡霊）さながら自分が今そこへ「帰って来た」、そんな感じがしたというわけである。自分の眼が「開かれたもの」のなかで希薄になっているのを覚える、ともある。リルケ独特の「別なる関連」のなかへ引き入れられていた陶酔の刻限が見事にここに描かれているのであって、生死一如の境地と言えよう。

　その次の話は、詩人が、上の出来事の言わば胚種のようにそこに含まれていたものだったとして回想している、もう一つの刻限である。南国カプリの公園で、外にいる一羽の鳥の啼き声と、自分の内部とが、完全に一致した、そういう体験だ。外と内と、その両者が肉体の限界に当たっても壊れることなく「中断されない空間へと合一した、そこには、不可思議にも守られて、最も純粋で深い意識の唯一の場所だけがあった。」無限なるものが、四方八方からいとも親しげに自分のなかへ移り入って来た、ともあ

314

り、やがて現れ始めた星々を見るにつけても「世界空間がいかに眼を含み持ち、こんなマスクのうちに自分に対して在ることか」を思いつつ「天地創造の味わいが、自分の存在のなかにある」ことを感じた、とも書かれている。リルケはこうした体験を、「没我」「恭順」> Hingegebenheiten <と呼んでいて、それはゲーテの「敬虔なること」> Fromm sein <を思わせるが、そして記述はこのあと世上一般の人達に対する、詩人の心構えを語っていて興味あるところだが、それはもう措こう。ただもう一つ、上で純粋な意識とあった箇所、これはわれわれ日本人には当然、西田さんの「純粋経験」を思い合わさせる、そう指摘されてよかろう。

内と外、生と死、個と全、そうした分裂が取り払われて「充全の生」（この言葉は、an L. H. 8. 12. 1915 のもので有名な手紙にある）が体得される、言わばその瞬間を告げている「死」と題される詩については、私は他でも言及しているので、今回はごく簡単に述べるに留めたいが、この 1915 年 11 月 9 日作の詩の終わりの所で、リルケはその三年前の秋トレドの橋の上に立っていて眺めた、大きな流星のことを歌い籠めているのである。「その瞬間長く尾を引く弧をなして、世界空間を渡り落下する、一つの星が、同時に（私はそれをどのように言えばよいのでしょうか？）私の内部＝空間（Innen-Raum）を横切り落ちて行ったのでした」と、詩人はのちに 1919 年 1 月 14 日付けの Adelheid von der Marwitz 宛ての手紙で語っている。明らかにリルケは、トレドのその時、自分の身内を貫いて一直線に走る、星の輝きを体験したのであろう。天と地とを結び、生と死とを一つにして、輝きながら垂直に落ちて行く星の運命と、自分とが合体したと感じたのであろう。内と外とが一つになって、そこに「立っている」のを覚えたのであろう。私はこれを、詩人が「ロゴス」の光に射抜かれたものだと解してよいと思う。興味深いことに、詩人は上掲の手紙で、自作の散文『体験』についても説明をしており、そこに「... 更に深く更に不可視的に捉えられた調和の中へ、自然に引き入れられた、聖化の状態だった」と言ってもよい、と述べている。

生死一如、万有合一、それは遍在する一切のものと同化すること、ゲー

315　リルケ後期の詩境

テ流に言えば「一にして全」なる境域に出で立つことを意味しえよう。それがリルケにあっては、純粋な関連の中に人るということであり、「開かれたもの」の中に住まうということである。それをしも彼は「内化」> Er-innerung <によってなし遂げるのであり、これが即ち「変容」ではなかろうか？

　　天使らは（と人は言う）彼らが
　　果たして生者らのあわいを行くものか
　　それとも死者らの
　　なかを渡るものかを知りはせぬ（第一悲歌）

その天使らをもはや呼び求めずとも、「琴を掲げて既に／影たちのもとに立ち出でた者」がいる。オルフォイスだ。そうわれわれもリルケとともに考えてよろしかろう。「二重の域に到りえてはじめて、歌声は得るのだ／永遠と静安とを」（orph. 1-Ⅸ）。またよく知られた第一部第五歌はこう始まる。

　　記念の碑を建てるな。ただ年ごとに薔薇の
　　花を咲かしめよ。それが彼の心に適うのだ
　　何故ならばそれこそオルフォイスなのだ。何事も皆彼の変容なのだ
　　われらは別の名を求めて苦心するには及ばない

　　いかなる時も常に、歌あるところ
　　それはオルフォイスだ。彼が来たりそして行くのだ　　　　　　（1-Ⅴ）

そうした繋がりのなかで私にはつい懐かしく思い出されるのだが、私どもが若かった頃に、片山敏彦さんという方の訳で「転身を欣求せよ ...」と始まる、第二部第十二歌が好まれたものだった。先年、戦後五十年とい

316

うこともあって書いた「私と軍隊」という文章のなかで私は、このソネットに言及している。これはなかなか難しい詩なのだが、その四つの節には、順に、火、土、水、風といった天地四大の要素が歌い籠められる形になっていて、要するに詩人はここで、「お前」つまり詩人自身及びわれわれ読者に向かって、こう語りかけているわけである。焔となって変容の華麗を誇り、岩石となって運命の厳しさに耐え、泉となって創造の充てる時を生き、風となってやさしき月桂樹に漂い来たれ、と。とはつまり、万有に転身せよ、の意味であろう。第三節には「... 創造は、時に開始とともに閉じ、終焉とともに始まる」ともあって、この謎めいた言葉にはどこか、ゲーテの詩「変転のなかの持続」の「始まりと終わりとを一に結び合わしめよ」が反映しているように見える。またこのリルケの言葉は、あとでも触れられよう。何故なら『悲歌』の完成と同時に、『ソネット』が溢れ出るというところに、私は「ロゴス的世界」の秘密を見るからである。『オルフォイスに寄せるソネット』全曲の掉尾を飾る第二部第二十九歌を拙訳で掲げておこう。

　　幾多の遥けさを秘めた静かなる友よ、感じてもらいたい
　　君の呼吸がこの空間を更にふやして行くことを
　　暗い鐘楼の梁のなかで
　　君の調べを打ち鳴らしたまえ。君の身を侵食するものが

　　この養分をえて、逞しいものになってゆくのだ
　　そのような変容のなかを出入りするがよい
　　君のどんなに悩み多い経験といえども、何であろう？
　　飲むに苦きとなれば、君が葡萄酒になればよい

　　溢れるほどに満ちた、この夜のなかで
　　君の感覚の岐路に立つ玄妙の力で在れ

317　リルケ後期の詩境

この力の不可思議な遭遇の意味となれ

よしや地上のものが君を忘れ去ろうとも
静かなる大地に向かって言うがよい、私は流れる、と
すばやい水に向かっては語るがよい、私は在る、と　　　　　　（2−ⅩⅩⅨ）

＊

　以上のような準備を経て来たわれわれは、今や第九の悲歌を読むことの
出来る地点に到達したと言えるだろう。ただこれは行数にしてこそ 79 行
の詩に過ぎないが、なにしろ重厚深遠の作であるから、ひと息で読み上げ
うるものではない。そこで私は、随所に原文訳を挟みながら、詩の思想の
進行を概略説明するという形をとりたいと思う。─

　「何故にわれらは人間の生を果たさねばならぬのか？」この最初の問い
は当然、人間的存在の意味は何処にあるのか？　ということに帰するであ
ろう。そしてこの問いを以てリルケは『ドゥイノの悲歌』の「出口」に立
ちえたのであろう。つまり、これまでのさまざまな詩的想念が、この問
いに集約されると詩人は知ったのだろう。蜜蜂が蜜を集めるように（リル
ケは或る時こう言っている。「われわれは不可視のものの蜜蜂なのだ」と 13. Nov. 1925）
そのように思想は、特に詩人の思想は形成されて行くものだろう。さて、
人間的存在の理由乃至意味は勿論、幸福や目先の利にあるのではない。で
はなくして「この地上に在ることが巨いなるが故なのだ」そう詩は語って
行く。それはまた何故か？　この世に在る一切の消え行くものが、われら
最もすばやく消え行くものらに奇妙に関わっており、われらを必要として
いるらしいからだ。そもそもこの地上に在るものはすべて、一回限り存在
する。二度とはない。けれどもただの一度でも存在したということ、その
撤回されえない貴重さをなんらか保証する責務が、われら人間に託されて
いるのだ、これが人間が地上に在ることの巨いさというわけだ。

だが、われらがこの世で獲得し、経験したすべてのものも、われらが死んだ時には、この別なる関連のなかへ何一つ運びはならぬ。然し旅人は、山の端の崖から、黄と青のりんどうを持ち帰るではないか。言葉とはならぬ土くれでなく、花を、獲得された、純なる自然の言葉、花を持ち帰るではないか。すると、この比喩から分かって来ることがある。われらが此処地上に在るのは、言うためなのだ、人間だけが、言葉を持っているのだ、と。だがしかしただ言うだけでは、事は済むまい。本当に言うとは、どういうことか？　それは、諸々の事物自身が、それぞれその心の内奥で、一度も在るとは思わなかったほど、そのようにわれらが、一心を籠めて言うのでなくてはなるまい。沈黙した大地、自然もまた、語り出でようと密かに願っているに違いない。そんな大地の企みが、隠された意志が、あの愛する人らの胸を突き上げて迸り出て来る、歓喜の叫びに現れているではないか。雲雀の囀り（第七悲歌）、あの「呼び声の階梯」を思うがよい。だが自然だけではない。恋人たちの踏んで行く古びた敷居にしてからが、そこを通った過去何代もの恋人たちの想いを、自らは黙ったまま心に抱いて来たし、またそうやって敷居はそれを将来へも伝えて行くことだろう。

　「この地上に言わるべきものの時は在る。此処にこそ言葉の故郷は在る。」── この一行に、悲歌第九の真骨頂はある。そう言ってよいであろう。言わるべきもの、これは、物言わぬ大地の（自然の）とはつまり宇宙全体の、言葉となって語り出ようとする勢い、愛する人らの胸を突き上げて迸り出ようとする命の声であろう。ところで、その「時」とは何であろうか？この、大地の声なき声が現出する、時間のなかへ立ち現れる、時熟するの謂であろう。＞Zeit＜＝＞zeitigen＜であり、大地の声が時熟し、それが出来する「場」それが、この「時」ということであろう。その「場」がこの地上に在る、地上にのみ在る。大地の声、その成り出でようとする言葉は、時という「場」を得ることによって成就する、充足される、休らいに到り、故郷を得る、それが「此処にこそ言葉の故郷は在る」の意味ではないであろうか？

私は先頃行なった文芸講座「ロゴス的世界」の中で、不滅なるもの、宇宙全体が、唯一の言葉を持っている。それが時間だ。不滅のものはその言葉時間によって地上のものとなる。反対に人間は、地上の言葉を通して不滅へと向かう。この両方の交錯する姿が「ロゴス」の呼吸であり、その Ein-und Ausatmen だと言っている。── 再び詩に戻るならば、リルケはそのあと彼特有の現代批判を試みる。「従前にもまして／事物は凋落してゆく」リルケはあの「不可視のものを集める蜜蜂」とあった（13-Ⅺ.1925）手紙の先でこう書いている。──「われわれの祖父達の頃にはまだ、家でも泉でも、彼らに馴染みの塔も、いや彼ら自身の衣服、外套にしてさえも、彼らにとっては今よりもっと無限に多くのもの、無限により親しいものだったのです。あらゆる物が、殆ど一つの器のようなものでして、そのなかに彼らは人間的なものを見出し、また人間的なものを付け加えて蓄えておりました。ところが今では、アメリカから、空疎で、どうでもいいような物が、わんさと押し寄せ渡って参りまして、見せ掛けの物、生活の代用品の山というわけです...」と。ハイデッガー先生謂われるところの「技術が行なう計算的製造」、>Un-wesen<「非本質的所業」、その実態が、この第九の悲歌に謂う「姿なき行為」である。上の、事物の「凋落」に続く詩句はこうだ。

　　... 体験されうる事物が崩れ去る。何故ならば、そうした事物を
　　押し退けて、その代替をしているのが、姿なき行為だからだ。

　それでも詩人は、強大な槌の間に存立しているのがわれらの心だ、ちょうど歯と歯のあわいにある舌さながらにそれは在り、その舌が讃えることを止めないのだと、もう一度、あの「言う」に立ち返るべく翼を拡げるのである。天使らに対して事物を語れ、単純なものを示すがよい。そしてリルケは、この悲歌の最初に打ち出した問いとそこでの答えを、今度は確信を以て告げて行く。以下は従ってもう詩句をそのまま掲げるだけで充分と

320

「星・抽象」鵜崎　博画（2006年作）

いうものであろう。

　そうだ、これら去り行くことを糧として生きている
　事物は、お前が褒めてくれるものと理解しているのだ
　無常なる事物が、最も無常なるわれらに、一つの救いを託しているのだ
　事物は、われらが彼らを充全に不可視の心の中で変容してくれることを
　欲している。中へ、おお窮みなく ── われらの中へ変容することを
　われらが所詮、何者であるにもせよ

　大地よ、これがお前の意志するところではないのか、不可視となって
　われらの中に蘇ることが？　それがお前の夢ではないのか
　一度不可視のものとして在ることが？　── 大地が不可視となるとは！
　変容にあらずして何がお前の切実な委託でありえよう？
　大地よ、お前愛しきものよ、私は意志する。おお信じてくれ、私を
　お前の友とするのに、最早幾度ものお前の春は要しまい。一度の春でよい
　ああ、唯一の春にして既に、私の血には多きに過ぎよう
　名なきものとして、私は、お前への決意を抱き続けて来た、遠き方より
　常にお前は正しくその聖なる着想がかの親しき死であったのだ。

　見よ、私は生きる。何をよすがとしてか？　幼時もまた
　未来も決して減ずることはありえない...　数を絶した
　完全の生存が、私の心の内より湧き出でる

＊

　『マルテの手記』にもあった、事物を、あらゆるものを、とりわけその「身
振り」を、経験し観察し記憶し追憶するということ、それは詩作の根本的
態度であろう。だが、それだけではまだ詩ではない。「追憶がわれわれの
中で血となり、眼差しとなり、身振りとなり、名なきものとなってもはや

われわれ自身と区別できなくなった時に、そのとき初めて、極めて稀な刻限に、一行の詩句の、最初の言葉がそれらの追憶の真ん中に立ち上がり、そこから離れて出て行くということが起こりうるのだ」——そう貧しいマルテはかつてパリの安下宿の五階にある屋根部屋に独り座って書いたのだった。それは今も、『ドゥイノの悲歌』のリルケにとっても、渝わらない。けれども詩人は「そうだ」と分かったのである。事物が名なきものとなる、不可視となる、内化され、変容する、とはつまり、詩の言葉となって蘇り「永遠性」（第一悲歌）を得る、はかなき物が、最もはかなき人間の言葉を通して、ひとときこの地上に在るその姿のまま不滅に与かる、これが人間的存在の最深の意味なのだ、と。このように人間に課された、大地からの、天地万有からの委託に応える、それが「心の仕事」なのだと。そして大地が不可視となる、とは大地が詩となる、そういうことではないか？　私が「文即宇宙、宇宙即文」と称しているところも、これに近いであろう。「ロゴス的世界」の天空に、リルケという星座が輝くのを、私は喜びとするものである。また私はこの最近、この詩人の「心の仕事」をもとに「心のロゴス」を考えている。となれば、それはパスカル（Blase Pascal, 1623-1662）だ。ハイデッガー先生も上述の書で、この点を指摘しておられる。——「哲学は、本来郷愁である。到る所において休けく住まんとする欲求である」と謂うノヴァーリスを模して私は、こう言いたいと思う。「詩作は不滅なるものへの郷愁である」と。

　さて、そこで結びであるが、実際は上で私はもう結論めいたことを提示している。『ドゥイノの悲歌』の完成と同時に、『オルフォイスに寄せるソネット』が溢れ出たということ、そこに私は「ロゴス的世界」の秘密を見ずにいられないと語った時、リルケの言葉「... 創造は、時に開始とともに閉じ、終焉とともに始まる」を引いているからだ。ただ、私はヒューマニズムの超克というテーマを、現下喫緊の課題である、とも言って来た。「人間的存在」は西田さんも謂われる通り、人間の理性或いは自由というものの「根拠を、主観的人間から奪って、これを創造的世界の創造作用に

置こうと」することによってのみ「真の人間の生きる途」を見出しうるのである。自己克服が求められるヒューマニズムは、何に向かって自己を超越して行くべきなのであろうか？　その行方が分からないところに、現代世界の混迷の因があるのであろう。不滅のものへと自らを倒して行く、それが「人間的存在」究極の意味ではないであろうか？　ドストイェフスキーの『悪霊』に、次のような言葉が読まれる。―「人間的存在の全法則は、人間か常に、測り知れざる、偉大なる何ものかを前にして、身を屈しうるというところにのみ成り立っている」と。リルケが謂う「恭順」の赴く先も、やはりこれにあるのではなかろうか？　リルケが第九の悲歌で「親しき死」と言ったとき、彼はまさしく、わが西田さん謂われるところの「死即生なる絶対面」に身を置いていた、そうわれわれは考えてよいであろう。最後に、ゲーテの詩「世界の魂」の結句を引いて、この論を終えることにしたいと思う。

　　されば享けよ、感謝の心をもって
　　万有より出でて、万有へと還りゆく、最美の命を！

(2004. 12. 1)

「リルケ後期の詩境」への補遺

　もう少し書き足したいと思うようになった (2004. 12. 3)。『ドゥイノの悲歌』が完成したと同時に『オルフォイスに寄せるソネット』が溢れんばかりに生まれ出したということは、確かに一般には奇跡の如くにも感じられよう。だが創造は、時として開始とともに閉じ、終焉とともに始まるという言葉にはなおよく考えらるべきものがひそんでいると思われてならない。それを私はこういう形で起こして行こう。―
　「一にして全」この境地に到ったということは、万物に同化してゆくだ

けではあるまい。そこにはまた「遍在」ということが含まれているであろう。いずこにおいてもオルフォイスなのである。「いずこにも存在しないものの上方に、到る所がまどかに懸かっている」―― そんな句が、リルケ最後期の詩篇のなかに読まれる (Ragaz, 24. August 1926)。ゲーテの場合にあっても、「一にして全」の詩と同じ時期に「世界の魂」たちが天空を飛翔するのだ。マカーリエの「エーテルの詩」が書かれるのだ。別の所で＞siderisch＜という語に関して私は言及している。そこで「外部というものは、どれほど広がっていようとも、その恒星間の隔たりを以てしても、われわれの内部がもつ深層次元とは殆ど比べものになりえません...」というリルケの言葉を引用したのだが、そのあとに続く部分にも、欠かし難い表現が読まれること故、先ずそれを補っておきたいと思う。――

「... もしも死者達が、或いは未来の人達が、滞在の場を必要とすることがあれば、このわれわれの内部にある空想的空間以上に彼らにとって快適な、お誂え向きの、どんな避難所が他にありうるでしょうか？ 私にはますます以てそう思われて来るのですが、われわれの通常の意識というものは、どこか一つのピラミッドの先端に住んでいるだけで、それの基盤は、われわれの中で（それとも言わばわれわれの下で）途轍もない広がりにまで及んでいる、そのためわれわれは、自分達にこの広がりの中に住みつく能力があると分かって、その範囲が広がって行けば行くだけそれだけ一層普遍的に、そういう領域で生じている諸々の出来事の中へ引き入れられて行くそんな気がするというわけです。そしてこの出来事とは他でもありません、時間及び空間とは無縁のもので、大地の生存、最も広範な概念での、世界の（weltlich）生存、そういう領域で生じているものなのです。」――

ちょっとと思ったのが間違いで、なかなか込み入った文面であるため、うまくは訳せなかったが、それはまたの機会にとして「遍在」のテーマに戻ることにしよう。「息をする...」あのソネット（2-I）が最適例だ。何故ならそこに（私が今度の論で引用したあとの第二聯以下で）こうあるからだ。

324

息はただ一つの波、その
おもむろに広がる海が私なのだ
ありうる限りの海のうち、それは最もつましいもの——
空間を得る働き

さまざまの空間のこうした場のいかに多くがすでに
私の内部に在ったことだろう。あまたの風が
私の息子たちのように思えるのだ

大気よ、私が分かるか？　かつて私の場所たりしものを今も豊かに
含みもつ大気よ、お前はかつての滑らかな樹皮だ
私の言葉がまどかに作り上げた葉だ、それがお前に分かるだろうか？

（2-Ⅰ）

　これは、上で訳した、湯治場ラガーツからの手紙の内容とまさに直結する詩ではあるまいか？　それにしてもである。このソネットはきっと読者泣かせというものだろう。私はしかし以前から、とてもよく分かる気がしているのである。リルケは多分こう言おうとしているのであろう。——かつて詩になった自然、それが今私をまた迎えてくれるではないか、私は、私の詩で蘇った物たちに囲まれているのだ、「事物自身が、それぞれの心の内奥で、一度も在るとは思わなかったほど、そのように心を籠めて（innig に）言う——それが詩の言葉だ、そうやって生まれた物たちと私は、今、出会っている。——そういう歌だとこの私は思う。以前書いた『オルフォイスに寄せるソネット』より」の当該の箇所を読み返したが、部分的には今の私よりうまく説明しているところがあるみたいだ。だがそれはもう措こう。要するにこの「息をする ... 」の詩でリルケは、自分の詩作のあとが、現実の周囲一面に生きているというわけである。
　ゲーテが銀杏の葉に、賢者の知恵を見たように、リルケは果物を口にす

る時にも、天と地とを、生と死とを、同時に味わったのだった（1-ⅩⅢ）。ハイデッガー先生の四全域も同じであろう。この哲人もまた「橋」において、或いはシュヴァルツヴァルトの古い農家において、いや「壺」においてすら常に＞das Geviert＜（四全域）を見たのだった。私はこのような哲人的・詩人的ありようを、「ロゴス的世界」に住まうと呼んでいるのである。リルケは過去の追憶においても（だから空間的のみならず時間的にも「遍在」である）新しい輝きが現れているのを知った。遠い日にロシアの荒野で駆けていた白馬が蘇った（1-ⅩⅩ）。だからやはり「文即宇宙、宇宙即文」である。ただ一般にはこういう疑問が起こりうるであろう。なるほどそれは結構だが、われわれ自身にとってどう関わるのか？と人は問うであろう。「ロゴス的世界」に住まうはしかし大いに関わるのである。「和」である。それが「愛のロゴス」の意味するところだ。私は今回の論ではリルケ独特の「愛する者ら」や「死者たち」について、殆ど言及しなかったが、さきほど私が訳した手紙にもあったようにリルケの謂う「空想的空間」「心の空間」「内部＝空間」は重要である。パスカルの働きが求められる所以である。そして、不滅へと向けて自らを進んで与えて行く「恭順」（Hingegebenheiten）ばかりではなく、「全一的生成」を現実に果たさなければならない。＞Werden＜である。となればシェリングだ。われわれはやはり西田さんも謂われる「歴史的形成力」を考えて行かねばならない。「時の機」を織り続ける勇気を持たなければならない。時の底に見入ることを学ぶ必要がある。そのようにしてこそヒューマニズム超克の行くべき途は見えて来るのだ。今日は然しこれで擱こう。三晩続けて深夜を過ぎた。

〔補遺・続き〕　　　　　　　　　　　　　　　　　　　　　　（2004. 12. 4）

　今朝がた上の原稿を読み返していて、気づいたことがある。リルケは何故、第九悲歌の、愛する者らの心を突き上げて迸り出ようとする大地の叫びに続いて、敷居のモティーフを持ち出しているのか？　それ自体は美しい情景だし、意味深いものでもありはするが（トラークルの詩「冬の夕べ」に

も敷居は出て来る。それこそハイデッガー先生がそこを、外と内との中間を分ける、つまり「間別」だとしてうまく解明しておられるが）敷居は別段なくても済むのではあるまいか？　そんな気がして私は今度の論のなかで、この箇所の説明を省こうかとも一瞬思ったのだった。そうしなくてよかった。実はこの敷居の隠喩には、こういう役割が隠されていたのだ、そう私は気づいたわけである。

　詩人はその前に、例の「一度きり」の箇所でこう言っている。──「だが、この／一度在ったということ、一度限りでも在ったということ、それは／地上のものであったということであり、それが撤回されるとは思えないのだ」と。この言葉「在った」＞gewesen＜が繰り返されている。人間の言葉は大地の心とinnigに一致しようとするだけには留まらない。時間と関わっているのである。自然はそれこそ一回限り存在する。そのような存在の仕方は、本当は在るではない。本当に在るためには、「在った」「在るであろう」が同時にそこに働いていなければならない。過去も未来も含むのが、＞das Gewesene＜が、「合一在」が、本質的時間の形態であり、それがまた、言語の本質的役割でもある。大地と一体になるだけではなく、時の関連に入ること、それが「言う」である。リルケはこの「在った」を敷居のところで示しておきたいと考えたのであろう。と同時にそれは、過去幾世代も続いて来た通りに、未来へも永く受け継がれて行くであろう姿として、この形象に歌われたのであろう。彼の古き良き事物への愛着だけが、敷居を持ち出させたのではなくて、この詩そのものの内的必然性よりして、それはここで言われたのだろう。

　だからこうも解釈出来るのではないか？　大地の内から突き上げる勢いと、敷居という単純な事物の、隠忍し保持し伝承して行く姿と、その両方に却って人間言語の本来の様態が籠められている、これをリルケは言おうとしたのかも知れない。そればかりではない。悲歌のこのすぐあとのところ、あの重大な発言「この地上にこそ、言わるべきものの時は在る...」──この「時」へ直接繋がって行く詩的モティーフが要るではないか。地

上つまり大地、これが時と結ばれて、「言わるべきもの」に関わって行くことを詩人は密かに準備している、そういうこともありはしまいか？　一度きりの「在った」から、敷居の過去、未来を経て、詩人の想念は今や「時」へと凝縮されて行ったのでもあろう。—

　それとともにまたわれわれはこういうことも記憶しておく必要がありそうに私は思う。リルケは、哲学的な詩人ではあるが、やはり徹底的に詩人である。詩的イメージが先行するのだ。それが、あとで「時」の語となって現れて来るのだ。リルケの > Dichten und Denken < の言わば癖の如きものとしてそれを覚えておくのがいい。あくまで詩作が先で、思索は後からなのだ。そのことは例の旅人が持ち帰る「黄と青のりんどうの花」の箇所についても言えるのではなかろうか？　過ぎ行くもののなかにあって、「形」あるものを作るのが、言うのだ。それを「獲得された言葉、純なるもの」だとリルケは謂う。詩的形象において思索するところにこの詩人の本領はある。獲得の代わりに、彼お好みの「果たす」> leisten < が使われてもよかったであろう。また、この「花」では、ヘルダーリンの「口の花」がリルケの念頭を掠めたかも分からない。

　何故ならヘルダーリンは、讃歌「ゲルマーニエン」のなかで > Die Blume des Mundes < の語を書いているのだ。更にヘルダーリンの頌歌「内気」には、「われらは民の舌にして ...」といった表現が出て来る。第九悲歌の「言わるべきものの時」の句に続く箇所には、

　強大な槌の間に存立しているのが
　われらの心なのだ。その様はさながらに
　歯と歯のあわいにある、舌の如きか。だがしかし
　それでもなお、その舌は讃えるものたるに渝わりはない

と読まれる。その間のところで、「事物は凋落してゆく」としてリルケ特有の時代批判が挟まれており、「姿なき行為」のとはつまり「技術が行う

計算的製造」（Heidegger）の現代的風潮が嘆かれているだけに、もう一度リルケが翼を拡げて、次の大きな山である「大地よ、これがお前の意志するところではないのか、不可視となって／われらの中に蘇ることが？」へと飛翔するには、大きな勇気が必要であったに違いない。

「ヘルダーリンとリルケ」と題して私が以前書いたもののなかに、私の師バイスナー先生の、同名の論文に関する紹介がある。先生はリルケの頌歌「ヘルダーリンに寄す」の始めの数行を引かれたあとに、こう言われるのである。——

「この認識、即ちかかる神々と往来する生が近代においても可能であったということ、現実であったのだという認識、それがリルケにとっては言い知れぬ勇気を奮い起こさせる経験を意味する。」——そのあとバイスナー先生はリルケの詩「転向」（1914）のなかの言葉を交えながら、こんな風にも述べておられる。——「ヘルダーリンにおいてリルケは『より深く観じられた世界』が、後代の人間にとっても『愛において栄えてゆく』ことが出来るという可能性、その保証を見たのであった。」

こうして、急に冬めいて来た雨の降る土曜の午後に独り座って書いていると、テュービンゲンの頃が偲ばれ、バイスナー先生のお声が遠い所から響いて来る感じすらする。先生が顔面を紅潮させてヘルダーリンの詩を朗誦される時の、勇壮で、流麗で、しかも荘重な響きとリズムを、懐かしく思い出すのである。まだ自分にこの先どれくらい仕事が出来るかは無論分からない。だが、多少とも将来へ向けて続いて行きそうな、想念だか命題だかが二三ありそうに自分では思うのである。一つはノヴァーリスを模して打ち出した「詩作とは不滅への郷愁である」というもので、もう一つは「時の底に見入ることを学ぶ」という考え方である。歴史の底にであってもいいわけだが、「全一的生成」と称している > Werden < を深めて行くことは欠かせない。まだ補遺は続くかも知れぬが、今日はこれで閉じる。

329　リルケ後期の詩境

〔補遺・再続〕　　　　　　　　　　　　　　　　　　　　（2004.14.16）

　ここ暫く私はリルケ最後期の詩篇を中心に読みを続けて来た。つまり
『ドゥイノの悲歌』及び『オルフォイスに寄せるソネット』完成以後の作
である。生死一如、万有合一の境地と言えば確かにその通りではあるが、
リルケにあっては闘病や入院による中断もあり、僅か数年の詩作期間とは
いえ、実に驚くべく豊富な多彩な収穫の時期だったのである。今私はそれ
らに立ち入って書くことはむしろ控えたいと思うが、最小限、三つの事柄
がそこに働いているとは言えるであろう。

　一つは、詩人が何を経験しても、宇宙万物の新たな意味の中に立ち出で
ているということである。散歩していて山羊の群れに出会っても、館の傍
らに立つポプラの樹からも「根源的な種子」をそこに詩人は観るのである。
「花で在ること」の偉大さ、その深い内部の（tiefinnere）意味を彼は覚える。
「黄泉の国（Unterwelt）の充溢」といった言葉さえ読まれる。そうしたなか
で、私が以前別の所で取り上げた詩の数々は措くとするなら、「果実」と
題する作が特にいいように感じた。それをあとで試訳してみようと思う。
二番めにリルケが若い女流詩人エーリカ・ミッテラーと交わした言わば相
聞歌、これがなかなか重要である。実際かなりの分量になっている上、さ
ながらゲーテの『西東詩集』を思わせる節があるからだ。しかしここでは
私は深入りしたくない。三番めに特徴的なこと、それはフランス語で書か
れた詩群である。これには、ヴァレリーとの交友も作用しているだけでな
く、総じておよそ詩と言葉に携わる者にとって熟考さるべき幾多の事柄が
含まれているのは当然である。幸い今日では、リルケがフランス語で作詩
したものをすべて独訳の形で読むことが可能になっているから、私はそれ
らの多くを比較検討することが出来た。実は私は「鐘の音」という詩を昔
日本語に移しており、それを今回フランス語のものと照らし合わせている
うちに、自ずとそうした領域に引き入れられたのである。『果樹園』『ヴァ
レーの四行詩』『薔薇』『窓』といった連詩群が、どのように作られていっ
たか？　これは、まことに興味深い経過というものである。私はその場合

特に『窓』が面白いように思った。リルケが窓という Sujet を摑まえたところに、意味深いものを感じるのだ。これにはまたボードレールも関わっているであろう。プルーストを思わせる趣もある。そこで、このあとドイツ語で書かれた方の詩『窓』を見ておきたいと思う。それは > Längst, von uns Wohnenden fort, . . . < と始まる作である。――

　言わるべき事は多いが、今は説明は抜きにして、以上二篇の詩を読んでみよう。ただ、断っておかねばならないが始めの詩「果実」で最初に出て来る言葉「それ」 > Es < ―― それは遂に終わりまで名指されないのである。さながらハイデッガー先生が「在る」を説明される時の > Es gibt. < の > Es < が如きでもある。強いて謂うなれば、樹木そのものの命、いや「万有の命」でもあろう。

＊

「果　実」

それは昇った、果実へと大地よりして、昇りに昇った
そしてずっと静かな幹のなかで沈黙していた
そして清らかな花のなかで焔となった
だがやがてまたそれは己れの口を閉ざしてしまった
そして実っていった、ひと夏の永きを通し
夜といわず昼といわず勤しむ樹のなかで
そうやって自分が、来たるべき奔騰たることを
知ったのだった、関心を寄せる空間に抗いつつ

そうして今、まろやかな楕円のなかで
自らの充実した休けさを誇るとき
それは墜落する、断念し、果皮の内奥に籠もりつつ
それの中心点へと戻り行くのだ

331　リルケ後期の詩境

*

「遠い昔、われら住まう者らから離れ」

遠い昔、われら住まう者らから離れて、星々のあわいに
置き移された窓がある。それは
ことほいでいる、それも理というものだ、何故ならお前
竪琴や白鳥に形どられ、永く生き延びるもの
お前はおもむろに神化された、究極の像だからだ

われらはお前をまだ使い古している、家々の中へ手軽に嵌め込まれた
形として。それでも、それはわれらに遥けさを約束してくれるものだ
だがしかし、最も見捨てられた、しばしば地に這うような窓といえども
実はお前の聖化された姿を模倣していたのだ

運命は、お前を彼方へと投げやった。運命には、無限に用いられた
尺度がある、喪失と推移とを計るための。恒なる星辰よりなる窓
それが変転に捉えられつつ浮かび上がってくる
仰ぎ見て指し示す者らの上方へと

終わりに

　本書もまた南窓社の岸村正路さんと松本訓子さんお二方の絶大なお力添えによって成ったものである。茲に深甚なる敬意と感謝とを申し述べる次第である。

　また私は本書を、『ゲーテ詩考』及び『ファウスト』訳の場合と同様、今は亡き三人の畏友、鵜崎博、前田周三、森良文と、12年前に没した妻の直子、及び9年前に亡くなられた我がドイツの師にして友なるDさん（Eva Dürrenfeld）この二人の女性の霊前に捧げたいと思う。

　リルケは生前（27, 1, 1925？）「遺言状」を書き、その中で次のような詩句を墓碑銘とするよう委託している。この碑は今もラローニュの教会墓地に立っていると聞く。試みにこれを短歌風に訳してみれば、次のようでもあろうか——

Rose, oh reiner Widerspruch, Lust

Niemandes Schlaf zu sein, unter soviel

Lidern

薔薇よ　おお　純なる矛盾

ここだくの　まぶたのかげに

眠るよろこび

　これに模して私も実は一首詠んでいるのである。尤も事がそのように運ぶか否かは、私の知るところではない。いや、むしろそれはここで、とはつまり本書のここで終わるのがよいというものであろう——

吉野川　流れさやけき
ふるさとの　桜がもとに
眠るやすけさ

　2016 年 9 月 12 日　　　　　　　　　　　　三 木 正 之

三木正之（みき　まさゆき）

1926 年大阪府に生まれる。京都大学文学部独文科卒業。
現在　神戸大学名誉教授。
訳書・著書
『ドイツ詩考』（クヴュレ叢書、1989）；フリーデンタール
『ゲーテ』（共訳、講談社、1979）；シュタイガー『ゲーテ』
（共訳、人文書院、1982）；コンラーディ『ゲーテ　生活と
作品』（共訳、南窓社、2012）；ハイデッガー全集第 53 巻『イ
スター』；第 52 巻『回想』；第 75 巻『ヘルダーリンに寄せて』
（創文社、1987；1989；2003）。『ロゴス的世界』；『ロゴス
的随想』；『歴史のロゴス』；『ドイツ詩再考』；『ゲーテ詩
考』；Goethe『FAUST』訳（南窓社、2004：2006：2007：
2010：2013：2015）、他に私家版冊子『三木文庫』1–26 号
および別冊 I－V（アテネ出版、1989–2002）。

Rainer Maria Rilke
DUINESER EIEGIEN

訳と解釈　三木正之

2017年 3 月25日印刷
2017年 3 月30日発行

発行者　岸村正路
発行所　南 窓 社

〒 101-0065　東京都千代田区西神田2-4-6
電話 03-3261-7617　Fax. 03-3261-7623
E-mail nanso@nn.iij4u.or.jp

© 2017 Published by Nansosha in Japan

ISBN978-4-8165-0438-9
落丁・乱丁はお取替えします。

ゲーテと文

2016年5月27日
日本ゲーテ協会年次総会における講演

三 木 正 之

南窓社

著者近影
(松下光進氏撮影、2017年3月8日)

三木正之（みき まさゆき）
1926年大阪府に生まれる。京都大学文学部独文科卒業。
現在　神戸大学名誉教授。
訳書・著書
『ドイツ詩考』（クヴュレ叢書、1989）；フリーデンタール『ゲーテ』（共訳、講談社、1979）；シュタイガー『ゲーテ』（共訳、人文書院、1982）；コンラーディ『ゲーテ　生活と作品』（共訳、南窓社、2012）；ハイデッガー全集第53巻『イスター』；第52巻『回想』；第75巻『ヘルダーリンに寄せて』（創文社、1987；1989；2003）。『ロゴス的世界』；『ロゴス的随想』；『歴史のロゴス』；『ドイツ詩再考』；『ゲーテ詩考』；Goethe『FAUST』訳（南窓社、2004；2006；2007；2010；2013；2015）、他に私家版冊子『三木文庫』1-26号および別冊Ⅰ-Ⅴ（アテネ出版、1989-2002）。

（2016.2.16.）

ゲーテと文

2016 年 5 月 27 日
日本ゲーテ協会年次総会における講演

三 木 正 之

　ここ二三十年来、私は文という語をかなり広い意味で用いており、それは文章や書物ばかりでなく、詩作の本質、言葉の源泉といった意味にも使われている。『論語』などでも文は書物のみならず「文事（詩書礼楽）」の意であるともされているから、かなり広義に解されてよいものであろう。以前「ロゴス的世界」と名付けていたものを、私は最近「文の国」と呼び換えているが、その元にはホーフマンスタールの謂う『国民の精神的空間としての書』といった考えが作用していると思われる。要は天地万有、古来永劫に働き続ける、根源的創造性、その現出そのものを文と見るわけである。かつて高校生の頃コーラスで歌った Beethoven の「四天は讃う永久なる神の栄光」（作詩は Gellert）にしろ、Haydn の『天地創造』にある「四天は語る神の栄誉」にしろ、「宇宙即文、文即宇宙」を告げていはしまいか？　あとでも再々触れることとなるハイデッガーの『ヘルダーリンの詩の解明』（1951）にもこう読まれる、「言葉は聖なるものの >Ereignis<（現成）である」と。そこで以下、私はゲーテの数ある言葉のなかから幾つかを選び出し、それらへと基づけながら詩人ゲーテが詩作そのものをどう見ていたか、またそこからわれわれ今日、この「詩神につれなき時代」（Hölderlin）を生きる者らが何を学び知ることができるか？　それを考えてみたいと思うのである。―

*

　最初に取り上げたい言葉は『詩と真実』第 12 巻にあるもので、ゲーテはそこで聖書に関するさまざまの解釈があるけれども、結局、ゲーテ自身

I

にとっては何に帰着するのかを自問している所である。—「…特に、書かれたものとして伝承されているものにおいて、問題はその作品の根底であり、その内奥、その意味、その方向である。ここに根源のもの、神的なるもの、有効にして不可侵、不滅のものが宿っているわけであり、いかなる時代も、いかなる外的作用も制約も、この内なる根源存在に対してなんらか手を加えるということはありえない。少なくとも肉体の病気が、健全な精神に対して及ぼす作用以上ではありえない」—そのような基本観念が、当時（1771-72年）自分の心に確立したとゲーテは言うのである。従って「書かれたものが、われわれ自身の内面に対してどう関わり、どの程度まで、そうした書物がもつ不滅の生命力を通して、われわれ自身の生命力が刺激され鼓舞されて実を結ぶに到るかということ」が肝要である。ゲーテはこの信仰と観照とから得られた確信が、自分の「道徳的並びに文学的生涯を築く根底」に横たわっていると語る。『詩と真実』のこのくだりは、ゲーテと文に関して、実に多くの事柄を告げている、そう私には思われる。そもそもこの「根源存在」>Urwesen< とはどういうものであろうか？「不滅にして不可侵、神的なるもの」と謂う限り、それは上で少しく触れた宇宙的生命そのものではあるまいか？ 根源的本質的に存在し続ける（wesen）ものではなかろうか？ この辺りを現代のわれわれが考えるのに有効なのが、リルケの『ドゥイノの悲歌』第九に読まれる、次の詩句であろう。「ここ（地上）にこそ言わるべきものの時は在る。ここにこそ言葉の故郷は在る」とリルケは謂う。 このくだりを思い切って平明な形でまとめるならば次のようでもあろうか？—およそ詩人が言うとは、大地の心になって言うのでなければならない。大地そのものが語り出でんとしている言葉を酌み取って、個々の物に蔵されている、内なる心と一体になって、いや物たちよりも一層深い愛をこめて（inniger）言うのでなくてはならない。詩人が言うとき、大地の語り出でんとするものは時熟（zeitigen）する。言わるべき言葉（das Sägliche）は、その「時」を得る。その住まうべき故郷を見出だし、そこに休らう。—これらの詩句を書くよりも七年ばかり前、リルケは「死」と題する「グロテスクな詩」の結句に「立っていることだ！」と自らに言い聞かせている。これは更に数年前スペインはトレドの橋上で彼が見た巨大な流星の体験に基づいている。そ

の時、星は一瞬、天と地とを結び、生と死とを一にし、外と内とを一致さ
せながら美しく落下していった。そうだ、これを覚えておこう。立ってい
ることだ、それが詩だ、これを死ぬまで心に留めておこう、そうリルケは
思ったのであろう。そしてこの「立っている」が「言う」の真の意味であ
ることをリルケは第九の悲歌で歌ったものであろう。少し手間取ったが
『詩と真実』に戻るなら、あの「根源的本質存在」もやはり語り出でんと
する天地の声に外なるまい。ゲーテが自分の詩作を自然の促しと見ていた
ことは余りにもよく知られている。『詩と真実』第16巻、スピノザに関す
る話のあとにある通り、ゲーテは「自分のうちに住もうている詩人的才能
を自然と見なすようになっていた」。のちの詩 >Urworte. Orphisch< 「原
詞・オルフォイス風」(1817) その第一聯「ダイモン」に読まれる言葉「生
きつつ発展する、刻印された形式」――これまたよく知られた句である。
そしてこれを「いかなる時もいかなる力も打ち壊すことができぬ」とあ
る。先に引用した語と全く同じである。要するに、天地の言葉、即ち根源
存在たる文は自らは音声を伴わず、地上に打ち当たることによって言葉と
なるのであるが、この語り出でんとする命には dämonisch な力がこもっ
ているというわけである。この力の促すまま、若きゲーテは、深夜にまた
起き出して「夢遊病風の詩作」を、鉛筆で斜め書きしたと告げている。
となると詩は何者かに命じられて書き取らされる、>Diktat< だというこ
とになる。「思索は、存在の真理の口述を語る」とはハイデッガーが論文
「アナクシマンドロスの箴言」(1946) で語った言葉であるが、詩作にもそ
れはまさしく当てはまるであろう。因みにハイデッガーは >Diktat< を呼
び換えて >Geheiß< とし、これを「われわれに思考すべく命じてくる本源
である」としている。だが、この口述も命令も、自らは語らないのであ
る。「この無限なる宇宙の永遠の沈黙が私をして怖じしめる」とは、これ
またよく知られたパスカルの言葉である。宇宙の声は遠雷の轟きともな
り「運命の声」ともなって詩人の上に襲い来たる (überdichten) のである
が、それ自体はあくまで沈黙のうちに在る。良心の声と同じである。私は
以前ゲーテの『親和力』を論じた際に、これを、饒舌のロマンであるとと
もに同時にまた沈黙の語りでもあると述べたことがあるが、「語れとはの
たもうな、黙せよとこそ言いたまえ」――あのミニョンの「より高められ

3

た形姿」が、諦念（Entsagung）の人オッティーリエであることは疑いない。天地の沈黙に関してもう一つ補っておきたいのが、我が芭蕉翁の句である。「閑かさや岩にしみ入る蝉の声」— なんたる見事な句であろうか！ なんの解説も要しはすまい。ところでしかし、われわれ、今日この「喋り潰された」>zerschwatzt< 時代を生きる人間は、この、文の内奥に宿された沈黙から、何を学び知ることができるであろうか？　他でもない。文は為にされてはならぬのである。為にしているのがジャーナリズムである。所謂情報技術の世界である。そうした風潮に対して、ゲーテは『遍歴時代』の、とりわけ「遍歴者の意を体したる考察」及び「マカーリエの文庫より」において鋭い批判を浴びせている。だが一方、現実社会は行動の判断基準において概ね「利害得失、優劣強弱、正邪善悪、美醜好嫌」といった項目を掲げる。根源的創造性としての文はしかしその一切と無縁である。一義的に善なるこの文の心を旨とする、地上の文もまた純にして「罪汚れなし」でなくてはならない。右顧左眄することはない。文は他のなにものによっても左右されず、自らを律するが故に、自由なのである。これはまたあとで触れること故、今はこれで措くが、文は本来マカーリエに関して謂われるように、「エーテルの詩」>ätherische Dichtung< である。「万有より出でて万有へと還り行く／最美のいのち」、即ち「世界の魂」（1804）であらねばならない。名詩「月に寄す」（1778）に歌われる純粋明澄の境地こそ、文の心である。更にまたとかく人は、伝承されたものをテキストにする限り、これを確固不動のものと見なしがちであるが、それは間違っている。優れた作品には、そこから無限に発展して行く命が宿されている。テキストは終わりでは全くなくて、そこから始まるところの源泉なのである。「造られたものを造り変え／すべてが凝固の鎧をまとわぬよう／永遠なる、生ける営みは働き続ける」。— 詩「一にして全」（1821）に歌われる、この句には一点の曇りもない。同じく、詩「　変転のなかの持続）（1803）、特にその最終聯に言う「始まりと終わりとを／一に結び合わしめよ…詩神の恵みに感謝するがよい。さればこそ／移ろわぬものが約されるのだ／汝の胸中には内容が／汝の精神には形式が」— これまた実に結構と言うよりない。晩年のゲーテは、とぐろを巻いた蛇をかたどる印鑑をこしらえさせ、それを手紙に捺して楽しんだと言われる。— ところで

4

上来われわれが主導語として引用してきた文章には、まだもう一つの事柄が残っている。「どの程度まで、そうした書物がもつ不滅の生命力を通して、われわれ自身の生命力が刺激され鼓舞されて実を結ぶに到るか」の箇所である。ゲーテを知る人ならば誰しも「実り多きものこそ真実なれ」の句を思われるだろう。その通りなのであるが、上のくだりで、「…幾多の世代が／永く続く輪をなして結ばれる／それぞれの生存の／無限なる繋がり」という、詩「人間性の限界」(1781) に通じる言葉が読まれることも見逃せない。となるとこれは直ちに「古典性」の領域である。この主題に関わる重大な言葉が二番めの主導語となる。―

*

『イタリア紀行』「報告・十二月」からのもので、これはもうよく知られた文章であるばかりでなく、かなり長いのだが、一字も落とせないくだりである。―「…こうして芸術作品を見てまわっているうちに、私には、最高の意味で古典的地盤の現存と呼びうるであろうものの、感情なり概念なり直観なりが与えられた。私はこれを、ここに偉大なものがあった、現に在る、将来も在ろうという、感覚的・精神的な確信と呼ぶ。どんなに偉大な立派なものでも、消え失せるということは、時間の本性に、また互いに絶対的な反作用をしあう精神的要素と肉体的要素という、ものの本性に宿っているのである…偉大なものが無常であるという発言が、われわれに迫って来ても、意気沮喪してはならない。むしろ、われわれが、過ぎ去ったものを偉大であったと思うならば、それによって、われわれは、自分でも何か意義あることを果たそうという勇気を奮い起こすのでなければならない。将来われわれのあとに続く者たちに、たといそれが既に廃墟のなかに崩れ落ちていても、高貴な活動への気持ちを起こさせるようなことを成し遂げなければならない。われわれの先人たちも常にそういうことを欠かさずにやって来たのだから。」― ゲーテ的、いやドイツ的古典性、その認識の頂点がここに認められる。さてそこからわれわれは何を学びうるのであろうか？　第一は現存、現在というものについての考察であろう。第二にはそれが特にゲーテの場合、活動或いは努力という事柄に直結していること故、そちらへ向けて考えて行くことにしたい。― 現在 >Gegenwart<

5

及びこの系列の語ほど頻繁にゲーテが使った言葉は多分あるまい。私はしかし先ず第一に「太古の現在」>uralte Gegenwart< という言葉を思わずにはいられない。『詩と真実』第 12 巻に出て来る。ゲーテはそこでシュトラースブルク大学に遊学した頃のことを語っているのだが、1770 年代当時の若者たちがホメロスの世界に導かれた際、そこに「太古の現在がもつ真実の姿が反映されているのを楽しんだ」と言う。この、太古の現在を今に覚える親近感がえも言えないところである。そう言えばなるほど、と私は思う、『ヴェルター』のなかに、散歩中のヴェルターが、携えていた >Odyssee< は脇に置いて、農家の若い主婦と一緒に、明るい日差しのもとで、えんどう豆の莢を剝いている情景が描かれていた筈だ。そしてそれはそのままそっくりホメロスに出て来るのである。その『ヴェルター』でも別して有名な、五月十日付けに読まれる「万能の神の現在」から、『西東詩集』は、これまたよく知られた詩「現在のもののなかに過ぎしものを」>Im Gegenwärtigen Vergangnes< に到るまで、ゲーテの詩作品に出て来る「現在」の語には夥しいものがある。この語が表面に出ていなくてもゲーテの詩は常に、「機会詩」というよりはむしろ「現在詩」である。散文においても、例えば『詩と真実』第 11 巻に出て来る、ゼーゼンハイムの夏の描写など美しい瞬間の現前している場面には、数えきれぬものがある。あとでもまた言うように、文は現在を浮き彫りにする、いや、文が時間を創るのである。イタリアでのゲーテに限っても、あのヴェニスの干潟で小さな生き物たちの生存競争を観察している旅人に始まって — そこでゲーテは、「命あるものは…なんと真実であり、なんと在るがままであることよ！」と賛嘆している。>seiend-wahr< である — パレルモは Borghese 庭園での、詩劇『ナウジーカ』の構想と「原植物」考案との鬩ぎ合いに到るまでゲーテ的「現在」は『紀行』の到る所で活写されている。ゲーテにおける文と現在 — これはそれ自体まことに興趣溢れるテーマである。Emil Staiger はその著『ゲーテ』のなかで、マフェイ美術館ほとりの墓石が記述されているくだりを取り上げて、この「古人の墓石から吹き寄せてくる風は、薔薇の丘を越えてくるような芳香を伴っていた」の箇所を称揚しているが (訳書中巻 S. 29)、至当というよりない。また、同教授の名著『詩人の構想力としての時間』(1939) には、ゲーテ

特有の >prägnanter Moment< をめぐる示唆に富んだ論究が読まれるが
（S. 130 f.）、それにはもう立ち入らないことにして、二番めに挙げておい
たテーマ、活動性或いは「努力」の問題へ移ることにしたいと思う。——
常なる現在は生ける現在として、活動性の場である。ごく若い頃からゲー
テは、人々が共に働いている場面に居合わせることを好んだ。例のイル
メナウ鉱山再開発に際して彼が語った熱烈な言葉（1784 年）を持ち出すま
でもなく、そのあとヴァイマル劇場再開の折の「序曲」（1807）において、
ゲーテはこう歌っている。——「おのがじし皆人と努めつ／人にまさりて励
まんとしつ／互いに人が手本たるべく／活動の気を奮い起たすも」。この
言葉と、その語られた時点とはところで意外と重要である。何故ならば、
そこに人はゲーテ晩年に特有の「エンテレヒー」の発揚を既にして見るこ
とができるからである。>Entelechie< —— 自己実現の努力、それは不滅の
生命である。ゲーテがのちに、『ファウスト』最終の局面で、「自由の地に
自由の民と共に立つ」と語ったものの基礎が、ここにあるからである。い
やこう言ってよいかも知れない。生ける現在、人々の活動と共に在る現
在、それ故に美しい瞬間、これと努力とが、同時に含まれているのが即
ち「現在」なのだ、と。努力と瞬間、この両者は、それぞれ別個の範疇な
り位相なりに所属するものであって、通常は一つにまとまる類のものでは
ない。ところがそれを、一なる現在において捉える、そこにゲーテ無類の
卓見がある。妙想 >Aperçu< がある。ファウストは自らの「努力」を、
悪魔との契約の担保とした。たとい個人（Individuum）としてのファウス
トは、第一部において破滅するとしても、「エンテレヒー」としてのファ
ウストは宇宙的生命を体現することができる。そのどちらをも貫くのが
>Streben< であり >Trachten< である。これによってゲーテは、あのロー
マで書き留めていた六行「全人類に分与された…」の詩句を、悪魔との契
約の場で物の見事にすっぽりと納め入れることができた。尤も 1800 年代
始め頃のゲーテは、これを完全に見通していたわけではあるまい。それは
まだ朧に予感され、予見され、つまり >antizipieren< されていただけで
あったろう。だがしかし、シラーはさすがである。1803 年という時点で、
彼はゲーテがファウスト劇の「全体理念」>Totalidee< を捉えていると
理解したのであった。——活動に溢れた現在は、未来を先取りする。この

7

>Antizipation< とは、いかなるものか？　これがわれわれの三番めの主導的基本語を招くわけであるが、今ここで私は現在と活動との結びつきを告げる言葉を引いて、この項目を閉じたいと思う。そしてそれはシラーとの交友が始まってまだ数年、1797 年のものである。無題であるが「自画像」とも「自己省察 >Selbstbesinnung< とも呼ばれている、有名な文章である。その出だしにこうある。─「常に活動的に、内へも外へも働き続ける、詩的形成衝動が、この人間の生存の中心点また基盤を成している。人がそれを把握し終えたならば、爾余一切の矛盾と見えるものは解消する」。

＊

　ゲーテ的現在がもつ、努力と美しい瞬間と、この結び付きが予見されていたとして、「先取り」のテーマに移るわけであるが、そのまだ前に、やはり触れておきたい事がある。それは、この「現在」がもつ永遠の若さというモティーフである。それを私は言わば中間劇として、エピソード風に語ってみたい。『詩と真実』第 16 巻に描かれている、リリーとの婚約時代の話である。ここをゲーテは実に巧みに語り始めている。─ とかく若い人達の仲間うちでは、特定の隠語のようなものがあり、それが出ると、みんながどっと笑う。ところがサークル外の人にはそれが伝わらないものだから、怪訝な顔をして戸惑っているだけだ。その様子が可笑しいと言ってまた人々は笑う。この情景は実に現代風ではないか。ゲーテはそんな話から、リリーを取り巻く仲間たちの様子を語って行く。わけても美しいのが、あの満天の星空のもとでの場面だ。次々に人々を送り返したあとも、ゲーテとリリーとは離れ難く、互いに送り送られつつ、夜道を行っては返し、返しては行くを繰り返している。やっと最後に「私」は独りになって、さる葡萄山の石の上に座っている。すると、何やら奇妙な物音がする。どうやらそれは地面の下から聞こえて来るみたいだ。そうか、と「私」は思う、これはきっともぐらだか、針鼠だかが、深夜にも目覚めていて、生の営みを続けているのだろう、と。ここである。満天の星空と、土中の生き物たち、その中間に包まれて我が燃えるような恋の想いは在る。まさに万有合一の境地である。─ ここを叙する原稿を、誰よりも先に読むことのできたエッカーマンは勿論、大感激を覚えた。早速翌日ゲー

8

テ家を訪れたエッカーマンが「お若い頃の息吹が充全に現れていますね」と、その旨を伝えると、老ゲーテはこう答えた。―「そのわけはこうだ。つまりだね、ここに描かれている場面はどれも詩的（poetisch）なんだね。だから私はポエジーの力によって、今では失われている青春の、愛の感情を補うことができたということだろう」と。ここである。自分の功績ではない、ポエジーのお蔭だ、とゲーテは謂うのである。上で私は、「宇宙即文、文即宇宙」と言っている。詩は根源的創造性たる >Urwesen< より来たる >Diktat< である。それ自体は音声を伴わず沈黙しているにもかかわらず、詩人及び哲人に命じて、書き取らせる >Diktat< であり、それは良心とも同じだと言っている。これをもう一歩押し進めて言うなれば、文は、従ってこれを >Urwesen< とする言葉は、ダイモニオンの声と同じく「語るな」とも命じる声である。文はそれ故、自らを制するものでもある。他のなにものによっても制約されることなく、文は自らを律するのである。この、文の自律性こそ、真の自由である。世に「表現の自由」なぞと軽々に口にする連中がいるが、文こそが、文のみが真の自由であると私は思う。小林秀雄は 1952 年に博多で行った講演「文学と政治」のなかで「政治の背後には権力が立っている。文学にはそれがない。在るはただ自由と平和のみである」と力強く語ったのであるが、更にその後間もなく「真の自由は目に見えない。だが自由は脈々として個人の胸に生きている。そして自由はただ個人から個人の心へとのみ伝わりうるものである」と書いている。聴かるべき言葉かな。社会的契約に基づく >liberty< には非ずして >freedom< こそ自由の本義だとする、これまた雄渾な発言である。少し間が空いたけれども、上で述べたエッカーマンに話すゲーテの控えめな口ぶりに私はやはり文の自制と自律を感じるのである。そしてそれは、文への畏敬より来たるものではないであろうか？　これが、このあと取り上げるテーマたる「先取り」 >Antizipation< へ繋がって行くのである。―

*

　この語をゲーテは特に晩年において頻繁に用いているが、その意味についてはその都度多様であって、慎重な読み方が求められる。勿論、主脈

は、予見し予感するの意であり、とりわけ詩人は >antizipieren< できなくてはならないといった場合がこれである。エッカーマンやツェルター、官房長官ミュラーやファルクなど周りの人達の多くに向かって、しかも再々この積極的な意味で語りまた書いているわけである。ハイデルベルク遊学中の息子アウグストが、歴史学に興味を抱き始めたのを褒めて、「若いうちに歴史学を勉強することは老年というものを先取りするから」と書き送っている手紙もある。変わった言い方としては『ファウスト』第二部「皇帝の居城」で主馬頭が「ユダヤ商人は先取りとやら申し、前貸しを致します」(v. 4871) と言っている箇所すらある。今で謂うローンである。しかしなんと言っても最も重要なのは『詩と真実』第 9 巻に読まれる次のくだりであろう。それを第三の主導基本語として掲げたいと思う。ただこれは長い箇所なので引用の途中で、欠かし難い部分であるにもかかわらず省略を余儀なくされたことをお断りしたい。──「われわれの様々な願望は、われわれの内に宿っている諸能力の予感である。われわれの成しうること、為したいと望むこと、それをわれわれの空想力は、われわれの外へ、未来の形で描き出す。われわれは自分たちが既に密かに所有しているものに対して、憧憬の念を覚えるわけである。こうしてなんらか情熱的な先取の念があると、それは真実可能なことを、夢を通して得られた現実に変えて行くのである…こうしてわれわれの人生の路にあって、われわれ自身かつて天職と思ったのに、他の多くの事柄とともに放置せざるをえなかったことが、他の人々によって果たされているのを見ると、人間存在というものは合して初めて真の人間であり、個人はただ全体のなかにおいて自分の存在を感ずる勇気をもつ場合にのみ、楽しくもあれば幸福でもありうるのだという、美しい感情が生じて来るのである」。──なんという見事な発言であろう！　これに付け加えることはもはやありえないという気がする。ところでこの引用の終わりに人間存在全体への展望が語られている。先取りは、未来への予感であるのみならず、過去へ向けても働くのである。エッカーマンに対するゲーテの『ゲッツ』発言 (26. 2. 1824) がそれを証している。自分の知らない筈のことが分かっていたというのである。シュタイン夫人への愛にアナムネーシス（想起）が認められるのも、やはりこの線上のことであろう。先取りはそれ故、時間的

な概念というには留まらない。空間的にも拡がるのである。これに関しては、ゲーテの場合とりわけ、現在というものが >Gegend<（地帯）として horizontal に、地平をなして見渡せるということが働いている。私は昔から詩「御者クローノスに寄す」（1777）が好きなのだが、その第三聯はこう読まれる。――「遙けくも高き壮麗の見晴らし／周りの生のただ中を指して／連なる山から山へと続き／頭上に漂う永久なる命の／永久なる霊は予感に満ちて」。 若きゲーテの颯爽たる姿が偲ばれるではないか。この見晴らし >Blick< が >horizontal< な「現在」として、そこに未来をも過去をも取り来たすのである。それはいかにして可能となるのか？ 他でもない。ゲーテ特有の「総括」を通してである。>Summa summarum< ――それはゲーテの生涯にわたる常なる努力の姿勢であった。そしてこの予感或いは先取り、それは更に広い意味即ち天地万有の秘密の奥へまで深まろうとさえする。リルケ流に謂うなれば、「自然の向こう側へ越え出る」そう言ってよいかも知れない。冬のハルツの山でゲーテが覚えた「神秘に満ちて明らかに」>geheimnisvoll-offenbar< な自然の秘密を暴こうとすらする勢いである。だがゲーテは勿論「根本現象」の更に奥へは踏み込もうとしない。その前に立ち留まって、恭しく引き下がるのが、詩人にして自然研究者たるゲーテである。文への畏敬を彼は常に持ち続けた。それ故「先取り」には >Urwesen< に還るの意も含まれていたのである。我が西田さんの言い方を借りれば「自然の懐に還る」でもあろうか？ 無論しかし、現実の社会は、これを簡単に許すわけがない。そこには >Urwesen< どころか >Unwesen< が全面的に支配しているのである。今や言語すら、この「最も危険なる財」すら単なる情報伝達の手段と見られている。Paul Celan 謂うところの「言葉の格子」にがんじがらめにされているのが、世界の現状である。いかにしてわれわれは、自然の懐に還りうるのであろうか？ 文への畏敬の念、これしかありえまい。そうした様々な意味をこめつつ、だからゲーテが生来身につけていた、母親譲りの陽気な天性「物語る喜び」ともう一つ「敬虔なること」、この両方を数え入れつつ、詩「遺訓」（1821）の第五聯及び最終第七聯を掲げて、終わりとしよう。この第五聯には「理性」>Vernunft< の語があって、様々な論議を呼ぶのであるが、私はこれを万法の理として即ち文と見ることが許されると思う。そし

て「程をえて」とは程々にの意ではなく、この「理法」に適うようにを謂
うものと考えている。━━

　　　豊かさと祝福とを程をえて享受するがよい
　　　理性が常に居合わせていることが願わしい
　　　生が生を愉しむ所ではいつも
　　　されば過去は渝わらずに在り
　　　未来もはや生きたものとなり
　　　瞬間は永遠となる
　　　　　　　　　　＊
　　　そして古来静謐のうちに
　　　愛の仕事をおのが意に従いつつ
　　　哲人も詩人もつくりなして来たが如くに
　　　汝もまたこよなく美しい恵みを持ちうるであろう
　　　高貴なる魂を先んじて感ずること こそ
　　　望みうる最高のつとめだからだ

付　記

　　最近出したものの中で私は一度ならず「文の国」をめぐる考察という部分を、付録として添えてきたのであるが、それは私の考察が、その折その折にどう動いているのかに興味を持って下さる読者がおられることを慮っての言わば報告のつもりであった。今回の『ドゥイノの悲歌』訳と解釈では、これは事柄の性質上そぐわないと思い、その間に書き貯めている数篇の作は見送ることにした。そこで上記の「ゲーテと文」を、しおりとして挿し挟んだわけである。2016年5月27日日本ゲーテ協会の総会での講演である。私は体調不良を押して上京し、70分を越える話をそれでも無事に終えることができた。好評だったように思う。その後も元気が回復せず、なんとかその日その日を送っている現状である。西田さんのお歌の一つが心に浮かんでくる。

　　　ひはくれてみち遠けれとともかくも
　　　けふけふたけのなりはひはしつ

　2016年9月12日

　　　　　　　　　　　　　　　　　　　三　木　正　之

三木正之著

ゲーテ、ドストイェフスキー、カミュ、リルケ…無限に多くの「文」における、一片のそれぞれに異なる絶対的なものの燦めきを訪れた、文（ロゴス）の国からのルポタージュ。

ロゴス的世界

漱石と日本人　ゲーテ頌　「日本学」事始め　「ドストイェフスキーと青春」「西田さんを読む」「ファウスト講義」の思い出　「万有の命」詩の秘密　土佐の夏の『ファウスト』　マカーリエの世界　「ロゴス的世界」　ファルクという人　『世界の魂』（ゲーテ）をめぐって　ヘッセとゲーテ—『ガラス玉遊戯』をめぐって

A5判 296頁 定価：本体 3619円＋税

ロゴス的随想

カフカの断片『カルダ鉄道の思い出』　カミュの『ペスト』を読む　地震考　梅雨の晴れ間—リルケ随想　私と軍隊　ゲーテとともに生きる　「万葉」の一夜　『草枕』『こころ』を読む　『悪霊』について　西田さんを読む　『善の研究』について　ハイデッガー『ヘルダーリンに寄せて』の翻訳　講演「シラーとゲーテ—朋友の詩」

A5判 348頁 定価：本体 3619円＋税

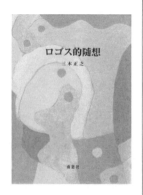

歴史のロゴス 文芸評論集

ドストイェフスキー二題—『死の家の記録』『地下室の手記』について カミュの『異邦人』を読む 「埋葬されざるもの」(ニーチェ) 最終講義「詩と時間」草案 ボードレール回想 ドイツ詩二題—トラークルとヘルダーリン ゲーテとドイツ人 リルケの「変容」について カフカの『断食芸人』—訳と覚え書き
A5判 448頁 定価：本体4286円＋税

ドイツ詩再考

ドイツ詩再考 ゲーテとダンテ—古典性の新しい意味 ヘルダーリンの詩—時と運命 ヘルダーリンとリルケ『ドゥイノの悲歌』第八および第九 ハイデッガーと詩 ドイツ詩と現代 後期ハイデッガーの「思索と詩作」への途 ハイデッガー訪問 ヴァージニア・ウルフ『灯台へ』及び『波』をめぐって 老いの呟き 漱石の遺産
A5判 512頁 定価：本体4762円＋税

ゲーテ詩考

ゲーテ詩略解 ゲーテ詩私注 ゲーテ詩考 ゲーテ詩の特質—「イルメナウ」「情熱の三部作」について ゲーテ詩随感—悲歌「オイフロジューネ」「鐘」の話 講演「ゲーテの知恵」 ゲーテの時間意識—『詩と真実』をめぐって 『親和力』新解 ゲーテとダンテ—古典性の新しい意味 リルケの詩業をめぐって
A5判 468頁 定価：本体4571円＋税

カール・オットー・コンラーディ著
三木正之／森　良文／小松原千里／平野雅史　共訳

ゲーテ　生活と作品

　20世紀後半における代表的なゲーテ研究書が、フリーデンタールとE．シュタイガーによる二作であることは周知のとおりである。前者はゲーテの生涯と時代を語るポピュラーな伝記作品、後者は作品解釈を主軸にした専門的研究書である。丁度その中間に立つのがコンラーディ教授の場合であろう。むろん折衷的というのではなく、およそゲーテの生活と作品に関わるどの項目においても、それぞれの要点を誠実丹念にかつ親愛の情をこめて詳述しているところに、この大著の特質はある。四名の訳者たちは、十余年にわたる共同討議のすえ出版される本書が、例えば輪読会のような「最も小さき集い」（詩「遺訓」）の中で読み深められることを切に願っている。

主要目次 故郷の町と両親の家　フランクフルトでの少年時代　ライプツィヒ学生時代　フランクフルト幕間劇　シュトラースブルクでの新しい経験　フランクフルトの弁護士兼若き著作家　ヴェッツラルでのヴェルター時代　フランクフルトの能産時代　鬼火のように揺れ動く恋―1775年　ワイマル最初の十年　宮廷で、また旅先で　活動の場としての詩作と自然　イタリアでの年月　イタリアで完成したもの　元の場所での新しい始まり―ふたたびワイマルで　大革命の影のなかで芸術家、探求者、戦争観察者―90年代初頭　シラーとの同盟　親方にならなかった徒弟『ヴィルヘルム・マイスターの修業時代』　叙事詩、バラード、恋愛詩　ワイマル古典主義の盛期　多様な文学情勢のなかで　シラーの死後　ナポレオン時代　古い道、新しい道　残るは理念と愛―1815年から1823年にかけての歳月　老年の視野　老年の二つの大作　最後の歳月

Ａ５判　上下巻　全1322頁　定価：本体28000円＋税
南窓社創立五十周年記念出版

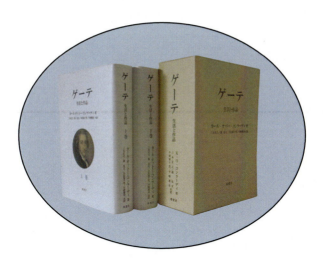

ゲーテ

生活と作品

カール・オットー・コンラーディ 著
三木正之／森 良文／小松原千里／平野雅史 共訳

A5判 上製 函入（上巻630頁 下巻692頁 全1322頁 8.5ポ二段組）
上・下巻セット販売 分売不可 定価：本体28000円＋税
ISBN978-4-8165-0409-9 C0098 ¥28000E

Goethe
FAUST

三木正之訳

A5判 上製 函入 552頁
ISBN978-4-8165-0423-5

定価：本体5000円＋税

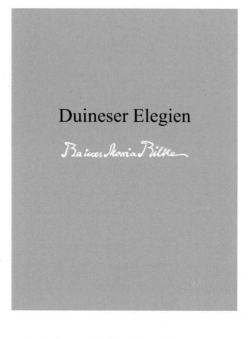

Rainer Maria Rilke
Duineser Elegien

訳と解釈
三木正之

A5判　上製　函入　336頁　ISBN978-4-8165-0438-9
定価：本体 3700 円＋税

ご注文は最寄りの書店、または小社に直接お申込み下さい。

南窓社　〒101-0065　東京都千代田区西神田 2-4-6
Tel. 03(3261)7617　Fax. 03(3261)7623　E-mail nanso@nn.iij4u.or.jp